张品成　著

feichang renwu

非常任务

山東文藝出版社

图书在版编目（CIP）数据

非常任务／张品成著．—济南：山东文艺出版社，2011.5

ISBN 978-7-5329-3514-7

Ⅰ．①非…　Ⅱ．①张…　Ⅲ．①长篇小说－中国－当代　Ⅳ．①I247.5

中国版本图书馆CIP数据核字（2011）第070755号

主管部门　山东出版集团
集团网址　www.sdpress.com.cn
出版发行　山东文艺出版社
电子邮箱　sdwy@sdpress.com.cn
地　　址　济南英雄山路189号
印　　刷　山东鸿杰印务集团有限公司
版　　次　2011年5月第1版
　　　　　　2011年5月第1次印刷
规　　格　开本／148×210毫米　32开
　　　　　　印张／6.25　插页／1　千字／141
定　　价　16.00元

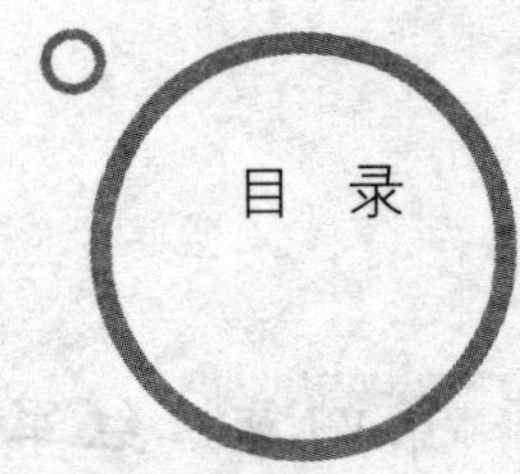
目　录

第一章 不期而遇的城市

一 他们以为是一次普通的转移

村子里有一种少有的安静。

树叶纹丝不动。炊烟直直地升腾，到一定高处便不声不响融入云中，在半空中拼出些可爱的图像，能大略看出像是猫狗虫鱼什么的。

勤有平常就爱呆呆地看云，能看出许多乐趣。但勤有今天没闲空，勤有很忙，要刷马。人辛苦马也辛苦。人吃饱了喝足了玩乐去了，马呢？他想。

这些天战事不断，仗打得惨烈。从湘江那条血路冲杀出来，红军死伤大半，差一点全军覆没。这些勤有并不知情。他跟了十五大队一路走来，都只听得远远的枪炮声，没有经历战斗。过湘江时见江水微红，有人说那是上游死人的血水染的。勤有不太信。勤有说秋里的江水有时就那样。他想，一条江的水都染红了，要死多少人？

后来他们就往西走，到了贵州地界。在一片山林里队伍停了下来，因为上级命令他们原地休息待命。

十五大队是支特殊的队伍。它的任务是护送物资。一路上没有遭遇战事，说是护送实际只是看着货物和马匹，真正保护他们的是外围的那些红军部队。他们这些老的少的，只能管着那些马，实际上他们只是马夫。马背上的包裹扎得非常严实，马驮着一路走来，走了那么远的路途勤有他们也不知道包裹里装着的到底是些什么东西。

丁教官说那是弹药。丁教官叫丁伊群，是他们的头儿。勤有他们起初都相信他的话，但走走就起疑心了。要说是弹药，仗打得那么激烈，耗损非同一般呀，可这些包裹却一只未动。耀族老倌说那肯定不是弹药。他用手摸，说是硬东西。勤有他们想，当然该是硬东西，总不会是麻布或者草席什么的吧？勤有想，管它是什么呢，上头叫护送咱照做就是。他们不问，因为有纪律，问也不会得到答复。

勤有记得那时的情形。于都河上搭起了五座木桥，远远望去它们颇像是几只奇形怪状的多脚蜈蚣。勤有是从河边不远的山上往那边望的。那时候山还是那些个山树还是那些个树，但那一天这些山林里却藏了千军万马。行军是在夜里进行的，由瑞金出发，长长的队伍走了整整一夜走到了这条河边。白天，队伍就隐蔽在树林子里，睡觉休息，到夜里一条长龙就出现在月影里，刷刷的脚步声里偶尔夹了几声咳嗽。

那天起，一个重要的命令在每个士兵之间悄悄地传达着。红都瑞金突然打破了寂静，人们开始忙乱起来。不是以往的整装待发，而是一种倾巢而出的大搬迁。勤有他们几个被抽调到了一起，都是一些伢，还有几个马夫。另外就是一支精干的卫队，一式的精壮汉子精良火器。他们被人称为十五大队。

那天，有人将一包重物放在白马飞儿的背上。

“要死噢！你想收它的命吗？”勤有叫了起来。

士兵说：“这是命令。我们按命令办！”他指着小山样的一堆东西说，“就那么些牲口，不多弄些弄不完。”

勤有问：“要走多远的路？”

士兵摇头。

勤有问：“那咱们去哪？”

对方还是摇摇头：“不知道！我也那么问人哩，谁也答不出，长官也答不出。”

有人说：“叫带十天的干粮，说是转移。我看不像是转移，像是搬家。”

勤有不问了。问也没用，大家确实都不知道。

勤有看见那粗大的绳索勒入马背，勒出红红的一道。他心疼。

他想了想，咬咬牙找到丁伊群。

“飞儿会累死的。”他跟丁伊群说。

丁伊群叹了口气。勤有从没见过丁伊群叹气。敌人的重围中丁伊群没叹过气，枪林弹雨刀光剑影中丁伊群没叹过气，可今天他为这事却叹了口气。

丁伊群说：“你看师长都让出了他的坐骑。”

丁伊群的意思是说，你看事情重要哩事情非同寻常。

事情确实非同寻常。好多年以后，人们才知道事情的原委。好多年以后，人们把那叫做长征。

从那天起，勤有就随了队伍向西走。他还在不停地向人打听。

“打仗去吗？”他问。

“有仗打是吧？”他问。

他得到的回答都模棱两可。长长的队伍夜行昼息。那时候他没想太多，那时候也容不得他想太多，那时候很多红军战士都没想太多，他们都以为是一次普通的转移。不是说十天吗？也许用不了十天就又回来了。他们虽然觉得这么大规模的搬迁和长龙般的大队人马的行动有些奇怪，但他们还是没往更复杂的方面想。

二　白马飞儿

就这样，他们翻山越岭，长途跋涉。他们走的都是些险路，山陡得吓人。

勤有记得那天夜里的事。月黑风高，命令说要在天亮前翻越那山。马背上一只包裹被树杈挂了，意外翻下陡坡。丁伊群急了，带了几个战士下去找。下去了五个，上来时就变成三个了。包裹是找到了，却牺牲了两个战士。

也就是从那时起，谁都知道那包裹里的东西非同一般。他们想不出有什么东西会那么重要。其实他们应该知道那些东西不一般，因为每一回休息，包裹从马背上卸下来丁伊群总要一一仔细过问。

他们到达了一处宿营地。

包裹才从马背上卸下，丁伊群就说："好了，你们玩去。"

他知道伢们其实没有时间玩，他们要去遛马。不过丁伊群每回都说"玩去吧"，他愿意是那么个事。他常想，都是些半大的伢，本来是疯玩疯耍的年纪，却被一只手拉到战争中来了。不说流血牺牲，就是看他们疲累冷饿吃这等苦受这等罪，丁伊群心里就隐隐作痛。他宁愿把那当成一种特殊的玩耍，让他们边遛马边玩。

来本他们都已经走出去很远。

勤有没有去。勤有就在这种静谧中刷着那匹马。每回他都这样，让马感到舒服。勤有他爷给东家养马，勤有从小就跟这匹马很熟，像是亲兄弟一般。勤有没见过这么白的马。他喜欢看白马奔跑的模样，像一团快速移动的白云，飘飘飞飞的那么一种感觉。他给马起了个名字叫飞儿。

几只牛蝇在他四周翻飞，弄出一种腻人的声音让人不堪忍受。飞儿也被弄得烦躁不安。

看你张狂，我刷完马好好收拾你。勤有想。

“你不给这些讨厌的东西一些颜色它们就难得老实。”勤有跟飞儿说。

飞儿顿了顿蹄子。他觉得飞儿听懂了他的话。

“鬼精灵，你是个鬼精灵。”勤有跟飞儿说。

“鬼晓得怎么弄的，到这时日还有牛蝇？”

他想：我得弄死他几只，我非得弄死他几只。它们搅得我们不舒服，我们得给它们点颜色看看。

勤有停下手里的活，抹了抹手，然后把布巾丢进桶里。

他就那么站在日头底下，看了看身边那株老樟树。老樟树像一团墨影。日头很大，一过了中午就把树阴弄成了墨影。

勤有站在那里，眼睛不看那些飞舞的牛蝇。他好像对看那团墨影特别专注，手却出其不意在半空中抓了一把，然后往地上猛甩。他连着那么弄了几下。

墨影里就有了几个黑点，像豆豉。

你看，叫你们别张狂，你们还张狂。喊你们走，你们不走。他看着牛蝇的死尸那么想。

三　那座叫做遵义的城市

勤有刷完马，牵了马来到坡上。坡上的草遭了霜的肆虐，已经看不见半点绿色。白马悠闲地觅着枯草，吃得倒欢。

勤有很无聊。他无聊时就看山。他心里有东西闷闷湿湿的，想跟谁说些什么。心里有些疙瘩弄不平整，跟人说说可能就会好些。可山里这时见不着个人影。山里很静。他弄不清来本他们都去了哪里。那座城市在那边，像日头下随便放着的一推抹布。

勤有看着看着就看到来本了。

开始他没看出那人是来本，只看到黑黑的一团东西在沟里悬了那么颠，像一颗被人剥了皮的芋头。后来他看出那不是芋头，那是来本。来本的光脑壳像只芋头。

来本和勤有一个村，却不同宗。勤有和来本的爷一起在山里烧炭。那一年炭窑塌了，勤有和来本的爷被砸在窑里也烧成了两截炭。跳神师傅说勤有和来本的娘是西面来的双煞，不能留。族人信了跳神师傅的话，就叫两个寡妇改了嫁，把来本和勤有送到有钱人家里做短工。红军来了之后，一群伢同一天入了队伍。

勤有记得那天的情形。那是一年前的事了。

那天的日头也很大，大家站在草坪，上日头晒得脑壳起躁。丁伊群给入了红军队伍的伢们派事。他们以为会叫他们上火线，可是没有。

大家闲坐在草坪上没事可做。

丁伊群说：“你们玩随便玩，你们想看什么看去。”

勤有他们以为丁伊群要下什么命令，可是没有。勤有当时看见一头牛在吃草。草长得很茂盛。

丁伊群说：“勤有，你看什么？”

勤有说：“那片草真好哩。”

丁伊群没说什么。他又那么问来本。

来本说：“我看蚂蚁哩。”

丁伊群说：“蚂蚁有什么看头？”

来本说：“别看它们小，却有大本事。我就想，蚂蚁它小小一个东西好像什么都能明白。我老想弄清楚它们的那些事……”

后来，丁伊群就给他们派了任务。他把勤有派去养马，把另一些伢派去做警卫或勤务。丁伊群以为勤有会说什么，可勤有没说什么。勤有欢天喜地。

勤有没想到来本会来。他跳了起来，呀呀，他那么喊着，他把来本抱住了。他正寂寞的时候来本出现了。来本，你真是好兄弟，总是在我最需要的时候出现。他这么想。

他们坐在大石头上聊天。

“叫你去你不去。”来本说。

“我遛马。我想不出那地方有什么好玩的。”勤有说。

“他们在换衣服。”

“什么？”

“我看见福来他们在换衣服。”

换衣服有什么好奇怪的？勤有想，换衣服有什么稀奇？

“他们在跟白军换衣服哩。”

“噢？”

“还每人发了十块大洋。”

“还给钱？怪了，给白军钱？”

来本用指头抠土。有些硬，但来本硬抠出一截草根来。他把草根放到嘴里嚼着。他们都是苦孩子，从小挨饿。他们常用野果、草根什么的填肚子。他们习惯了，没事时就抠草根往嘴里塞。

“就是，我也觉着怪。我以为是路费，可路费是三块大洋。”

“就是！”

“他们把俘虏枪里的撞针下了，把枪还给了他们。”

“噢？”

“来福他们跟白军换衣服，然后混入白军队伍里了。”

来本又开始抠土。他低下头，看着那只手在泥里动作。

勤有有些急了，说：“哎哎！来本你说呀你快说！”

“我们坐在山顶大石头上，能看见遵义城。”

“还看见什么了？”

“六团的人在追赶白军。”

“不是结束战斗了吗？”

“他们放枪，枪在林子里响。他们冲锋。”

“哦哦！”

“那些白军逃进了城里。”

“让他们逃了？怎么就让他们逃了？”

“你觉得怪？”

“是怪！”

“等下你就不觉得怪了。”

“哦哦！”

“他们上了城楼，他们缴了那些守城士兵的枪械。”

“哦哦！”

“然后打开了城门，我们的人就水一样涌进城去了。”

“你看见了？”

“叫你去你不去。怎么，你不信？”

“白军缴了他们自己人的械？”

“你蠢。”

勤有一点不生气，他只是有些疑惑：白军自己打自己？他拍了一下自己的脑壳又拍了一下，想要拍出什么来似的。

“不是换了他们的衣服吗？你真蠢。”来本说。

勤有恍然大悟，猛拍一下脑壳：“呀呀！我是蠢，猪一样蠢。我怎么没想到？他们乔装打扮，混进了城。”

“你蠢，才想到。”

“我不蠢！”

“嗯？”

“蠢的是城楼上那些白军呀。”

“啊，那是呀！哈哈……”

“啊哈哈哈……”

他们大笑了一回，山谷里满是他们的笑声。

“神兵天降。”他们说。

“你看，叫你去你不去。山头看大戏，一场好戏……”

勤有满肚子遗憾，觉得自己有点背时。他不愿再提这事。他看飞儿。飞儿抬起头往这边睃，愧疚地摇了摇尾巴，好像懂得了他的心思。

“没你的事！”勤有忽然大声说。

来本吓了一跳。勤有怎么了？当然没我什么事，我叫了你的呀。你自己不去你怪谁？

“什么事不事的？”来本说，“当然没我的事，怪你自己。”

勤有笑了一下。那时他们听到了军号声。

勤有说：“走吧。”

勤有牵着白马飞儿往山下走。来本跟在他身后。

“就想睡一觉。”

“我也想，用滚水洗个澡。”

“吃一顿饱饭。”

“找个寮子睡一觉。”

他们在说着那些美好的事情。他们这些日子太苦了，这些都成了他们向往的东西。他们说着想着，就走到了队伍里。

很快，他们随着队伍走进了那座叫做遵义的城市。

第二章 门户大开

一 他觉得这支队伍非同寻常

任大东是在午饭时候听到红军进城的消息的。那时他正和大姨太说着过年的事。这个话题，无论富家还是穷人这时候都在谈论着。

富家有富家的想法。要过年了，这一年里过去的诸多事情得细细想想，总结一番。来年的诸事也得掂量掂量。一年间的来往账目得细细核算。这都是事，对大户人家来说这些事很重要。

任大东是遵义商会的会长，思忖自家的事天经地义，顾及大家的事也理所当然。商会的事情让他脑壳重，就是一场新春聚会，也让他费尽心思。头绪繁杂呀，乱世让这一些本来顺理成章的事也变得疙疙瘩瘩的。半个月前，何九他们几个副会长就闻风而逃了。副会长不在，他没法安排那些事。安排了，说不定还得罪人。更重要的是，何九他们的行为影响了他，让他也动了那念头。他们说得很严重。他们说红军对富豪绝不留情，他们如狼似虎，他们凶神恶煞，共产共妻，毁祠掘坟……红军若是真这样，那他任家就完了。任家在遵义是个大户。任家几代人的心血，总不能在他手上灰飞烟灭呀！

他记得何九他们那晚就是这么说的。

何九说："命是青山呀！留得青山在，不怕没柴烧。"

何九说："财宝细软和命得保住，你说是吧？"

"屋宇田地能搬得动？由了它去，守着干什么？"他说。

"赤匪搬得走？他们搬得走？"他说。

他觉得何九的话有道理，却挪不动脚。他想，至于吗？如此匪患，国家能视而不管？这么大一座遵义城，说攻占了就攻占了，那还得了？那些军队是吃干饭的？

任大东没把何九的话当回事。再说，真当回事又能怎样？他是商会会长，别人能走他不能走。他一走牵动一大片。很多商户都看着他，他一动非同小可，说不定一条街就瘫了。

他去会过黔军侯之玺旅长。

侯之玺旅长说："过虑了过虑了。穷寇已经日暮西山，不日将清剿殆尽……你没看报？"

任会长点了点头。

侯之玺旅长说："那就是了，你不必多虑。湘江一战，赤匪已大伤元气，只剩下些残兵败将，何以奈何得了我雄师百万？遵义是黔西重镇，有九个团守关，城池如铜墙铁壁，红军做梦也攻不进来。"

任会长点了点头。

"再说长官们也有家产屋宇在这。柏辉章柏师长的公馆没你任大东家的好？他家的财产没你的多？人家都不怕，你怕个什么？"

任会长觉得有道理，再一次点了点头。

侯旅长说的那座公馆，后来成了一个重要的地方。几十年后，人们纷纷前来参观瞻仰，从四面八方来，络绎不绝。

就在任大东和侯之玺会面后的第十天，红军在那座公馆里召开了一次极其重要的会议。那次会议决定了红军的命运，也决定了中国的命运。

任大东不能不点头呀。柏辉章柏师长可是黔军的风云人物，在这一带唤风得风唤雨得雨。再说了，侯之玺旅长说得那么自信，任会长能不点头?

任会长吃了一颗定心丸，一心一意忙他手头的事情去了。城里的大小商户见他们会长神情自若，自然也没把不断传来的关于红军的消息当回事。那些消息也像风中的旧旗幡一样，被风弄得来来去去一会一个模样，一会说红军过了乌江，一会说红军往北到了某地，一会又说往贵阳去了。大家都被搞糊涂了。但风声归风声，任大东心不慌意不乱。就算红军真的兵临城下又能怎么样?国军城高水深兵强马壮怕个什么？任会长继续忙他的事情。腊月初十，他找了几个朋友喝酒，商议商会的事。烫过的水酒很好喝，他就多喝了些，结果午睡睡过了头起得晚了。他在恍惚中听见了屋外的嚣响，像是谁家在放爆竹。这些日子总是爆竹声不断。他起了床。时间不早了。他想。我还有些杂事要办。他想。

他开了门。咦? 他不由得倒吸了一口凉气咦了一声。

一支队伍正在街上悄然行进。任大东揉一下眼又揉一下眼。他看账房先生。账房先生一脸愕然。

“呀！”账房先生呀了一声。

“你不知道？”任大东问账房先生。

“知道什么？”

“这些兵……”

“不知道。谁知道？”

“不是说铜墙铁壁……”

“什么？”

任大东摇了摇头。他理解账房先生的疑惑。账房先生又没听黔军侯旅长的话，他当然惑然。任大东往街上看，一个士兵在那儿贴着什么。他想，布告哩，我看看去。

任大东过去看了那些墨迹未干的文字，莫名地晃了晃脑壳。远处，账房先生愣然地看着这边。

任大东看了布告回来，账房先生便问：“写的什么？”

“是红军写给士兵们的通告，有八条哩。”

“哦？”

“不许乱屙屎尿！”他说。

八条通告，他记住了最后一条。

“屙屎！”账房先生笑了起来，“屎尿的事他们也管？”

任大东没有笑。他想，俗话说，管天管地，还管人屙屎放屁？这条通告让他感到震惊，比先前突然发现红军神兵天降还要震惊。就那会，他觉得这支队伍非同寻常。他想他得想想。他关了门想了一会。那时他想，我倒要看看了！我不信，鬼才信。横竖是虎狼嘴边的肉了，不如索性反其道而行之。他就做出了那个异乎寻常的决定。

他对账房先生说：“叫伙计们把门都打开！”

“什么？”

“你照我说的做就是。”

“哦哦？”

“你打开门就是！”

伙计真照掌柜吩咐的那么做了。

任大东想，诸门大开，我很快就会知道是怎么回事了。

他点了一斗烟。

他的烟斗很特殊，是先祖留下的东西，上百年的传家宝了。那烟斗是任家先祖用奇形怪状的树根雕刻而成的，猛一看不像树根雕的，倒像是用铜铸的。那时候任家先祖还是一个放排的排工，家里上无片瓦下无寸地。那天，先祖在水里救了一个汉子，是个受了伤的劫匪。人虽救了上来，却终于伤重不治。任家先祖等人来取那袋财物，却经年不见人来。那些财物就成了任家发家的本钱。他们说，那只烟斗给任家带来了财运。那只烟斗就在任家数代人间一直传下来，成了一种规矩。

他吞云吐雾。他穿过烟雾死盯了大门看。

二　让人伤透脑筋的事

勤有那会儿急着要屙尿。他看着街上整齐的商铺，找不到他想去的地方，急得满脑壳汗水淋漓。

来本那时一脸喜色，对街上什么都感兴趣。说实在的，他们从没进过城。原来城是这么个样子呀！来本一扭头，看见勤有一脸的汗。

“哎哎，你怎么了？”

“我尿急。”

“噢，那你屙呀！”

“茅厕哩？我找不到茅厕！”

来本也找不到茅厕。这不是乡下，乡下菜园子里都有厕缸，过去松了裤带蹲下来就解决了。在野地里更好办，随时随地就能解决，那真叫方便。而现在还真是个事情，一件让人伤透脑筋麻烦难办的事情。纪律规定不许乱屙屎尿，所以他不能乱屙。可屎尿是憋得住的吗？你看看你看看！

“妈呀妈呀妈呀……”勤有嘴里叨叨。

来本说：“哎哎，你别急，总能找得着的。我帮你找。”

那会儿，两个伢在城里找茅厕。街上哪有？街上人家都大门紧闭。敲门，人家不开。那时候谁也不知道门外来的是不是红胡子妖怪三头六臂，那时候城里人心惶惶，谁敢开门？

后来他们终于找到一家门开着的，看上去像个大户。他们找到的是任大东家。怪了，那家人倒是把所有的门都大开着。

勤有顾不得许多了。你想屎急到屁股眼眼上了，能顾得了许多？他急急闯了进来，无头苍蝇那么在宅院里窜。

任大东那会儿有一种莫名的期待。他的心正因为期待不至而有些灰蒙蒙的。突然，两只黑影一晃闪进了大门。他眼一亮，啊哈，终于有兵闯进宅子啦，还是两个小兵。他看见那个小兵在宅院里乱窜。

任大东咳了一声。他看见两个伢愣愣地看着他。

“哎哎！有何贵干？”

他看见那小兵莫名地挥挥手。

“哦！我知道你们在找啥，我带你们去！”任大东脸上挂了那种笑，很大度地撩着长袍站起来往屋宅纵深里走。

两个伢有些茫然地跟在他的身后。

他们穿过厅堂，穿过宽宽的天井。那些门都大开着。勤有屎急得不行，没想太多。倒是来本脑壳里闪了一下，但也没往深里想。

然后他们到了那间屋子里。

那里竟然还亮着油灯，一闪一闪的。那会儿来本和勤有眼睛就瞪大了，然后他们就揉眼睛。他们看见什么了？他们看见那些值钱的东西，珠宝呀银洋呀还有一堆的账本、纸契什么的。

“噢？”两个伢很意外，没想到会看见这些。

“都在这儿了。”任大东说。

“任家所有值钱的东西都在这儿。”他把声音放得很重。

“什么？”来本问。

两个伢一头雾水，愕然地看着那个男人。

“你到底想干什么？”来本问。

任大东倒愣了。

他皱眉眨眼地看着两个小兵，说：“问我？我倒要问你们哩。你们要干什么？”

勤有的话让任大东忍俊不禁。勤有皱着眉头一副蔫蔫的样儿。

勤有说：“我找茅厕哩！你家茅厕在哪？”

任大东忍不住笑出了声。原来人家在找茅厕呀。哈，我想哪儿去了?

“我屎急。我要找茅厕。你家茅厕哩?”

任大东真想给自己脑壳来一下。你看人家找茅厕哩。人家有纪律不让在街上随便屙屎屙尿，人家屎急了找茅厕天经地义。你把人家当什么了?

任大东笑了一下又笑一下，说：“你跟我来。”

他把勤有带到旁边的一间屋子里。那里有只马桶。一缕阳光透过小窗，恰好罩在那只马桶上。马桶漆得铿亮，分明能见一道金边箍在马桶上。勤有有片刻的犹豫，但很快他就顾不得许多脱了裤子坐了上去。可是屁眼那地方像上了把锁，竟然半天没挣出来。

他起身看了看，找不出个原由，只看见一道金箍格外刺眼。他想，肯定是这道金边作怪。他们这些伢哪坐过马桶，何况是这么金贵的一只马桶？以往他们急了，裤子一扯就拉了。哪像这样，大冷天的，屁股坐在一团冷东西上，那还屙得出？

“哎哎！”勤有听得来本在窗外嚷着。

来本肯定是等急了。

“什么？”

“怎么样？”

“屙不出。哎呀，我怎么屙不出！”

“你不是屎急吗？你说你急到屁股眼了。”

“是，可这会儿急也急不出来。”

“你这人……”

他们说着话。一说话勤有就分了心，那地方立马就有东西拱了出来。

“哦，好了！”

“什么好了？”

“好了就是好了。”

现在那种急切的感觉又真实地回来了。勤有撅着屁股，就感觉热烫的一节涌出，一阵酣畅淋漓。

他终于心满意足地从那儿出来了。他看见来本往他脸上瞅。

“你说屙不出？”

“屙了。”

“你这人，怪怪的。”

“是那东西怪怪的。”

“什么？”来本往屋里睃了一眼。

“一只金边马桶。”

“哦？金边的？”来本那么说着，屁股儿那就有种感觉了，像有只奇怪的虫儿在那里爬着。

其实他没屎，进城前他找了个凹坡解决过了。但他经不住勤有那得意神色的诱惑。常常就是这样，两个伢像前世的冤家，一方有什么另一方就心动。他们都不想这样，但到时候心里就有一只虫在爬着，弄得心痒痒的。

“我也急了！”来本说。

“哦，你屙你屙。”

来本提着裤子进去了。他没揭开马桶盖儿，而是在那儿慢慢看了一回，然后才脱了裤坐在没揭盖的马桶上。他不想揭开，一揭开那不臭气掀天了？他想，坐坐就行。他没觉得那有什么特别的，但他还是坐了一会。他嗯了几声，装出在屙屎的样子。后来，他还真坐出一点感觉来了。他想他得屙一点，干坐着不是个事，得像模像样地屙一点。他揭开了马桶盖。

勤有在外面等着来本。他看见那个穿长衫的体面男人在朝他招手，就朝那男人走了过去。刚才内急，他没看清男人的模样。这回从容些了，就看清了。男人四十多岁的样子，脸是刀形脸。眼睛很小，却有神。脸上的肉里像藏了什么东西，总捣鼓出一种若有若无的笑来。

男人说：“你来一斗烟？”

勤有说：“我不会吸烟。”

他打量着那些屋子。呀，非同寻常！到底是大户人家，比先前东家那屋院还大。他看天井，看天井高处的飞檐，还有那些门窗。门窗上雕着花草鸟兽和人物故事。这时，他看见堂屋里居然还摆着些糍粑。

“你拿些糍粑去！我家有才出的上好糍粑。”

勤有摇着头："我们有规矩，不让动城里人家的东西。"

"哦哦，你们还讲规矩？没听说过当兵的有这么多规矩。"

"我们是红军。"

"我知道你们是红军。"

"那就有规矩。"勤有有板有眼地说。

他见过丁伊群和有钱人说话，他就学着首长那神情。

"你才多大？"

"十五。"

"我看不像，就十岁的样样。"

"哦……"

"小小年纪当兵吃粮？"

勤有看了那男人一眼。他不明白男人为什么问这个。就是呀，当兵吃粮，有粮吃才能活命呀，呆在村里忍饥受冻猪狗不如活个什么劲！

他把他的脚跺了跺。那会儿他有些冷，就习惯地跺了跺脚，两只手还那么搓着。他看见男人还那么笑着，嘴也动了起来。

男人说："那边有衣裤，你拈了穿上。"

勤有很认真地说："我说过的，红军不能要你的东西。"

"作孽哟，我不是给红军的，我是给你的。"

"看你，我就是红军呀！"

他们说着话。他们本来还要说下去，看起来他们谈得很投机。可是来本来了。

来本说："哎哎，马桶真的不错。我屙完了。我们走吧。"

他们没走成。他们正要出门，门很响地被人踢了一下。

门是开着的，可来人还是踢了一脚。那声响，把任大东和勤有吓了一跳。

三 不信红军和别的队伍有大区别

闯进任会长家的人是田顺善。田顺善衣衫破烂，额上和脸上似乎有鞭痕。他看上去像个囚徒。

其实田顺善确实才从牢里出来。田顺善是个街痞，就是整天无所事事的那种人。他从小没爷没娘，在街子上吃千家。小时瘦瘦小小得人同情，乞讨还有个着落，人家会给顿饱饭果腹。长到十六七岁也算高高大大一个后生了，人家说你得做事情自己挣饭吃了。哎哎做篾去榨坊出力气河里走排什么的都可以的呀，总归能挣口饭吃。可田顺善不愿意，他无拘无束惯了。他想，那些财主有钱人整天游手好闲不也吃喝不愁穿金戴银的？他想他也能那样。他想富人不就靠巧取豪夺吗？他也能有机会。他和一帮混混兄弟总那么游荡着等着那机会。

他们也干些偷摸勾当。那天，他就因了这事栽在了商会手上。

那天，田顺善和几个伙伴偷了陈家绸布店老板的钱款让人抓着了揪到商会。任大东处理这事，他说没什么好说的送官吧。商会把他交给了黔军侯之玺旅长。军人正闲了没事，给田顺善一顿鞭刑，然后丢到牢里。他以为他这回彻底栽了，他以为他要死在这潮湿脏臭的地方了。他每天嚷着四个字：放我出去！没人理会他。他想，死了死了吧，二十年后又是一条好汉。他每天大声骂娘，还是没人理会他。

可这天他听得一片异响，后来看见有人打开了牢门。后来，他知道是红军来了。红军打开了牢门，田顺善被放了出来。

放出来的田顺善神气地走在大街上。他想他该跟伙伴们去好好喝几盅。他没喝成，因为他看见任大东家大敞着的门了。他觉得有些怪，但更多的是惹起了他心头的怒火。他很重地朝那门踢了一脚，然后就闯进门来。

他那么副模样，把任大东、勤有和来本都吓了一跳。

田顺善径直走到任大东身边。他看看任大东，又看看勤有和来本。

田顺善说："任老爷，你认得我吗？"

任大东很镇定。

他端着那只烟斗平静地吸了一口，说："那当然。遵义城里谁人不认识善子呀！"

"知道就好。"

"你要干什么？"

"我出来了！"

"出来了好呀。今后好好做人。"

田顺善冷笑了两声，扭过头跟勤有说："哈哈，你听他说的，好好做人……哎，你先来了一步呀。"

勤有说："什么？"

"我不认识你。"

勤有说："你当然不认识我。"

"你鼻子倒挺灵，一进城就找到这里来了。"田顺善说。

"哈哈，马无夜草不肥人无横财不富是吧？"田顺善说。

"见者有份见者有份！"他嚷嚷。

任大东说："你都说些什么？"

田顺善说："任老爷，你看你还装！你说我来这里干什么？

你自己知道。”

任大东说：“我不晓得。我怎么晓得？”

“红军来了你也不晓得？”

“我晓得的呀！”

“难怪你任大老爷今天这么安分老实。”

勤有咳了一声。他有些纳闷。他们说红军来了，红军来了怎么跟他们的怨隙有关？

田顺善说：“任老爷，你得赔我损失。”

任大东很镇定：“此话怎讲？”

“是你把我送进牢里的。”

“你偷人钱财。”

田顺善嘻嘻笑着。他以为这姓任的会有些慌乱的，可是没有。他突然发现任家所有的门都是大开着的。他耸了耸肩，似乎闻到了什么气味，是一种财宝的气味。他向那间屋子走去，然后，他真的看见那些财宝了。立马，他的眼睛大了，血沸了，饿狗一样朝屋里扑去。

一个人横在门边。

那是来本。来本在马桶上坐了一回，硬是挣出一泡屎来。他想他该更名副其实一些，就接着挣，往屁眼那地方运力气，却终究挣不出来了。这时，他听到厅屋那头任大东和田顺善的说话声。他听出了田顺善话里的名堂。

来本离开了马桶。田顺善想进那屋，来本横在门边堵住了他。

田顺善说：“耶耶！”

“耶个什么？”

“哦，原来还有一个。”

“嗯？”

“你都翻出来了？”那些财物像磁铁一样紧紧吸引住了田顺善的目光。

“什么呀？”

“见者有份，说了见者有份。江湖上有规矩是不？”田顺善的目光一直没离开那些东西。

来本笑了。

来本说：“呀，你说什么呀？大白天的来打劫不成？”

田顺善愣住了。他扭过头来。那个红军伢神情严肃地看着他。他看看，看出那个红军伢不像是装出来的。他想，他不能不识时务，看来那两个红军伢先他而来，不想让他占便宜。他想，行！他想，原来如此。好哇，真像他们说的那样，红军也真够黑的了，江湖规矩也不讲了。不讲就不讲。还有其他大户，我不会上那儿去？先下手为强呀。不过，现在也许都晚了，看来富家的瘟神来了。红军个个如狼似虎的，连伢都这么急不可耐，歇都不歇一下，急着抢掠。哈哈，看来遵义已经是一座空城了。不过不要紧，我要是红军里的人不就行了吗？对，我入红军。丢他妈，我不会入红军？

他冲来本笑了起来：“呀，大水冲了龙王庙，自家人不识自家人！你看……”

“来，我帮你们两个一起搬。”田顺善说。

来本又拧起了眉头。他觉得这男人有些莫明其妙。癫子？看看又不像，可说出的话让人云里雾里。

“看你，你怪怪地看着我做什么？”田顺善说。

“我脸上长了字不成？”他说。

“大白天的真来打劫？”来本问。

“知道，红军不叫打劫，叫打土豪。”田顺善说。

“我也是红军呀！”他说。

来本笑了，原来真是个癫人。我不跟你说了。

“看你说的！”来本说。

“嗯？我说错了？难道我说错了？”

“其一，你不是红军，我也不认识你；其二，红军打土豪不是打劫。”

“我入就是，入了我就是红军了。”

“红军该守红军的规矩，更不能动人家的东西。”来本说。

“跟你说吧，在红军的眼皮底下抢东西，你小心着就是！”来本说。

田顺善想，哼，说得好听，我不跟你们扯了。

他朝来本打了个响指，说：“我喝两盅去，在牢里憋死我了。”

他想，入了红军我就能有一份。我就不信，天下还有这样的军队！不抢，粮草怎么来？军饷怎么来？没钱谁替你卖命？

他走出了任大东家的屋宅。他没想到那两个红军伢也随他走出了那扇大门。

他们两手空空，其中一个回头跟任大东说：“哎哎，你得把门关好。”

田顺善疑惑了。他走着，一边用眼角的余光紧盯了勤有和来本不放。两个伢跟了他走了很长一截。学堂那边一队红军在忙着什么，两个伢朝那边走去，然后消失在那队士兵中间。

真是那么个情形？不对不对。兵荒马乱，自古是发财的好机会。我就不信，不信红军真能和别的队伍有大区别！从来兵无君子，我不信。

“我不信哩，鬼才信！”他对着巷角的一团枯叶说。

“等着看就是！”他说。

不信的还有任大东。虽然两个伢给他带来些意外，但他还是不相信那白纸黑字上写的“八条”。自古兵匪一家，何况是败兵！湘江一战，他们折损大半，穷途末路，朝不保夕，竟然会如此泰然自若？当年张献忠兵败以致疯狂屠城。如今红军的状况也跟张献忠的军队相似，他们能军纪如铁？

他在等待着什么出现。

第三章 也是任务

一 一次重要的会议

任大东和田顺善以及遵义城里的许多居民，在半信半疑和略带焦虑的等待中并没有看到他们预料的那些事情发生。倒是在这十天里，红军不声不响中有了巨大的变化。史书上对这些变化有过评价，说这些变化决定了此后红军的命运甚至整个中国的命运。

遵义新城区有片簇新的房子。那些气宇轩昂、豪华气派的楼房围绕一座教堂而建。黔军师长的豪宅就在那片新屋中间，当然是其中最豪华、最漂亮的房子。

就在这座楼里，那些天，红军召开了一次重要的会议。当然，参加这么重要会议的人都是红军中的重要人物。他们坐在那间屋子里，一共十八个人。这个数字和其后不久的大渡河上飞夺泸定桥的勇士的数字完全一样。这么间屋子坐十八个男人显得有些拥挤，激烈的发言和沉默中燃烧的烟卷使得这种拥挤更加凸显。

他们时而言语激烈，时而沉寂无声。那个红胡子洋人也在其中。他没有抽烟，弓着背，高大的身躯就弄出一副怪异模样。他坐在离门不远的地方，那显然并不是中心位置。很多年以后人们写到这次会议，说他自觉地选择了一个合适的位置。有人在给他翻译着那些人的发言。他皱着眉头。即使不翻译出来，他也已经从那些中国人的神色里看出一点什么来了。

这里的气氛不太对，看来在红军内部将要发生改天换地的大事。

他看见大家都在抽烟。有时候，因为所有的人都保持沉默，所以，都能听见烟卷燃烧的咝咝声。但更多的时候大家都在发言，言辞激烈，据理力争。一根烟在指间燃着，猛然就燎烫到那两根手指，这才惊觉，把手上的烟头狠命地在嘴里吸吮几下，然后带点遗憾神情将烟头放进那废弃的罐头盒里。这些烟卷是刚到手的战利品，对于嗜烟如命的男人来说，它和遵义城一样重要。他们已经好久没有尝过烟卷的滋味了。

他们谈到了过去的那些战事。当然，那些仗多半打得窝囊。他们说怎么会这样？为什么会这样？这是他们一直在想的问题。这些红军的首脑，从准备离开苏区起就一直在想这个问题。他们在马背上想，在担架上想，在大小战事的间隙里想，一直想到遵义这个地方。一路上他们想到了许多东西，那些东西像春里的河水在大家心里漫涨着。他们积了一肚子的话要对人说。走着，打着，没日没夜地奔波，他们没机会说。到了这地方，他们终于有机会说了。他们畅所欲言。他们一吐为快。哈哈，这些天的胜利也助长了他们的谈兴。这么大的一座城池，居然没费什么力气就拿了下来。

那个姓彭的军团长此刻坐在靠窗的地方。从那儿他可以看见那条绕城而流的河。冬天正是枯水季节，可眼前河里的水势依然不弱。他的思绪也像河水一样奔腾到很远的地方。他想起另一次攻城。那一回他们想趁黑夜炸毁城墙。那座叫赣州的城市对于苏维埃来讲太重要了。年轻的苏维埃共和国需要一座像样的城池来做它的国都。他们炸了城墙。没想到，城墙被守敌事先做了手脚，没有像他们算计的那样往那一侧倾倒，而是倒向了这一侧，压死了墙下数百红军伏兵。没放一枪一弹，无端死了数百人马，这打的是什么仗！彭军团长为这事一直心里窝着股无名火。可这一回。却不伤一兵一卒，把这么座遵义城给拿下了。啊，多好的一座城市！他没想到，红军中很多人都没想到。事情来得太突然了些，仗也打得太漂亮了。

那时候，争论已经开始。这支军队，一年多来因为犯了战略错误，导致中央苏区全部沦丧，也使红军险些全军覆没。连日的败绩和漫无目标的跋涉，战士的饥寒交迫，指挥员的迷惘……但没想到在黔北的这座城市见到一线光亮，似乎要有转机了。转机不仅来自这场胜仗，更多的是来自惨遭败绩之后这支军队空前的镇定和协调。这位姓彭的将军没有想到，红军中的许多首脑都没有想到，队伍进驻遵义，士兵们秋毫无犯，原先担心的一些鸡零狗碎的违纪事件并没有出现。这让军官们很欣慰。他们从士兵从容的面孔上看到了希望。

这次会议的召开并不是偶然的。会议之后能迅速地让红军的命运逆转，也绝非偶然。这一切都让劫难中的红军看到了希望。甚至，这种希望让他们开始用异样的眼光审视着黔北这块土地。也许，这是块很不错的根据地哩。年轻的苏维埃共和国也许可以在这地方立足。他们这么想。

这些想法让他们非常兴奋甚至壮怀激烈。

二 特殊任务

那天勤有和大家一起进了一处深宅大院。他看见那地方生好了炭火铺好了床。他们在那热烘烘的屋子里吃了几碗汤圆，那热气就缓缓地在周身漫布了。然后，他们就迷糊了。

他们想说些什么。他们很高兴，可他们迷糊了。瞌睡像水一样漫来。

他们没听到伙夫老涂的喊声。

伙夫老涂在那儿烧了两大锅热水。他想伢们该洗个澡了，记不得多少天没洗澡了。他想，身上的垢墁都成甲了哟。最重要的是还有虱子，那些虫虫在伢们的蓬乱毛发里肆虐。平常急急赶路，听得枪声和炮声，追兵紧随，哪顾得上身上瘙痒？他想，我烧盆滚水让伢们都痛快洗个澡，让他们舒舒服服睡上一觉。才多大个伢，跟了队伍吃这么多苦。

他想着，心中隐隐作痛。

造孽哟。他想。

“哎哎，都来洗个热水澡，你们来洗个澡……”他喊着。

他没听见动静。他推开那门，看见伢们早睡个死死。

造孽哟。他想。

洗澡是第二天的事。伢们都彻底洗了个干净。伙夫老涂说上头会给你们发新衣的，你看身上穿的什么嘛，成烂抹布了。

丁伊群站在这个阳光灿烂的冬晨里。他晃着肩膀，那抹阳光似乎也随着他的肩一下一下颤动着。他看了看那些门，一如这些天的清晨，动静全无。小院里有一只空罐头盒，他踢了一脚。那罐头盒发出很响的声音。然后他侧耳听听，响声之后没动静。

于是他伸手拍打那些门，拍得很响。依然没动静。

还那么睡。进城两天了还那么睡？丁伊群想。

他不得不掏出那枚哨。他想只有靠这个了，这东西一定管用。他把哨放进嘴里。

尖厉的哨声划破晨曦。

一排伢就整齐地站到了他面前。他们衣着不整。那么些破烂的衣服没法整齐起来。他们穿着那身破烂揉着眼睛，黏眉糊眼地看着丁伊群。

“你说过的。”洪北对丁伊群说。

洪北是个大胆顽皮的伢，他跟谁说话都没大没小。

“什么？”

“你说有任务。都两天了，也不见有什么任务，只让我们睡觉。”

丁伊群笑着：“这不，任务来了！”

伢们的脸就变了颜色。那些日子一直在跋涉和战斗中，突然地就停下来，他们有些不自在。勤有大瞪了眼睛看着首长，眼里有一大片惊诧。

丁伊群是刚从苏联回来不久的年轻人。他读过些书，肚里有些墨水。有墨水又年轻，就跟一般人不一样了，总想找惊天动地的事情做。回国后他就要求到苏区。他想上前线。他果然如愿来到苏区，可他没去成前线。他没想到上头让他去了另一个地方。

他们把他派去搞银行。他们说那地方需要他这样的年轻人。他觉得有些委屈。在前线多好，在后方跟算盘和一帮伢崽打交道，寡淡无味。但命令就是命令，丁伊群还是来了。

他没想到一来就遇到了大转移，还做了十五大队的大队长。没有几个人知道十五大队的真正任务，丁伊群知道。就因为知道这任务艰巨责任重大，他才安心留下来。十五大队也是红军和苏维埃的一根命脉，没了不行呀！政权得有自己的财政和银行，有自己的经济命脉。他得尽心尽力。不仅如此，他甚至做好了牺牲的准备。

他们终于走到这地方了。他把那颗揪着的心放下了。他想，日子和以往不同了。

“哦哦！任务呢！你说任务！”他听到伢里有人喊了起来，当然是那个洪北。

“当然，还是重要任务。”

“我看你是诳我们耍的吧？”洪北抹着鼻子。

那地方有些污物，他一边抹着，一边大声嚷嚷。

丁伊群说：“看你们，军中无戏言！”

“那你说！”

“别急呀，就说就说。”

丁伊群把手插进那鼓鼓囊囊的裤兜里。伢们的眼溜溜地盯着他的那只手。他们以为他要掏出张纸来，然后，读纸上写的相关命令。可他们发现他们面前的这个男人掏出的不是一张纸，是一叠纸钞，是那种苏维埃钱币。十五大队曾经运送过印刷这种纸币的石印机，但湘江之战后因为其笨重拖累队伍，将它们在路途中砸毁了，但印好的纸币和油墨还是一路带着。现在他手里就捏着那种纸钞。他抖着，纸钞发出诱人的声响。丁伊群没说错，他是在执行上头的命令。这会儿，中央红军中的各级指挥员都在执行着这一命令。这是一项紧急任务：绝对保持队伍的纪律，坚决做到秋毫无犯。再说战士们的衣装也确实应该换换了，尤其得为战士置备冬装，还要对作战勇敢的战士进行奖励，这些都很重要。再者，三军将士这些日子实在太苦了，得好好犒劳犒劳他们，让他们感受感受胜利的喜悦。何况，春节将至，也该让战士们好好过个新年。

就是这任务，一项特殊而重要的任务。

上级就是这么想的。他们对红军入城后的表现十分满意。这本身就是一场胜仗，这场战斗的敌人是士兵们自己。他们战胜了自己。他们的衣着依然褴褛，但城里没有发生一桩抢劫事件。有几个城里的小混混想浑水摸鱼，一概被及时制止。有几个白军的暗探，假冒红军试图抢劫放火嫁祸于人，也被抓住，后来当众枪决。

你看，这样的一支队伍，当然得让其众望所归。于是上级做了细致的安排，下达了这么个重要的任务。

丁伊群是来发钱的。他举着那叠纸币在空中抖了抖。

“你看给你们派任务来了。”他说。

洪北说：“这也叫任务？”

“跟你说吧，伢，这还真是任务！”

“哦哦？”

“发钱给你们，去买些零用东西。”

洪北笑了：“这也叫任务？我还真以为有什么了不起的事要派给我们。”

丁伊群的脸严肃起来。其实他一直严肃着，只是现在更把脸弄成公事公办的模样而已。他一这样，伢们就信了。每当丁伊群脸上现出这种神色，那肯定是有重要的任务。

“这任务你们要不折不扣好好地完成。今天放你们一天假，上街买东西。”

“哦哦！”伢们欢呼着。

“挑你们喜欢的买。衣服什么的就别买了，明天会发新军装。”

“哦哦！”

“去吧！”

“哦哦哦哦……”

三　有钱没买着东西

伢们像群鸟一样飞到街市上。这一天是他们的节日。他们唯一的遗憾，就是觉得衣衫不那么光鲜。他们不知道为什么今天不发新军装。要发该多好！可过了一会儿，他们就不把那当回事了。他们想，再过几天他们就能焕然一新了，到时候他们就让人刮目相看了。这会儿他们就不去想那些了。这会儿虽说他们像一群小叫花子，可他们手里有钱，有钱就能得到自己喜爱的东西。他们一边走一边盘算着，手里的钱到底能买回些什么。

他们想象着在店铺前把钱交到掌柜手里时的模样：掌柜会跌下眼镜？掌柜会将那些物品小心翼翼地交到他们手里……他们还想象着回来时的情形：每人手里都有一件让人惊喜的东西，让他们各自喋喋不休……啊，多好！多好的事情！真叫人开心。

但是，他们没想到他们的钱没有用。

街市很繁华。才两天工夫，遵义城里就恢复了先前的平静，像根本没发生过什么一样。

冬日里的风在街上百无聊赖地旋着，落叶和尘土被驱赶进了角角落落，把个街市弄了个干干净净。家家商铺张灯结彩。年节边上，商人们总能想法子弄出一番花样来招徕顾客。也正是因了年节将至的缘故，乡民从四下里聚拢到这座城中，男女老少塞满了那些商铺。

勤有早把要买的东西想好了。其实，他很早就想着能有一天得到这样东西。勤有看中的是那只铃铛。他一直想为白马谋到这一件东西。白马飞儿先前有一串马铃，那串东西佩在飞儿的身上真是一种最好的佩饰了。飞儿走起来，铃儿一下一下摆动，与马蹄声交融发出有节奏的动听声响。飞儿疾跑，那铃声就彻底融入速度中了。那情形真是妙不可言，勤有能听得如醉如痴。可不久前，丁伊群下令把多余的物品都扔了，队伍要轻装前进。队伍多是夜里行军，行走起来马铃发出响声，那岂不暴露了队伍！

勤有不得不忍痛把那串东西扔了。白马飞儿似乎也有些不舍，那天的草就吃得不自在。

勤有说："飞儿，我给你弄来一副就是。你等着，迟早我给你弄副新的。"

勤有终于等到了这一天。眼下不一样了，该不会再有被人赶着撵着的日子了。勤有那时就是那么想的。那时甚至红军中高级首脑里也有人那么想哩。勤有觉得白马飞儿能戴马铃了。白马飞儿应该有那种佩饰。你不知道那马铃声有多么美妙，那种声音被白马马蹄踩踏出一种异乎寻常的节奏和响声，让小风送着，穿过山林枝叶的缝隙及枯草的叶间，在四下里流淌，妙不可言。啊啊，勤有喜欢这种声音，白马似乎也喜欢这种声音。

那个麻脸掌柜没给他铃铛。那是个小眼睛男人。他眯着眼捏着那张纸钞看了很久，然后摇摇头递还给勤有。

"怎么，不是钱？"

店主摇着头。

“我买那串铃铛。”

小眼睛麻脸男人摇着头。

“这是钱呀！是苏维埃钱钞！”

男人还是摇头。

“你看你老摇头。”

男人依然摇头。

“哦哦……你这人，看你这人……”勤有有些气恼，但他忍住了。

他想，这钱总归有用。上头发的钱会没用？我到别家去。他想。来本没勤有那种耐性。

他脸黑了一戴，对那个麻脸小眼睛掌柜说：“这是钱不是钱？”

那男人摇了摇头，但很快觉得这举止有些不妥。他看见了来本那双眼睛。来本眼睛里的眼神有些不对劲。他眼里有东西，眼里似有怒火，怒火中烧。

小眼睛麻脸男人怕了。他赶紧连连点头。

“那就是啦！那你还说不卖？你开店就是做买卖的，我花钱买你东西你不卖？”来本黑着脸那么说。

麻脸小眼睛男人无奈了，他说：“卖卖……当然卖……”

勤有终于得到了那只心仪的铃铛。他把铃铛挂在飞儿身上，还牵着飞儿到河堤上走了一遭。他时而策马疾驰，时而碎步前行，时而又慢步缓走。他听那些因了速度而变换着的铃声，听出其中的无限乐趣。

其他的伢就远没有勤有那么幸运了。他们空手而归。他们找了很多家店铺，那些掌柜的都一个劲摇头。

他们想，他们都得了摇头症不成？

他们没得摇头症，他们只是不认苏维埃国家银行的纸钞。

“红军走了你找谁去？这就是一堆废纸。”他们说。

“谁认？难道政府会认这钱？”他们说。

他们说的是这两天街上各处传着的几句话。这几句话像风一样，在遵义城的每个街角游窜。

那几个伢空手而归。他们有钱没买着东西。

不仅那几个伢，甚至军需处的那些男人也纷纷空手而归。那些男人奉命去采购。队伍上需要大量布匹和棉花给战士置军服，队伍也需要药品和其他物资。他们同样遭到了拒购。

这是个事。

这是个麻烦事。

有人说话了。

“自古以来没人这么做。该硬时你就得硬！”他们说。

“你手里拿的是什么？不是刀和枪，难道是烧火棍？”他们说。

“啧啧……”他们说。

他们是些刚刚从白军俘虏转而当了红军的新兵，当然还有遵义城里如田顺善那样的混混。他们有些想不通。他们说着。不过他们只是说说。他们看见队伍里没人附和他们，就只好一头雾水地坐到一边去了。

他们那会儿知道了，红军真的不同于别的队伍，他们的这些话看来说了也是白说。

第四章 红军票

一 见血封喉

劳汇丰没有随侯之玺离开这座城市。

侯旅长说："劳特派员，你不走，我真没法保证你的安全。"

他是城防司令，当然不希望以后上头向他追问特派员的事。他想劳汇丰这种人总是有来头的。按他内心所想，你愿留下就留下吧，你就是自己把头送进虎口我也不管。他不喜欢劳汇丰这样的人，整天狗一样东嗅嗅西嗅嗅，总在找一些蛛丝马迹。自己难说什么时候就让这人给抓住些把柄。他希望这种人突然之间全部消失了才好。

"我看还是走的好。这地方凶多吉少。"侯之玺显得很关心对方，这么说。

"我有事，有大事。嘿嘿……"

劳汇丰看了看那个城防司令，慢条斯理地拈起根烟。他总那样，把一件事弄出神秘来。有的人就那样，喜欢弄出些枝节，一件简单的事也被他们弄得枝枝蔓蔓复杂了起来，弄得让人有点那个。

劳汇丰把烟点了，吸了两口才说：“长官知道南方有一种树叫见血封喉吗？”

侯之玺皱着眉，勉强点了点头。他觉得这话有点那个，好像是故意冲了他侯某说的。什么见血封喉？分明是见血封侯！这不是暗指我侯之玺吗？我才吃了败仗，被红军狠戳了要害地方，损兵折将。红军血红，封侯封侯，这不是恰指我侯某吗？侯之玺脸黑着，他忍着没发作。他把脸弄成那么个模样，他想劳汇丰该看得出来。那是个精明的家伙，他随时都在察言观色，能看不出来？

劳汇丰依旧扯着那话题：“见血封喉哇……你砍那树得小心。你别让它找到你的破处，哪怕针眼大一点破处。”

“哈，只要针尖大一个口子沾了树汁，你看就是……”他说。

“看什么？”

“就收了你的命去。”

“啊嘿嘿……”侯之玺笑得有些怪异，但劳特派员没听出来。

他依然叨叨着：“只要见血就封你的喉，这名字多好！”

侯之玺耳朵里像有一千只虫在钻。

他实在忍不住了，猛一拍桌子：“封他妈拉个巴子！”

劳汇丰吓了一大跳，眨巴着眼看着这个城防司令。

侯之玺笑着：“哈哈……特派员莫见怪。我是听走了音，以为是说封侯哩。上头先前是许了愿的，说配合大军阻击住赤匪残余，能给我侯某委任个师长什么的。可猴场一战，竟然让我置身虎狼群里，不派援兵接应。你劳特派员可是亲眼目睹的，要不是我侯某跑得快，连老命也不保，还封个鬼侯呀！妈拉个巴子，我一想起这事就气愤！你说说，这么个事气人不气人？”

劳汇丰说：“侯长官切不可如此论事！用兵之道，切不可以因一时失利而灰心丧气积怨于心。国难当头，你我应当齐心协力，以绝匪患。”

侯之玺又笑了笑，没把话说出来。

他想说：鬼哟，全国上下谁齐心了谁协力了？各地方军与蒋齐心了？就是黔军自己内部，又有几人与王家烈齐心了？若真的齐心协力，何至于让赤匪猖獗至今？

他想说：好了好了。封喉也好，封侯也好，我侯某都不想沾边。你不走就不走好了，我已经仁至义尽，不关我事了。

他没说出来。他一个字也没说。他只是笑着，笑得有些阴。

劳汇丰没有走。他想，这虽然是个险境，但也是个最能表现自己的机会。像他这种贫寒人家出身的子弟，要在这么个地方出人头地，没个机会不行。他一直在寻找机会。也正是因了这想法，他带了个特别行动小组化装成挑夫混杂在红军队伍里，一直紧咬了不放，一来搜集情报，二来相机行事。他们给围剿大军提供了许多有用的情报。红军余部过了湘江，他们也混杂在红军里到了桂北山区老山界，曾在那狠狠搅了一番。他们夜半时在村镇里放火，不仅搅了疲惫之师的休歇，更重要的是将其嫁祸于红军。薛总指挥甚至连同蒋委员长对此都加以赞赏。他自己对这一笔也很得意，酒席间常向人提起。红军入城前，劳汇丰被任命为特派员进入遵义，欢迎的酒宴上自然也要跟侯家两兄弟提及这事。侯家兄弟不以为然，私下里叨叨，这姓劳的真蠢，连同中央军何健、薛岳乃至蒋委员长都愚蠢至极。放火烧民房你烧就是，却让红军当场抓了几个，当众给处决了。损兵折将事小，最要命的是，你也不想想，屋烧了，百姓无以为生，他们往哪儿去？还不都一个个入了红军！天，他们在帮红军的忙哩。他们蠢极！他们自以为是！他们帮了红军大忙还自以为奇功卓绝。还有那个老蒋，这么个事还说“功绩非常”。哈哈，蠢哩！这么群蠢包还说什么战无不胜攻无不克？天晓得。

你们中央军打去吧。你们跟红军打去，这么打下去是个什么结果只有天晓得。

当然，侯家兄弟这些话不会让劳汇丰听到。他们当着劳汇丰的面还是说那些中听的话。

他们说：“劳兄不愧为党国精英，英雄虎胆后生可畏，前程不可限量！”

劳汇丰笑了。侯家兄弟也笑了。他们那么笑着把那场谈话结束了，然后各自作了抉择。

劳汇丰没有离开遵义，带着几个手下住在城边那座隐蔽的屋子里。劳汇丰的公开身份是新来的一位皮货商。他在街上弄了个门面，还搞了个小小的作坊。他假装是常往四处跑的那种商人，但因战争滞留在了这座城中。

这些天他们一直蜷缩在那间屋子里。他们苦思冥想，计划着他们的行动。他们想出了些招儿，他们觉得那都是些有针对性而且切实可行的绝招。

他们没有放火。李子有提出放火，说一把火把这儿烧成空城一了百了，看赤匪能得到些什么！

李子有是劳汇丰最得力的手下。他是个孤儿，脑子十分精明，加上不怕死的胆量，所以做事情就比别人来得利落，就是想问题有点那个。其实劳汇丰不知道，李子有不是有点那个，而是因为他的出身所致。李子有从来都那么想：来一场天翻地覆才好，把一切都打乱了重来，洗了牌重来，没富人了也没穷人了大家一样，没高低贵贱了没权贵屑小了大家一个样……哈哈，那多好！李子有就是那么想的。他觉得这个世界没什么值得推崇的。他跟了劳汇丰干事情，只是觉得能显示出自己的才能不被人看扁了。其实，他心里真想一把火把整个世界都烧个干净。

劳汇丰说："子有呀，此话差矣！你以为这座城就是赤匪们的了？"

"那你说。"

"我们要来些绝的，要出其不意。"

李子有不吭声了。这种时候他总是保持沉默。

另几个手下面面相觑，想了很久，想不出劳特派员要走哪步棋。

"你们想想赤匪攻城的目的。"

手下想了想，也没觉得有什么特殊的地方。从来战争都是攻城略地，这有什么？

"他们目的有三：其一，穷途末路，想得一块好地方获得喘息之机。"

"哦哦。"

"其二，休整军队，调整战略。"

"哦哦。"

"其三呢，当然是招兵买马补充军力。"

"哦哦！"

劳汇丰胸有成竹，针对这三个方面做出了安排。

一个手下说："呀呀，长官到底是高人，这一回真够叫赤匪见血封喉的了。"

另一个说："就是就是，黔军几个师办不成的事，我们几个人能拿下。"

还有一个说："见血封喉见血封喉！"

他们很高兴，十天前他们就开始在四下里散布谣言。

劳汇丰是个皮货商人，是个喜好结朋交友的年轻人。

这个言谈举止一派绅士派头的年轻人那天出现在任大东家的堂屋里。他们说了一会儿话。在劳汇丰的印象里，那个商会会长让他有些琢磨不透。问什么，他总是闪烁其词。但劳汇丰知道，有钱人有一点是一致的：爱财如命。

他们自然会作安排，总不会看着自家的银子化作水吧？他想，看你装的，这么副样样！

二　这钱能用吗

任大东那几天把大门恢复了原样，但那扇角门总在不断地开启，因为不断有人上门来找他。找他的多是当地的商户，现在他们觉得遇到事情了，遇到事情就得找任会长。任大东是商会会长，不找他找谁？

最早来的是唐胜记的老板。那瘦老板一脸迷惘，他的手抖索着，从兜里摸出那张钱钞。那时候任大东还不知道红军票的事。他以为是张什么纸钞呢。他没当一回事，甚至觉得吴掌柜有些怪，大早的弄了张钱来找他还神神秘秘一脸的苦瓜样。

"我当什么事哩。你弄张纸钞来干什么？"

"这钱能用吗？"

"当然。"任大东没想到别的，以为是张普通的纸钞。

"那就好，你说能用就好。"

任会长觉得奇怪，看看吴掌柜，那瘦掌柜神情无甚异样呀。怎么我说能用就能用？我个商会会长能管钱？

"是假钞不成？"他问。

"是红军的钱。"

任大东一愣，这才意识到一点什么。他捏过那张纸币举起来看了看，那上面印着一个俄国人的头像。他知道那个人叫列宁。红军进城就有人在街头各处讲演，还撒了许多传单，上面印了画像，从画像上他认识了那个叫列宁的洋人。可现在他那手里拿着的不是一张画，而是一张钞票。这就不一样了。人家拿这东西从你这里买走物品，你再拿这东西去别处买东西。问题是，这能不能买来东西?

“这有没有用呀？”吴掌柜就是来问这事的，他又问了一句。

显然，他对任大东先前的答复不太放心。

任大东就傻在那儿了。他当了两年的商会会长，回答和解决过商户们各种各样的问题，但这一回他真不知该怎么回答。说没用吧，红军把它当钱那就是钱，他们是想用它来流通的。可纸钞散落在各商户手里，他们不能去外地购货，出了遵义几乎就是废纸。战乱期间，兵家相争，胜负难以预料，红军要守不住，商户手里的大把纸钞也就成了一堆废纸。

啊啊，这不能不说是个事。

唐胜记是家中药铺。红军一定急着购药才先行去了吴掌柜那儿。当然，他们不会只去这一家，只买这么一点点药。他越想越觉得情况不妙。看红军的样子，急购大量的物资是无疑的。问题是，难道他们都用这种纸钞购物?

他想，废话，他们当然要用这种纸钞。他们到哪儿去弄大笔的银洋？除非打家劫舍。他们也许是先让百姓用银洋购买他们的货，有了一定数量的银洋后再兑付纸钞。当然，也许他们只是设下了一场骗局。也许，他们没有设什么骗局可实际上却无法兑付……

任大东觉得问题有些严重。不用说，过不了多久，他和其他商户也会遇到这个问题。看来他得为自己想想，为大家想想。

“你得拿个主意。”他听到吴掌柜跟他说。

“他们说还会来。他们还要很多很多的货。他们说他们现在需要这东西。”吴掌柜说。

任大东想，当然，队伍上需要药品为伤员疗伤。

“唉，你看……”吴掌柜苦着脸，嘴唇在哆嗦。

是呀，他得想个办法。他看着吴掌柜焦虑的眼神那么想。可他能有什么办法?

他说：“吴掌柜呀，你先回吧，让我想想。”

“要是他们再来要货我怎么说? ”

“你该怎么说就怎么说。”

“我总不能说你们等等。”

“那是。”

任大东皱着眉。吴掌柜从没见任会长这么为难过。他想，连任会长都这样，也许事情真的严重了。他想，看来一时也得不到什么答复，就让会长想点办法吧。

他说我走了喔。他说任兄你想你好好想想。

吴掌柜走出了大门。伙计要去关门，任大东说别关了吧。大门就那么敞着。一阵冷风涌进来，掀起他的长袍，让他好一阵瑟缩。他不知道这瑟缩到底是缘于寒冷还是因为那张纸币。他坐在那儿，表情有些呆滞。他苦思冥想，可到底没想出个对策来。

三　一盘棋

劳汇丰就是那会儿来的。像是风把他给旋了来一样，劳汇丰突然出现在任家的大门里。

“没想到我会来吧，任会长？”劳汇丰笑着。

“那是，你平日这时候不会来这儿的。”

他把那年轻皮货商让进客厅，让人给他倒了杯热茶。

“天气真冷。”

“我看要下雪。”

任大东一直在看着对方的脸。他没从那张年轻的脸上看出什么来。外面的风有些大，让那脸有一抹冻红，一丝笑就时而从那抹冻红里现出来，显得有些别具一格。除此之外，他没看出什么来。他想，这时候来找我下棋？

任大东没有吭声。任大东朝伙计挥挥手，让他把棋盘、棋子什么的拿来。

“怎么，想下一盘棋？”年轻的皮货商问他。

“你不是找我来下棋的？”

“哦哦……”劳汇丰笑笑。

他想，他当然是来下棋的。那是跟赤匪下的一盘棋，他正跟红军博弈哩。现在对面坐着的这个商会会长也是他手里的棋子之一。他得走好每一步，不能让这枚重要的棋子失去作用。

“怎么任会长有这雅兴？”

“你不是来找我下棋的？”

“也好，我们下一盘吧。” 劳汇丰说。

劳汇丰往棋盘上从容地摆着棋子，说：“我不是来找你下棋的，我只是想过来走走。”

“哦。”

“我看今天天气很好。”

“是的，天气不错。”任大东说着，还真看了看天。

天井那儿能看见一方蓝天，天高云淡的样子，太阳似乎很大方，肆无忌惮地悬在高空。

“红军来了就是不一样。”劳汇丰笑着说。

他早把要说的话都想好了。他知道跟任大东这样的人得怎么说话。他不希望任大东看出他的目的，但他又得通过话语让自己达到目的。这有些难，但劳汇丰得迎难而上。

“我看没什么大变化。我看比黔军那帮弟兄在的时候要好。”劳汇丰继续着他的试探。

他得这么说。他知道对付任大东这样的人不容易。

“唉！”任大东叹了口气。

任大东正有些烦恼。劳汇丰提起红军的事，他就不由得叹了口气。

“怎么？”

“没啥。”

“哦，我看你有事情。”

劳汇丰不抬头。他装作专注于指尖的棋子，装作漫不经心的样子。

这倒让任大东突然想起什么来。他觉得这事跟这年轻人说说也许有点用。

“要是红军用他们的钱钞到你那儿进货，你会怎么想？”他终于对劳汇丰说出这句话。

“什么？”

任大东掏出那张钱。

劳汇丰接过看了看：“哦？”

“你说这钱能收吗？”

劳汇丰沉思了一会儿，咧嘴笑笑：“我当然收。不收行吗？”

“他们说这钱靠不住。”

“怎么靠不住？”

“要是红军拍拍屁股走了，这钱不就成了一张废纸？”

劳汇丰正拈着颗棋子欲落不落，听得任大东这话，装出愕然的样子抬起头，朝任大东眨巴着两只眼睛。他过了半天才把手里的棋子放了下去。

那显然是一步失着。任大东迅速地拈子落子。那绝对是一步绝杀，将劳汇丰弄得万劫不复。

“哈哈，你看你布局成一片大空。”

“啊，我知道。”劳汇丰有些魂不守舍，当然他那都是装出来的，“我当然懂得下围棋不能光贪图大空。越大的空根基越浅，倒是一些边角小地易守难攻，更实惠。”

他心里想，其实现实里兵家相争何尝不是这样？别看红军现在占着这座城池，但根基显然不深，正应了“大空有隙”这一说法。所以他劳汇丰得出手，在其致命处下狠手。

“有道理。”任大东很兴奋，一兴奋就把很多东西忘了。

“噢噢……”劳汇丰应着。

“你看你……”他想跟劳汇丰说说这局棋。

“噢噢……”劳汇丰嘴里噢着。

“你懂棋，可你偏重于小处了，所以不但小处没能做活，连原来的昂藏之势也已失去，全军尽墨，惨不忍睹。”

“噢噢……”

“看你，你老噢，一派魂不守舍的样子。”

“我得走了。”

“嗯？”

“你说得对，他们要是一走，这些钱就成废纸了。”

“那你走？走就不会成废纸了？”

“我得想办法，我不能让我的货眼见得化成了水。”

“有什么办法？”

劳汇丰笑笑：“我能有什么办法？我看这事不难办。”

“噢噢？”这回噢着的是任大东。

“红军他们都是些不错的好汉。他们不会抢东西。”

“噢噢……”

“你看会长你也噢起来。”

“那是……他们不抢东西，可他们买呀。有人说那是暗抢。”

“话不能这么说。不过，总不能眼看着自己的东西就那么一钱不值了。”劳汇丰一副认真的模样。

“我得回！”他说。

“十万火急！”他说。

“你有好办法？”任大东有些疑惑地看着劳汇丰。

“店里没货了他们买什么？是吧？就这办法了。”

劳汇丰走后，任大东寻思着他的话。是呀，店里没货了他们买什么？呀！可那是罢市呀！这不是变相罢市吗？这行吗？这么做，红军能识不破？识破了他们能放过你？

这是个事，这是个事哩。他想。

这不是个小事。他决定去找几个会里的同仁商量一下。每当有事他都找这几个老字号商铺的商户商量。商会里没参事呀顾问等职，事实上他心目中这几个人就是商会的参事和顾问。会长决定了的事一般都得征求一下他们的意见，更不用说会长拿不准的事情了。

他去了顾家轿家。

第五章 较 量

一 那些话像风一样传到他耳朵里

顾家辏有些谢顶。谢顶不是个事，但他这年纪就发毛稀疏，难免让人觉得有点那个。他是个绸布商人。他的名字有些怪。姓顾当然不算稀奇，奇就奇在那个名：家辏。很多人不识那个辏字，也不解其意。那是他父亲找八字先生起的，说这个名好，这名能旺财。生意人还图个什么？就图那俩字：旺财。

父亲两年前过世了，顾家辏接过了铺子自己经营，可没看出有旺财的迹象。两年来，生意一直平平淡淡。就离他店铺不远，几年前开了家柏记绸布店。那是柏辉章家远房侄儿开的。虽是远亲，但仗着柏家亲戚的势力，生意上硬是把顾家辏给挤了。人家是黔军师长。你看那公馆就知道，那可是遵义城里第一大建筑。

可到了年底，柏记那家店竟然遭了灾，一场大火把那店烧了个干净。顾家辏就想，呀，天助我也！他想，柏家那店要翻身起码也得个小半年，有这半年我旺财足够了。再说，一场火伤了元气，柏家就是重新把店盖起来，生意上也一时缓不过劲来。

入冬前后，顾家辏叫伙计进了许多的布和棉花。他把本钱都押在这上面了。人们说不能干一锤子买卖，可他觉得不干不行。他得抓住这机会狠砸一锤子。他想，今年冬天城里人总得添衣，城里柏记生意做不了，他就是独家店了，人们都会到他这里进货。

他叫染坊加了十口大缸，把那些布都染了，很张扬地晾在篙子上。布在风里飘，弄出一种欢天喜地的气氛。

“看就是。”他对他家婆娘说。

“这一回真就旺财了。看来菩萨显灵了。”他说。

他婆娘一听个财字就眉开眼笑，仿佛一堆的银洋在脚跟前跳。

他们乐了好几天，嘴角总挂着笑。

他没想到会有战事，没想到红军会进城。他想，完了完了。他和婆娘揪着心度过了那一夜。后来没看见有人来抢来盗的，他们才放下心来。他们以为会没事。天还是那天，没什么事。

可那些话像风一样传到了他的耳朵里。

他没想到他一脸的愁结绷着拧着的时候，任大东会来找他。

“你货架上那些布哩？就那么点了？”

“我卖了呀！”

“鬼哟，昨天我还看你货满满……”

“我卖了！”

“那篙子上那些布哩？”

“也卖了。”

任大东噗嗤一下笑了。他那么盯了顾家辏看。顾家辏也那么看着他。他们都知道是怎么回事。顾家辏把货藏起来了。

“你看这么做行吗？”任大东问顾家辏。

“任掌柜，不行你又能怎么样？总不能看着自己家的财物被共了产吧？”顾家辏毫无表情地说。

从顾家辏家里出来，任大东就坚定了那种想法。也是，不那么办你又能怎么办呢？这当然是变相的罢市，他也知道其后果。红军得不到必需的给养，市民得不到必需的供应，必然引起混乱。那后果十分严重。

他想，他还是当初那态度。

他是商会会长，商户们的利益他得保护，要不然要他这个会长干什么？现在他只能默许大家这么做。他走到街上，突然发现几乎所有店铺的货架上都已空空如也。他感到有些吃惊。偌大一座城，怎么大家突然间就想到一起去了？

他回到自家的铺子里，几个伙计正在那儿忙着，货架上大半货物已经被弄了下来。

“哎哎，你们这是干什么？”任大东喝问。

“掌柜……”伙计往掌柜的脸上瞅。

他们没看出什么异样。任大东像往常一样。

“谁叫你们弄的？”

“人家都弄下来了，他们说红军暗抢。他们那么说。”

任大东说：“弄上去，全弄上去。”

伙计们面面相觑。他们疑惑了：满城的商户都那么做哩，怎么掌柜的有这出奇举止？难道满城掌柜都错了？

他们觉得掌柜的近来有些怪异。他们觉得掌柜的想法有点像儿戏，或者在跟个什么人斗气。掌柜的向来沉稳老练，不会拿这种事当儿戏的。但他们不能说什么。掌柜的话当然得听，他们又依原样把货物摆到货架上。

“嗯，这还行！”任大东看着一切恢复了原样，就点了点头。

“别关门！”他特别嘱咐道。

说完，他走到后屋的客厅里。他坐在那张摇椅上，把烟斗端了，半闭着眼在那儿一口口吸烟，将那只烟斗弄出一种怪响。他把自己埋在一团烟雾里。

我还真想看看到底是怎么回事。他在烟雾里那么想。

那时候日头恰好从天井射一方白亮进来，透过烟雾罩住了任会长的那张脸。他觉得阳光像些虫子，不动声色地在他脸上爬着。红军入城的这些日子一直都是晴天，但许多事情却让他心里阴晴不定。他想不透为什么会这样。

他在那里静候了一整天。他看见红军士兵三三两两地从他店铺前走过。他以为他们会进来买东西。他看着那些红军士兵，眼里有种莫名的期待。他看见那些士兵说笑着从他的店铺门前走过，有的往大门里看了几眼，有的甚至根本没注意他琳琅满目的货架和热闹着的商铺。这让任大东有些诧异和失望。

蜂拥而至的是那些市民。

如果此刻任大东置身高空，就能看见这么一种情形：遵义城里大小街巷像一些散乱的枯枝，那些市民就像蚂蚁，沿着粗细不一的“枯枝”急急往一个方向走着。

任家的商铺前，人头攒动。

“好好的满街的店子都没货了！”有人说。

“就你们任家还有的呀？”有人说。

“怪！这事怪。”他们说。

“是怪！”他们说。

“疯了，我看是疯了。”他们这么说。

他们叽叽喳喳议论着。声音交汇在一起，变成一阵嗡嗡声传进了任大东的耳中。

他看着那些人在他的店铺前汇集然后离开。那些手在忙碌着，并很快让他的货柜变得空空荡荡。

一口烟从任大东大张的嘴里缓缓地吐出来。不知道是一声长长的叹息，还是长舒了一口气。

二　他目睹了那场热闹

有一个人喜形于色。

离任家店铺不远有一家茶楼，临街的雅座里坐着特派员劳汇丰。他很开心。按说他们这种人不该这样，他们对什么事都该永远保持那种不咸不淡的表情，但他想象着这座城市即将出现的情形就不能自已，就不由得喜形于色。好在茶楼里喝茶的人脸上有这种表情也不会引起别人的诧异。那时候，他想着几天后的情形，那该是一场怎样的混乱。显然，立足未稳的红军要应付中央军的追兵，又要应付黔军随时可能组织的反攻。他们对城里出现的“意外”无暇应对也无法应对。至少，他们的后勤供应不能有所保证，至少他们分散了注意力和精力，还有就是他们的信誉受到了影响，因而相关的一些事情必定要受影响，比如招兵买马。红军想在这儿招募人马，哼，见鬼去吧！

你想，劳汇丰怎能不开心？

紧闭的板窗那有一条窄缝，正好对着任家店铺的大门。劳汇丰一边品着湄潭产的名叫雀舌的新茶，看着酷似鸟雀舌尖的茶叶在沸水里上下漂浮，一边从那缝隙里窥探。

这时，他就看见了任大东家的异常。他吓了一跳，觉得事情有些那个，就贴了那缝隙紧盯了那地方望着。他上茶楼是想好好喝一口静心歇歇。没想到，那缝隙让他看见了任大东的所作所为。呀呀，这会长想干什么？怎么他弄个什么事都似乎要与别人背道而驰？他想他不能在这儿悠闲喝茶了，事情已经不是他盘算的那样。他想他还得花些工夫。他想他和他的手下还有事情要做。

他正想离开茶楼，忽然就看见了那些蜂拥而至的市民。

然后，他目睹了那场热闹。

然后，他从缝隙里看见的是任家商铺里空空荡荡的货架，还有就是任大东那让人琢磨不透的蹊跷表情。劳汇丰忍不住咧嘴笑了。

天助我也。他想。

他不想走了。他觉得没必要了，因为任家的货架真正空了。现在谁家商铺要是不那么做其结果也是没货！突如其来的抢购之风，增强了这场混乱的严重程度。

丁伊群去找首长了。他觉得这事情十万火急。怎么会是这样？这不是变相罢市吗？对这突发的情况，他们没有预料到，因此没有丝毫准备。事情有些仓促而棘手，他不得不心急火燎找首长拿对策。

首长住在柏家公馆里，离丁伊群他们的驻地并不远。出于安全的考虑，中央红军重要的部门相对都集中住在这么片地方。他三步两步就走到了那座气派非凡的小楼前。

首长正忙着处理一些军事事宜。他趴在一张地图前凝思。那时候，局势似乎复杂了起来。蒋介石已经由南京飞往贵阳亲自督战。各地的敌军已经明白了红军的意图，重新作了部署，并开始协调行动。从各地获得的情报表明，敌人已经开始准备发动反攻。各军团的作战方案都已送到总部，首长必须尽快决策。

丁伊群喊了一声“报告”便闯了进去。他进去后突然觉得自己太急了有些那个，收住了步子想退出屋去，但首长叫住了他。

“有什么事？我知道你有急事。”

丁伊群说：“是的，首长，十万火急。”

他把情况给首长说了。

首长笑了笑。他以为首长会拉下脸来，可首长笑着。首长捋着那丛胡子那么笑着，这让丁伊群轻松了些。

“我已经知道了。请问你们有什么对策？”首长说。

“我就是为这事来请示首长的。”丁伊群说，“那我们就把我们的想法汇报给首长，请首长指示。”

丁伊群把他们商议的结果都一五一十说了。那时候，十五大队已经解散，他们又恢复了苏维埃中央银行的招牌，丁伊群依然是苏维埃银行的业务骨干。他们的对策多是从经济和金融角度考虑的，这和军事行动有些区别。

首长在思考着丁伊群说的话。

丁伊群往四下里看了看，觉得有种浓重的烟卷气味拂扰着他。他的感觉没错，那个重要的会议一直都是在烟草燃放出的浓烟里进行的，墙壁上浸润了那种浓浓的烟草气味。那种气味刺激着他的鼻子，让他觉得鼻腔深处某个地方痒痒的。他吸了吸鼻子，努力让那个喷嚏没有响亮地喷薄而出。

“我看还是个信誉问题。我们得想法让群众相信红军是讲诚信的……”丁伊群说。

他似乎有点犹豫，说着停顿了下来。

首长把手里的那支铅笔放了下来，说：“你接着说。”

“我是不是打扰了首长的重要事情？”

首长说：“没有，你说的这事也十分重要，这是另一场战斗。”

“首长的意思是说这里面存在别的原因，是有人在里面搞鬼？”

“现在还不能肯定。”首长说，“但这问题必须妥善解决好。我说过这是一场战争，不亚于战场上真刀真枪的战斗。”

他们在那儿谈了很久。

终于，丁伊群觉得豁然开朗。

三　勤有实在想不出这事会有多严重

勤有在那儿刷白马。白马这几天上了膘。有勤这么悉心照看，白马怎么能不上膘？他一边刷一边和马说着话。

“才几天工夫呀，飞儿你像换了一个人，连我都认不出了。”很快，他就觉出自己话里的错处来，“不是不是，你看我说的，你不是人呀，你是马。当然不是一般的马，是非同寻常的马。”

白马不知是听懂了勤有的话还是因为被勤有弄得很舒服，不时地抖颤一下。白马一抖，那串铃就发出轻微的声响。

“你看你得意哩。你长了新毛了。”勤有跟马说。

“你倒有了新衣。上头说给我们发新衣，可怎么不见了动静？”他说。

“该不会是哄我们吧？”他说。

“当然不是哄你们。谁哄你们？”

勤有吓了一跳。那句话当然不是白马说的，说话的是丁伊群。勤有没想到丁伊群会来马棚里找他，以往只有来了紧急任务才会出现这种情况。

“你吓了我一跳。”勤有说。

他把刷子扔了，笑笑地抬起头，猛然发现丁伊群脸色不对。他神色严肃，看上去像有什么心事。

勤有把笑收了。

“呀！是丁教官。你看我给白马弄了一副铃铛。”他跟丁伊群说。

“他们说好马配好鞍，我看也要配好铃铛。”勤有说。

勤有一说起铃铛就亢奋起来了。他觉得他多说些，也许丁伊群听了能开心些。

丁伊群没吭声，摸了摸那串铃铛，然后晃了晃。风中有清脆的声音。

“好听吧？”勤有说。

“你没听见飞儿在河堤上飞跑发出的那声音，更好听。”他说。

“他们说风里有琴声。”

他看看丁伊群。丁伊群没接他的话，脸上还云雾漫漫的样子。他想，丁教官怎么了？像有什么事。能有个什么事哩？一切不都很好吗？他那么想。

勤有收了声，眉头微皱，等着丁伊群下面的动静。

丁伊群不说话。他站在风里。勤有有些惑然了。

“你说给我们钱买东西。发钱给我们，让我们去买些零用东西。”勤有说。

丁伊群点着头。

“你还说给我们派任务。你不是说有任务吗？”他说。

丁伊群点着头。

“我想我没什么需要的。飞儿它得有个铃铛是吧？”他说。

“那是。”

勤有想，是呀你说那是，那你怎么还黑灰着脸?

丁伊群说：“你是怎么把这铃铛买来的? ”

“用票子呀，你发的。你说给我们钱买东西，发了钱给我们。”

“那家店铺掌柜收了? 他自愿的? ”丁伊群问。

“嗯……”勤有有些心虚。

他是个不会说谎的伢。他感到有些那个。他想起那天那个掌柜的眼神。人家哪里自愿了?

“他收了。”

“是自愿的? ”

勤有挺不住了。他脸上飞红。他想他不能撒谎，一撒谎人家就看出来了。他有些后悔。他本来不想这样，可事情是来本做的，他不能把来本扯进去，所以他就没说实话。他想，他没撒过谎也得硬了头皮来一次。他想，反正这也不是个太大的事。

勤有低了头，不看丁伊群。他想他看了那男人这话就说不出来了。

他说：“是呀，人家愿意。怎么不愿意了? 有生意做……”

丁伊群叹了一口气：“这事怪我。”

勤有想,这事怎么了? 看样子十分严重。他想,不就是个铃铛? 他想不出来就这不起眼的东西能犯个什么事。可是，他知道如果是一般的事，丁伊群不会特地跑到这地方来找他。

丁伊群终于开口了。

他细声细气地对勤有说：“勤有伢，你把那铃铛送回去。”

“呀！你找我就这事? ”

“就这事。”

“这是个什么事? ”

“当然是个事。是个大事。”

“我想不出这会是个什么事。”

“你是想不出。你以后会知道。”

“哦哦。”

“勤有，你听话，把东西送回去。”

勤有实在想不出这事会有多严重，要丁伊群亲自到这地方来找他。

“你送回去！”

“不就是串铃铛。”

“你送回去！”

“嗯，好吧。”

“你一定要送回去。”

“哦哦。”

勤有摇了摇头。不就是串铃铛？他想。

第六章 精诚所至

一 在这件事上两人想到一块去了

洪北才去了乌下，汗水兮兮地从那儿刚回来。

乌下是遵义城边的一个镇子。特务连就驻扎在那儿。特务连从江西到这里，一路负责十五大队的保卫工作。十五大队进城后，特务连有了新的任务，但似乎还跟十五大队相关。洪北是通信兵，那几天来来去去地往乌下跑，一天里竟跑了三个来回。

“我又去了乌下。” 他喘了几口气说。

洪北倚在马棚的门上，手里端个瓢，大口大口地喝着瓢里的水。水从他嘴角溢出，滴在他的衣服上。

“噢噢。”勤有心里有事，无心听洪北说话。

“看样子有什么重要的事情。”洪北说。

勤有就有些好奇了。重要事情就是任务。他们一直盼着有任务。他看了洪北一眼。

“我都跑了几回了，看见特务连他们忙不迭的样子。”

勤有说：“怪。”

他说的是丁伊群来找他的事。他一直想不出个所以然来。这会洪北来了，他忍不住就说了出来。

洪北却听岔了："有什么怪的？这几天城里的事才怪。我看他们的任务跟城里这些奇怪的事情有关。"

"丁教官来找过我。"

"哦哦？"

"他叫我退回这铃铛。"

"你不知道？"

"什么？"

"丁教官没跟你说什么吗？"

"没有。"

"有人说红军强买强卖。"

"呀！"

"说强买强卖就是暗抢。你看他们说的。"

勤有黑了脸："上头不会信他们的话。他们乱说。"

洪北说："呀！你还不知道呀？我听说上头偏信了这说法。"

其实洪北早知道事情的严重性。他给首长送信，听见了首长得到那消息后的语调。

首长说，这可不是一般的事。要查查士兵是不是真有那种情况，若有，要严肃处理！

"怎么能这么说怎么能这么说呢！"

洪北笑着，点点头又摇摇头一转身走了。勤有觉得洪北的笑有些蹊跷。他低了头在那儿想了想，明白了洪北到他这里来的目的。哈，这鬼洪北，他幸灾乐祸。洪北没入队伍就在那群伢里跟来本经常较劲。两个伢明里暗里争强斗狠，往往洪北处于下风。入队伍后，来本也常有好表现被上头欣赏。洪北觉得来本风头盖过了自己，常明里暗里地有点那个。现在他终于找到一个出气或者说出头的机会了。

他望着洪北远去的背影啐了一口。他想，这人，真是不地道。我可不会像你那样。

勤有把事情在心里想好了。如果上头追查这事，就一口咬定是自己买的，跟来本没关系。

那一夜勤有睡不着。他好像也无脸见来本了，借口白马受了点风寒，蜷在马棚里不出来，天黑了也在那儿。他等着丁伊群再次来找他。他想上头肯定还会来找他。

果然，夜里那边响起了脚步声。

勤有坐了起来。他看见门被推开，可门口的暗影里他认出那是来本。

“来本！”

“嗯，是我。”

“铃铛是我买的，我明天退回那家铺子，没你什么事。”勤有说。

来本笑了：“这不是个事，我看你还是留着。我们花钱买的不是？”

“他们说强买强卖就是暗抢。”

“我们没那么做是不？没做就不怕！”

“他们那么说。”

“你也得回屋里呀。看你，天能塌下来？”来本说。

来本把事情想好了，出了事他一人兜着，不能让勤有有什么事。勤有胆小。你看，才多大个事，他就不回屋了。

“你回屋，没事的。”来本跟勤有说。

勤有看了看来本，想说什么，但来本已经走了。他犹豫了一会儿，还是跟在来本身后往那屋院走去。

我想好了，要找就找我，没你来本的事。他想。他不知道他和来本在这件事上想到一块去了。

二 人要讲脸面和信誉

丁伊群把哨又吹响了。

那会儿，伢们齐溜溜地站在小院里。

勤有心里一抽一抽的。他想，一定是为那事情。他虽然跟来本回了屋院，但那事还像块大石头，压得他有些挨不住了。他一夜未合眼，睁眼看屋顶上那些檐棱，看成一些妖魔鬼怪。那些妖魔鬼怪在他眼前转悠着，弄出些似梦非梦的古怪故事。

现在，勤有站在那里有些迷糊。早晨的日头明晃晃的，显见是个好天气，这让勤有到底能站得更稳当些。他觉得红红的一抹光遮掩了他脸上的一点什么。他没看丁伊群，他看地上。地上一些八哥的粪拼成了一种图案，他就看那图案。他觉得那图案有些奇怪，好像是谁刻意画出来的一幅画。其实他心里悬悬的，在等着那个男人说话。可丁伊群偏不出声，在日头光亮里站着。红红的光亮在他的周身弄出一道别样的轮廓。他那张脸表情严肃，目光冷冷的，这一切让他看上去与往日迥然不同。

丁伊群老咳着。他们看出他有话要说，不是一句两句，是很多的话。他们等着他们的教官把那些话说出来。他们知道那不可能是什么好事。他们已经猜出一定跟勤有的那串铃铛相关。除了洪北，他们都有些同情来本和勤有。不就是个铃铛吗？再说，也是你丁教官叫去买东西的，还说是任务。哈，这下可好，弄出个什么暗抢来了！

仍旧是一阵难挨的沉默。

有人挨不住了，是洪北。

洪北嘴又痒了。其实他的嘴从那天开始就没停过叨叨。

“钱没花出去。你看钱没花出去。”他说。

“奇怪，天下还有这种事？你看……”他说。

洪北的神情有些那个，由不得人不笑。他的表情太夸张了。他有样本事，永远没人能跟他比：他能将鼻子、眼睛和耳朵改换一点位置。伢们都为他那语调和模样忍俊不禁，气氛顿时轻松了下来。可洪北的目的却不在此，相反，他要的不是轻松，他得刺激丁教官。

丁伊群哼了一声，洪北就把话收住了。他知道丁伊群疼他们，一般情况下由了他们顽皮，但有严肃话题、正经事或心情不好时丁伊群就哼上一声。伢们知道他的习性，那时大家心里就起了个颤颤，脸上的笑一瞬间踪影全无。洪北要的就是这效果。他的脸虽然立马黑沉了，但内心却很是高兴。他想，看来这回来本要栽个狠的。他偷偷瞄了一眼来本。来本若无其事地站在那儿，脸上风平浪静。

咦？大家在心里咦了一声，眼愣愣地凝视着丁伊群。他们想，那个严厉的长官这会儿要现身了。他们有时候很怕这个男人。

丁伊群说：“是呀，说话没兑现。”

伢们知道他在说新衣的事。

“嗯，我就是为这事找你们的。我得跟你们道歉，说话没能兑现，还让你们受了委屈。”他说。

“勤有的铃铛是我叫他去买的。你们说是不是？”他说。

“强买也好，暗抢也好，这事责任在我身上，该由我承担。”他说。

这些话让伢们有些意外。勤有、来本还有那个洪北更是觉得意外。

伢们定定地看着丁伊群。他们一声不吭，只听得丁伊群的声音。他说了很多。他们听得他们头顶那些八哥在枝间跳着，快乐得肆无忌惮，发出一种喋噪，让人听来不堪忍受。但伢们没理会那一切，他们被丁伊群的话所吸引。他们没想到事情会是这样。他们没想到丁伊群会扯到那许多。丁伊群说，立正，稍息。丁伊群没说解散。他说坐下。他说的是坐下。

丁伊群说，眼前有一场生死之战。知道吗？它决定着红军的生死存亡。

丁伊群说，麻雀也有指甲大一张脸哩，何况人，更何况我们红军？人要讲脸面和信誉。人不讲究脸面和信誉那成什么了？

丁伊群说，敌人就是想让我们没脸子，就是想让我们失去信誉。没信誉红军就成了不义之师，不义之师就得不到群众支持，得不到群众支持我们就是无根之木、无水之鱼。

丁伊群说，我们成了那么一种树那么一种鱼我们还能活下去吗？

伢们齐齐地喊道：“不能！”

“那就是了，不能。我们得在这场战斗中取得胜利。”丁伊群说。

谁也没想到这么个会开成了动员大会，谁也没想到从这一天起伢们有了另一个重要任务。他们的情绪很快来了个彻底的大转弯，甚至洪北都把刚才的那种念头忘了个精光。他们又一次亢奋起来。他们很亢奋。这些日子总有许多令他们亢奋的事。他们觉得这很好。

三 红军这一手真厉害

丁伊群他们去了一趟麻脸小眼睛男人的铺子。去之前，他从勤有那儿拿走了那串铃铛。

他跟勤有说："你把那铃铛给我。我们先退还人家。我保证，不出几天给你弄一串一模一样的来。"

勤有说："没事呀没事！"

勤有去了马厩，把那铃铛从飞儿身上摘了下来。

他跟白马飞儿说，你把那铃铛给我，我们先退还人家，我保证，不出几天给你弄一串一模一样的来。

白马说："没事呀没事！"

白马不会说话，它没说。那是勤有想象的。勤有学着丁教官的语气和白马说着丁教官跟他说的那句话。他觉得这样自己心里舒坦些。

丁伊群拿着那串铃铛找到麻脸小眼睛男人时，麻脸小眼睛男人傻模傻样了好一会儿。他一会儿看看铃铛 ，一会儿又看看丁伊群和勤有、来本他们。

"哦哦……"他哦了好一会儿，不明白这个红军长官的意图。

"我们来退铃铛。"

"退？为什么退？"

"你不愿意收红军票。"

"没有！谁说的？我愿意。"那男人说着，眼里有几丝惶恐。

“我们的那两个伢说的。”

“哦，大不了算我送你们的。一串铃铛，能值几个钱？”男人眨巴着眼。

“哈，谢你了掌柜，可这不是钱不钱的事。”

“你看，就一副铃铛。”

“是呀，就一副铃铛。你这铃铛好呀，”丁伊群把铃铛在手里摇了一下，铃铛发出动听的声响，“我们还会来买的，就算暂时放回你这儿。”

“那好吧……”

丁伊群把那副铃铛退还给麻脸小眼睛男人时，劳汇丰就站在街对面的那家锡器店前。他整个白天都在跟这些商铺的主人喝茶聊天。那会儿，掌柜们表面清闲，但内心不住地被一只手揪着。天气很好，阳光灿烂，暖和的气流注满了整个街道。他们站在自家空空如也的商铺前，跟那些远道而来的顾客说着什么。他们不能关了店门一走了之，那样会被认作罢市。他们开着门，可货物都叫他们藏了个严严实实。当然，那不能说万无一失，真要有人闯入宅院里搜查，很容易就被搜出来。他们不放心，他们得时时守着静观事情的发展然后应变。这种时候，他们不能掉以轻心。

然后，他们就装作若无其事的样子，大开了店门，坐在店门口向阳的那处墙边，让一团暖暖的阳光敷贴在自己身上，然后有模有样地做着手里的事情，或抽水烟或下棋，或三两个坐在那儿聊天。他们支着耳朵瞪大眼睛，捕捉着一些相关的蛛丝马迹。

劳汇丰那会儿就在锡器店老墙根下坐着。一团阳光照在他的脸上，让他原本好看的一张脸显得有些怪模怪样。他在跟锡器店掌柜下围棋，一边下一边就跟锡器店的掌柜有一搭没一搭地聊天。他得知道一些情况。劳汇丰是个精明的家伙，他能在这一行里呆住，就是因为他有比旁人更灵敏的嗅觉。他知道在哪儿能弄到重要的情报。绸布店或药店什么的他已经去过，跟那些掌柜扯闲天，不经意间他就能从那些掌柜口里弄到许多重要的东西。比如药品，通过红军需要的数量，他能推算出红军伤兵的情况；再比如那些布匹，红军到各绸布店要货，他也大致能探知红军的实际兵力。诸如此类，他总能在人家看似平常的闲聊里筛出他所需要的东西。他来锡器店，是想知道红军是否在这家店铺里要过锡呀什么的，因为这些东西能用来加工弹药。从只鳞片爪中，他就能弄出所需要的东西。

他没想到会看见丁伊群带着两个红军伢去退货。当时他并不知道那红军长官来街上干什么，只见一大俩小三个红军从那边走来，神情有些异样。他们走到对街的那家杂货店前。他看见那男人和铺子里的掌柜说着话，风送过来些零碎的声音，但组不成个意思。可是，从男人和那个掌柜的表情上能看出他们在谈一件重要的事情。劳汇丰的鼻子深吸了两口气。当然，他不能像狗一样从空气里嗅出点什么来。

“你看那个红军长官像跟王麻脸说个什么事。”劳汇丰把话题往那上面扯。

“我看不会有什么。能有什么？”

“他们好像在商量一件重要的事情。”

“那天两个伢就是在王麻脸那儿买的铃铛。”

“我看王麻脸有麻烦。”劳汇丰说。

“什么？”锡器店掌柜有点吃惊地看着劳汇丰。

“强买强卖的事是从王麻脸嘴里说出来的。”

“他没说强卖，只是强买。”

“那就够了。”

“什么？”

“他肯定有麻烦了。满城的谣言说红军明偷暗抢，他们肯定是为这事来的。”

锡器店掌柜的脸就拉下来了。他想，这事谁都说过。记得那天王麻脸是第一个过来跟他说这事的。王麻脸离他这儿近，有什么事当然最快知道的就是他了。王麻脸拿了那张纸钞找到他，说你看我不得不收，那个伢凶巴巴的。王麻脸问这钱有没有用。当时自己还跟王麻脸说那当然没用，废纸一张。呀呀，不知道王麻脸此时会不会跟红军把那些事说出来。想到这些，锡器店掌柜的心就乱了。心一乱，棋就走得不三不四，才几步，就满盘皆输的态势了。

劳汇丰问：“方掌柜的你怎么了？”

锡器店掌柜说：“没什么，昨天街狗无缘无故叫了一晚，我没睡好，脑壳蒙蒙的，这棋就走得没名堂了。”

“噢噢，那改日再下吧。来，抽口烟……”

他们在那儿抽烟。水烟筒里翻腾出咕噜咕噜的声响，阳光下青烟弥漫。

好不容易看见那几个红军离开了那地方，锡器店掌柜立马就去了对街。

劳汇丰没有去，不动声色地在那儿抽烟。他想，机会又来了。他就盼着红军去理会这些事。只要他们一有事，他劳某就能利用这些东西把水搅得更浑。哈哈，就怕你们沉默，就怕你们不计较……

那么想着，锡器店掌柜已经过来了。

“怎么？”

“他们来退那副铃铛。你看，人家红军客客气气退东西，还道歉。”

“什么？”

“他们是来退东西的，他们还说对不起。”

“哦哦！”

这回劳汇丰吓了一跳。这回劳汇丰坐不住了。

他极力让自己稳住了神，故作镇静地吸了最后两口烟，说：“不早了，我该回了。”

他离开那面阳光烤烙着的老墙时，听得身后锡器店掌柜说：“你看我们想到哪去了……”

劳汇丰没再搭腔，匆匆地在街上走着，边走边想，红军这一手真厉害，出人意料！他没想到红军会来这么一下。他得赶紧找出应对的策略。他想，他们退货他们道歉，可他们总归是要他们需要的东西的，他们能有什么办法从商户手里把那些东西弄到手？

他苦思冥想了好一会儿，也没能想出个所以然来。

他想，呀，看来红军还真是不好对付，看来还真不能掉以轻心。

第七章 卖与买

一 有人就喜欢有点难度的事情

对于城里突发的这些情况，红军当然已经拿出了对策。既然民心关乎整个战争局势，关乎红军的前途命运，那一切就得慎重从事，慎而又慎。那次重要的会议已经结束，红军的决策者以及战略方针已经发生了改变。那么，就必须有个全新的模样出现在世人面前。他们感到，和敌人真刀真枪地在战场上拼杀是战斗，在这么个情形下争得民心同样是与敌人的战斗，甚至较之战场更为激烈且更具有决定性的意义。

这些天，红军中的许多重要人物都在琢磨着这件重要的事情。一不能强制，二要群众自愿，第三呢是行之有效。这事就有了些难度。其实，什么事都有个难度。有人就喜欢有点难度的事情。红军中到底有能人。有人转动了几下脑壳就把妙计拿了出来。哦哦，红军中有诸葛亮你晓得不？后来，勤有跟坛子讲起这事时这么说道。红军中的诸葛亮坐在城头那棵小树下摇着羽扇，眉头跳了几跳就把妙计想出来了。

勤有眉飞色舞。坛子是他一句话招来的新兵，比他小一岁，还不到十五岁。坛子叫他做哥。他只在坛子面前时能有那种挥洒自如的感觉。他就常常跟坛子说话。他跟坛子话多。

勤有的话当然有些夸大其词，但红军那一笔来得的确漂亮。和军事上的策略一样，红军抓住了问题的根本。有时候就是这样，你只要找到了对路的办法，事情似乎并没有想的那么难办。

在西南等地，当年的情形是：不法商贩勾结地方军阀控制了人民的生活必需品，比如盐巴。有些黔军中的长官就直接垄断经营着盐巴。在那么个年代，盐巴和烟土一样，都是能牟取暴利的物品。一些富商便囤积盐巴，虚抬盐价，以获得更大的利益。遵义城里就有那么几家盐商，与黔军有说不清的纠葛。他们囤积了大量的盐巴，城里群众却因为盐价飞涨而买不起或根本买不到食盐。

红军的办法其实很简单，就在这个盐字上做文章。盐涉及千家万户，大家每天都要吃盐，没盐吃人蔫蔫的没力气，没盐吃人的脸色不对头眼神也不对头。没盐吃菜没味饭不香，关键是缺盐人还容易生各种疾病。你半月不吃盐试试？别说半月，就是三天不吃盐你也会立马感觉到不适，心里恓恓惶惶的。

任大东就过过那种日子。小时候逃匪患，老太爷带着他们一家人躲在深山里半月，没盐吃，人就恓恓惶惶的了。他一直弄不清为什么会那样。怪了，盐又不是粮米，不吃怎么竟然也恓恓惶惶的？

那天的游斗声势浩大。城里很多人不知道那是在干什么。有人面面相觑，咦，还没到正月就做傩公戏？游街的队伍穿城而过，几个被押着的男人脸上涂着油烟，胸前挂着牌子。很快，人们认出那正是本城的几个大盐商。大家一时不明白是怎么回事，就连任大东也吓了一跳。哈，本性到底暴露了出来，要共产共妻了！任大东家的大门仍然大张着，喧天的嘈杂声从门洞里涌进来。伙计们都伸长了脖子往外张望。任大东纹丝不动坐在那儿吸烟。

这些日子城里老有那种嘈杂，红军做演讲，红军征募新兵，红军演文明戏，甚至红军与中学里的那些教员打球都能让城里人觉出新鲜来引发惊诧和喧闹。

任大东起先没觉得有什么，伙计呀呀地惊叫着他也没觉得有什么。伙计说：呀，那不是甫仁商铺的侯掌柜吗？任大东听了，一动不动。对红军所做的一切，他已经见怪不怪。

那些身影晃过任家大门了，任大东就目睹了那真实的场面。他一惊，烟斗从手里掉到了地上。他往门口挪步。他看见侯甫仁几个被人押了往中学场坪上去。红军总喜欢在那地方弄事情。那地方有个小广场，处在城市的中心。红军的用意十分明显，他们就是要把事情弄大，把事情弄个彻底。

冷风依然在街巷里窜，日头依然灿烂。冷风和暖阳不切实际地较量着，终不是日头的对手。但它还是旋起些碎叶屑屑，弄得尘土飞扬，显出一点异乎寻常的架势。

任大东走出大门，一直走进人群里。他挤在人流里一直被裹挟到戏台的最前边。他仰着头，看见那个姓丁的红军长官很精神地站在那里。他还看见了那几个红军伢。他认出了勤有和来本。他想起红军进城的头一天两个伢到他们家找马桶的事，就忍不住咧嘴笑了一下。

一群伢押着侯甫仁，一派群情激昂的模样。可任大东根本不知道，伢们一半把那当任务，另一半当了游戏。他们嘴里不那么说，心里也不肯承认，但潜意识里绝对是那么想的。多好玩的一场游戏呀！他们还是需要游戏的年纪。他们内心那么想着，脸上若隐若现着的得意能看出一点什么来。

丁伊群开始说话了。他咳了两声，力图让声音更洪亮一些。他一定是看了场坪里那人头攒动的场面感觉有些意外。他没想到会来这么多的人。他咳了两三声，想着自己的声音能传到每一个人的耳朵里。这很重要。

他咳了两声，然后用手指了指那几个盐商。

他说："这几个人你们一定都认识。"

人群中有人说："剥了皮烧成灰我们也能认出来！"

丁伊群说："你们仔细看看他们的脸，看看他们的样子。"

无数只眼睛就往那几个男人身上看。

丁伊群说："你们看出他们有什么不同的地方了没有？"

众人的目光又齐齐地在那几个男人脸上和身上上下扫了一回。他们想，有什么不同？都一样，只是往常威风八面，现在蔫软了。

丁伊群说："你们看仔细了吗？"

人群里有人说："就那么的个人，还不是跟我们一样，再怎么看也看不出四只手六条脚来的吧？"

丁伊群说："就是就是。他们跟你们没什么不同，可他们过的什么日子你们过的什么日子？不同的地方就在这里。"

有人说："是呀！人家命好，命中该大富大贵。"

丁伊群笑了，说："是呀，他们的'命'太好了！谁有他们这么好的'命'？他们有时手里攥几把盐巴就能换去你们家里的一头猪。一本万利呀！他们靠的就是这个。他们知道人活着没盐巴不行，就是牛呀马呀什么的牲畜也得吃盐。你就是一年到头再辛苦也涨不过盐价、米价。"

众人说："那是那是。那一切都是他们恶意操控的。"

人群里就爆出一阵愤怒的喊声。声浪掀得任大东身上热了起来。也许是拥挤所致吧。那时候，场坪上挤满了人。

任大东想，红军弄这么大响动就为了这目的？

我倒要听下去。我认真听下去。他想。

就这样，他和这座城市的民众站在暖烘烘的日头下和乍起的冷风里听完了一场演讲。他发现，四下里静悄悄的，那个男人的话竟然能让这些粗俗的男女鸦雀无声。哦哦，真是有大能耐！他真佩服这些红军长官的口才，好像他们个个都是演说家出身。还有，他们说话亲切，就像和你唠着家常。这一切都和黔军、中央军不一样。任大东见过许多军队，无论黔军还是中央军或是别的什么军队，长官对部下永远只是训话和呵斥，更别说和百姓们说话了。他们能和穷人说话？就是和商会里的阔佬有钱人说话他们还装腔作势的。

他没再多想，因为那个男人又说话了。

男人说："现在，红军把他们的盐全部没收了。现在那些盐归苏维埃国家所有。"

任大东觉得这很好，他和商会的其他同仁也都很反感那几个盐商，反感他们倚仗了黔军的势力，从不把其他商户看在眼里，常常在他们面前摆谱。但他想不通红军没收那么多的盐干什么。盐又不是粮米和银洋。粮米和银洋不怕多。小山一样的盐带着却是个累赘。他想红军一定会把那些盐也当浮财分给穷人。

红军没有把盐巴当浮财分。

丁伊群说："现在盐归了苏维埃，你们要盐得找苏维埃购买。"

任大东感到又是一个意外："呀呀，红军做起盐巴买卖来了？"

丁伊群说："苏维埃的盐是平价，价格公道。"

人群中又有人喊了："多少钱一斤？"

丁伊群说出了个数字，引起一阵惊叹声。不用说，这价钱比盐商们的价钱低多了。然后他叫人抬出一袋盐巴来。

他把袋口打开，从里面抓了一大把盐巴出来：“你们看，上好的盐，就这么个价钱你们不买？”

“真的？”

“当然是真的！不过有一个条件。”

“你说你说。”

“你们得用苏维埃的钱来买，你们得用红军票来买。”

“可我们哪来的红军票？”

“呀，你们卖别的东西给我们的士兵，那不就有了吗？你们让红军票在市面上流通不就家家都有了吗？”

任大东明白了，原来红军为的就是这个！

呀，红军中真有高人呀！他们不动声色就把这问题给解决了。食盐是百姓必需的东西，何况现在临近年关，还有那么十天半月的眼见就要过年了，家家户户正赶着做年货，制腊味，正是需要盐的时候。人们没法想象，没盐这年怎么个过法。总不能吃没盐的年夜饭吧？没盐，不仅菜寡淡无味，而且年和日子一定也寡淡无味。可现在这座城里哪儿都没盐了，现在要买盐只有红军那里有。红军控制了这座城市的食盐，不向红军买，那向谁买去？

一个问题像一股浊水涌现在任大东的脑壳里，他不知道该不该向那个男人提出来。

正犹豫间，有人向那个红军长官提问题了：“哎哎，有个事我能说吗？”

“当然。你说你说！”那个红军长官大度地笑着。

“要是……要是你们走了呢？”

“什么？”

“我说要是你们守不住呢？我是说……我们不是不收红军的

纸钞，我们是有些担心……”

任大东盯了丁伊群那张脸一动不动地看着。他想，这问题提得好呀！这问题一下就捅到了要害地方。你们把纸票发下来了，是呀，是钱，也算得上是钱，谁说不是钱哩？也印了一个人头像，也弄得花花绿绿的，跟平常用的纸钞也没大区别，当然也能用来买东西。是钱呀，不错，那是钱。只要红军在，那不是个事，那是钱，那的确是钱。可红军一拍屁股走了呢？你们就真能守得住这座城池？你们就那点实力，谁都知道中央军说来就来，黔军、滇军和川军蓄势待发，难说十天半月的就城头旗改帜易了。衙门里人一换，那钱还能是钱吗？那只能算作一堆废纸。

任大东盯了那男人的脸，支了耳朵听。他没等到他所期待的。他看见那张脸乍然松弛开去，像花突然地绽开，绽出一脸从容而平静的笑来。

这让任大东很诧异。这让在场的所有的人都很诧异。

“我们用银洋如数兑付！”他听见那个男人这么说。

“真的？”

“当然真的。红军守诚信，一言既出驷马难追！”

他听见那个男人每一个字都说得很清楚。他很清楚地说出了那一句话。任大东往四下里看了看。四下里静寂无声。那些眼睛都直直地注视着那男人的眼睛。他以为有人会说句什么。可没人说，大家似乎信任了那个男人，信任了他说的每一个字。哎呀，你们就真信了吗？任大东在心里想。这就相信了，你们这就相信了？他在心里喊。

他没喊出来。他想他就是喊出来也没什么用。他看见周围的人骤然间就急促散去。眨眼间，偌大的场坪上就剩下他一个人呆呆地站在那儿。他看见一只影子出现在他的脚尖。他抬起头，看见那个红军长官站在他的面前。

“是你，任会长。你也来了？”

“嗯，我来看看。”

“哦。你听见我的话了？”

“听见了。”

“你应该相信我的话，你应该相信红军的话。”

“我信。”

“哈哈。”

“你笑了？”

“我是说你迟早会信的，你会看到的。”

他看见那个男人朝他笑了笑然后朝远处走去。他觉得那男人的笑意味深长。他猛地摇晃了一下脑壳，仍然晃不去那种犹疑。

但没盐不行。他和城里所有的人家一样，不能少了盐巴，何况他的染坊腌货铺什么的更是需要大量的盐。如果真像红军所说，能从他们那里平价进到盐巴，倒是很划算的事，那他能赚到更多的钱。可想起那些不太牢靠的纸钞，他还是放心不下。

“我放心不下。”他跟他的账房先生说。

账房先生说：“横竖是那么回事。”

他皱着眉头看着账房先生，不明白他话里的意思。

“那时候你不是大张着门？”

账房先生这么一说任大东心里就那么了一下。是呀，我早就想好了的，我不是早就想开了的吗？哈哈，现在倒心里那么了。就是，我管那么多哩。我倒要看看事情到底是怎么个样样。

二　他们很快把那单生意做成了

任大东把伙计都叫了来。他跟他们说了好一阵话。

他说：“听清楚了吗？照我说的做。”

伙计们说：“好！”

伙计们喊了那一声就忙去了。他们平时喜欢清闲，可这些日子却喜欢忙。红军进城的这些天里，城里弥散的一种东西让他们这些穷苦下人有一种莫名的亢奋。他们觉得浑身上下有种痒痒，心痒痒的，然后是手痒、脚痒……那时候他们就想做点什么。店里没事他们就觉得不自在了。这会儿说让他们搞事情，他们当然喜出望外。

他们把店门大张着。他们看见红军三三两两地走进他们的店铺，挑选着自己满意的物品。有一个长官模样的人径直找到了掌柜。

他们看着掌柜和那个被叫做司务的红军做了一笔生意。那是笔大生意。那个男人几乎把布店里所有的棉布都购了去，还让染坊里的师傅尽快把那些布匹染成灰色。师傅很麻利地做着那些事情。他们笑着，他们和红军说着话。他们说不碍事的，他们说也就一两天的事。他们说包长官满意包长官满意。

那个红军司务很满意地走了，留下一堆花花绿绿的苏维埃纸钞。

任大东家的伙计挑了担子，洗刷了盐缸，跟了账房先生一起蜂拥着往学堂那边去。学堂已经放假，红军临时用校舍做了营房。

那座小礼堂堆着从盐商那里缴没的盐巴，他们就把那儿做了售盐点。那时候有几个男女正拿了小提篓向红军买盐。伙计认出了那个小眼睛麻脸掌柜，他刚把那只铃铛和一些杂货卖给了红军。他不敢卖太多的东西，有些小心翼翼。他觉得还是小心一点的好，先试试。收进多少花出多少，反正我也不吃亏。他就是那么想的。他收了一些红军票，就揣了那些花花绿绿的东西到学堂里来了，他得把那把纸钞换成盐。他和几个小商铺的老板还有一群山民模样的人走进了那扇大门。他们都与红军做了场不大的交易。他们都是那么想的。收多少花出多少，手里没那种纸钞我担心个什么?

他们把钱从兜里掏出来，然后看着那几个女红军称着盐巴。那时候她们的新军服正在赶制还没有发下来，衣服和勤有他们的一样也很破旧。破旧虽破旧，但弄得干净整洁。她们和气地笑着，把盐巴倒进那些购盐者的提篓里，然后细声细气地说，再见，欢迎再来。

任大东的伙计感到很新奇。呀呀，女人也当兵? 他看看账房先生。账房先生掏出那叠钱钞来倒显得有些拘束了，但女人们的笑和话语让他松弛了下来。

他们很快把那单生意做成了。

他们觉得一切和平常没什么两样。

他们挑着那些盐巴从学堂出来时，跟大门边睃望的那群人说:“没什么两样，跟平时没什么两样。”

那群人朝他们点着头。

三　走错了一颗子

劳汇丰又在跟任大东下棋。他走错了一颗子。他现在经常出错。

任大东说：“老弟，你心不在焉？”

“我走错了一颗子！”他沮丧地说道。

他说的不是这盘棋。他在心里想着另一回事。

那天他跟手下说：“该出手时就出手。”

手下说：“什么？”

劳汇丰说：“该弄点事。”

他们又选择了放火。

促使劳汇丰做出这决定也是因了丁伊群的那场演讲。那天他也混在人群里，想知道那场演讲会有什么新的情报。

他从不错过任何一场类似的活动。那些男人站在高处，每句话都很动听且具煽动性。他总能从中嗅出一点什么来。比如那次他听出他们是为了扩红，也就是红军想征召新兵。劳汇丰立即就做出相应的对策，一些谣言就从他这里往城里各处传播开去。他看见了那些市民犹豫的神情，他知道他有效地阻止了红军的征募行动。他觉得他一个人完成了一个团甚至一个师的兵力都不能完成的任务。这一切比侯家兄弟他们和红军正面打一场仗的意义还要重大。他没让红军按计划达到目的。他们至少少了数百上千人吧？你说就靠侯家兄弟那些人能消灭红军数百上千人？当然不行，就是王家烈倾其人马也难做到这一切。

他对自己很满意。

但这一回，他却让那个男人的话弄得心惊胆战。

他没想到红军会在盐上做文章，没想到红军会来这一手。红军中有高人哪！他以为红军会像古时那只曾经牵到黔境的驴，因无计可施而终被逼上绝境，终究采取强硬手段。他们总不能再受冻受饿的了吧？那些士兵也是人，看见这座城市里那么多的好东西那么多的诱惑，能保持那种平静和耐心？

他是这么想的，从没想到会是另一种情形。最初的几天，他这么想着入城的这支被称为恶匪的军队。他一直在等着那一刻，只要街上出现混乱，那局面红军就一定无法控制。在市民的心目中，他们就会和黔军及自古以来的军队没什么两样。

那几个夜晚他很兴奋，好像已经看见城里的这支军队已经失去了民心，成了无水之鱼，无根之木。

哈哈，他那晚喝了些酒。他太高兴了。

他没想到红军会出这张牌。这让他有些慌张，一时方寸大乱。乱了方寸他就有些那个了。他说该出手时就出手，他说，我们弄些事。他就叫手下去弄了那事。现在看来，他当时是有些着急了。他叫手下去放火。他想烧了那几家盐商的库房。盐都放在库房里，一把火烧了，红军还能按他们所想的那么进行下去吗？

火烧了起来。火不仅把库房烧了，连侯甫仁家的屋宅也一并烧了，差点烧了半条街。更糟的是，弄得他损失了两个得力手下，还差点叫人抓了活口。那天要不是自己下手快，活口就在人家手里了。他们好像是在守株待兔。他们盼着大鱼上钩哩，不然怎么呼啦一下子冒出来那么多的人？深更半夜的，突然就出现那么多的人，还拿着锣，好像有意弄出很大动静。就那时，他才恍然大悟。呀，中了人家圈套了。天！好在他出手快，黑暗中给了那个手下一枪。那手下已经被人掳了，千钧一发呀！啊，红军真是狡猾。原来每一步都在他们的算计中啊！天，我劳汇丰聪明一世糊涂一时，竟然上了人家的当，差点前功尽弃满盘皆输。

他想找任大东散散心。他想下几盘棋。他真想凝神鼓劲认真赢几盘的，可他做不到。他老输。

到最后，他那颗心还黑糊着，像被人塞了一大摊烂泥。当然，他脸上看不出什么。他脸上不管什么时候总挂着一点笑意。他们说他在娘肚子里就捡到了金元宝。他们说他落地后就那么个样子。

现在，他正在跟任大东喝茶。大街上一片嘈杂声传了过来。劳汇丰深深吸了一口气。他似乎想嗅出那边的一点什么来，但他没能感觉到空气中有什么特别，可是他知道一墙之隔的地方一定发生了非同寻常的事情。城里无论老少男女无论贫家富家，这些日子频繁领略了许多的非同寻常。他们中的大多数人都感到亢奋，少部分人则感到恐惧和战栗。无论是亢奋还是战栗，他们都对这充满了关切。

劳汇丰就是战栗着的那几个人之一，但表面上看不出来。

他抿着那带笑的嘴，从齿缝里挤出几个字来："给我来一斗烟如何？"

任大东说："你说就是，你看，你想吸烟你就说。我有上好的烟丝。"

"我尝尝……我只是尝尝……"

他把那斗烟点了，有模有样地吸了几口，说："还真的非同寻常……"

那时候，他的眼睛一直盯着那敞开的大门。他似乎说的是烟，但心里所指却是大门之外看到的情形。他把嘴里最后那点烟吐了个干净。透过淡淡的烟雾，他愣住了。他看见那几个红军伢了。他看得惊惊诧诧的，脸上挂着的笑和那种惊诧很不协调。

第八章 横 财

一 他们个个都像新郎官

那是勤有他们。勤有他们把乱发剪了，梳理得妥妥帖帖。他们头上戴着新帽子，身上穿着簇新的衣裤，焕然一新地走在街上。看上去个个神清气爽，看上去个个都像新郎官。

丁伊群对他们说，你们想就是，有多美就想多美，你们把自己想象成新郎官就是。洪北说我们没人做过新郎官呀。丁伊群说，没吃过猪肉还没见过猪跑？伢们说哦哦。伢们觉得这很好玩。丁伊群说，你们别哦你们别笑，这是任务。他说那话时很严肃。他没说错，这的确是个任务。他把这任务的目的说得很明白。伢们到队伍上这么久了，还从没接受过这种任务。他们说好呀妙呀，高兴得跟什么似的。任务要求他们精心打扮。任务要求他们里外一新。

哈，勤有高兴死了。他把自己好好收拾了一下，还有飞儿，勤有也好好地收拾了一番。马身上吊着那串铃铛，马鞍也是新的。看得出，白马飞儿身上的每一根毛都被勤有仔细刷过，放着锃亮的光。他牵着白马飞儿到场坪上走了一圈，自己看了又看，嘴里啧啧着。他从没见飞儿这么漂亮过这么精神过。

他们说着笑着。他们的身后走着衣着一新的红军战士。他们像一根线，慢慢就牵扯出了无数的战士来。这些红军战士就像棋盘上耀眼的琉璃棋子，突然就布满了这座城市的每一个角落。他们个个都像新郎官。

他们都在执行着上级指派的任务。

劳汇丰和市民们的惊诧，在他们看来毫不奇怪，这一切都在红军精心的部署当中。他们需要这种效果。

丁伊群说："快过年了，你们痛痛快快像模像样过个大年。重要的是我们要大家看看，我们要让他们知道跟着红军走有好日子过有非同一般的好日子过！"

他们就是那么做的。他们执行任务不折不扣。他们让城里的男女老少都很那个。那种别开生面的展示效果，是谁也没有想到的，出乎人们的意料。你想啊，入城时还一个个叫花子样，一脸的菜色衣衫褴褛，可突然间就个个变成新郎官了，你说那些眼睛还不看得鼓鼓的？他们眼眶里满是直直的光，一个个痴了傻了，怪模怪样的。

红军打了一场漂亮仗，这是最好的宣传。他们想让百姓们知道，红军就是这么一支军队，自古未曾有过。他们让人耳目一新。他们虽然经过了最艰难困苦的时候，几近全军覆没，可那一切好像陡然间已经过去。

劳汇丰吐着烟，让那淡淡的烟雾将自己笼了。他在烟雾里琢磨着，那些红军不约而同的表情让他觉得事情有些那个。他们不会只是得了一身新衣打了一次牙祭笑逐颜开那么简单。他总觉得这是红军的一步棋。

他到底把事儿想出来了。

呀呀！他在心里呀了两声，手里的烟斗险些掉落地下。

这情形让任大东吓了一跳："怎么了怎么了，烟烫了手？"

劳汇丰冷静下来，咧嘴笑笑："我一个老烟客能让烟烫了手？"

"那是。"

"是个虫虫。"

"噢，这天气能有虫虫？"

"我也觉得奇怪。"他朝地上跺了一脚，像真的在踩一只小虫。

任大东朝那儿看了看，似有似无的真有个东西在那地方。其实是一根绳头或草根什么的。

"你们任家到底是富贵之家，有异象。"

"那哪是我们任家？我看他们倒是真的不同寻常。"

"谁？"

"红军哪。"

"哦哦……"

劳汇丰想，我知道他们是什么目的了。我想了不多会儿就想了出来。天！共产党里真有高人，他们居然能把这么个事弄得天衣无缝。他们不是一箭双雕了，是三雕五雕甚至更多。天！他们鬼得很。他们远非我想的那么好对付。我想出来了。他们喜气洋洋焕然一新地出现在人们面前，是一场示威，是一种展示。他们招募兵员，这是最好的鼓动。对那些穷苦人不用说是一种诱惑。他们肯定是这么想的：你看，大鱼大肉，新衣新袄，还有士兵兜里花花绿绿的钱钞。来吧，到队伍里来吧！那些穷苦人还能不动心？再说红军进城来，没露出一点"匪"相来。红军很和蔼。红军和他们一样原来都是穷人出身，他们有一样的心思、一样的话题。你再说共产共妻他们能信？你跟他们说红军已经穷途末路，可百闻不如一见，末路了能像新郎官一样？还有，红军让那些穷人扬眉吐气了一把。多少年来穷人做梦也想着不交租纳税，想着到富家祖宗灵牌前撒泡尿，到他们祖坟头上屙泡屎，想坏了富家风水让他们走霉运。可他们从来没能做到这些。这回红军帮他们做到了，他们的心就被什么牵了去。你就是说呀明天要交火，你入队伍命怕保不住，他也会说是呀是呀，可刀呀枪地干一把，就是真死在刀枪下也好汉了一回。不入队伍就平安了？鬼哟，冻死的和饿死的不是年年那么多？穷人命贱，与其饿死或冻死，还不如冲冲杀杀风风火火了一把去死，说不定命大还死不了，就成了英雄好汉，那是多风光的事情？他们就是这么想的。他们这么想你就是用十头牛也拉不回来。

当然，红军这么做还不仅是为了这个，红军也是做给战士们自己看的。他们互相影响，各自在对方身上发现昂扬的东西。红军需要士气，尤其是这种时候，重振军威是必须的。这可能是红军首脑们的用心所在。这种东西影响着红军战士，他们再相互影响，就能把那种振奋以及由此产生的昂扬气氛弄到最佳状态。这就是他们的另层一目的。他们用这种东西冲淡了沮丧及绝望，使这支军队重又找回了胜利的信心。

这是最可怕的，也是劳汇丰始料不及的。想到这一点，突然之间他就觉得内心阴云密布了。就在昨天，手下通过秘密渠道送来了几份文件，其中有《重庆参谋团主任贺国光扣留侯之担电》"查侯之担，迷失权隘，竟敢潜来渝城，已将其先行看管，听候核办。该部善后事宜，已由刘怀湘负责处理。"另一份是《黔军总指挥王家烈就侯之担被拘给黔军通电》："查侯副军长，前此贻误戎机，经委座电令申斥，勉以戴罪立功。殊值匪患方殷之日，不图奋勉，竟自私赴渝城，乖方失职，看管允宜。务望我袍泽，因之惕励，奋勇努力，以复我黔军过去之光荣声誉，勿稍瞻误，致蹈覆辙为要。”黔军二十五军副军长侯之担，在中央红军突破乌江向遵义进军时，惊慌失措，逃往重庆，当即被国民党重庆参谋团主任贺国光扣留。消息传来，劳汇丰几个很是气愤。娘东西，大敌当前，弃阵而逃，千古不齿小人。再说这侯之担也真的是蠢极，就一群败寇，你奋勇迎敌，说不定就建了奇功，而你竟然不放一枪临阵脱逃。那时候他们就这么七嘴八舌地骂着，他们说臭狗屎胆小鬼蠢货，把天下脏烂字词全用了个尽。现在仔细想想，侯之担并不那么傻，他那么做，或许自有他的道理。

这么想着，劳汇丰吓了一跳。他拍了自己脑壳一下。呀，你怎么能这么想？

他想，无论如何，他得再动脑筋想办法。他总能有些办法的。他不能跟侯之担一样，才交几下手就认输。不行！得想个高招出来。

他急急地站了起来。

任大东说：“怎么？”

“没什么。你这烟劲足。”

“不再来一盘棋？”

“噢噢，我想起今天要去子云寺的。”

任大东说：“哦，我去过了，现在去那儿烧香的人多。”

“那是，兵荒马乱的……”

他拍了拍屁股就走出了任大东家的大门。出了大门，劳汇丰还在屁股上拍了几下，好像他的裤子沾了许多灰尘似的。其实他裤子上什么也没有，任大东家的椅子很干净。那些天任家的刘姓老人一直在屋里擦拭着东西。她家遭了瘟疫，儿子和媳妇都死了。任家收留了这个老妇人。老妇人在任家过了个好年，心里充满了感激，就不住地擦拭东西来表达她的感激。她把任家上下擦拭得锃亮，劳汇丰那裤子一尘不染能有什么？

二　劳汇丰把田顺善找了去

劳汇丰叫人把田顺善找了去。田顺善看着劳汇丰，眼里满是诧异。

劳汇丰说：“你别那么看我。”

“哦嗬？”

“你别那么看我……你看你那么看着我……”

“什么？”

“怪。”

田顺善说：“我才觉得怪哩，今天日头是不是从西面出来了？”

“当然不是，你以为红军来了日头就从西边出来了？”

“我没这么以为。”

“那你还这么说。”

“劳掌柜，你不记得了，我来找过你的。”

“我记得。”

“你叫人把我从这儿轰了出去。你放狗咬我。”

劳汇丰把嘴角那个笑像水波一样放大到脸上。

“啊，那时你来问我借钱。”

“是呀，是想跟劳掌柜借几个钱。我们兄弟几个借钱过节。”

劳汇丰想，鬼哟，说得好听，其实根本是有借无还。他们来过数回。其实劳汇丰未尝不想“借”他们些钱，但手下不高兴，说一帮无赖，给了他们就没完没了了。手下放了狗咬他们。他没想到田顺善把这事记下了。

劳汇丰可不是目光短浅的角。他知道对于他来说，任何人都有价值。人有人路蛇有蛇路。别看不起那些底层的小混混。那些衣不遮体食难果腹的穷人，说不定哪天就是个人物。朱元璋还讨过米哩，李世民不也出身贫寒？皇帝都如此，更别说文武百官了。那些个市井引车卖浆之流，平常看上去不起眼，但有些时候真还就他们管用。你看红军士兵都是些什么人呀？可人家有办法，人家就用这样的一些人搅得你鸡犬不宁。说红军里有高人，这绝对没错。从这点看来就比中央军的一些将领有眼光。其实道理很简单，这帮人别看是混混是穷人，在人里是下三烂最不起眼的，可他们无儿无女赤条条无牵挂，打起仗来个个拼命，杀红眼什么都不顾。他想，要是自己是蒋委员长，他真就会把这帮人安顿好。自古以来多少皇帝坏在这帮人手上？这帮人其实不难弄，给点实惠他们就不会去造反了，但逼急了这帮人造起反来天翻地覆。可劳汇丰再想也徒劳，他不是蒋委员长，他不能主一国之政，甚至连进谏献言的机会都没有。他想明白了可他做不到，事情就这么怪他没办法。

劳汇丰说：“往事不必提了，是我手下有眼无珠。”

“哦哦？你找我不是就为这事吧？”

劳汇丰说：“当然，我有事请你帮忙。”

“嗯，我能帮你什么？”

“多了，有些事没你不行。”劳汇丰说，“你喝茶呀你喝。”

“嗯。你是说……”

“你没看红军正招募人马？你没想过和他们一起干？”

田顺善说：“我蠢呀？他们红红火火的样还不是装出来的？

你也不想想。他们山穷水尽，他们亡命天涯，入他们的伙那不是一只脚跨进了阎王殿？我能那么蠢？我才没那么蠢。”田顺善有些得意。

劳汇丰心里当然清楚，那些话还有相关的谣言，都是经他和手下的嘴巧妙地传出去的。

“我会蠢到去送死？”田顺善忘乎所以了，把进门时的不快忘了个干净。

“你看我那些伙计，还真没你聪明。”劳汇丰说的是他的几个手下。

他让几个手下趁这机会混进了红军里。他的目的很明确，一来打入对手心脏，在猛虎心上埋几颗钉，方便弄情报，到关键时刻里应外合；二来也为当下他们的行动作掩护。谁会怀疑谣言来自我这里？我的人都入了红军，能有我什么事？

劳汇丰笑着说：“听说你先前不是这么想的呀。”

田顺善说：“先前是先前。”

“才多久的事？”

“先前以为他们真是那么样。”

“嗯？”

“你看你哦！学堂里先生说眼见为实，报上先前说的都是鬼话！”

“报上……”

“还真以为是他们说的那样，还真以为天翻地覆的了，别说共产共妻，就是真能把……”

他想说真能把天下富人的浮财都共了，我们就入。可他打住了。他猛然想到面前的这个人就是位掌柜，就是个有钱人。他能这么说？他说了要遭这姓劳的骂，姓劳的说不定又放狗咬他。他没说出口，但他心里也颤了那么几下。他想姓劳的肯定听出来了。他侧了脸偷偷觑了劳汇丰一眼，放心了。

劳汇丰完全不是他想的那样。

姓劳的在笑哩，他娘的，那笑真他娘像一张纸总贴在这家伙脸上。田顺善这么想。

田顺善说：“横竖我们不入。我们过神仙日子。”

劳汇丰心上那片厚云消散了些。他想，看来这帮亡命之徒红军是弄不去了。能稳住一点就能稳住一片，国人都好跟风，只要田顺善他们不入红军，那些人就得细想想再做选择。你看人家混混都不屑去红军里混哩，我们还不如善儿那帮人?

劳汇丰说“其实我早知道你不是那种人。我知道你是个人物。”

“那时你可没这么说过，你手下放狗咬我们的时候你到哪儿去了？”

“你看你又扯这事。”

“不扯了不扯了。”田顺善眼里放着光，嘴里的话变了声。

他看见劳汇丰手心里那一叠放亮的光洋了。

“这不是红军票，这是响当当的袁大头。”

“我知道。”

“好了，它们归你了。”

“什么？”

“我说它们归你了。”劳汇丰说，“我店里的伙计都散了心，他们被鬼打了脑壳入了红军队伍。可我这铺子总要开下去吧？我请你带你的弟兄到我铺子里顶些日子。”

“你铺子里不是没货了吗？你的铺子不是关门歇业了吗？街上很多铺子都关门歇业了。”

“货架上的货都卖了个空，兵荒马乱的又进不上货，关门开门一个样。”

“那你叫我们来做什么？”

“我要个人气。明白不？是没什么活干，但我要有人气。我去子云寺求签了，签上说我生意上有事情，奇树无果，奇树必须挂果，不然流年不利我铺子那门就永远开不了啦。”

“哦哦。”

“你给我们这么多钱，这可是不少的钱。”

“我得保住我的铺子不是？”

“那是。”

“我的铺子就是树，奇树必须挂果，否则就什么都没有了。”

“哦哦。”

“这点钱算个什么？只要保住铺子，留得青山在，不怕没柴烧。”

“劳掌柜是明白人。”

“子云寺老和尚这么说的。”

“哦哦！那是。”田顺善附和着。

他揣着那一叠银洋走出了劳记商铺。不多会儿，他就带着一帮混混住进了劳家铺子。劳汇丰叫他们大开着门，弄出张扬的架势。

天气很好，日头光亮亮地悬在天上，让这座城市到处都暖洋洋像包在缎面绒被里一样。混混们很喜欢热闹。腊月时候，是他们一年里最疯张忙碌的时候。虽然红军来了，街上依然像往年一样开始了腊月的喧嚣，舞狮舞龙，还有各种杂剧，还有傩舞……那些只是初试牛刀，只是一种排练，真正亮本事那是在正月。事情有些出乎人们的意料。这么支被人冠以匪名的队伍进到了城里，人们以为这个年会没滋没味，会失去往年的热闹，可没想到事情并不是那样。红军不仅没让这些热闹消失，似乎有意组织营造出些史无前例。他们派出了能歌善唱的男人投入到这场喧嚣之中。他们演文明戏、活报剧，很受观者喜爱。那个曾经多次站着演讲者的地方，现在做着戏台的功用，成了欢乐的旋涡，常常漫卷起一大片的掌声和叫好声。

劳汇丰常常隔街看着对面的那些欢笑与喧嚣。他的笑依然绽在嘴角。他就是这么副一成不变的表情，看不出是一种嘲讽还是无奈。

三　手里抓着一大把花花绿绿的票子

勤有不能像来本他们那样每天坚持去城里“潇洒”，他和坛子有别的任务：去河滩上遛马。

马和人一样，在马厩呆久了就生出腻烦，尥蹄子撅尾巴难得安分。这种日子过久了，马就会掉膘，这时就得牵出去遛。那时候，勤有他们多了三匹马，是新近添的。队伍上用红军票购物，也购了马匹和枪械。只是红军票购不来人，新战士都是动员之后入伍的。

新来的坛子就是勤有动员的结果。

进城第二天，勤有去城外的坡上遛马。他没想到这种时候还会有个乡间伢也在那儿遛马。枪炮声在远处响着，红军的岗哨在城楼上晃，竟然有个乡下伢牵了马在那儿悠闲地走着。你不能跟我一样呀，我是红军战士，我见了世面，你不能跟我比的。你看你还挺自在镇定的哩。哈！勤有在心里想。

勤有和那伢说上了话。他说你没听到枪声炮声，没见那城楼上的红军战士，还没事一样遛马。那伢说马不遛它就起躁。勤有说你们东家给你多少钱呀你那么替他卖命。那伢说东家早没影了，跑了，是死是活不知道哩，还给我什么钱。勤有说村里人都跑了你东家也早没了踪影你还管它那许多。那伢说人和马一样总要活命。

勤有还想说什么，那伢却指了指飞儿，说："你不是也牵了马来这儿遛吗？"

勤有想了想也是。他笑了笑心想，还是有区别的呀。我的马是队伍上的，是队伍上的就不是一般的马了。和人一样，先前不在队伍上我和你一样，可入了队伍就不一样了。我是红军，你无非就是个小马夫。他这么想。他没说出来，他想说的是另一些话。

勤有觉得可以跟这伢说说话。

"哎！我们说说话。"他说。

"说吧，说。"

"你多大？"

"十四。"

"哈哈，比我小，比我小哩。"鬼晓得他知道这消息怎么竟那么高兴。

"你叫什么名字？我总不能'哎哎'地叫你吧？"勤有接着问。

"坛子！"

"什么？"勤有笑了。

"我叫坛子。"

"还有叫坛子的？我第一次听说还有取名叫坛子的。"

"他们说我没爷没娘，是一只坛子里装了被人在路边捡了，他们就叫我坛子。"

"哦哦！"勤有点点头。

勤有觉得很惬意。他没想到这么个非常时期还能有片刻的宁静，还能有这样的交谈。就在这时，勤有脑壳里突然跳出一个念头，要是坛子能来队伍上就好了，那队伍中也有人称自己哥哥了。

“兵荒马乱的，你真的不怕挨了枪子？”勤有说。

“鬼专找怕死的人不是？你越怕死你越死得快。”

“也是！”勤有拈了根树枝掰着，“你这伢是好佬的料。你这伢放马可惜了。过去我也给人放马，现在不了，现在我在队伍上。”

“还不一样是放马！”

“你看你，你以为是一回事？你知道我这马是谁骑的？师长骑的。师长是什么人？在过去就是一个将军，手下有好多兵马。关公关云长你总该知道，还有张飞、赵子龙……”勤有说。

“你想古时候那些好佬谁没匹好马？”他说。

“师长就是那样的好佬。我就是给师长养马。”他说。

“我有点明白了。”坛子说，“师长没马他就做不成好佬。”

“你想哩？”勤有说。

“你当我只养马？有时候也往前边去。”其实勤有一次也没上过前线，可是他觉得应该那么跟坛子说，所以他就说了。

“杀人没什么，你舞了大刀明晃晃往那些家伙颈脖处砍就是。噗，脑壳就落地了，眉眼还朝你怪怪地笑，嘴皮不住地动，想和你说个什么哩。”

“呀呀！”坛子惊叫起来。

“你把口水吐到他额头上他就没戏了，到了阴间变成凶神恶煞也碍不了你什么事。你往前冲，后来就冲到山顶上了，后来你就戴红花成好佬了。杀猪杀鸡，回来后好酒好菜尽着你放开肚皮吃，大块肉有巴掌这么大一块，放进坛子里，不是说你哩，是说那种大肚坛子。然后用湿泥封了口，点瘪谷子暗火焖。焖一晚上，那是什么味？你说，那味，啧啧。”他说。

他看到坛子咂了咂嘴。其实勤有说到那些美味时自己也不由自主吞了口口水。他已经好久没沾肉味了，说着说着就吞口水。

那时候，远方扯起一声军号。勤有抬头看看，天色不早了。好在那声号响了，不然他把时间都忘了，还不知道要跟坛子胡诌些什么。

他牵了马转身往城里走，不知怎么突然回过头跟坛子说了句："走吧。跟我们走！"

坛子没说话。

勤有又朝这边看了看。坛子坐在土坎上，马还是那么一个低头专注吃草的姿势。

勤有又朝坛子喊了声："走吧！"

坛子就那么把手里一个什么东西抛了。他跟在勤有身后走。不知道坛子当时是怎么想的，也许他真的想吃肉，也许是想做英雄好佬。反正坛子抛了那根蔑鞭朝队伍走了过来，就像一滴水融进了一条大河。

从此，勤有有了个伴。他和坛子一起放马。更让勤有得意的是，坛子真叫他哥了。

坛子今天有些异样。勤有怎么看怎么觉得这伢有点异样。坛子不说话，脸上莫名地就会突然现出一个笑来，眼神忽而闪亮忽而暗淡。

河水平缓地流着，正是枯水季节，只一线清流在淌。崖畔的喧哗和阳光，似乎全与那线河水无关。勤有看着坛子的脸，越看越觉得不是个事。

"坛子你病了？"

"没有，我好好的。你看我好好的，大过年的你说我病了。"

“我看你好像不对头。”勤有说。

他看见坛子下意识地捂住了荷包。坛子个小，那身新军服穿在他身上看上去有些滑稽。那只荷包坠着，像装了些重物。勤有想，老捂着那荷包，坛子你捂什么呢?

“没有的事。” 坛子说着，竟然有些惊慌。

勤有没想到会是那种东西。他以为坛子藏了什么好吃的。他想，有什么好东西藏着掖着? 看你，到底我还算是你大哥，到底算是我带你来队伍上的。你对我还这样? 以往你对我不是这样的。

他本来可以强蛮着把坛子拽过来，将他的荷包翻开看个明白，但勤有没那么做。他想他到底是哥。他想他到底比坛子在队伍上多呆了些日子。他得学了首长们的样子，得有些姿态。他选了个地方坐下来，把脸色弄得不温不火从容不迫大度祥和的样子。他甚至还咳了两声。他想着首长这种时候会是个什么样子。他觉得首长这么个样子竟能让人感觉到一种无形的东西。那是一种什么东西勤有说不出，反正那东西很神秘。首长往大街上一站，不说话也让人服，能一下子镇住人心。

勤有想，自己身上也该有那种东西。他想学得那东西。

勤有那么坐着，其实也没什么别的用意。他想坛子能有个什么? 他只是借助了这点事弄弄，也是玩着耍着的一种花样，好打发时间。他也想试试自己身上那东西到底能不能镇住坛子。他侧眼看去，坛子竟真有那么些惊慌之色。

“好了，你拿出来吧。”勤有学着首长的声调说，却差点笑出声来。

他对自己说，千万别笑哦，一笑事情就砸了。他没笑，听见身后坛子掏兜的声音，听出坛子的犹疑不决和惶恐。

勤有侧过脸，就愣住了。

他揉了一下眼又揉了一下眼，看见坛子手里抓着一大把花花绿绿的票子，是那种苏维埃钱钞。

“呀！你哪来这么多钱？”

坛子说：“我捡的。”

“鬼信！”

“我就知道你不信，可千真万确是我捡来的。”

“我当然不信！谁都不会信。”勤有有些恼了。

他根本就不信坛子的话。有钱捡，一张钱钞那有可能，一大把呀，真是财神送上门的不成？

“你说实话！”

坛子呜地哭起来，哭得呼天抢地的。

“你看你，哭什么？”勤有没想到坛子会哭。

“我真的是捡的呀！我骗你做什么？”

“你看你。”

“不是捡的难道是我偷来的不成？”

勤有想，也是，坛子这么个伢，能上哪偷这许多的钱来？

“我夜里起来屙屎，茅厕顶上一团东西老磕我头。我扯了一看，是一叠这东西。”

勤有看坛子的眼睛，看出坛子不像说谎。

他接过坛子手里的那叠钱，看了看，眉头皱着，僵了木了愣在那儿半天没出声。

“呀呀！”突然勤有被虫噬了一样跳起来，抓过那把钱钞，说：“走！我们找丁教官去！”

勤有想的是，队伍上遇着贼人了，贼人偷了队伍上的钱。他想得把这消息赶紧告诉上头，这不是个小事情。

第九章 棋高一着

一 看来事情有些严重

勤有和坛子不遛马了，他们翻身上了马。两个人贴在马背上，手里的鞭很有分寸地抽在马背上。一白一红两匹马跑成两条线，扯两道尘雾一直扯进城门扯到街上。

他推开那扇门。丁伊群还有保卫局的几个军官都在那儿，一屋子的烟。他看见他们神色凝重。

“报告！”勤有很响地喊了一声。

丁伊群说：“什么事？勤有你一头的汗！”

勤有说：“不急我就不打断你们谈事情了。事情有些急。”

他把坛子捡到的那叠苏维埃纸钞递了过去。他以为丁伊群和那些军官会惊讶，他以为他们会跳起来喊出声。可是没有，他们很平静。他们朝勤有点着头，眨了眨眼，接过勤有手里的那扎东西互相传看着。

丁伊群说：“哪来的？”

勤有说：“坛子早上屙屎在茅厕里捡到的。”

丁伊群跟那些军官说:“看见没有，这不是偶然事件，看来问题严重。”

那些军官都点着头。

勤有说:“这是怎么个事?”

“呀呀!这么多的钱!”他说。

“我跟坛子说不得了这不是个事得跟队伍里说去……我没耽搁，立马就来了。”勤有叨叨着说。

丁伊群对勤有说:“你做得对。你们先回吧。我们正在研究这个问题。”

勤有又是一头雾水。他探头往里面又看了一眼。军官们那种神情让他很好奇。他知道只有在危急时刻丁教官他们才会皱眉。

看来事情有些严重。

坛子候在外面，脸上还一片茫茫然惶惶然的模样。

勤有说:“我交了。”

坛子说:“嗯。他们没说什么?”

“他们能说什么?他们一时也说不出什么来。那么多的钱呀!”

“你说那些真是钱?”

“我看像。”

“我真是茅厕里捡来的哩。”

“没人说不是。你看你，没人说是你偷的。”

“那么多的钱……那么多的钱……”

“是不少。”

“能买下一头牛的吧?”

“看坛子你说的，别说一头牛呀，那钱能买下一幢屋一丘田。”

“噢噢!”

“看你噢。”

“我真不想在队伍上干了。”

“什么？坛子你说什么？”

“我有了一幢屋一丘田还到队伍里做什么？”

“你看你。”

“你说的，你自己跟我说的。”

勤有扭头看着坛子。他想，鬼打脑壳了，我什么时候跟你说过这些？

“我没说！”

“是你说的！”

“我什么时候说的？”

“你说去队伍上有大鱼大肉吃，有好日子过。”

“那是，我说过这话。”

“有了那堆钱我不是什么都有了？大鱼大肉，还有好日子。”

“哦！你说这呀！”

“我是说这。你说是不是？你说要你捡到你不会这么想？”

勤有哑在那儿了。好你个坛子哩，我捡到会怎么样？可我没捡到呀。是呀，我可没想过这事，要真是我捡到我会这么撇脱交出去？也许吧，也只能说是也许。勤有想。

“我不会！”勤有说。

勤有想是那么想，可他不能跟坛子那么说。那么一说他的形象就在坛子心里毁了。他不能承认这事。

“我不会，我会立马交给上头，立马交。谁说我不交了？”勤有说。

“我又没说你不会交，我又没说。我说了？”

勤有想，是呀，人家又没说。我怎么了？他狠狠踢了一下脚边那块石头。

“走走！不说这了不说这了，我们走！”他大声大气地说着，像是在跟谁怄气。

坛子愣住了。他想不出勤有为什么要这么激动。

甚至勤有自己也闹不明白怎么会这样。他有一种莫名的烦躁。他想，鬼哟，我今天怎么了？

二　捡钱的人们

事情确实十分严重。

丁伊群和军官们拧着眉，正在努力寻找着对策。兵来将挡，水来土掩。他们没犯过什么难，从湘江岸畔一路冲杀到这里，他们也没犯过难。可这个早晨发生的一切对于这支军队来说不同寻常。春节临近，喜庆的气氛在城街里四处荡漾，那个重要会议的新决议做出后对军队的关键作用刚刚显现，苏维埃政权也在建成之中，但城外却不时传来坏消息。蒋介石不满于黔军的无能，督促他的嫡系部队迅速行动。一方面蒋密令他的重庆参谋团主任贺国光扣留黔军将领侯之担，另一方面他部署薛岳及龙云等组织多路强兵向遵义、鸭溪一带合围。还有那个王家烈，中央军和蒋进入贵阳，他惊觉自己在贵阳已无立足之地，黔之境内，唯有遵义还算富裕可以据而存之，所以，他正重整旧部往遵义进逼。红军面临的形势十分严峻。

值此大兵压境之时，遵义城里却出现了这么件怪事。

勤有后来才知道，捡钱的不止坛子一人。城里许多人一大早都捡到了钱。

啊啊，灶王神显灵了哩。人们都那么说，城里顿时弥散着那么种传言。开始还不是什么传言，开始只是见许多人在街上到处低了头四下里搜寻着什么，模样神秘怪异，看到的人只是笑笑。但听得那人群里不断传来叫喊声——有人捡到钱钞后人群发出的惊叫，他们就不由得动心了。

就这么，不断地有人加入到那种寻找当中。人们都像突然间传染了什么病，低着头弓了腰，眼神凝注、心无旁骛、专心致志地在墙角、石缝甚至垃圾里寻找着。他们像一些寻食的狗那么个样样，这实在有点那个。

整座城市到处都呈现出那种怪异滑稽的景象，男女老少那么勾头躬身痴迷地在城里四处游走。

田顺善和他的伙伴们也在这支寻找的队伍里。他们很卖力，他们一点也不怀疑这事情。

那时候天刚亮。那时候天边才有一抹鱼肚白被谁注进了些微红。

劳汇丰跑来敲田顺善的门，跟田顺善说："怪了怪了。"

他的敲门声把田顺善和他的伙伴都吵醒了。

田顺善还没睡醒，还有些迷糊，说："劳掌柜，你一大早抓一大把树叶来？"

劳汇丰说："哈，这树叶可真值钱。"

田顺善还以为劳汇丰手里的确是树叶。是呀，那些能入药治病的树叶谁说不值钱呢？可很快他就知道那不是树叶那是钱。

劳汇丰说："善子，你帮我看看这东西！"

田顺善接过看了看："呀！劳掌柜，你一大早拿这么多钱干什么？”

劳汇丰说：“善子，你看好了，没错吧？这真是钱吗？”

田顺善说：“当然是！”

“哦哦！你捏我膀子一下。”

“劳掌柜……”

“叫你捏。哎哎，你往我膀子上肉厚的地方捏。”

田顺善真那么在劳汇丰手臂上捏了一下。

“你用些力气。”

田顺善真就往指尖使了些力气。

劳汇丰疼得直跳脚。

劳汇丰说：“好好！你再捶我。”

田顺善真那么在劳汇丰肩背处捶了一拳。

“你用些力气。”

田顺善真就往拳头上使了些力气，又捶了一下。

“哎哟！”劳汇丰叫了一声。

“你叫我用力气的。”

“啊啊！你弄疼我了！”

“你说的，你说用些力气。我没想成心捏你捶你。”

劳汇丰一派欢天喜地的样子：“是呀是呀！是我叫你捏的捶的。好好！你捏疼我了，捶疼我了，我觉出疼来了。”

“太好了！太好了！”他说。

田顺善疑惑了。那一伙混混个个都疑惑着。捡了钱欢喜得疯癫了吗？他们这么想。叫人捏叫人捶的，还嫌不够力气，非得弄疼了才叫好。劳掌柜今天怎么了？他们这么想。

田顺善的眼就瞪得大大的。一伙混混个个眼大睁了能塞进一只鸡蛋。

劳汇丰说："啊啊，还真是钱呀！啊啊，我不是做梦呀！"

"当然是钱。不错，是那种红军钱呀！"田顺善又举起那几张纸币就了天井里的光细细看了一遍，然后说。

"哈哈哈哈……"劳汇丰大笑起来，笑声把屋梁上的浮尘都抖落下来，在日头扯出的光照中起起落落。

劳汇丰一脸的笑，像是要把自己永远弄成个笑佛一样。

他从那卷钱里抽出几张来："给你。"

他显得很大方，弄得田顺善眼又大了一轮。

"红军到，财神笑。"劳汇丰说。

"看来真是贵人，真是天兵天将，财神爷也不得不出面进贡。"劳汇丰说。

"听说城东几个叫花子也捡了大把的钱哩，眼皮眨动间就成了财主。"他这么说。

田顺善像是得到了什么暗示。他猛地推开窗。窗外的街巷里到处都是那种低头弓腰的男女，他们凝神于角角落落，眼神里充满了饥渴和期望。

"呀！"田顺善叫着。

"呀呀！"田顺善手下的那帮混混大声叫着，然后猛一下夺门而去。

他们很快就汇入了那些人流加入了那场搜寻。他们也那么低着头弓着腰，恨不得脸贴了地面，可惜他们做不到。他们恨不得此刻有十双眼睛才好。尤其是当真的有人从某地又找到那么一叠钱钞，他们便感觉到腹腔里的那颗心跳荡得厉害，就要跳出来了。他们像一群兴奋的狗一样，红着眼，半张着口，几近疯狂，在这座风雨将至的城市各处乱窜。

他们不知道，那时候蒋介石已飞抵贵阳，开始重新部署对红军的围剿。他们也不知道那个叫王家烈的黔军司令，已经感觉到蒋介石对他的排挤，意识到在贵阳他再无立足之处，正觊觎遵义作为他的新据点。而云、贵、川三方军阀势力都在打着各自的算盘，正对遵义及周边的中央红军形成夹击态势。他们更不知道，就在这座城里那栋最高、最豪华的柏家公馆里，红军新的作战计划已经形成，那个姓毛的和姓朱的红军元老胸有成竹，正对即将到来的局势做出判断以合理用兵。毛泽东擅长以少胜多，以弱胜强，打游击战。他们手中没有多少人马，敌人重兵压境，他们得格外谨慎小心。

城里的这场混乱，让红军措手不及。这一切都出乎他们的意料。

劳家铺子里，劳汇丰关上了田顺善先前推开的那扇窗子。现在，屋子里暗了下来。他的那张脸依然挂着几分笑意，挂着那种得意的冷笑。

这一切都出自劳汇丰之手。

他觉得自己这一手厉害。他觉得自己这一手够毒。

三　他不想总处在注定的败局中

几次较量之后，劳汇丰像一只被猎人击伤的野兽，几近绝望。他不相信自已总处在注定的败局之中。如果真是那样，他想他劳汇丰这一世就彻底废了。他将一蹶不振。他捏着从那些铺子里收来的苏维埃钱钞关在屋里想了一整天。他锁着眉头，脸上似笑非笑。他一犯愁就这么个似笑非笑的表情，样子十分难看。其实他是个长相英俊的年轻人，加上他内心那种雄心，更显得英气逼人。可现在他不是那么个样子了，现在他显得有些丑陋。他一脸的阴云加上那种怪笑当然难免丑陋。他想，关键是要想出个办法来。关键是他不能这么干等着坐以待毙。

他觉得这些天来的事实与他当初的想象实在相差太远，别说达不到自己的目的，弄不好还会一败涂地。他似乎已经感觉到自己在遵义的结局：一事无成。如此一来，重庆参谋团肯定再也没他的位置，贺国光主任再也不会对他另眼相看了。那些同事会作何反应？冷嘲热讽是一定的，还有那个侯之玺……他似乎看见了那姓侯的一脸的那种笑。

他受得了一切，但他受不了侯之玺那种人的嘲笑。

不行！绝不能出现那种情形。他得让他们用另一种眼光看他。他得让他们妒火中烧，让他们目瞪口呆。

他一个人呆着，关了门窗。脸上的表情不会有人看见，心里的一切也不会有人洞悉。他对这种昏暗很满意。他在这么种昏暗里思维莫名地活跃。他不知道这是因为什么，他只巴望着能迅速想出个妙计来，出人意料，出奇制胜。

他就这么想着，一会儿在屋里兜圈子走，一会儿凝神呆立，一会儿手托下巴坐在书案前，一会儿又大口大口吸烟。那时候天渐渐黑了下去。他听得门外厨子喊他吃饭。他说你们吃我不饿。他没开门，也没点灯，就在黑暗里苦思冥想。那轮冷月挂在檐角，他从窗户的缝隙间能看见那白亮的一线。月不成形，被窗缝挤成细长的一条。他想象着那条玉带似的东西悬在远天的样子，心里有一丝说不出的滋味。

他想水能载舟亦能覆舟，既然如此，难道就不能从这几张纸上想出些什么办法来？他就翻来覆去看那几张纸钞。他想，这不是纸钞哩，赤匪用它当武器。这帮家伙竟然出其不意来了这么几手。他们精明，用它获取人心。一场两场的局部胜利不算个什么，得人心才是关键。得人心者得天下，共产党是深谙这一点的。他们注重这些，他们很在意这些。其实道理很简单，古人把这道理写在文章中流传至今，平常人都能读到都能明白。南京城里的那些要员不会不明白，可他们就是不肯那么做。他想不明白，为什么那些人不那么做。

劳汇丰不住地揉着那几张纸钞，竟然从那上面揉出一些绒毛来。他有些焦躁。人一焦躁就会做些下意识的动作。他当时就是有点下意识地揉那张纸钞的，可他突然不动了。就那时他像被电击了一样凝住了，就那下他眼睛亮了。他好像想起了什么。

他把那盏幽暗的灯拨亮了些，将那张纸钞放在灯前翻来覆去细看了一会儿，然后就在自己膝盖上猛拍了一下。

那个妙计就是那一刻出现在他脑际的。他脸上的笑像炸开了一样呈现在灯光里。

他连夜把手下叫到他的屋里。他的手下正在睡觉，在被窝里做着好梦。他不管那么多，掀了他们的被子把他们叫到他的跟前。

“你们起来你们都起来！”他说。

“统统给我起来！”他说。

手下都聚到了他屋子里。他们不知道发生了什么事，没人敢问。他们看他的脸。他们从他的脸上看不出什么来。是呀，是呀，他们的头儿一副喜笑颜开的模样，可平常他就那么副笑模样，谁知道现在他心里是怎么想的？昨天他也笑着，但昨天没什么得意的事情，没什么值得高兴的消息。难道，一夜之间发生了什么值得高兴的事？

他们看见他们的头儿拿出那两张钞票。

这没什么。不就是两张苏维埃钱钞？他们想。

他们看见他们的头儿把那两张钱钞举到光亮地方。

“你们看，你们看清楚些。”他们的头指着纸钞上的图案对他们说。

“看清楚了，线条还有颜色。”

他们认真地看着，有人点了头，另几个也跟着点头。

“你们再看。”

他们更是疑惑了，睁大了眼，伸长了脖子，聚精会神。他们还能看个什么呢？他们要看劳特派员到底搞个什么名堂。

劳汇丰把那两张钱钞撕了。他们没想到头儿会把那两张钱钞撕了。他们觉得他们的头儿今天有些怪。他们大瞪着眼，一个个瞪大了眼像能塞进拳头，注视着劳汇丰的动作。

劳汇丰一下一下撕着，很快两张纸钞就成了些末末。

“都成末末了。”有人禁不住小声嘀咕着。

“就是要末末。”劳汇丰说，“你们谁能把它弄成细末末？”

有人站出来，找来一架小石磨。很快，那些细屑真成了末末。

劳荡丰将那些末末拈在指尖：“你们把这其中的成分弄清楚。”

他们支着脑壳，看劳汇丰的脸。他们发现那看不出个答案就转动着脑壳互相看着，可再怎么看眼里也是一大片的茫然。

四 这是一个绝招

第二天他们才把事情弄明白。第二天他们把制作纸钞的成分很快弄清楚了，其实那并不复杂，只是普通的造纸材料里加入了一定比例的细羊毛。

劳汇丰说："我们把红军造纸的秘密弄明白了。"

他们点着头。

"我们还能仿造出那种图案。"

他们点着头。

"那我们一定也能印出这种纸钞。"

手下说："呀，你是说以假乱真？"

劳汇丰终于大笑了出来："好呀好呀，古语说得好：以其人之道，还治其人之身。"

"啊！"

"啊啊！"

"啊啊啊！"

手下恍然大悟。他们的嘴大张着，发出啊啊的声音。

劳汇丰说："你们啊个什么？"

他们说："我们明白了呀，总算明白了。"

劳汇丰说："那我就不必多费口舌了。"

他们一阵惊叹。呀，到底是高人呀，到底是咱们的头，要不怎么会想出这么个办法来？这是一个绝招，这一招红军一定防不胜防。这一招绝对让赤匪前功尽弃。他们当然不必再让头儿说得更加明白，如果那样，他们不就成白痴了吗？他们都把紧绷着的脸放松了，他们也像他们的头儿那样，在阳光下轻松地笑着。

这些人兴奋起来。有人跟劳汇丰说奉承话，他们七嘴八舌起来。

“哈，赤匪不是一箭数雕吗？头儿也还他们一个一石三鸟。”他们说。

“是孔明再世呀再世……”他们说。

“十个脑壳加一起怕也想不出来哟！”他们说。

“马无夜草不肥，人无横财不富。城里人突然成了财主，谁还愿意去当兵吃粮？”

“大量的钱钞出现在市场上，城里的一切都乱了。”

“高呀妙呀绝呀！”

他们把所有的好词好句都用在了年轻的特派员身上。一般人早飘飘然了，可劳汇丰没有。他依然那么笑着，内心很有分寸。他知道事情才刚刚开始，根本没有高兴的理由。一切都还在纸上，一切都还在计划中有待实施，何况红军这么个对手绝不可小视。经过几番较量，他深知这一点。他得小心，得稳扎稳打。这是他关键的一步棋，如果再失手，他真不知道该怎么办了。

“高呀妙呀绝呀……”他们那么说着，以为劳特派员会给他们个什么任务。

他们跃跃欲试，巴不得来个新鲜的名堂弄弄。这种事情有点像做游戏，是一种惊险而刺激的游戏，他们想介入其间好好地玩一把。

他们没想到劳特派员会给他们下那么个命令。

他就是在那个时候做出那个决定的。

他对手下说：“现在红军正在招兵买马，你们趁此机会打入他们内部。”

众人愕然。

“你们是钉子，钢钉、铁钉、毒钉……是红军的眼中钉心上钉，颗颗钉在他们的要害地方。”他跟他们说。

“时机一到，我就要你们起作用。”他说。

“那时候你们就不再是什么钉了，你们就成了箭头，万箭齐发，万箭穿心。”他说。

他把命令下了。手下理解或不理解都得照他的指令行事。城里有几个红军设的征兵点，很快，他们分散着去了那几个地方。

劳特派员觉得这很好。现在已经用不着那么多的人了，这一招是绝招，四两拨千斤，他只要一个帮手就足够了。

他只把那个叫李子有的手下留了下来。

他对李子有说：“你立即去重庆，带上赤匪纸钞的样票。”

李子有说：“是！”

“你把这样票交给行营参谋处，你跟他们说要在最快的时间里造出相同的纸来，然后印出这种钱钞来。”劳汇丰说。

“越快越好！我看有三天能成吧？”他说。

“反正我把事情交给你了，干不好不要回来见我。”他最后说。

第二天他的铺子就空了。

再后来，他把田顺善他们找了来。他想一方面让铺子照旧开张，另一方面稳住这些混混。不要小看了这十几个人，他们稳住了就稳住了一大片。

第十章 诚信为本

一　人不是神仙

李子有长着个小脑壳，脸上满是与他的年龄不相适应的皱纹。那些皱纹像雨后蚯蚓在田角爬出的痕迹一样，一直漫布了他整个脸庞，看去像一块怪模怪样的生姜长在他的脖子上。

他常转动着他生姜一样的脑壳。这和他的出身有关。他是个孤儿，出于生存和自我保护的需要，自小就不得不那么转动着脑壳想事情，不想他就觉得会遭受某种危险。他对眼前的世界总是疑虑重重。久而久之，他那个动作就成了一种习惯，不转动脑壳就觉得活着没什么滋味。

他是个爱想事的人，所以常能想出些别人想不到的道道。靠这，他成了西安特训班的一员；为这，劳汇丰把他要来一起共事。他跟劳汇丰在那个西安特训班上是同学，他比劳汇丰大两岁，可他很乐意做劳汇丰的手下。这种乐意也是那颗脑壳转动之后的结果。

乱世呀，凡事还是不要过于出头的好。他常这么想。

也不能太过居后，位居前三最为合适。他又常那么想。

他跟人说，你看人家家里排行老三的儿子日子过得最惬意不是？平常人没想过这事，想想，就觉得李子有这话有几分道理。老大多是家中帮手，干最重的活。老二想得点尊敬，常常被老大夺走。唯老三受家里宠爱。若有个老四、老五他还能有个机会发号施令，没有嘛就能倚小卖小，人前人后多受照顾，反正是总也吃不了亏的那种人。

李子有只用了一天时间就赶到了重庆。

行营方面的人也只用了两天时间就把那种假钞印制了出来。那儿毕竟有专家。专家是干什么的？就是做一般人做不出的事情。那儿还有好机器。好机器和技术就是不一样，省力省时省事。

但接下来，事情一开始就没有完全按劳汇丰的设想发展。当然那是后来的事。后来的事就说不准了，人又不是神仙，能把没发生的事拿捏得那么准？

李子有把那些钱钞用油布裹了放在酸菜坛底。放之前他抽出一张来放在衣兜里，然后乘船赶回了遵义。在路上他不住地拿出那张纸钞来看，与另一张真正的苏维埃钞票比对。娘东西，他们真有一手，做得还真像，分不出真假来。继而一想，也是红军把这钱钞做得太简单了些。他们匆忙地入城，脚跟未能站稳，急着建立新的根据地。他们既没有充足的时间也没有更好的条件。呀，能做到这样已经不容易，只是没想到让那姓劳的特派员钻了空子。

船里风很冷。其实这并不是行船的好时候，李子有急着赶回来就给船老大出了大价钱。

船老大笑了，说："掌柜的贩盐呀？"

李子有说："怎么这么说老大？"

船老大说："眼见要过年了，天又是这么个阴冷天，谁愿意走船？"

李子有说："也是，可我不运盐巴。跟你说吧，家父得了急病，我得赶回去。就这事。"

船老大哦了两声笑了。看得出，他根本就不相信。

船老大说："顺便捎两坛酸菜回去？"

李子有也笑着："那是，现在那座城里什么都不缺，好像就缺这东西。我们家里的那几个还偏爱吃这个。"

船老大说："你真会耍笑。"

李子有说："还真是两坛子酸菜。"

"我看不像。大老远的运这个？这是我们走船的人吃的。"

李子有说："跟你说实话吧，我坛子里放着的是钱。"

船老大笑了："掌柜的你真会耍笑。"

李子有说："还真是钱，这钱能买下整座县城。"

"噢噢，知道了。你放我篷厢里，人查起来看去像我们船家的东西。"船老大笑着说。

他当然根本不信坛子里有那东西。鬼哟，这帮生意人，心上吊着的都是钱。

李子有想，我就是要这效果哩。有时候事情就是这样，你越说真话越没人信。嘿，他倒把我的真话当说笑了。当说笑好，没什么比这种掩护更好的了。这样好，万无一失。

船老大憨憨地笑着："你这人真是好玩。那走吧。"

船是顺风船，很快就到了遵义城边的码头。劳汇丰站在那株老树下，冷风里他脸上还吊着那丝笑。按劳汇丰的计划，得把这些钱钞散发到城里各处。劳汇丰说这事就我们两个做，人多了嘴杂。

他们按计划把两坛东西弄进城里。天黑之后，他们就各走一个方向分头行动了。

李子有感觉有些累了也有些饿了，也许还有别的原因，反正他把那包东西散发了一大半就坐在黑暗里的一块断墙上了。周边漆黑一片，狗叫声此起彼伏，寒风像刀子一样迎面而来。他把那捆钱钞夹在腋下，感觉那儿有种说不出来的舒坦。要是我有了这么一堆钱就好了，那我就是财主了。他捏了捏自己的大腿。做梦哩。他想。

他看了看四周，远远的有一点亮光。是三平馆子哩。他想。三平馆子正忙着制糍粑。他往空中吸了吸鼻子，还真在冷风里闻到了那种糯米糍粑的清香。那种清香让他更觉得饿了。他想，我喝一口去，也消消乏驱驱寒。这么冷的天气弄这事？我一口饭还没吃，肚皮都贴背脊了。人是铁饭是钢民以食为天……

明天弄不行？明天弄我明天弄。他想。

他把那剩余的钱钞找了个稳妥地方藏了起来。要真是钱我就留着。他想。是废纸我撒了也白撒。他这么想。

他敲开了三平馆子的门。

“我喝一口。”

“呀！子有兄弟呀，这么晚……”

“喝一口喝一口。冷死我了。”

二 有时候信誉比生命还重要

军官们在那幢小楼里开了一天的会，得出了结论。

其实根本用不了一天，有一袋烟工夫事情就差不多弄清楚了。你想坐在这屋里的都是什么人呀？红军中的顶级精英！何况保卫局里的几个都是干侦探出身的，把事情联在一起想，就想出了根由。

财神爷当然是子虚乌有，天上不会掉银子。这些苏区钞票仿制得足以以假乱真，肯定不是一般人所为。不用说，是敌人玩的新伎俩。敌人为什么玩这伎俩呢？当然是另一种形式的进攻。那个姓蒋的对红军的围剿，一直就是三分军事七分政治。他们知道这是敌人出的另一张牌。

他们七嘴八舌地说着：

“敌人是想搅乱我们的金融秩序，让城里出现混乱。”

“这一手他们过去也玩过。那一回，瑞金周边突然出现了‘财神’，情形跟这一次何其相似！很多人一大早在田间地头甚至茅厕猪圈里拾到大把的钱。”

“这么一来，不仅我们的经济受到影响，更重要的是红军的士气受到影响。说是为共产主义事业为了工农大众翻身解放，可大多入伍的士兵哪有那么高的觉悟？有人得了横财，偷偷溜回了家，另外一些人也盼着能碰到财神，心思不在队伍里。”

“这帮家伙现在又来这一手。哈，鬼哟！这关键时刻他们这一手毒呀！”

他们把事情看得很透。事情看透了才能拿出对策，但对策不是那么容易就能想出来的。他们为了拿出个对策费了许多工夫。

曾发一直负责红军保卫局的工作，这种事情他们保卫局当然要出面。他戴着一顶哥萨克皮帽子，三十出头，但看上去很年轻。他是码头工人出身，有一副强壮的体魄。他富有激情，任何时候都是一副慷慨激昂的样子。

曾发说：“这有什么？我带几个人把这案子破了。我看我手下的同志完成这任务不是个事。这不是个难事情。”

“我看这事简单。这是个好事情。”曾发抽着烟斗，一副胜券在握的神情。

“你说说！”首长说。

“敌人不是想让我们上他们的圈套吗？我们不上不就行了？我们就干脆来个彻底解脱。”他说。

“是好事哩，我觉得倒是个好事。”曾发说。

丁伊群看着他。他想不出曾发能有什么更好的办法，可看上去曾发像有十足的把握。

丁伊群和曾发在苏联同过学，对曾发较为了解。这人聪明，还真说不定会有个什么好办法。

“搬起石头砸自己的脚。”曾发说。

“让他们搬起石头砸自己的脚。”他说。

他看了看大家，然后端起那只大烟斗抽了一口。他一直喜欢用那种大烟斗抽烟。在他看来抽烟最重要的不是口感，而是一种效果。大烟斗给人一种思考的印象，也是一种智慧的象征。他总想更多地给人留下那种印象。

他抽了两口烟斗接着说道：“我们不能太心软。革命不是请客吃饭，不是做文章，不能那样雅致，那样从容不迫、文质彬彬，那样温良恭俭让。”

他在广州农讲所里常听毛泽东说这句话。他十分赞同，从此记下了这句话，经常挂在嘴边。

“我巴不得他们这样搞！在我看来这是巴不得的好事情。我们不认这些钱就是，我们说狗东西反动派印了大量的纸钞红军不能如数兑换大家手里的钱了，这是白军造的恶。”他说。

“想把黑锅让我们背？哈哈，做梦去吧！我们会那么蠢那么傻？”他说。

“适得其反适得其反。”他说。

“我看他们是往自己脸上抹烟灰，这回黑定了。”他说。

“我们还可以省下许多的银洋。哈哈，一举两得，多好的事！”他这么说。

他又端起了烟斗，往烟斗里放着烟丝。他脸上有点得意。他一直是那种得意的模样。他没想到有人会说出那两个字，说得斩钉截铁。

说那两个字的是丁伊群。

“不行！这不行！”

其实他说的是五个字。可那两个字太坚决了，有点不容置疑的意味，曾发耳朵里就只有那两个字了。那两个字像两块铁，把他的耳朵撑胀得老大。

大家都看着那个男人。

“耶耶！”曾发有些惊讶。

“那怎么行？那么做怎么行？”

“你说说。”

“我们有言在先的，我们说了要兑付的。绝对不能那么做，那么做我们就食言了。”

曾发说：“依群呀，现在可是最危急的时刻。”

“越是这种危急时刻越要得民心。”

“我没说不要民心，老百姓看的是谁胜谁负。”

“没有信誉就无生存之本，我们会成无源之水无根之木。”

曾发摇了摇头。他想，真是书呆子呀，就会咬文嚼字。革命靠的是铁腕，他偏讲这一套。这一套能行？你讲信誉可反动派不跟你讲。再说，讲这个也得有条件，我们现在的首要问题是生存。他看了一眼首长，没从首长眼里看出什么来。首长专心致志地听着他们的争论。

后来，屋里的人就分成了两派，争了起来，很激烈。他们各不相让。他们都说这关乎红军的生存，必须走准这一步棋。

首长咳了两声。大家都往那边看。

首长神情依然严肃，捋了捋下巴上的胡子。长征以来，他就蓄着这种胡子，好像不走出一片天地来他不修脸似的。胡子有些乱，和他瘦削的脸不相协调。但首长眼睛里有种东西，看去不同凡响。他默默地坐着，一直听着大家的发言。看首长的神情，丁伊群知道事情不那么简单。

首长听着大家七嘴八舌，不时用手拂拂那片烟雾。这伙人烟吸得实在厉害，好像要把屋子弄成一个装烟的大荷包。很长日子没好好地抽上一口，进了这座城市，那些嗜烟如命的红军官兵总算能好好抽上几口了。这地方产好烟，他们觉得不抽不行。这种要费脑壳的时候抽得更加厉害。他们知道，首长那动作表明他在苦思冥想。首长苦思冥想，表明事情不像保卫局那些人说的那么简单。首长在动着脑筋，在努力把脑壳里的那片雾障拨开，好把事情看得更透彻些。这些日子他总是这样。这事确实关乎红军的命运，他不能有半点闪失。

大家屏息静气，都看着首长。

"不是破不破案的事。我分析，情况没我们想的那么简单。"首长终于开口了。

"嗯，首长，你是说……"

"敌人既然来这一手，可见是一群难以对付的家伙，不像平常战场上的敌人，面对面，一清二楚。现在他们在暗处，我们在明处。他们处心积虑，眼睛盯着我们的软肋，稍不留意，他们就能钻了我们的空子。"

"有道理。"有人附和说。

“他们只需要一次性出击。你以为他还会露头，还会再到处撒钱？”

“那……”

首长说：“是的，处理这个问题不能简单化。敌人的阴谋就是要破坏我们在群众中的信誉。”

“问题是怎样维护住红军的信誉。”首长说。

“当然，既然他已经露出了狐狸尾巴，那我们就得抓住他的尾巴不放。侦察工作得做，但我的意思是工作重点不在那儿。”他说。

这时候丁伊群已经明白了首长话里的意图。是的，现在是要尽量消除这一事件所带来的负面影响，必须意识到问题的严重性，必须找到解决问题的办法，就是怎么才能保住红军的信誉。

他循着首长的思路一直往下想着，想想，面色就凝重起来。

首长说：“该你们说说了。你们说说！”

丁伊群就先发了言：“先尽量控制，从士兵手里把假钞收上来。”

曾发说：“老百姓手里的呢？也该收。下一个通告，逾期不交者责任自负。”

丁伊群说：“群众手里的假钞那得注意，得做工作，得由他们自愿。这种时候这种地方，强制不得。”

曾发说：“那可是钱呀！他们能自愿交出来？”

“我看不会。我看重要的是让他们花不出来，让那些钱变成废纸。”有人这么说。

“问题就在这里，难度也在这里。”首长说，“这一仗不好打呀。任务交给你们了。一军团和三军团在乌江岸边激战，你们要在这里和暗藏的敌人较量，都不是容易的事。只有看诸位的了。我跟你们说，这场较量你们只能取胜不能失手！明白吗？”

曾发用烟斗敲着桌子：“我还有话要说。”

“你说，曾发同志。”首长说。

“如果群众不交，难道我们都如数兑换？”

首长说：“丁伊群同志，你的意见呢？”

丁伊群说：“如数兑换。”

曾发说：“那得多少银洋？你知道我们就那点家底，还都是士兵用性命换来的。”

丁伊群说：“可信誉有时比生命还重要。”

曾发看着丁伊群。他想朝他往日的同学发火，可他忍住了。他知道对方说得有道理。有时候，信誉的确比生命还重要。可眼下这事，确实有些复杂有些难。他看着首长。他想他不管了让首长拿主意。他是军人，军人以服从命令为天职，首长说怎么做他就怎么做。

首长说：“这事就这么定了。你们行动吧。”

首长没有说更多的话。他没必要说。事情决定了，这几个同志都会不折不扣地把任务完成好。这任务看似简单，其实十分艰巨，可丁伊群和曾发他们会出色地完成的。他信任他们。

他推开那扇门，烟雾和温暖一起涌出门外。他揉了揉眼，感觉到一股渗入骨髓的阴冷。这几天的天气也和敌情一样骤然间起了变化。先是云，满天阴云密布，层层叠叠，像一只巨大的口袋将日头包裹了起来。然后是风，朔风劲吹，把阴云在高天搅着，搅一些寒冷拂地。再后是雨雪，雨不雨雪不雪的。他想鬼哟，真是巧了。一起来了呀，好哇。他瞄了一眼天角，眼光里还是那种轻蔑。他觉得这一切并没有什么可怕的。几个月前，江西苏区的险境他们闯过来了，湘江边上敌人布设的铁桶阵他们也闯过来了。他们虽然遍体鳞伤，但到底这些日子得以恢复和喘息，更重要的是理清了内部的许多障碍，在军事指挥上有了新的思路和统一的步调。他得赶去跟几个前线的红军指挥员商讨御敌的部署。警卫跟在身后。他们很是小心，好像这街巷里到处危机四伏，起码最近城里发生的这些情况让他们感觉是这样，兵临城下的局势亦强化了这种感觉。他们甚至考虑了给他化装，生怕敌人的暗探认出来向他开黑枪。

一九三五年的红军，一切似乎都得重新开始。这群不同寻常的人所做的一切都不同寻常。那时候，普通的红军战士并没有感觉到这一点，但作为众多首长之一的他深深感觉到了这一切。许多年以后，人们谈起这段历史会谈及许多重大事件，但很少有人谈到那些局部那些琐屑。其实，那时候诸多的琐屑决定着这支队伍的生存。首长深刻地感觉到了这一点。

他往城外走去。警卫说首长你稍候我立即把马牵来。他点了点头。可他没在那儿等，抬腿就走。他往城外走去，感觉到城里骤然间的变化。那些急切地在街头巷角寻找的人们心无旁骛、专心致志，看上去样子十分滑稽。首长站在那儿，看着那些人和别样的街道，摇了摇头。那个他曾经多次站在其上向市民作演讲的小广场，现在空空如也。潮湿的北风从那头刮来，在空荡荡的场坪上打着旋。

后来他就看见丁伊群和曾发带着几个红军战士往街上走去。他想他们已经在执行命令。他想他们会解决掉眼下的问题。他想这很好。

这么想着，首长放心了些。

远方又传来一阵枪炮的爆响。首长披上风衣，骑上警卫牵来的马。他们往城外飞速奔去。

第十一章 秘 密

一 来本确实有事情

来本有些蔫软。那天早上，勤有翻身起床要来本一起去背马料，看见刚刚起身的来本有些异样。

“来本，你怎么了？”

来本眨着眼睛，做出一种惊奇的表情：“什么怎么了？”

“你没事吧？”

“没事！我能有什么事？”来本笑了笑。

要不笑就好了，他一笑，勤有更觉得有点那个。

“那就好。”勤有说。

“今天天气好些了。”来本说。

“洪北说队伍要撤出城去，你信吗？”来本说。

“我昨天睡觉落枕了。我脖子有些痛。”来本那么说。

勤有觉得来本有些怪。来本说话不着边际，一会儿青菜一会儿萝卜的。他没在意，以为来本也许真的病了。你看来本那眼睛，红红的。来本的脸色不好看，灰灰白白的。

“你没忘记吧？今天去背马料。”勤有说。

“我看你不舒服，你就别去了，我走两趟就是。”勤有说。

来本跳了起来：“哎哎，那怎么行！我得去。”

“我去我去！”来本立马拎起背筐。

“看你说的，怎么会忘了？我就等了去背马料。走吧走吧！”来本扯了勤有往外走。

勤有想，来本怎么了？前天丁伊群叫来本跟勤有去城外，他还有些不愿意。来本和红星剧社的人在做扩红工作。他愿意跟剧社的人在一起，那里的妹子很标致，那里的活也不累。你想呀，跟了一帮唱唱跳跳的标致妹子再怎么也不觉得累呀！那摊子事情多好？再累也快活。他当然不愿意离开，就是去背马料也是因为命令。自然，命令来本会不折不扣地执行，但来本那脸一直黑着，嘴上不停地嘟囔。可今天来本不是那么个样样，今天来本显得很积极。前天的事才过了多久？来本对这事的态度已经迥然不同了。

勤有觉得有些怪，他了解来本，所以他觉得有些怪。他以为来本灰头土脸神情异常不是病了就是因为叫他去背马料有情绪，没想到他却很乐意做这活计，乐意得让勤有感到惊奇。

来本确实有事情，来本的事情在心里面。

来本那天跟剧社去街头演出，剧社的李头跟他说：“来本，你去买点豆浆来给明秀喝。”

来本说：“好好！”

那是个大清早，天还没大亮。

李头每天吩咐人去给万明秀打豆浆。万明秀是剧社的女歌手，长得标标致致靓丽可人，重要的是有一副好嗓子，是唱山歌的一把好手。她一开口唱歌就如花引蝶，招大群大群的观众来。她自然成了红军剧社的台柱子。剧社的李头把她当宝。但连了不断地唱，一天唱上百遍，再好的嗓子也会嘶哑。李头听着万明秀的嗓子一日不如一日，心急如焚，说明秀呀你挺挺，挺五天这任务就完成了。万明秀愁着一张秀气的脸说队长我在挺呀我不挺五天前我就唱不出了我难保证再挺五天就是两天也难保证。李头没办法，到处给明秀找方子。有人说才出锅的热豆浆泡胖大海喝了管用。李头每天清晨天不亮就派人去城南的豆腐坊弄豆浆。派谁谁都有些不情愿。你想那是大清早呀，被窝里多热乎？只有来本没情绪。来本不会唱戏，他愿意为那些演员做事情。再说派他来就是给剧社帮忙的。说是帮忙，实际上就是打杂。更重要的原因当然是来本喜欢听明秀唱歌，所以唯独他对这事没有怨言。李头说来本，你给明秀妹子端碗豆浆来。来本二话不说爬起来就去了。从那以后，端豆浆这份“苦差”就是来本的了。来本屁颠屁颠地干得很欢。

这天清早他又打开了门。街上黑黑的，冷风伴着一两声的狗叫传过来，直往他骨头缝里钻。他往手上哈了口气，一低头，钻进冷风呼啸的黑暗街巷里。突然，他被什么绊了一下，一个踉跄差点没来个嘴啃泥。

呀！他娘的，谁家缺德把绊脚东西扔在路当中？来本狠狠骂了一声。四下里黑乎乎，没人听见他的骂声。没人听就是白骂。来本本来走了的，想起白骂了就有些不解气。他蹲下，模模糊糊看见墙根下好像有块砖头或者一块木橛子。他摸起那东西想扔个老远，突然觉得手里那不是木橛子也不是砖头，是像纸一样的一叠东西。他觉得这事有点那个。谁把厚厚一叠草纸丢在街上？是谁家准备烧的纸钱吧？他把那叠纸夹在胳肢窝里往南门豆腐坊里去，到跟前就了灯光一看，吓得魂飞魄散。呀，那竟是一叠钱！他往四下里看看，那些师傅正在磨豆子，没注意他。就那会儿，来本飞快地把那叠钱塞进了袄子贴身处。

来本端了那碗豆浆往回走，手抖得像筛糠。其实，他整个身子都在抖。

李头看见那碗豆浆时，全然不像往常那么个样子了，豆浆只浅浅地盖着碗底。

李头举了那只碗哑然失笑：“呀，来本，今天怎么了？你渴了饿了等不及了把明秀的豆浆喝了？”

来本当然没喝。来本也不能说是手抖得厉害把碗里的豆浆洒了。

来本说：“我屎急，我屙屎去。”

李头又哑然失笑：“这伢，原来屎急了。屎急了你不会先屙了再去？”

来本在茅厕里蹲着。他当然没什么屎可屙。他把那叠钱掏出来，看了又看，揉了眼掐自己屁股上的肉，怎么的都是一叠钱。他嘴张着半天合不拢，眼大睁呆呆木木。他从没见过这么多的钱呀！他们说十五大队运的就是光洋，就是说他们一路押运的就是一大包一大包的光洋，可那些东西都打着包，他们看不见。

眼前这叠钱钞是自己捡来的，捡来的就是自己的。可钱的来路呢？

要是一张两张，也许是司务上街买东西掉了，或者是城里谁家掉的。但这一大叠钱，不是破蓑衣烂斗笠什么的，怎么会掉？再说，谁一大早揣这么一大叠钱在城里四处瞎走？

他想着，不知道如何处理这叠钱。钱太多了，要是一张两张他就交上去了，这钱太多了些，多得实在有太大的诱惑，多得让来本没了主意。

没了主意的来本把那叠钱看了一回又一回，惊惊诧诧了一回又一回。

他把茅厕石墙上一块石头弄了下来，掏了个洞，把那叠东西塞到洞洞里，又用石头堵了。一会儿又觉得不妥，就找了一块更大的石头堵上。这么颠来倒去弄了几回，他终于确信没有人会发现那个洞洞才放心离开。

从那天起，那块大石头也压在了来本的心头。

二　他想他得给他们上上课

他从茅厕回来就看见勤有拉着坛子去找丁伊群，也看见满街骚动着的人，这才知道捡钱的不止他一个人。

真的是财神下凡了吗？他想。

但很快他就不再相信有什么财神这种事了，很快丁伊群就把事情说清楚了。丁伊群说这是敌人的阴谋，我们不能让敌人的阴谋得逞。大家都怔了呆了。洪北胆子大点，他嘴又痒了。

“敌人的阴谋？”他嚷道。

丁伊群说：“是呀，一招毒计，这一招毒得很。”

“他们往我们手里送钱？”洪北这么说。

他说话时，伢们都定定地看着丁伊群的脸。

丁伊群说：“他们仿造了我们的钱偷偷丢在城里各处。”

洪北说：“造得一模一样，分不出真假来？”

丁伊群说：“那是那是。”

洪北说：“也能买东西？”

丁伊群这时的眉头也跟伢们一样皱了起来。他觉得洪北的问话有些怪。他觉得他话里有话。这鬼伢。他想。

他看了一眼洪北说："那要是一堆废纸我们就不去管它了，我们为什么花这么大力气？那些家伙把钱仿得足以乱真。"

洪北眉头跳了几跳："呀，那岂不是好事？他们蠢呀，他们给我们送钱！穷人拾到了，那不个个成了富佬？"

"我们红军不就为了这个？你老跟我们说我们红军打仗流血牺牲就是为了穷苦百姓个个都成富佬，难道不是？"洪北真有一副伶牙俐齿，讲话就跟放机关枪一样。

丁伊群摊开了双手。这鬼伢，他竟然这么说。想想也是，不怪他们这么想。一般人都这么想：多给些钱穷人不都成富人了？你不跟他说清楚他们心里总有疑云。必须跟每个红军战士说清楚，这也是眼下急着要做的工作之一。他得跟他们说些经济学的知识。他们只是农民，他们没有文化，他们当然不了解通货膨胀、经济危机什么的，不了解白军的险恶用心，不能洞察敌人的阴谋。他们如果不了解不洞察自然不会把拾到的钱交出来，就是下命令他们也不会交。他们不交你怎么办？军心势必受到影响。你想士兵想着自己有一堆钱，想着自己一夜间成了富佬，想着不必卖命了也能得到那些田产屋宇，他们还会奋不顾身浴血战斗？鬼哟！敌人就是为了瓦解军心扰乱人心。

丁伊群很耐心。他知道必须要有这种耐心。他和颜悦色地笑着，努力保持着一种平静。他看了一眼窗外，雨雪还没有止歇，只是稍小了一点。街巷上没先前那么多人了。先前他们差不多是倾城出动，几乎把这座城市掀了个底朝天。这座城市如今到处都裸露着破烂旧物和陈年垃圾。现在，只有一些耐性好的男人还在那儿做着最后的努力。

"啊哈。"丁伊群这么开了头。

他想他得给他们上上课。他把手边的东西都搁在火盆旁：一只怀表，一个烟盒，两三颗纽扣，还有一盒火柴。他把那几样东西摆在地上。

他又咳了两声。

"你们看，这四样东西一共一百大洋。你们手里各有十几块大洋，加起来正好一百大洋。现在你们来买这四样东西，这些东西是平价。东西和你们手里的钱等值。注意，这四样东西是你们急要的，不买不行，比如米谷，没米谷人要饿死呀，谁能抗饥饿不买？我们就这点米谷是不是，白军将我们周边封锁了，他们不让商户往这座城里运东西。"丁伊群说。

"哦哦。"伢点着头，他们好像有点明白。

"现在你们手里又多了一百大洋，大家都来买这东西，你们想情况会怎么样？"丁伊群问。

伢们眨巴着眼睛，都在转着脑壳。他们想，这事得想想。多了一百块嘞，好哇，钱多了不是好事？

洪北嘴快，说："那这四样东西值钱了呀。"

丁伊群笑了："是呀。"他举起手里的怀表，"比如我这是大米，大家都要，原来二十块就能到手，现在四十了，甚至更多。就只有这么一点东西，大家抢购，物价就上去了。"

"贵了，是贵了。"伢们说。

"物价上去市场就乱了。市场一乱，人心也乱了。军心呢？我们队伍上也有人拾得了大把的钱，一夜间成了富佬，打仗时老想着那些钱，还不做逃兵？军心还不乱了？"

"那是那是！"伢们齐声喊着。

他们似懂非懂，可他们喊着。来本也喊着。他的喊声有些机械。丁伊群说的每句话都让他的心怦怦跳着。他有些六神无主了。

那边，丁伊群又说话了："你们看，这就是敌人的阴谋。我们不能让他们得逞是吧？"

"那是那是！"伢们齐声喊着。

"这也是一场战斗，你们说是不是？"

"那是那是！"

丁伊群说："勤有伢就表现得很好，他把捡到的假钞如数交了上来。"

勤有忙纠正说："那不是我捡的，那是坛子捡的。"

"哦哦！"丁伊群顿了一下，"反正是你交的。坛子才入队伍，不是你他有这么好的觉悟？"

丁伊群拍了拍坛子的脑壳："坛子，你说是不是？"

坛子的脑壳一直蒙蒙的。他脑壳里还塞着那花花绿绿的东西。那是钱呀，啧啧，真是钱！你听他们说的，虽然是假钱，但能买东西。我从来没见过那么多的钱，更没有得过那么多的钱。哎呀呀，若晓得结果是这样，在兜里多放一些时候也是好的啊！丁伊群拍他脑壳时他愣了一下，但很快他就点头，鸡啄米一样点着头。

丁伊群继续说着："谁拾到那种钱钞都得交出来。队伍里正动员士兵交。我们十五大队的人，更应该交出来才是。"

"那是那是！"

伢们说着。他们互相那么看，看谁出来交钱。

没有动静。

其实这几个伢里只有坛子和来本捡着假钞了。坛子的交了，现在只有来本了。来本也那么瞅着前后左右那些伙伴。他心里有什么东西拱了几拱，几次想站出来，可终于没站出来。他想，还是看看别人的动静再说。一定还有别人也捡了钱的，他们不站出来我干吗站？再说，就是真交，我也没必要抢这个先，抢先也抢不到了，叫勤有和坛子抢去了。他就那么想着。他那么想着那么等着，直到丁伊群说解散，来本还没站出来。

他想，我怎么了？

他和勤有把那些马料背回来了，人却像累得散了架一样。他说，勤有，累死我了，我骨头像是要散架了。勤有说，我看来本你是病了。往常这点东西对你不算个什么，今天怎么散了架？好好，散架了你就躺会吧。

来本真就躺下了。他一躺下就起了鼾声。勤有推他，推不动。他想，就睡了呀？

来本真睡了，睡了个死死。

三　劳汇丰又来任大东家下棋了

劳汇丰又来任大东家下棋了。这一回，他一连赢了他的老对手九把。

劳汇丰还那样，脸上半吊着几分笑，看去和平常没什么两样，但心里却洋洋得意。

任大东一脸诧异："啊啊，今年腊月里老出怪事情，你说是不？"

"先是一连十几天的大日头。"他说。

劳汇丰说："晴天不是怪事情。"

任大东说："先几天你棋下得没东没西的，今天却走出个惊神泣鬼的路数来了。"

劳汇丰说："这也不怪。三十年河东，三十年河西。"

任大东说："你是想说道高一尺，魔高一丈吧？"

劳汇丰说："这话是能在会长面前说的吗？"

任大东笑了："这么说劳掌柜是要在别人面前说的喽？"

劳汇丰说"怎么敢呀！小弟初出茅庐，只有做缩头乌龟的份。"

他心里却想，那是，这话是冲着那些入城的赤匪们说的。看就是，看你们怎么收拾这局面！

任大东说："还莫名地到处有钱捡。怪了。"

劳汇丰说："也不是什么怪事情。'红军到，财神笑'，红军入城时不是有人到处这么说嘛。我看这是真的。红军是神哩。"

"鬼哟，真有这种事情？"

"我看有。"

"我看有人日弄人家红军。"

"嗯？"劳汇丰扭头看了看任大东。

鬼哟，这家伙真是个精明人。

"谁哩？谁跟红军对着干？他昏了头没事干找红军做冤家？"

"不知道，但我看这事没那么简单。"

"哦哦。"

"也难为了那些人了。"

"呀，你同情红军？"

"我只是从道义的角度论事。看来他们真不是报上说的那样。说他们是匪哩，可我从来没见过这样的匪。"

"呀呀，你这话若让人听了，日后柏辉章回来了，定你个通匪罪名满门抄斩。"

任大东笑了："我通匪？我只是凭良心说话。"

"那也得小心了。"

"我不怕。身正不怕影子斜，你说是吧？"

劳汇丰说："不说这了，我们下棋。"

他们又在那儿下起棋来。劳汇丰想，原来你老输是因为你心不在焉，你想着那些事。我没想到你这个掌柜还会那么想。我狠狠杀你一把。他心情很好，想给任大东来几招绝杀。他没得逞。街子上那阵喧嚣惊扰了他们两个。他们看见一队红军从那里匆匆地走过，一路敲着响锣。就是那阵激烈脆亮的锣声搅乱了他们的棋局。两个人四只眼往尚开着的大门那儿望去。看来红军又要有什么热闹事情。任大东三根手指间拈着的那颗黑子就欲落不落的了。

"看看去。"劳汇丰说。

他得看看去。他无心下棋了。他想知道过了这个早晨红军还能有什么招数。他想，西面的战事已经开始，东面和南面的强兵也蜂拥而来，不日就将兵临城下。各路大军逼近这座孤城，红军应该是四面楚歌的境地，却难得这支军队这些士兵能如此沉着。当然，也许是故作镇静呢。他倒要看看。当然，出去看看能得到些他需要的情报，也是他的动机之一。他放弃了弈局中即将到手的那淋漓屠戮的快感，扯着任大东挤进了人群里。

四　勤有无意间发现了这个秘密

来本和勤有他们一帮伢随了丁伊群去执行这项特殊任务。

红军在士兵中做了动员，凡拾得假钞者必须如数交公。这命令下得及时而坚决，同时，红军高层对自己的士兵也做了细致的思想工作。你拿了去吧，你拿了那些钱到白区你也花不成，也就只有苏区能有用场。你藏了藏好了，你还在队伍里是吧？迟早让人发现了那就不是一般的事了。想想吧你们想想。让敌人阴谋得逞你们不是人财两空了吗？这道理不必多说了吧？

当然不必多说，道理一说清楚大家都明白了，就陆续地有人交了出来。

来本也明白了，可来本不知道该不该交。来本觉得当时没交现在交出去那岂不让伙伴们笑话？哦哦，原来你来本还真藏了呀，原来你来本还真打过那叠钱的主意呀！他似乎听到伙伴们这么说。多没脸子哩多丢人呀！他想。我就塞那儿了我不管它了永远没人会发现那些钱只是一堆废纸不是？真有人发现了发现了去就是，反正没人知道是我藏的。

他到底没交出去。他当然也不肯承认自己深藏在肚子里的那个念头。

勤有走在来本的身后，老看着来本的背影，生怕来本会出什么事。

知道来本秘密的只有勤有一个人。勤有无意间发现了这个秘密。

勤有和来本被派去弄荠菜。那些天遵义城里许多人染了风寒，头痛发热，让人不安的是那病竟然开始在士兵和市民中流行。不是要命的什么大病，也就三两天的不适人就康健如初，但重要的是搅乱人心，城里有人用这种事情制造谣言搞得人心惶惶。医官说荠菜煮黄豆吃了能有作用，是个很不错的偏方，喝了有病治病，无疾防疾。

队伍上就发动勤有他们去撅荠菜，女兵和伢都派了任务。勤有跟来本一组。他们到了城南的后山上，那儿长着一片片的荠菜。勤有很喜欢干这活，小时没菜吃村里伢都挖这种野菜做菜吃，有一种很爽的口感。

他们做这事情很娴熟，很快就把篓弄得满满当当的。

“你得闲空走走？”勤有说。

“我看你脸色不好，灰灰的像跟人怄气。我们歇歇。”他说。

他想来本一定是累了。他还想跟来本说些话。

他就带他来到那片凹里，那儿有棵树，树下一缕青烟袅袅飘拂。

树下有堆暗火，勤有过去拨拨，从红红的炭屑中拨出两颗煨芋来。那是勤有刚刚弄的。他来时揣了几颗芋头。他们拿芋头当饭。勤有早早地就弄了些松毛、树蔸什么的点了堆暗火在那儿煨。到现在，芋头煨得恰到好处，一股清香从那层焦黑的表皮溢出来在半空中飘着。他把其中一颗递给来本。芋头烫手，两个人都把芋头来回地在两只手间倒着。

后来他们剥了芋头皮，坐在树阴下的草地上大口嚼着。

芋头很面。芋头很好吃。

“坛子怨我哩，他老是怨我。他说我不该把他的钱交了。”勤有咬一口芋头，说道。

“哦哦。”来本哦着，不看勤有。

“也是，他没见过那么多的钱。我也没见过。”

“哦哦。”

“你看你老哦。”

勤有说：“我看见大五子他们都交了，真交出大堆的钱钞来。”

“娘东西，他们还真印出了我们的钱。他们是怎么印出来的？真假难辨。”他说。

“还真看得人眼热。那是钱钞呀，又不是石头，看得人眼热。”他说。

来本摇摇头，像有一肚子苦衷。

勤有说："呀呀，来本你怎么了？你真的病了？"

来本说："我肚子痛，痛好几天了。"

勤有说："哎呀！那你不早说？说不让你来你却说没病。唉唉你走吧！这里有我，我能弄好。再说也弄了大半了，你先回吧。"

来本真站起来了，说："那我回了哦。"

来本往回走。勤有就那么看着来本往来路走回去。来本一脚高一脚低那么走，肩膀晃着，看上去有些滑稽。

来本走了很久勤有才站起来。他走到那堆黑灰边，用脚拨了拨。那儿还残存了一些火星。他觉得那些黑灰不阴不阳地烧着很不顺眼，于是他朝那堆灰烬撒尿。他看见残火被尿水一浇吱吱地响着，那些火星就熄灭了。那泡尿很长。他弄不清楚那泡尿怎么那么长。

他是在傍晚时分发现来本那个秘密的。

他看来本脸蔫蔫的，蒙了头在床上。来本好像只做一桩事，那就是睡，不吃不喝不说话。

勤有有些着急，去找来医官。医官捏了来本的手腕号脉，然后摇摇头说没事，人好着哩。勤有问人好着怎么那么个样样。医官说鬼晓得你问他本人去。

勤有早问过了。勤有问过无数回，可从来本嘴里问不出名堂。那夜里他就睡不着了，惦着来本。他看见来本起床了。他看见来本走出屋外。来本的身影看上去有些诡秘。勤有不放心，悄悄下了床蹑手蹑脚跟了过去。

他看见来本进了茅厕。月光很明亮，他能看见来本模糊的身影。来本像在忙着什么，不像是屙屎的样子。来本能忙个什么呢？勤有觉得事情有些奇怪。他回到床上，足足过了两袋烟工夫才见来本回来。啊呀，来本在茅厕里忙个什么？一整夜，勤有脑壳中有一个问号老那么跳。

第二天勤有去了茅厕。他在那儿仔细地看了一会儿。没什么异常呀！但他很快发现石壁上一块石头似乎有搬动过的痕迹。他看得太仔细了，不然他看不出那细微的异常来。他动了动那块石头。

很快，他就看见了石头背后的秘密。

呀！他长长地吸了口冷气。他怔住了。呀，来本的异常来自这个秘密。他想，来本呀原来你也捡到了钱钞的呀，你怎么没交出去？你留着能留出个什么结果？

后来，他就有些为难了。我该怎么办？跟丁教官说去？那来本要受处分。不说？可这是个很重要的事呀！他想来想去想不出个主意。他把飞儿牵到很远的一个地方让它在那儿吃草，自己坐在一个背风的地方想。他想了整一个上午。

还是不能说。他想。也许来本自己迟早会交出去。迟早的事。他想。也许来本有难处所以他不交。他放那儿让它烂了霉了没人知道有那么回事情不交就不交一回事哩。这个秘密就让它和那些纸钞一样霉了烂了去就当从没这么回事。他这么想。

第十二章 诱　惑

一　一些大石头在人心上滚着

场坪上围着的人都大睁着一双眼睛。劳汇丰和任大东当然也大睁了眼睛。

他们看见了什么?

台子上，那些红军小兵围着一堆东西，实际上是他们从那些布袋里大把大把地往外掏着东西。从他们的脚腿间的缝隙里人们看到那正是他们整个白天都在寻找着的东西。是的，千真万确是那种钱钞。呀呀！花花绿绿的一堆呀！红军要干什么?他们眨巴着眼睛，然后眼睛睁大了，一动不动的眼球凝视那地方。他们中只有几个人似乎明白红军要干什么。劳汇丰和李子有，再就是田顺善和任大东，他们已经感觉到一点什么。商会会长任大东为自己的怀疑得到证实而感到高兴，他知道红军接下来要干些什么。他想红军里真是有能人啊！他没想到他们会来这一招。他没想到红军会这么做。

丁伊群那两只手正被诸多的眼睛所注视。勤有、来本，还有任大东、劳汇丰、田顺善，那一刻，几乎所有的人眼都那么大睁着，定定地看着丁伊群的指尖。无数目光像一些无形细绳，远远近近地扯到那几根手指的指尖上。指尖捏着的是一盒火柴。

丁伊群从容地拈出一根来，他用手捂着划了一下，没划着。

他又拈出一根。这回划着了。

火焰跳了几跳。

劳汇丰像火烧了一样瑟缩了一下。其实火焰很小，但烧痛了劳汇丰的眼睛。那一刻大多数人都不知道那个红军长官要做什么，但劳汇丰和任大东已经知道事情的结局。那火跳了几跳就成了一团烈焰。丁伊群把那堆纸钞点着了。那些男女发出一片唏嘘，甚至有片刻的骚动。那可是钱呀，红军竟然烧了！

丁伊群说话了。他说话的声音很大。

“根本就没有什么财神，这是敌人的阴谋。”

有人说：“可那也是钱呀！”

丁伊群说：“看上去是钱，可实际上它们是一些暗器，是沾了剧毒的暗器。有人在暗地里朝红军下毒手。”

人们皱着眉头，他们还是不明白。他们和勤有他们先前想的一样，那是钱，有人造了这钱那不是更好吗？

丁伊群得给民众说明白，这有些难。丁伊群很耐心地开始了他的演讲。他知道这些百姓难以弄明白潜藏在那些纸钞背后的阴谋。那些男女也支了耳朵在听。他们感到很好奇：怎么钱钞就成暗器了？他们想知道怎么会是那样。他们一字不漏地听着那个红军长官的每一个字。一开始，他们脑壳里像塞了一团乱草，但后来让丁伊群耐心的讲解弄得明晰了些。他们觉得他说的似乎有些道理。他们觉得那些事情的确像那男人说的那样。

但他们不愿交出那些花花绿绿的纸片。丁伊群说，你们交出来，你们帮帮红军的忙。

没有人吭声，人们都左顾右盼，后来是小声叽喳。风把那些细碎的声音送出老远。

劳汇丰努力地捕捉着那细微的声音，他终于捕捉到了只鳞片爪。那些风中的叽喳让他心里觉得宽慰了些。他想，看来局势并不十分糟糕，看来事情并没有往红军指望的方向发展。哈，这就够了。

有人问丁伊群了，其实那时人们七嘴八舌纷纷开始向丁依群提问。

丁伊群摆了摆手说，你们一个一个说，这么说我听不清楚。他指了指前头的那个男人。那男人昂着头，张开的嘴像只空烟盒儿。

“那是不是我们手里的红军票就没有用了？”男人问。

“当然有用。怎么会没有用？”丁伊群平静地说。

“有人用你们说的那些假钱买东西呢？你不是说可以以假乱真？”那人问。

“我们会尽量鉴别，不会轻易做出判断……”

另一个老人问：“你们说的话还能算数？”

丁伊群说：“我说了，红军口里的话一字千金，当然算数。”

老人说：“从贵阳来的药材贩子说，那边的兵蚁群一样黑压压地过来了。”

“兵来将挡，水来土掩！”

“这我信。可要是挡不住呢？那么多的人。人说寡不敌众。这事说不准是吧？”

丁伊群还是一脸和气。他们讨论过这个问题。首长似乎有先见之明，他对丁伊群说，要是群众说到这些我们必须有明确的回答，不能有丝毫的含糊。丁伊群几乎原封不动地重复着首长的话。

“如果我们真的撤城而去，会将你们手里的苏维埃货币兑换成银洋，全部如数兑换！我再说一遍，红军说话算数！”他这么说。

指望人们交出那些拾来的钱钞似乎是不可能的，丁伊群看了看天又看了看那些已经烧了的假钞。那边，日头已贴近了城楼的飞檐，天色将晚。脚下的那些纸币现在成了一些灰烬，在风的吹拂下不规则地颤动着。有几捧灰随了风飘起荡到街巷的角落里。

任大东的脸上有一块黑斑，是一块拂起的纸灰悄然落在了他的脸上。那时候他心情难以平静，丁姓红军说的每个字都让他感到愕然。尤其是最后的那一句，他觉得那句话像块大石头，在他心上滚。他有些不相信，但他又不能不信，因为已经有那么多他曾经不相信的事情都成了事实。可是，眼下明知道有人在作假，红军还会认那些账？他觉得要真是那样，又是一桩不可思议的事情。这些日子，红军老是弄出许多不可思议的事来，让一些大石头在人心上滚着，弄出不同凡响的声音来。

他和劳汇丰随了散去的人群往回走着。他觉得身边的劳掌柜有点异样。劳汇丰总不停地跟那些掌柜们小声说话，吊着笑的脸上让人感觉出一分焦虑。劳汇丰嘴里跳出的字词断续地也传入任大东的耳里。他听出劳掌柜似乎说了铺子和关门什么的，到后来那姓劳的终于凑近了任大东的身边。

“我看谁敢开了铺门哩。收了那种假钞，红军拍拍屁股走了谁认？鬼哟，竟然还有假钞，鬼哟鬼哟……”劳汇丰说。

任大东明白了劳掌柜的意思。他们决然不相信红军的，可如果红军说的话是真实的呢？任大东的倔劲又上来了。他想，我就想知道这到底是不是真的。有一股什么东西在他心里搅动着，让他在这冷风里显得莫名的亢奋。那股风一样的东西在他心里搅着，搅成一种斗志和决心。他决定赌一把！

他朝劳汇丰笑了笑：“我为什么要那么做？我从没关过商铺大门的，从没关过。”

他看见劳掌柜的眼睛朝他眨巴了几下，眼神里满是诧异。

任大东还是那么笑着：“我不怕倾家荡产。你说我一步死棋？”

劳汇丰忽然说：“呀！你怎么知道我说的是那句话？”

他确实想跟这个家伙说那四个字：一步死棋。

他觉得奇怪，连他自己都没听到任大东怎么会听到？

“哦哦……”

“你看任会长你哦……”

“我知道你们会那么看我，可我得看看到底这是不是事实。我就是这么个人，你们又不是不知道。”任大东说着，眼里透出一种执拗的光亮。

任大东就是那么想的。劳汇丰和城里的大小掌柜很快就目睹了那个现实。城里大大小小的商铺果然都紧闭了门户，唯有任大东家所有的门都那么大张着。他依然是那么种姿态，坐在那地方默默吸烟。他像个高僧，静坐在那里看着尘世的纷扰。身边，那盘棋残局依旧，黑白棋子散落于棋格之间，衬着任大东那沉思着的脸，显得有些阴郁、苍凉。门洞里不时闪现出一些面孔，侧着往门里觑着。有些人就是为这一觑而来的。他们想看看那个商会会长。怪呀怪呀，人们那么想。癫了痴了？关于假钞和他的话题成了街谈巷议拥满了城里的各个角落。

任大东不看他们。那些日子他也很少出门。只有耳边渐近的枪炮声让他能略微辨别局势的变化。但他似乎并不关心那些，只一如既往地凝神静坐，专注于他的烟斗。门口闪过的那些老少似乎倾注了许多的关注，但没人走进这扇大门，更没有出现他所预料的那种蜂拥而至挤破铺子抢购的场景。

他想，怪了。他又想，哦，也不奇怪。那些拾到钱钞的人不会贸然拿假钞来他这里买东西，他们害怕被红军盯了。他们或许用一张两张先试探了，然后再慢慢相机行事。

他在心里笑了一下。

二　一生中有一场这样的事也算没白活

终于，有个人影走进了大门。

是丁伊群。

丁伊群径直走到任大东的身边。

“贵客呀。”任大东说。

“也来一盘棋？”任大东问。

他其实无心下棋，他只是没话找话那么说。

丁伊群摇了摇头。丁伊群坐到了任大东的对面。他喝着伙计端上来的茶，也拈了烟袋抽了几口烟。然后，他们坐在那地方说着话。他不是来下棋的，他想跟这个商会会长说些话。

“就你一家铺子开着门。”

“我是生意人，我得做生意。”

“你不担心那些纸钞灰飞烟灭？”

任大东不吭声，用眼睛看着丁伊群。

“看来你相信我们的承诺。”

“不！”

这回是丁伊群看任大东了。他眼里跳荡着大片的诧异。

“我只是想看看。眼见为实。我只是想看看。明白吗？看看。”任大东说。

“你没想过风险？”

“风险？我有些弄不明白。你们真会言而无信？”

“我可以告诉你，绝对不会。”

“那风险从何谈起？”

“黔军已经兵临城下。”

“哦哦，他们来他们的。”

“来者不善。”

“你们有撤的准备？”

“兵家相机而行，不以一城一地得失而论。”

“他们来他们的。”

“你这么做，他们来了于你不利。”

“怎么？”

“他们会给你安上个通共的罪名。”

“从何谈起？”

“你收红军的钱钞，大家都关了铺门，就你一家敞开着。有人觉得你这是故意，你这是暗中资助红军。”

任大东微微咧嘴笑了笑，那样子很特别，脸颊一边的肌肉抽跳了两下。他想，有人跟我说过同样的话，没想到今天又有人这么说。

“我是生意人。生意人不做生意做什么？我只是做生意，没招惹是非。”任大东说。

“有时候，是非不是你招惹来的。人家恐怕会这么说。”

“舌头长在人家嘴里，爱说什么说去。”

“事情不会那么简单。其实你未必让我们放心。”

“你们？红军吗？”

“那是，可以理解你是在和红军对着干。”

“这又从何说起？”

“我们要收缴假币，你却怂恿大家不交。”

“哦？这么说？”

“人家要这么想你也没办法。这么说也说得过去，也有几分道理。”

“我没那么想过。”

“你说不清。”

“哦哦……我不关心政治，我不管红的白的，我只看重贤德和诚信。”

“我明白了。”

“我只是想看看，就这么简单。我想看个清楚。人活着得把事情弄明白，我就这目的。”

“哦哦……你会看到的。”

“也许吧。我只是想看看。”

这话，那天夜里任大东和枕边的大姨太也说起过。大姨太出自大户人家，很是贤惠。她不大过问男人的生意，黄昏时候账房里送过来大堆的红军纸钞，也送来一堆疑虑。

“要真是一堆废纸，任家就败了。”账房先生跟大姨太说。

账房先生的话是有根由的，根由来自田顺善的出现。田顺善到任家铺子里来了。他从怀里掏出大把的红军票来买东西。人家买东西你能不卖?

“你看那混混善子哪来这许多的钱？明明就是那种假钱。”账房先生跟大姨太说。

“掌柜的说来的都是客，人家掏钱购货没有不售的道理。你看……”他说。

账房先生看着架上和仓里的百货成了一堆花花绿绿的票子，心急如焚。他不能不管不能不说。他想掌柜的听不进我的话，该能听进大姨太的话吧?

大姨太终于挨不住了，她把焦虑加进了话语里。

“我只是想看看。”任大东也把这句话抛给大姨太了。

“你看到又能怎样? ”

任大东说：“那可不一般，我就能看出那十之八九。”

“十之八九什么? ”

任大东没直接回答，只是说：“睡吧，你女人家弄不明白。”

女人不说话了，很快就睡着了，睡得很香甜。

任大东自己倒没能合眼。他大睁了眼睛看黑黑的檐，耳朵里满是暗角处鼠辈的嚣声。他这一生难得下这么大的决心，也难得碰到这么惊天动地的事情。他想他得赌一场。一个人一生中有一场这样的事也算没白活，也算是轰轰烈烈惊天动地的了。

三　自己怎么会有这种感觉

田顺善的纸钞不是捡来的，也不是劳汇丰给他的，是莫名其妙地得来的。

田顺善那天像狗一样在街巷城郊各处搜寻着，累得气喘吁吁汗流浃背，累得骨头成一摊软泥，累得夜里上了床一双小眼睛瞪着竟然合不拢眼皮，却连纸钞的影儿也没见到。

财神不长眼呀，不认识我善儿。他想。

都是命都是命。他想。

他觉得没指望了。那天他站在人堆里，看见那个红军长官用火柴点着了那堆纸钞，心上像是有一千只手在抓挠。他真想跑过去不顾一切抓一把。啊啊，那是钱呀！我田顺善一世也没见过那么多的钱，现在没有，将来也不会再有。你不是说不管真的假的，要用肯定能用？那就行了，能用有什么真假之分呢？烧了多作践烧了多可惜？

但到底他眼睁睁看着大堆钱钞变成了灰，他依然还是一无所有的那个善子。那时候，他觉得城里的每个人似乎都藏着一个秘密，他甚至觉得他的一伙混混弟兄也有什么瞒着自己。他觉得除了他谁都曾经被财神光顾过，谁都曾得了大把的纸钞把它们藏在了他不知道的地方。他有些郁闷。他想他得喝一口，然后就走进了那家馆子。

他没想到会在那儿碰上李子有。后来想想，他觉得那也是命。

他才坐下，李子有就走了进来。李子有在他对面坐下了。

李子有说："哈，巧了，善子兄弟也来这儿喝酒？"

田顺善说："想喝一口了。人他妈就是怪，有时候就是想喝口酒。"

"哦哦。"

"也不为什么，就是想喝。"

李子有说："酒是好东西呀。来来，我陪善子兄弟喝。"

田顺善不知道李子有这几天一直在暗里盯着他，也不知道李子有就是劳汇丰的手下而且还是个小头目，他更不知道劳汇丰正是派李子有潜出遵义，到贵阳赶印了那些假钞悄悄带回了城里。

那天，面对那么多的"钱"，李子有动心了。半夜里满城扔

“钱”时，他经不住诱惑，竟然将许多纸钞藏在了一个隐秘地方。他真没想到那些假东西会有作用，他似乎只是下意识那么做的。他没想到那个红军长官会那么说，也没想到任大东会那么做。

他也往任家铺子大门那儿去了，铺子果然开着门。他塞了一张那种钱让个伢去给他买盒火柴，果然就买回来了。他又一次动心了。看着冷寂的任家铺子，他的心一次又一次地动着。他想，他藏的那些钱能把任家铺子搬空。他想趁着大家还没动静赶紧下手，不然任家的货全卖光了，他藏着的那些钱就真成废纸了。

可他觉得有些犯难。他不能自己去任家铺子里大宗地购货，那样劳汇丰一眼就识破了。让姓劳的知道了内情那还了得？他也不能再叫伢去，伢经不住人问，一问事情就全抖了出来。他动着脑壳。他得找个嘴巴牢靠的，得找个天不怕地不怕的。想来想去，他想到田顺善了。

他给自己找了间屋子。他选了魏家大院那间老屋子。那地方没人去，屋是荒废了多年的破屋子，周边荒草丛生。那地方鬼气迷离的没人去。

他对那屋子做了精心的布置，觉得事情万无一失。

他觉得可以去找田顺善了，所以他就跟着田顺善进了馆子。

他们喝着酒。他们说到城里最近发生的事。

李子有说：“三十年河东三十年河西。这还没到三个月，城头就又要换旗了。”

田顺善说：“啊哈，好！”

他舌头有些不灵便了。李子有一直给他灌酒。他喝得有些多了，很兴奋。

李子有说：“你说好？”

“那是呀！他娘的，那些捡到……钱的人有钱使不出去了。

中央军……黔军谁认那钱？”田顺善说。

“可惜了。”

“我又没有……是吧？财神又没把那钱给我一厘一毫……可惜个什么？”田顺善说。

李子有笑了。

“呀呀，你看你，笑什么？”

“我笑你。你怎么就说你没有？”

“我是没有……我睁大了眼跑软了腿你晓得不？”田顺善说。

“我城里到处走……我走了无数个来回。我把那些石头草堆都翻了个底朝天，也没能找到一分一毫。”他说。

他声音里拖了几分哭腔。想起这些田顺善觉得有些委屈。

“你看你还笑……你笑我是吧？”田顺善说。

李子有还在笑着。

李子有静静地听完田顺善的话，突然说：“要是你有了呢？”

田顺善眨巴着醉眼盯了李子有看。突然，他眼里的光散乱开去。

他大笑了起来：“你这人，你这婊子养的……你笑话我呀？”

李子有还那么笑着。他想他得下决心了。他想看来这混混还靠得住。

“我没笑话你。你真的有。”李子有说。

他叫伙计过来把钱付了。

“走！”他跟田顺善说，“我们去个地方。”

他把田顺善带到他的一个相好家里。那是个寡妇。那女人很不情愿地给他们烧了壶浓茶。

他跟那女人说：“你睡去。我陪我兄弟说会话。”

他让田顺善喝了两大杯浓茶，心想他的酒该醒了。其实田顺善的酒早醒了，他在街上走了一遭冷风一吹就完全清醒了。他把李子有说的每个字都听进耳朵里了。他想看看这姓李的玩什么名堂。

李子有把事情说了出来。他本来不想说的，但不说办不成事。幽幽的灯光下，他把脸凑近田顺善。

“我手头有几扎钱，不是一点，是很多。”

“什么？”

“我说的是那种钱，财神送来的那种钱。”

田顺善说：“我不信。你哪来那么多钱？那天我记得你不在城里的。”

李子有笑了。那生姜一样的脸在幽幽的灯光下显得有些吓人。

“不在城里就捡不着钱？”

田顺善说：“没听说城外的什么人捡了钱的。”

李子有想，鬼哟，一个混混有时候倒鬼精鬼精的。他想他得说实话，他得取得这混混的信任，不然事情没那么好办。他知道这些人的品性，别的没有，一点信任有时也能让他们两肋插刀。

“来来！善子兄弟喝茶。”李子有说。

他们现在喝着茶。屋里有盆炭火，李子有一直把那壶茶架在那儿热着。他拎起给田顺善那只杯子，筛满茶。

李子有说“我实话跟你说吧，我把你当兄弟才跟你说实话的。”

“你说你说。”

“想知道这钱钞什么来路？”

“不知道。不是说财神送的吗？都说‘红军到，财神笑’。”

“跟你说吧，是我弄的。”

田顺善眯着小眼睛笑着：“你喝多了，子有你喝多了。”

“是我弄的。”

“我不信。”

“是劳掌柜吩咐我弄的。”

“我不信。鬼才信。”

“那个红军长官说得对，有人在搞名堂搞阴谋。跟你说吧，是劳掌柜。”

“我不信。你看你，胡编这些。”

李子有看了看田顺善。看来他还真的是不信。有时候事情就是这样，你越说真话越是没人信。管他呢，信不信由你，告诉你就是让你嘴紧着点，别把风声透出去，小心着姓劳的一点。

“我没骗你，不然我找你？”

“哦哦……”田顺善眨巴着眼。

“你拿钱钞去换东西，你就说是你捡到的。我们对半分，我们对半分总行吧？”

“我不信你的话。鬼才信。”

李子有从兜里摸出一叠钱钞塞到田顺善手里。田顺善举到灯光下看了看。呀，千真万确是那种纸钞。然后，他又把那灯举到李子有脸边，眼不眨眉不动地看了那张脸好一会儿。

“这么说，你说的话都是真的？”田顺善说。

“那是！”

田顺善感到有些意外，但很快就镇定了下来。他没想到事情真的会是这样，没想到劳掌柜原来是这么个人。啊哈，姓劳的为了升官发财，真是歹毒得很呀！他想，没看出那张笑脸后面张血盆大口。哈哈，笑面虎一个。哈哈，我差点让他坑了。

“我管那么多呢！”田顺善把灯放下了，说道。

“什么？”

“我不管是谁弄的事。我才不管哩。钱钞是我捡来的，财神爷给的是吧？财神爷塞我床底下的。”

“那是。”

“人问起我我就这么说。”

“啊啊……善儿是个精明的人。”

“那是！”

“我们把那钱换成货物，立马出城去。”李子有说。

田顺善扭过脸来，迷惑不解地看着李子有：“我为什么出城？钱是我捡来的，你说的，对谁都咬定了说是我捡的。”

“那是，你能做到。”

“当然，打死我我也说是我捡的，就是我捡的嘛，你说哩？”

“那是那是！”

“那我为什么出城？要出你出。我捡来的我怕个什么？要出你出就是。”

他们又喝了些茶。他们都有些兴奋。茶水和炭火，当然主要是那些钱钞让他们亢奋不已。他们把事情谈妥了。

第二天一大早，田顺善就捏了一大把票子去了任家铺子，然后驮了大堆的货出来。他来回地往任家铺子里走去，一街的男女都用诧异的眼光看着他。他觉得很得意。他觉得腰杆直了一些。他不晓得自己怎么会有这种感觉。

钱真他妈是个好东西。他想。

他第五次去任家铺子时，听到北门那边响起激烈的枪声……

第十三章 兑 换

一 我心上的一块大石头没了

事情没能按李子有的计划进行。那天任大东从敞开着的大门里看见一队队的红军荷枪实弹从街上快步走过，神情异乎寻常。这是腊月下旬的一天，过年的喜庆气氛被渐近的枪炮声和士兵整齐急促的脚步声震得烟消云散。

任大东知道发生了什么。这天早上，那个和气的红军长官来过他的宅院。

“我来是为了告诉你，我们可能将暂时离开这座城市。”

“噢？”任大东噢了一声，“为什么告诉我这个？”

“今天我们将在学堂的场坪上履行承诺。”

“噢，我知道了。”

“你准备一下。”

“什么？”

“那些钱呀！”

任大东呆了好一阵子才回过神来，他说：“你抽口烟？”

丁伊群摇摇头:“我不抽烟了。事情紧急,我还有许多事要做。”

“你叫个人来告诉我就行。”

丁伊群说:“我得亲自来。”

任大东去叫账房先生,他说:“高鹏呀,你到我屋里来一趟。”

那个叫高鹏的账房先生是个忧郁的半百老人,一张脸满是饱经风霜的模样,头发过早地脱落了,稀稀的几根绾放在绒帽里。几十年他都在任家商铺那间阴暗的屋子里度过,为两代任掌柜经营账目。日子过得琐碎平静无比单调,就像他指间噼啪响着的算盘珠子来来去去。其实这些天他一直都在任大东的身边,为任家的事感到忧心忡忡。那么一大堆纸钞,要是兑不成银洋,任家的大半家产就完了,所以这些日子他总是跟在任大东左右。丁伊群和任大东说的话,他一字不漏地听进了耳里。

那时候账房先生眨巴了眼看着东家,又看了看大门外行色匆匆踏步而行的士兵。他觉得事情像梦境一般。

“真给兑钱?”

任大东说:“我看是真的。人家就是这么跟我说的。人家亲自来……”

“噢噢?”

“你觉得奇怪?”

“闻所未闻。”

任大东说:“是啊,我也觉得奇怪。从来没听说过,几千年的史书里恐也难找到先例。”

“那是!”

“高鹏你把那些钱钞收拾一下。”

“好,我立马就办好这事。”

那些钱钞其实早就整理妥当了。很快,账房先生就把那些钱钞拿了来，一扎一扎，足足有五大扎。

“我立马就去。”账房先生说。

“去做什么？”

“把那堆钱钞兑了呀！”

“不急。”

“你说不急？”

“不急，到了那儿你听我的。”

账房先生想，任掌柜大概是为了稳妥起见吧？人说眼见为实，任掌柜大概想的就是这个。也好，总归来得及，真有钱兑就好。

账房先生心里一块大石头放下了，跟大姨太说：“这下好了这下好了！掌柜真是高人，高瞻远瞩高瞻远瞩呀！你看任家这回押宝押对了。”

姨太哦了一声。

“我心上一块大石头没了。”账房先生说。

“难为你了，高鹏。”

“任家这回狠赚了一把。”

“是个喜事是个高兴事。”大姨太说。

“我跟掌柜先去那边了呀，没事的。”

他一脸的喜气。背着那几扎钱钞，他觉得身上有种踏实的感觉。

二　耳听为虚，眼见为实

他们很快到了学堂那块场坪上。他们得看看那闻所未闻的事情。耳听为虚眼见为实，他们就是那么想的。很快，他们就看见了。那台子上站着那个红军长官和一帮红军伢。他们今天穿得很齐整。任大东很惊讶他们竟然那么镇静。城外的枪炮声让街巷里空无一人，街市上空空荡荡，像被掏了下水的死猪。显然，那些居民为迫近的战事所惊吓，躲进了隐蔽安全的地方。少了人气的街道显得有些凄冷苍凉。

学堂的大场坪上围了许多人，来的多是商铺里的掌柜。这些日子鲜见他们的面孔。他们关了门在自家屋子里喝茶，盘算着乱世过后的经营。然而，今天他们却迈出门来到这空阔地方。冷不丁响起的零星炮声让他们的心不住地颤跳，引得他们的眼张皇四望。但他们还是来到了这地方，到底钱财的魅力无边。当然，除了钱，还有几分好奇。他们也像任大东一样，想看看那一切终究是不是事实。

任大东和那些掌柜看见了那个事实。红军真如他们所言，将那些纸钞如数兑成银洋。

他们说："哎哎，来呀，你们没听到枪炮声？快点！"

人们互相看看。有人迟疑地在兜里掏着，终于掏出那么几张，试着往前面挤去。

"哦哦，真兑钱？"

"当然是真的！"勤有说，"大冷的天我们到这里来耍？"

很快，那几张纸钞就变成了两块银洋。

"啊啊！"那人叫着。

一时间，人们的目光全都聚在了那两块银洋上。

"啊啊！"大家叫着，相继往前面挤去，争相兑换着纸钞。

任大东和账房先生目睹了那热闹场面。他们看见那些人喜笑颜开的，有人甚至不太相信眼前的事实，拈一块银洋吹口气在耳边听着，歪着脸用牙咬。他们似乎听到那种脆生生的动人声音，也咬出一种甜美滋味。他们的眼睛眯成一条缝。他们那么笑着，他们的笑像些水波在寒冷的空气中荡漾着，交织出一大片的欢快。

那笑让任家的账房先生坐不住了。他的眼老瞟着任大东。任大东脸上波澜不惊，满是平和。这让账房先生漫生出许多焦虑还有几分迷惘。

“我说我们还等什么？”他跟任大东小声说。

“看看。”

“看到了。他们没食言，他们真在兑钱！”

“我看见了。”

“看见了你说等等？”

“那是，再等等。”

“呀！还有什么可等的？谁知道这种钱钞有多少，谁知道？红军有那么多的银洋来兑吗？再说就是有，也难说王家烈的兵突然就闯进城来。”账房先生有些急了，他说。

“掌柜的，你不会没想到这些吧？”账房先生说。

任大东不说话，凝神看着那边。账房先生就噤了声。他从掌柜的脸色上看出东西来了。他知道任掌柜的脾气，这种时候跟他说什么都没用。看，看，看个什么？账房先生也往那边看，踮了脚看，没看出什么名堂。可任掌柜却像是在想着什么重大的事。鬼知道他想个什么！这事还能等？账房先生侧耳听了听，风里送来的枪炮声似乎更加清晰起来。他看见台子上那个红军长官正往这边看。

远远的，丁伊群看见任大东了。他往这边走来。

“我说了我们说话算数。”丁伊群跟任大东说。

“我看见了。”

“你兑了吧。我想你该兑了。”

“还没有，不急。”

“嗯？看来你还像是有什么疑问。”

“是的。”

“噢噢，你说，你说说。”

“你们怎么知道到底有多少假钱在大家手里？”

“我们不知道。”

“那你们能有那么多的银洋来兑？”

“没有。 我们想到了，我们有多少兑多少，其余的我们打欠条。”

“噢噢。”

“怎么，不行？”

“当然。”

“那你是不相信我们会还？”

“你们能在这里兑钱，那诚意我能不信？但是……”

丁伊群说：“我明白了，没有人相信我们会有那个将来是吧？你想说：但是你们会有那个将来吗？你想说这句？”

“那是，恐怕很难有人信。”

丁伊群站在那里，好像在听着远处隐约的枪声。

“很多人不信，确实有很多人不信……”突然，他回过头来，“哎，任掌柜，我说你还等个什么？”

“嗯？”

“那你怎么还不赶快来兑钱？我知道你收了不少我们的钱钞。”

“不急，让他们先兑。”

“嗯？”

“你说过的。你刚刚才说过。”

“我……刚刚说的什么？”丁伊群倒给搞糊涂了。

刚刚说过的话多了，任掌柜指的是哪句？他想了想，想不起任大东说的是哪句。

“你说过可以打欠条的。”

“可是……”

任大东笑了笑，又朝丁伊群点了点头：“很多人不信，可是我信！”

“我相信！”任大东很坚决地说。

丁伊群有些激动。他没想到事情会是这样，他一点也没想到。他看着这个商会会长，没想到他会得到来自这个男人的帮助，而且是在这最最困难的时候。他感觉眼里湿乎乎的。他想他不能这样，让伢们看见了不好。他是男人，男儿有泪不轻弹。何况，他还是伢们的教官。

伢们没注意他们的教官。他们一直在听着他们的教官和那个商会会长的对话。后来，伢们被他们中的一声突发的号哭声吸引住了。

号哭的是来本。来本奇怪的哭声让所有的人都觉得十分诧异。

只有勤有一个人知道其中的原因。勤有当然不会说。

三　银洋在那伢手心跳荡

有一个人也远远地看着这一切。那是劳汇丰。

劳汇丰站在巷口的那棵树下，远远地看着这边发生的一切。他的脸仍旧吊着笑，只是现在那笑里透出一种苦涩。这些日子他有些莫名的沮丧。假币的较量，他并没有输在红军手里。事实上，他所做的那一切曾一度搅乱了人心，的确给对手带来了忧烦。客观上，也给予了正在进行的反攻最及时和有力的配合。但到底没出现他曾经预想的那种情形，现实与他所期望的相差甚远。

他总在想，问题出在什么地方？是因为红军走的那步妙棋，是因为那姓任的商会会长莫名的固执，还是因为……他百思不得其解。

就这样，他注意到田顺善了。

田顺善今天穿了一身长衫。他从未穿过这种衣服。这衣服是李子有给他挑的。

李子有说善子呀今天红军在那儿兑钱你得去办这事你穿得像样些。

田顺善说好。

李子有说你千万要镇定脸上不要让人看出东西来你认定那些钱是你捡的没人会拿你怎么样。

田顺善说好。

然后，田顺善来到了场坪上。他左顾右盼，有种做贼的感觉。那些目光让他有点那个。他身上的那身长衫太扎眼了。不是长衫招惹人家的眼睛，是长衫穿在他身上让人觉得很是诧异。他停了下来，心里给自己鼓着劲。就是，钱是财神给你的，你怕个什么？他想起李子有对他说的话。想起这些，他那无赖劲又上来了。

“啊哈，你们都来了？”田顺善对任大东那么说。

他忘了在任大东商铺里遇到的不快。他本是个很记仇的人，可任大东这些天来的行为举止让他觉得很那个。他觉得人家到底是个人物，人家敢作敢为像个好汉。他从没在生意人里见过任大东这种人。

这时，他看见任大东朝他微微点着头，就对任大东说："我来看看。"

他本来想说好热闹呀我来看看的，可情形不是那么回事，没往常那么多的人，来的只是些商铺里的账房先生或者掌柜。显然，他们是为兑换钱钞来的。远处街巷里时有嘴脸显现，但那些人只是张望着却不往这边来。也许他们手里有这种钱钞，但他们在观望，他们在等着看这边的事情到底是真还是假。

他们在观望哩。鬼哟，他们不信有这事。田顺善想。

我也不很信，李子有那鬼东西都不太信的。他这么想。他摸了摸兜里，那里只有几张花花绿绿的钱钞。李子有说你先拿几张去试试，看是不是确有其事，要真有再拿去都兑换了。他记得李子有说这话时的表情，一脸的诡谲。那会儿他心里格登了一下，他觉得李子有眼里有杀气。他不知道为什么会有那种感觉。

他终于挤到了前面，朝那个伢递上那几张纸钞。他认得那个伢。那个伢，是红军进城的第一天他在任大东家见过的那两个伢中的一个。

"我换钱。不是说能换钱吗？你们说过的。"田顺善说。

"是的。红军说过。"

"那你换。"

那个红军长官果然如数把三块银洋拿了出来。他伸手要接，那个伢抢了过去。他愣了一下，他看见那伢将那三块银洋在手里托着。银洋在那伢手心跳荡，发出清脆的响声。那伢意味深长地看了他一眼，把银洋交到他的手里。

你看，千真万确吧？红军说话算话！他听到那伢那么说。其实那伢没说，是他从风里听到的。怪了，他摸了摸耳朵。没人说，可我怎么听到了？

第十四章 引蛇出洞

一 贪心不足蛇吞象

“善子！”劳汇丰把田顺善叫到身边。

田顺善还是那么副笑脸。劳汇丰那天就是从田顺善脸上突然迸发的欣喜里察觉到一点什么的。他总是善于察言观色，善于从人们表情微妙的变化里发现一点什么，感觉到一些重大事情的发生。这是他能年纪轻轻就坐到特派员这把交椅的一个重要原因。做他们这行的，就需要他这种天赋。

那天他把田顺善叫了来，想让这个混混去做一件急事。其实是送个情报。这也是他分内的工作。他搜集红军的情报，通过交通员送到重庆参谋总部，由总部挑出有用的交给“剿匪”大军，供他们作战时参考。这些天城里乱乱的，红军似乎正进行调动，情况有些难以捉摸。他想手头所弄到的情报即使凌乱琐碎也该及时送出去。但他有些困难，他的几个手下都打入红军内部执行别的重要任务了，他已经没有人可支派。然而这事很重要，不及时做就可能误了大事。再说这时候出城风险大，损失一个骨干事小，情报不能及时送出那事可就大了。

思前想后，他想到了田顺善。

“你说你要去古蔺？”

田顺善说：“是呀，我有个姨娘在古蔺。”

劳汇丰说：“那你去。你不去？我给个机会你去。眼见要到小年了，你该串串门。”

“嗯？”

劳汇丰说：“我支你去那儿办个事。”

他拿出一包茶叶，是湄潭产的雀舌。

“你把这个带给古蔺的霍老爷。他是我的好朋友，捎信来要点好茶过年。他要得急。你出趟城，立马就走。你看人家等了过年的。”

他没想到田顺善会对他摇头。

“怎么，你不去？”

“是，我不去！”田顺善竟然答得很干脆。

他不知道那时候田顺善有急事要做。田顺善刚和李子有谈妥了那事。他已经去过一趟任家铺子了，还真背回了许多好东西。他正想着更大的美事，哪能去别的地方？再说他已经知道了劳汇丰的真面目。这家伙能有什么好差派我？说不定让我往虎口里去。我会那么蠢？

“我不去！”

“这事急。”

“事急你不会自己去？”

“呀！善子，你不是跟了我做事？你……我给你工钱的呀，给你不低的工钱。”

“我不去！”田顺善说。

他腰里正揣着李子有给他的一扎花花绿绿的钱钞，而且很快还会有更多的钱钞。那些钱钞让他觉得腰杆子很硬说话底气不一般。

田顺善是个混混，但他最恨背后使阴招的家伙，最瞧不起明里一套暗里一套的人，何况他马上就会有很多钱了。

“我不要你工钱总行吧？我不干了总行吧？我带我几个弟兄喝粥去。”

他给劳汇丰抛下那几句话，眉角吊了点东西甩了甩手臂扬长而去。他想，有了钱的感觉真不一样，腰板就硬了许多。

就那会儿，劳汇丰觉得这混混一定有什么事了，而且不是一般的事，不然不至于如此。

他开始留心田顺善。他看见田顺善进出任家铺子。他想，田顺善哪弄来那么多钱钞？他感到有些不妙。这事有些不妙。他对自己说。他一直暗里观察。他看见田顺善去了学堂场坪。后来他看见那个混混走到那个男人身边。他真的在那儿兑钱。他看着他那种得意模样就知道事情一定有猫腻。

他跟李子有说：“我真不该把那帮混混弄到铺子里来。”

李子有问：“怎么了？”

劳汇丰说：“我以为能拉住这些混混就能拉住一帮人不入红军，没想到按下葫芦起了瓢。”

李子有问：“你找我就为这事？”

劳汇丰说：“就为这事找你。”

李子有问：“特派员有何吩咐？”

劳汇丰说：“我不想再看见那姓田的混混出现在场坪那地方。”

李子有说：“好的，我知道了。容我想个办法。这时候不能草率行事。”

劳汇丰说："我的意思是让他从此消失，没声没息地消失。"

李子有说："嗯嗯，他不该活着。"

劳汇丰看了看李子有。他说得太撇脱了，这让他感到有些惊讶。联想到这些天李子有总和这混混在一起，他心里怦地跳了一下。

他想，难道李子有也在弄个什么名堂?

李子有立马就去找田顺善。田顺善正喜笑颜开，乐得嘴一直张着。

田顺善说："啊哈，你看我们真碰上财神了。"

他们约好了在魏家大院的那处偏厦里碰头。那是田顺善租来的一处僻静的小屋。他们觉得他们得有个隐蔽的地方，好用来堆放那些货。

李子有像往常一样，等着田顺善的到来。田顺善也和往常一样，鬼魂一样闪进了那屋子。

"啊哈啊哈……"他进屋就那么嚷着，然后把手里的银洋当啷丢在地上。他们都爱听那声音，他们都爱看银洋在地下四处滚动的样子。他们在那儿屏息静气听了一会。

李子有那会儿正举棋不定。无疑，特派员的命令他不能不执行。而且，在他心里那个姓田的混混迟早是个死。田顺善的死亡早在他的计划之中了。他真能让田顺善分了一半的好处去?田顺善只是他的一座桥，河过了这桥就没用了，留着倒是个祸患，他得杀人灭口。所以，现在他的指尖凝着一股死亡的气息。他只要往前一伸手，十指往中间运足力气，那个混混从此就消失了。

可李子有又一想，还有大把的纸钞没能变成银洋呢。那些银洋太诱人了，李子有抵不住那种诱惑。他从那小地方走出来出生入死搏杀拼命，不就是为了钱?现在钱财就在眼前，能看着它们化成泡影?当然不能。机不可失，时不再来!

终于，那串诱人的响声和滚动着的亮光让他拿定了主意。他没伸出手去而是送上了一个笑脸。那些银洋让他想起屋角墙洞里剩余的那一大扎纸钞。他想那些纸钞也该变成满地滚着的银洋。

哈哈，为什么不呢？

他那么想着。他把许多事在那一刻都想好了。

后来发生的一切印证了几句古话：贪心不足蛇吞象；人为财死，鸟为食亡；利令智昏……

他对田顺善笑了一下。他的眼睛里有一抹奇异的凶光，但屋子里太黑，田顺善没看见，就是看见了他也不会往那地方想。他被银洋的声响和光泽激动着。他心里满是阳光。

“你再跑一趟吧。”李子有对他说。

“好的，我当然跑，兑完为止，全部兑了。有银洋不要，白花花的……蠢呀……”田顺善说。

二　我们不能一走了之

很快，田顺善就拿着那扎钱来到了场坪上。他往人群里挤。人已经不多了，他故意那么挤着。

“让让，让让……”他说。

“让让让让……哎让让……”他说。

他一直挤到了丁伊群跟前。他朝那红军长官咧嘴笑着。那长官和气地看着他，他却不敢正视那男人的眼睛。

“啊哈，我还有些钱。”他说。

他观察着来本和勤有他们的脸色。他笑着。他又看看丁伊群。

“财神对我善子好。我收得多。”他说。

他每次都这么问：“兑是吧？”

他眯了眼。他觉得心里有些虚。他看见那个红军军官对他点着头。

“我们等着哩。你没见我们一直在风里等大家来兑钱？我们等兑完最后一部分钱就要离开了。”

“噢噢，来得及来得及。”田顺善说。

他看着那个被冷风吹得瑟缩着的男人和那几个伢，心底竟然涌上些别样的东西。他想，其实这些人真好，他们讲信用。他们不坏。坏的是劳掌柜那帮人，他们使阴招打冷枪。不过我现在顾不得坏呀好的，我需要钱。坏也好，好也好，有了钱就跟我没关系了。我过我的日子。人不能管那许多，人也管不了那许多。他想。

“你看见前街的吴起能了吗？”他听到那个红军长官对他说。

田顺善摇了摇头。

红军长官又说起另外一些人的名字。田顺善还是摇头。他知道其中的几个前几天突然从城里消失了。这种时候那些做买卖的生意人说不见就不见了。有钱人怕战事呀。城外有几路大军攻城在即，能逃能躲的当然走为上策。

“你找他们？”

“嗯，他们手里还有些纸钞没兑换。”

“哦哦？”田顺善感觉有点那个。

人到底有一张脸的。自己明明手里的钱钞来路不明，却厚着脸皮来兑。可人家呢，却冒死等着城里的人来兑钱。人家越是不说什么他心里越觉得不安。每回他都这样，却每回都硬了头皮把钱兑了。

“人不在了你管他们？你们仁至义尽了。”田顺善说。

“不行，我们说过的。”

“那又不能怪你们。说过是说过，他们不来。”

“也许有什么原因。”

“有原因就有原因，能怪你们？”

“我们要尽可能地找到他们，把他们手里的钱钞兑了。”红军长官一脸的坚决和真诚。

那边，一个男人往这边跑来。枪声越来越激烈，好像那些枪声是这疾跑着的身影拽来的。

他认出那人是任大东的伙计。

“哎哎！”那任家的伙计朝着红军喊。

丁伊群说：“你有什么事？”

任家的伙计说：“呀呀！还什么事？东家叫你们快些跑，东门那边他们的人就在城门下了，说进来就进来。”

“他们进来就会像决堤的水，东家说的。”那伙计说。

丁伊群平静地笑笑：“我们不走。我们已做了安排，不把最后那些钱钞兑完我们不走。”

丁伊群那么说，让田顺善心头一震。

他想他不能在这里呆久了。他有些脸热。他个混混脸皮再厚也觉得有些无地自容。他们真守信用，他们讲诚信讲义气。他们的举止让他觉得有点那个。

他心里忽然莫名其妙地跳出这八个字来：人为财死，鸟为食亡。

可他们不是。他们冒死是为了别人的财。天哪！天下居然有这样的人？

那时他的脚有些软。他怀疑自己走不出这地方了。他想到兜里沉甸甸的银洋就咬了咬牙。

他走出人群往街巷深处走去。

丁伊群很镇静，因为他们确实是那么安排的。撤城的计划三天前就已经悄然开始。首长把他叫了去，说你们也准备准备。

丁伊群跟首长说，我们不能走！我们得把百姓手里的钱钞都兑换了。我们答应过的，不能食言。我们不能一走了之！

丁伊群把情况和想法都对首长说了。

首长点着头说："对，红军的信誉高于一切，诚信是共产党的立足之本。可你和伢们的安全也很重要。"

曾发说："首长，这事交给我吧，我保证老丁他们的安全。"

曾发的样子很诚恳。曾发至今对丁伊群他们处理假钞的做法持保留意见，但他却为丁伊群和勤有他们的安危感到担心。他觉得他有责任。

首长问："这行吗？"

曾发还跟首长说起另一个想法，那就是留下来彻底铲除那个危及红军的敌特组织。

他对首长说："我们经过周密调查，发现近来一系列针对我方的秘密行动都来自这个组织，甚至前段时间我们一路上的麻烦有的也来自这几个家伙。"

首长说："噢噢，那就坚决铲除。"

上面同意了丁伊群他们的计划。

首长说："你要想得周密一些。任务要完成，但也要确保你和孩子们的安全。"

丁伊群说："首长，你把伢们带走吧，我一个人留下来就行。"

曾发说："啊哈，老丁呀，你一个人怎么行？那是一个人能完成的事吗？那几个伢熟悉城里的情况，也只有他们能帮你。"

三 若要人不知，除非己莫为

其实田顺善的异常早些日子就引起了红军的注意。同时，红军也早注意到了劳汇丰他们的动静。

那时，田顺善说：“哦嗬！这是最后一笔了。你看财神喜欢我。”

他兜着那些银洋离开了。

丁伊群说：“田顺善一个流氓无产者，哪来这么多的钱钞？”

勤有说：“那是，谁都觉得怪哩。”

丁伊群说：“是不是跟敌人的阴谋有关？”

丁伊群对勤有和来本说：“走，我们跟着他，看看到底是个什么名堂。流氓无产者是革命争取的力量。弄好了他是无畏的战士，弄不好被敌人利用他是最难缠的对手。”

这句话是当年在苏联学习时那个哥萨克教官说的。丁伊群小时就在那座长江沿岸的城市里长大，他对那些码头工人和流氓无产者印象犹深，所以这话他记下了。

一早，丁伊群和曾发就认真地商量过，今天该到收网的时候了。从手头掌握的情报看，黔军的攻城部队昨夜已经进逼城下，好像是有些怀疑城里存在危险或是出于别的什么想法，没有贸然进城。也许他们是在等着什么人吧？让曾发感到奇怪的是，城里的那个目标竟然没什么太大的动作。原来想再等等，引蛇出洞一网打尽，却没见那些家伙有什么动静。曾发带着手下已经牢牢盯住了目标。

丁伊群带着勤有、来本还有那个叫坛子的伢，四人暗中盯了田顺善。他们已经掌握了部分情况，现在田顺善兑换了那么多的钱钞，丁伊群觉得时机到了。

他说："走，按计划开始行动。"

勤有和来本飞速地穿街走巷，抄近路抢到了田顺善的前面。坛子悄悄跟在田顺善身后。

勤有和来本边跑边说着话。那截路不长，但他们说了很多话。

话头是来本扯起来的。这些天他一直沉默，现在却不知怎么总想说些话。

"臭狗屎！"他突然愤愤地骂出一声。

勤有吓了一跳。

勤有问："呀来本你骂谁？"

"我最恨贪心的家伙了。贪心不足蛇吞象。"

勤有停下步子。勤有呆呆地看来本，眼里有几分诧异。

"你为什么那么看我？"来本问。

勤有不想说。他原来想说，我见你藏纸钞了，你没交出来你至今也没交出来你反倒说人家？可他没说出来。他怎么说出来？一说出来就揭来本老底了。人都有脸子。勤有想。我不提事情就过去了。你怎么老扯纸钞纸钞的？你怎么老张扬了骂别人？

"哦哦，我看不得你？"

"怪怪的。"

"你才怪怪的。"

那时，三个伢会合了，一齐盯着田顺善。田顺善走着走着就侧身进了一间茅厕。

来本说我闻不得屎臭，鼻子一闻那臭气就打喷嚏。勤有就对坛子说你去。来本说你别惊动他哦。坛子真就去了。他们得监视着那个善子。丁伊群说他很重要。勤有他们想不出一个混混有什么重要，但他们对执行命令从来不折不扣。

后来坛子回来了，说：“他在茅厕里蹲了，在屙屎。”

再后来，他们看见田顺善出了茅厕，往这边走来。

田顺善哼着小调，他想，事情到这一步就算大功告成了。现在，他也算是个有钱人了。他曾经想揣了那一堆银洋自个儿走，走哪算哪，有钱了走遍天下也不怕。可他想他得跟李子有有个交代，自个儿走心里总归有点那个。他按李子有的吩咐，一路上把银洋藏在事先准备好的三个隐蔽地方。

“不急。你藏那儿，等事情过了咱再去拿，这样牢靠。”李子有说。

他觉得李子有的话有几分道理。这么个乱世，身上揣那么多的银洋惹祸端，也许是杀身之祸。

三个伢拦住田顺善时，他感到有些意外。

“呀！呀？”他叫了两声。

“人为财死，鸟为食亡！”来本说，语气凶巴巴的。

“嗬！我没抢没偷你们拦我？你说人为财死？呀呀，说谁哩？”田顺善觉得有些诧异，自己刚才还想着杀身之祸就碰上这几个红军伢叫出死呀亡的话来。

勤有说：“丁教官让我们找你。”

他很快就看见那个红军长官了。那红军长官还那么笑着。

“哦哦，你们反悔了？你们不兑了是不是？”田顺善说，“可那些银洋全没了，鸟一样呼啦地一下飞了。你看我身上没有，一块也没有。”他抖着他那身长衫。

丁伊群说：“我们是来救你的。”

田顺善疑惑地看着那男人和三个伢。

“你有危险。”丁伊群说。

“我不信。”

“你是去潘家老院那间偏厦吧？”

“我去那儿又怎么样？”

“李子有在那儿等你。”

“哎哎！你们知道了？你们全都知道了？”

“若要人不知，除非己莫为！”来本还是那么种语气，很气愤的样子。

“我怎么了？你们说的，你们说说话算数。”

“我们当然说话算数，只怕有人说话不算数。”

田顺善说：“你说谁？你说李子有？”

坛子说：“我们说的就是他。”

丁伊群说：“好吧，你很快就会看到的。”

田顺善往那边看了一眼。他们都往那边看了一眼。潘家老院就在不远处，他们能看见那间隐秘偏厦的屋顶一角。一朵云在檐角上方飘着，那老院看上去与平常没个两样。

“不信你往那边去就是。”丁伊群说。

田顺善有些犹疑。

丁伊群说：“他要真给你钱，他要真是那么回事，我们不动你分毫。你知道我们讲信用。”

田顺善摇了摇头：“我不信！”

“那你去！”

田顺善想了想，还是往潘家老院方向走去。那时候他们都不知道那间老屋里发生的事情。

第十五章 出乎意料

一　没想到的事多着哩

李子有一直坐在昏暗里。那屋子的门和窗都被钉死了。那间屋子本来就比别处来得昏暗。那屋子被人叫做鬼屋。

传说先前潘家的孙媳被女鬼缠身，在那间屋子里吊死了。长工们抬她，竟然没有分量轻若游丝……从此屋里就闹事情，半夜里突然起叫声，狗吠猫跳的。人们点了灯举了火把搜寻，没人没东西没踪没影的。几天过去了，却悄没声响地有一抹影子从屋里飘了出来，然后又飘了进去。人们又敲了锣点了火，可屋里就是没东西。人就害怕了，渐渐远离了那屋子。偏偏有一个铁匠不信这个邪，他说我在这儿睡一夜我看女鬼能把我怎么样！当夜，那屋里很平静，无声无息。可第二天铁匠这个人也从此无声无息了。他的舌头从嘴里垂悬出来耷拉到胸口，眼睛像两颗烂桃鼓出眼眶之外。从此，那屋子就再也无人敢去了。

李子有找到了这屋子，觉得这屋子好，隐蔽牢靠。他坐在那儿，很得意这些天来的经历。他竟然还烧了一盆炭火。那盆火很旺，弄得屋子里暖烘烘的。他在火盆上加了一把铜壶，壶里的水早就沸了，冲得壶盖一跳一跳的。

他在等人。

很快他就等到了。他听到了屋门外轻轻的脚步声。门吱呀响了一声，一道白亮扯进屋子。一个男人出现在门口。男人一只手插在上衣衣兜里，另一只手握着一把张着机头的驳壳枪。他进门时反身把门关上了。屋里很黑，但看得清那张脸。

那是劳汇丰。

“你没想到我会来吧？”劳汇丰说。

“看你，这么说……我想到了。”李子有说。

“有人从这屋子里运走了两车东西。”

“哦哦，他们是谁？”

“我也不知道。”

“怪了。”

“是怪，奇怪。”

“我正想着是什么人把屋里的东西弄走了呢。”李子有说。

“我看见田顺善他往场坪那边去了。”

“去了去了，我让他去的。”

“我可没让你那么做。”

“那是。”

“你没执行我的命令。”

“我不想执行了。这怪不得我。”

“你看你这人。”

“你怎么知道我在这里？”

“你不该不执行我的命令。我知道你不止这一次。你这不是第一次了。”

“这怪不得我，是吧？”

“我没想到事情会是这样。”

“你把枪放下。你看我跟了你这么多年你用枪对着我。”

“你不该不听我的命令。”

“哈哈，你怪不得我。是你不该。”

“哟嗬！”劳汇丰叫了一声，用异样的目光看着李子有。

他没想到李子有会这么说。这人，他倒说我不该！你看，他说我不该。

“你不该让我去印那些钱钞。”

“哟嗬，你说，你说下去！”

“印了就印了，红军不该把这钱钞认了。”

“哦哦？”

“你看印这么多钱钞，印了就印了呗，没用场也就一堆废纸，可红军偏还真硬认下了。”

“认下了你就动心了？”

“哎，看你说的，谁不动心？那不是废纸，那是钱呀！有那么多的钱，连石头也会动心。”

“你这人……就为了这点钱把党国利益置于不顾？”

李子有嘴角咧出一个笑，说：“算了，劳特派员，你是个聪明人，你比我心里还清楚。”

“清楚什么？”

“得人心者得天下呀！自古以来天经地义的道理你会不清楚？这些人我看不那么简单。这些人我看不像长官们说的。”

“你这人……”

“明说了吧，我觉得干下去没个指望，我觉得干不出什么名堂，还不如捞些钱财自己过日子。”

“你这人……你别跟我说这些。”

“其实你心里也明白。”

“就算我明白，可那是另一回事。”劳汇丰这么说着。

他想这家伙说得有道理。我不是也这么想过吗？共产党能这么干，是那么容易剿灭的？他们有高人呀！他们总能拿出你想不到的对策来。

“可那是另一回事。你知道我们的纪律。你知道出了这种事我们该怎么处理。”劳汇丰把拿枪的手抖了抖，枪口对着李子有。

李子有竟然不慌不忙。李子有朝劳汇丰微微点点头。

“噢噢！知道知道。事已至此，我也不说什么了。”他说。

“可我总不能就这么走是吧？死罪囚徒剁脑壳前还让喝一口临行酒哩。我喝口茶总行吧？”

李子有从桌角抓起茶筒往两只瓷杯里撮了些茶叶，然后拎起火盆上那只壶，往杯子里倒着沸水。

“你也来一杯，喝些茶好动手。不急不急，喝杯茶。”李子有说。

劳汇丰想，这家伙太从容了，这家伙镇定得有点让人生疑甚至有些可怕。呀呀！我得小心些。他想。他像不认识面前这个人一样看着李子有的眼睛，可他没看出什么来。

“跟你学的，都是跟你学的。你说遇事不要慌乱。”李子有说。

“学得不错，青出于蓝而胜于蓝。”

“哦嗬！你喝茶。”

劳汇丰笑着。他摇了摇头那么笑着。

“哦，你以为我会下毒呀？哈，你看，我喝，我不来那一手。”李子有把两只杯子都端了，各喝了一大口。他抹着嘴巴。

“人为财死，鸟为食亡。”

“哦哦，你也知道？”

“报应是迟早的，我只是没想到来得这么快。”李子有不看劳汇丰，抿了一口茶。

“这茶好，好茶！”李子有咂着嘴说。

“坐一会总行吧？你那么站着不是个事。你坐了等我喝了这杯茶总行吧？一杯茶的事，用不了多少时间。”李子有说。

“这不过分吧？”他说。

劳汇丰想了想，觉得这的确不过分，再说也不是过分不过分的事。你还能玩出什么花招来呢？谅你也玩不出我的手心去！想你这个李子有这两年跟着我鞍前马后唯唯诺诺，我太过小心了倒让你笑话我了。这么想着，他就往那边挪步子。他想他该坐在那儿。他坐着的姿态比较合乎身份，这么站着有些别扭。就是，我为什么不坐着？那张太师椅不错。这家伙。他从哪弄来那么一张椅子？

劳汇丰坐了上去。他立刻就觉得不对头了。他的身子悬了起来，眼前一黑，手里的驳壳枪像只死鸟一样旋着飞了出去。

很快他就知道是怎么回事了，他和那椅子一起坠入一个深坑里。一些竹篾像无数细细的奇怪的手，按住了他的身子和手脚。他明白了，李子有在太师椅下安了个陷阱。他那边肯定有个机关，他一动那机关这陷阱就张开了。他知道那东西。他没想到这家伙会在这里安陷阱。

李子有拾起那支枪。他甚至还往枪口吹了两口气。他走到那地方。劳汇丰能从竹篾的缝隙间看见他的脸，那脸阴阴地笑着。

“我是留给田顺善的，没想到你先来了。”李子有说。

“没想到。”劳汇丰说。

“我以前做过猎人。过去山里人猎野猪用这机关。”

“没想到。”

“我说过，没想到的事多了，不然不会有今天。”李子有说着，一脚踢翻了那只火盆。

“你看，到底是鬼屋，发生什么事人们也不会觉得奇怪。是吧？”

“真没想到。”

“你看你老说没想到没想到。没想到的事多着哩，连老蒋不是也没想到吗？红军能从江西走到这地方还将走到什么地方去他想到了？”

那盆炭火烧着了周边的物事，火开始燃起来。

李子有离开那屋子时听到劳汇丰又说了一句“没想到”。他不知道劳汇丰是在继续着他的唠叨还是回答他刚刚问到的问题。

管他哩，没想到就是没想到。他想。

二 鬼打了脑壳

可是，事情的结局李子有自己也没想到。不仅他，很多人都没想到，田顺善、勤有、来本甚至丁伊群，他们都没有想到。

李子有转过老屋那面青苔斑驳的墙，猛然就站住了。

丁伊群和那几个伢站在他面前，还有那个田顺善。那边，几个男人手里端着枪，枪口齐齐地对着他。

李子有到底是李子有，眉头跳了跳就缓过劲来了。他站在那儿，咧嘴笑笑，然后摇了摇头。

他把手里那把驳壳枪丢在了地上。

“啊哈，真没想到。”他说。

田顺善说："哎哎！这话该我说的，你倒说了。你这狗东西！真没想到真没想到哩，你到底玩的什么鬼名堂？"

田顺善真想跳过去揪住李子有的领口问他个明白。可他没有问，他看见老屋里的黑烟了，似乎还听到一声凄厉的惨叫。

田顺善和几个伢飞快地冲进屋里，把火扑灭了。再晚一步，那老屋就整个烧起来了。呀，那些货哩？鬼哟，难道被火烧了？他很快明白了，不是被火烧了。那些东西叫人搬走了。他看见屋里的那个坑了。很快，他和几个伢都看见了那张脸。他认出那个人来。

"他死了。"勤有对丁伊群说。

"谁？"

他们走到那地方，一阵阵的烟卷过来，拂在人们的脸上。他们看见那个劳汇丰了。那个男人已死去。他焦黑的脸上眼睛还睁着，那一抹笑竟然还残存在他的脸上，像一块破布一样。

"哦嗬！"田顺善叫了一声。

"你玩诡计！原来你们真的是蛇蝎心肠玩诡计！"他说。

坛子说："鬼打了脑壳！"

"鬼打了他脑壳。"李子有说。

"鬼也打了你脑壳。"来本对田顺善说。

田顺善沉默了。他想这伢说得对，还有我。鬼打了我脑壳，信了他们的鬼话。鬼不打我脑壳事情不会是这样。他看见劳汇丰那下场了。他一直不知道那太师椅下竟然会有那么个陷阱。也许那本是李子有给他安排的。那家伙早就处心积虑弄了这么个机关。红军说得对，他等我把那些纸钞全变成了银洋，就会像弄条狗一样弄死我。

啊啊！他不由得身上泛起一阵冷战，汗就从脊背上凉凉地透出来。

他又想起那八个字来。

“人为财死，鸟为食亡！”

他没想到有人会喊出那八个字。他听到耳边那八个字响亮地跳着。他原以为是自己脱口喊出来的。可他没张嘴呀！难道那些字还能从鼻孔、耳孔或什么别的地方跳出来？

那是来本喊的。

来本又喊出了那一句。他大睁着眼，声音响亮。

田顺善吓了一跳。

李子有也吓了一跳。

甚至丁伊群也被那声乍起的刺耳喊叫吓了一跳。

他们看着来本。他们看着来本那脸。来本的脸像被什么撑开着，然后突然收缩下去。

“呜哇！”他爆出一声哭嚎，呼天抢地地哭了起来。

谁也没想到这伢会哭，只有勤有知道来本哭嚎的缘由。他们想，呀呀，这伢好好的怎么哭了？

勤有走了过去，跟来本说：“哎哎来本看你，你哭个什么？”

他给来本揩了一下眼睛。来本的眼里有泪。他想说句什么安慰来本。他知道来本的心事，可话说出来却是那么的一句，有些笨拙。我说那做什么？他想。可我说什么？他想。我不如不说，我什么都不说还好些。他想。

三 人有人路，蛇有蛇路

那时候，四面的枪声静寂了一下。勤有感觉到了这种静寂，勤有看见大家都感觉到了这种静寂。他们听到一种似有似无的响声贴地而来。勤有看着丁伊群。这种时候他们都看着丁教官。他们看见丁教官警觉地凝神听了听。

“不好！敌人进城了！”他们听到丁教官喊了一声。

果然，话音刚落，曾发和任大东家的那个伙计就风一般地跑来了。

“啊啊，他们进城了，潮水一样从四面涌来。街子上到处都是他们的人。”

曾发说：“老丁，你带伢们快走，我们留下来掩护你们。”

田顺善说：“看你说的，就你们几个人能有作用？”

“那怎么办？”

田顺善跟丁伊群说：“你们别急！”

丁伊群看着田顺善。他看出那种叫胸有成竹的东西。他想有时候事情就是那样，人有人路，蛇有蛇路，说不定田顺善在这种时候还真能起关键作用。他觉得有些放心了。他想田顺善他们常常能知道别人不知道的一些什么，这不奇怪。

曾发脸上有点那个：“老丁，这事……”

丁伊群说：“我看善子他有办法。”

曾发还是有点顾虑。他不能不那么想。首长交代过的，他跟首长拍了胸脯，他不能有半点闪失。

他把丁伊群扯到身边，问：“这行吗？”

丁伊群说：“你说呢？”

曾发说：“他可是个混混。”

丁伊群说：“那是，我小时讨过饭是叫花子，你不是也在码头扛过包做过苦力？”

“哦哦。”曾发点着头。

“流氓无产者有时候是革命的中坚力量。”丁伊群想起苏联那个老师的话来，就说。

“哦哦。”

丁伊群说：“这很好。我们一直在争取他。这很好，很不错。”

“哦哦。”曾发说。

其实曾发还是有些茫然。可他又想，这时候确实没别的更好的办法。先这么着吧。他想。

丁伊群拍了拍田顺善的肩。他得给田顺善一种被人信任的感觉。红军在遵义所做的一切就是给大众以信任感。他们做到了。他们还得继续努力做下去。这点很重要。

田顺善有些得意。他已经很久没体验过这种得意了。他感觉到来自那个红军长官眼里的对他的信任。现在，他有得意的资本。眼下这事对他来说不算什么。眼下，他胸有成竹。所以他没急着说出来。

这时，李子有忽然说：“我有话说。”

田顺善眼睛定定地看着李子有：“哎哎，你个狗娘养的别高兴得太早！有我在哩！”

“我没得意。我为什么得意？”李子有说。

“那是。没等你们的人到身边，你就跟劳掌柜落得同样的下场了。你罪有应得。”田顺善说。

李子有说：“我只是想说句话。我有话说。”

田顺善说："有话你快说！"

"我不跟你说。"

"耶耶，那你跟谁说？"

人们都看着李子有。李子有走到了丁伊群身边。丁伊群感到有些诧异，但他点了点头。

"长官。"李子有说。

"你说。"丁伊群说。

"善子说得对，我是罪有应得，十恶不赦。人为财死，我就是这样，很多人就是这样。我过去以为世上所有的人都是这样，但现在我知道有些人不是这样。"李子有说。

"你说，说下去！"

"我不怕死，要是能让我活着，我也想跟这些人一样，不为财死了，会活出另一种名堂来。"

"哈哈哈哈。"丁伊群笑了起来。

"我知道你不相信我，我知道你不会相信。我知道你们不会接纳我。"他说。

"是呀，这怎么可能，这不可能。"他说。

"我不怕死，真的，死横竖是迟早的事。只是我没能早结识你们，不然不会走到今天这一步。"他说。

他从兜里掏出一支笔："你们谁有纸？"

没人有纸，那种时候到哪儿去找纸？他又在兜里掏着，摸出只烟盒。他往烟盒上写着字。很快他就把那些字写好了。他把写好字的烟盒递给丁伊群。

"你们拿着，这对你们有用。"

丁伊群接过烟盒。他没看。

丁伊群问："你怎么知道我们不会接纳你？"

李子有惊得跟什么似的：“哦哦？”

“我相信你的话。”丁伊群说。

他这才展开那烟盒：“这是什么？”

李子有说：“那你不必看了。”

丁伊群还是看了一眼。他看见那上面似乎写着一串名字。

勤有没想到丁伊群会做出那么个决定。他吓了一跳。不仅他，就连曾发也吓了一跳。

他们往四下里看看，感觉周围的气氛越来越紧张了。他们没法跟丁伊群说什么了，时间太紧迫了。

勤有没说什么，可心里有些嘀咕。他想洪北不在这里，洪北若在就一定会说，怎么能收下这么个人？这种人能真服红军？

其实勤有想错了。在那一年的腊月，在那座城里，红军的努力，红军的言行，点点滴滴琐琐碎碎，一切的一切都感动着人们，以至于这支从湘江之战血阵里冲杀出来的队伍，八万余众仅存三万，竟然能在这座城里招募四千新兵。很多年以后，人们常常谈起那一年那座城里的那次会议，谈到红军的那个转折，很少谈及其他。事实上，红军所做的那些琐碎的小事感动了民众，对那个转折也起了至关重要的作用。

当然，勤有那时根本不知道后来的事，他只是那么想。

有许多事，是要到后来才能看清楚的。

“狗娘养的！”田顺善大声地骂了一句。

他把大家吓了一跳。大家看着他。他黑着脸。

“你把我的话都说了。我本来想说的。”他冲着李子有说。

“你这鬼东西，我真想扇你一巴掌。”他说。

大家觉得有些想笑。田顺善那副一本正经的神态让大家觉得忍俊不禁。可是没人笑，那时候情况紧急。田子善也没能扇李子有一耳光。那时候他真的很愤怒，怒火中烧。他想你骗了我一场差点收了我命，现在又抢了我的话去。你这人真霸道，你全说了我说什么？

那时候风中的异样气氛更加浓郁起来，并夹杂了零星的枪声。

丁伊群说："我们走吧。善子，看你的了。"

这话让田顺善很快忘了那些不快。

他亢奋起来，朝大家挥了挥手，说："跟我来。"

他们猫着腰，跟了田顺善往城南方向走去。

后 记

在一座废弃的破窑里蛰伏了一天以后，趁着夜幕，田顺善和他的伙计们带着丁伊群他们通过一条秘密的小道走出了戒备森严的遵义城。

四天后，他们来到黔、蜀两省相邻的一个叫赤水的地方，在那里赶上了红军主力。

那是一九三五年的一月二十一日，农历腊月二十三，中国传统小年。

曾发很快把劳汇丰安插进红军队伍里的那几个探子全部一网打尽，这有赖于李子有给丁伊群的那份名单。

李子有、田顺善以及他带出的十几个伙计，后来与在遵义新近参加红军的四千新兵被分在红一、红三和红五三个军团里，一直没能见上一面。田顺善再见到李子有时已是在延安。那是在抗大的一间窑洞里，他看见一个同来报到的男人那张脸似曾相识，一打听，才知道那人正是李子有。他当然没扇李子有一巴掌，而是给了对方当胸一拳。那是当时男人之间的一种亲昵表示。

"啊哈，红军真是让人换脑换心还换脸哩。我差点没认出你来！"田顺善说，"娘东西，腊子口战斗里有个英雄叫李子有，那是你吗？”

李子有只是笑。

“这么说真是你喽？啊啊你这人……”田顺善说。

他们那天谈了很多。田顺善没扇李子有的耳光，扇李子有耳光的是多年以后的造反派。他们要他的关于走资派前专员田顺善参加敌特组织的相关口供。他不肯昧了良心乱说，他们就打他耳光，打了一晚上，把那张脸抽成了一只秋南瓜，肿得不成样子。可他什么也没说。八十年代初期田顺善和李子有都平反昭雪，官复原职。

两家人聚在一起时田顺善说起这事：“你要是照他们的意思说了，那我肯定活不到今天，他们就差那材料把我整死。”

李子有的老婆说：“哈哈善子，你没有死，你活得好好的，可我们子有的左脸却让他们扇出了毛病，一根筋没了感觉，至今嚼东西都疼。”

李子有说：“哎哎！这有什么？大家活着就好活着就好。”

那时候，他们想起了那个叫丁伊群的男人和那个瘦瘦小小的汪来本。

丁伊群一直在红军里做和金融、财政相关的工作，后来随毛泽民去了新疆。一九三七年，他和毛泽民一起被新疆军阀盛世才杀害。

来本也走完了长征。他一直做着首长的警卫。后来，他当了延安警卫团的连长。来本一直没跟任何人提起过那扎假钞的事。那个秘密一直封存在来本和勤有两个人的心底。直到延安整风，来本找到曾发，说出了藏假钞的事。来本说这事一直折磨着我，像块石头压得我抬不起头来。我做了一件蠢事。你说人有时怎么那么蠢？那时候，曾发还是戴着那样一顶哥萨克帽子。曾发说你真的有些蠢哩。曾发说这事我知道了，你不能再对第二个人说。

来本说我知道了。来本等着上头来处理自己，那次整风处理了不少犯错误的同志。来本等来的是一纸调令，曾发把他调到自己身边工作了。来本几次提起那件事，可曾发黑着脸，像没听见。来本一直不知道这个男人为什么要那样做。后来来本就不去想这事了。他心里总惦记着的是另一件事情。他常跟勤有说：记得别忘了那事。勤有说什么事？来本说记得还那个任掌柜的钱。

一九四六年四月八日，来本作为首长的警卫和曾发一起，与王若飞、博古、叶挺等从重庆飞往延安的途中，因飞机失事不幸遇难。

勤有一直活到九十年代。那匹叫飞儿的白马却没他那么幸运。部队在过草地时已断粮五天，在第六天时师长不得已下令杀马。勤有难过至极，但他带头吃着那碗马肉，因为他不吃就没有人会动那锅马肉。勤有强蛮着吃了一碗。他在心里想：飞儿，我就是你的坟哩。

坛子解放后当了县长，后来又做了地区专员。他常去那个农场看望勤有。

他说：“没有你勤有哥就没我坛子的今天。”

勤有还是那么憨憨地笑，说：“没有共产党就没有新中国。好日子都是党给咱带来的。”

后来他每被请去给孩子们做报告就说这句话。他很少提及白马飞儿，甚至别人也不敢跟他提马或者跟马相关的什么事。以前有一种“飞马”牌香烟，勤有是坚决不抽的。

他老伴说：“我家老头一提起马就吐，吐得厉害。”

勤有没有忘记还钱的事，他约坛子去了一趟遵义。那是在解放初期。

任大东差点没认出勤有来：“哦哦，你是入城到我家找马桶的那个？”

勤有说：“是是。你还记得这事？”

他们很高兴。他们说了很多话。勤有说起那张欠条的事。他们帮助任大东找到当地政府，任大东如数拿到了那笔欠款。勤有和坛子很高兴地离开了那里。可他们不知道，第二天，任大东就把那笔钱捐献给了正在朝鲜作战的志愿军。那张欠条，后来一直存放在当地的革命历史博物馆里。

红军离开遵义后，任大东辞去了商会会长一职。他从那以后没再经商。他用余下的家财办了一所学校，从此不再过问别的事情，埋头于书法。他的字写得很好，在当地十分有名。每一届学生从学校毕业，都会请任校董给他们留下墨宝作为纪念。任大东总是欣然提笔。他在他们的留言簿上写的都是那八个字：“遵循道义，立足之本。”他们很喜欢这八个字，知道任校董巧妙地将这座城市的名字镶入其中。但他们不知道任大东的感慨来自一九三五年的腊月，来自那支入城的军队。后来，这八个字刻成了碑，立在了那所学校的教学大楼前。

强的可操作性。

◇特色三：该系列丛书充分考虑到现代人快节奏、高压力的工作方式，完全去理论化而注重实际操作性，所有知识点都使用最精确、最简洁、最直观的方式进行描述，在很大程度上满足了经理人对快速掌握工作技能的要求。

◇特色四：该系列丛书由制造业和服务业一线的管理者、顾问公司的老师共同组成编写队伍，是理论与实践经验的最佳组合，是一套快餐式、跳跃性、碎片化的阅读模式的图书。

◇特色五：该系列丛书可作为职业经理人自我学习、自我提升以及即查即用的工作手册，也可以作为相关培训机构上岗培训、团队学习的训练教材。

《看图看板系列丛书》的文字和图片获得了多家培训机构、咨询机构及企业一线管理者的支持和配合，感谢他们提供了大量的图片和内部培训资料。同时，参与编写和提供资料的还有李辉、杨冬琼、段青民、赵静洁、刘雪花、陈运花，最后全书由滕宝红统稿、审核完成。在此，编者对他们所付出的努力和工作一并表示感谢。当然，由于编者自身水平有限，不足之处在所难免，希望广大读者批评指正。

前　　言

《看图看板系列丛书》分为制造业看图看板系列和服务业看图看板系列两大部分。

制造业看图看板系列部分包括企业管理的核心部分：生产班组、生产现场、仓库现场、生产物料、生产安全、机器设备、采购部门、外协加工、7S运作、QC手法、员工行为、成本控制、品质部门、行政部门、研发部门、销售部门16个管理现场方面；服务业看图看板系列部分包括：酒店前厅服务、酒店客房服务、餐厅楼面、超市卖场、物业公司、汽车美容店、汽车4S店、家政服务8个管理现场方面。

《看图看板系列丛书》有五大特色。

◇特色一：该系列丛书分为三大板块，即要点分析、看板展示和问题解答。第一大板块“要点分析”以不同形式的图形介绍了管理人员在日常工作中必须了解并掌握的关键要点；第二大板块“看板展示”则通过各类实景照片、流程图、漫画图、指示图、业绩图、统计图、线描图、进度图等直观地展示工作场景，使工作场景醒目化、可视化；第三大板块“问题解答”主要介绍了一些重点注意事项，是全书主要内容的重要补充。

◇特色二：该系列丛书最大的亮点是图文并茂，用浅显的语言加上生动的图片，将管理方法、操作技巧形象地讲解出来，使读者读起来很轻松，不会产生视觉疲劳，而且容易掌握各种管理方法。同时，该系列丛书注重于实践过程中的实际操作要领，因而具有很

目　录

导　读　成本控制简单讲

本书导读部分分为三大板块。“术语解析”对一些关键术语进行精确讲解。“管理范畴”则节选各章要点方便读者了解全章结构。“模块设置”则介绍了本书三大模块，即要点分析、看板展示和问题解答。

第一章　研发成本控制

在生产型企业中，有一句流行的说法，“研发决定80%的成本”。不是所有企业都是这种情况，但足以说明研发在成本控制工作中的重要作用。因此，企业必须从各个方面入手，严格做好研发成本控制工作。

第二章 作业标准化管理

实施标准化生产有助于减少因不标准生产造成的各种问题，提高处理效率。标准化管理包含两大部分，即标准的制定和标准作业管理。

第三章　采购成本控制

采购工作控制着物料进入企业的通道，其工作效果将全面影响着企业的经营成本。因此，企业必须从各个方面加强对采购的管理工作，降低采购成本。

第四章　生产成本控制

生产成本占据企业日常成本中非常大的一部分，企业必须从多个方面控制生产成本，如控制生产进度、加强物料和设备管理以及减少生产现场浪费等。

第五章　品质成本控制

品质成本就是在执行品质管理中所产生的成本。著名品管专家费根堡把品质成本定义为：维持某种品质水准所产生的费用加上未达到这一水准而发生的成本。通常品质成本被划分为预防成本、鉴定成本、内部和外部失败成本。

第六章　仓储成本控制

企业的各类物料、成品、半成品等物品大都要存放在仓库里，由仓管人员进行管理。一旦管理不善，导致物品损坏、丢失等，都会增加企业的成本。因此，企业必须采取相应措施，加强对仓储成本的控制。

第七章　目视与5S管理

企业的成本控制不只包含研发、采购、生产等实际业务工作，也包含目视与5S管理的内容，因为只有通过目视与5S管理创造一个良好、有秩序的工作场所，才能使企业的各项工作有条不紊地展开，也才能为具体的成本控制工作提供保障。

导　读

成本控制简单讲

本书导读部分分为三大板块。“术语解析”对一些关键术语进行精确讲解。“管理范畴”则节选各章要点方便读者了解全章结构。“模块设置”则介绍了本书三大模块，即要点分析、看板展示和问题解答。

导读一　术语解析

术语01：工时定额

工时定额是完成一个工序或一个单位产品所需的时间，它是劳动生产率指标。根据工时定额可以安排生产作业计划，进行成本核算，确定设备数量和人员编制，规划生产面积。因此工时定额是工艺规程中的重要组成部分。

术语02：物料消耗定额

物料消耗定额简称为物料定额，对完成单位产品或某项任务所消耗的物料规定的数量标准。一般按价值转移特征分为两类，一类是在制造产品的工艺过程中所消耗的物料，其价值一次性全部转移到产品中去，称为产品物料定额。另一类是制造工艺装备、工艺设施所消耗的物料，其价值逐渐转移到产品中去。

术语03：主要物料

主要物料是指须经过加工改变几何形状，或改变内部组织后构成产品实体的物料，如黑色和有色金属型材、木材和竹材、塑料橡胶型材等。

术语04：辅助物料

辅助物料是不构成产品实体但有助于产品形成，或虽构成产品实体但在产品上没有确定形状的物料。如各种清洁剂、涂料和涂装用遮蔽品等。

术语05：标准件

标准件指通用性很强，物料、尺寸规格、技术要求完全符合国家标准，通常由专业厂规模生产，可以方便地通过市场选购的零件。目前，标准件只限于紧固件类的螺栓、螺钉、螺母、垫圈、铆钉、销钉、黄油嘴、滚动轴承、电线扎带等。

术语06：外购外协件

外单位（配套厂家）按本公司提供的图样和技术要求，或按双方签订的技术协议制作的零部件，或者本公司选购的有关厂家的现成零部件称为外协外购件，如：底盘、空调器、侧窗、乘客门总成、成型内饰、灯具等。

术语07：作业标准化

作业标准化是指在作业系统调查分析的基础上，将现行作业方法的每一操作程序和每一动作进行分解，以科学技术、规章制度和实践经验为依据，以安全、质量效益为目标，对作业过程进行改善，从而形成一种优化作业程序，逐步达到安全、准确、高效、省力的作业效果。

术语08：作业标准文件

作业标准文件主要是指为规范员工操作行为而制定的，对各项工作制定的统一要求和规范化规定，这在以后的标准化工作中要重点研究。作业标准就是施工程序，把它以标准的形式制定下来，先干什么后干什么，怎么干。这就是生产作业标准。

术语09：采购谈判

谈判是采购工作非常重要的一项工作。采购谈判围绕采购商品而进行洽谈，因而商品的品种、规格、技术标准、质量保证、订购数量、包装要求、售后服务、价格、交货日期与地点、运输方式、付款条件成为谈判的焦点。

术语10：采购底价

采购底价是采购物料时打算支付的最高价格。制定底价以作为决定采购谈判价格的依据。

术语11：VA法

VA是指Value Analysis，也就是价值分析法。价值分析中的“价值”是指评价采购的产品与实现它的费用相比的合理程度的尺度。

术语12：目标成本法

目标成本法是一种以市场导向（Market-driven），对有产品的制造、生产服务的过程进行利润计划和成本管理的方法。

术语13：早期供应商参与

早期供应商参与是指在产品设计初期，选择让具有伙伴关系的供应商参与新产品开发小组。经由早期供应商参与的方式，新产品开发小组对供应商提出性能规格的要求，借助供应商的专业知识来达到降低成本的目的。

术语14：生产进度

生产进度是指根据各项原始记录及生产作业统计报表，进行作业分析，确定每天生产进度，并查明计划与实际进度出现是否偏离，如果偏离，则要加以控制。生产进度的控制对降低企业生产成本具有非常重要的意义，因为无论是生产过快还是过慢，都会导致生产不正常，从而增加相关成本。

术语15：作业核算

为了保证作业计划的按时完成，必须经常进行作业核算，及时地反映作业计划的执行情况。当计划与实际情况发生偏差时，应通过生产调度及时进行解决。生产作业核算的内容，一般有产品及其零部件的出产量和投入量、完工的进度、各个部门完成的工作任务，生产工人和设备的利用率等。

术语16：设备TPM管理

TPM（Total Productive Maintenance）的意思就是“全员生产维护”，这是日本人在70年代提出的，是一种全员参与的生产维护方式。TPM活动是为企业解决经营管理难题，提升企业管理水平，使生产追求效益最大化的工程。企业常将设备管理制度与TPM结合，加强对设备的全面维护管理。

术语17：品质成本

品质成本是指企业为了保证和提高产品品质而支出的一切费用以

及由于产品品质未达到规定的要求而造成的一切损失的总和。

术语18：预防成本

预防成本是指企业为了防止品质水平低于某一所需水平或提高现有品质水平而开展的预防措施所发生的一切费用。

术语19：品质鉴定成本

品质鉴定成本是指在产品检验过程中进行的试验、检验和检查的费用，如进料检验、制程检验等。

术语20：内部失败成本

内部失败成本是指交货前因产品未能满足品质要求所发生的费用。内部失败成本在财务报表上只能看到有形的费用，无形的损失（如：停工损失、士气低落导致的效率下降等）往往看不到。

术语21：外部失败成本

外部失败成本是指产品交货后因产品未能满足品质要求所发生的费用。外部失败成本在财务报表上也只能看到有形的费用，无形的费用（如：丧失信誉、失去顾客和市场等）往往看不到。

术语22：库存成本

库存成本是指存储在仓库里的货物所需成本，它还包括订货费、购买费、保管费。库存是供应链环节的重要组成部分，指一个组织所储备的所有物品和资源，库存成本就是那些物品和资源所需成本。

导读二　管理范畴

范畴01：研发成本控制

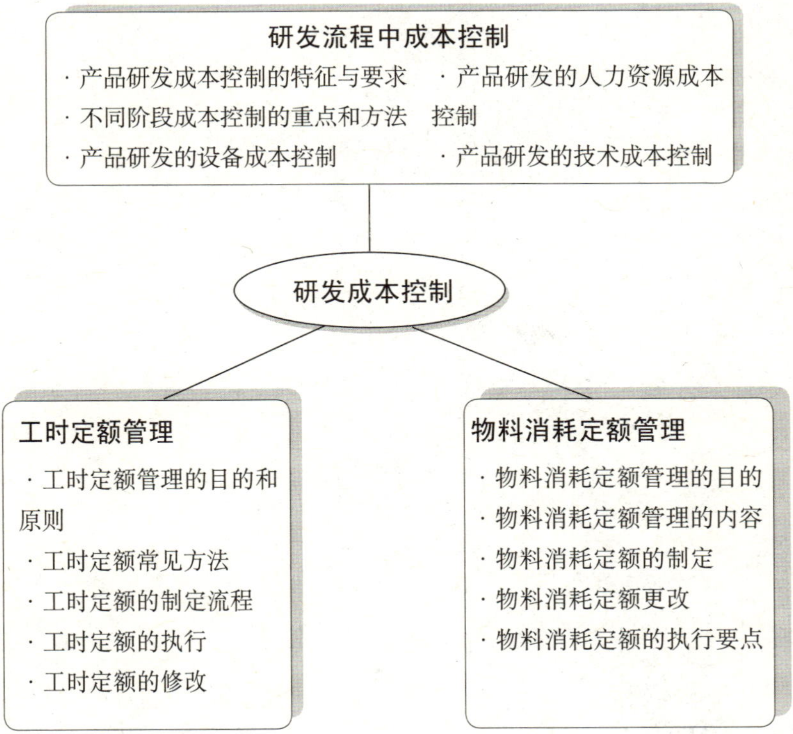

研发流程中成本控制

- 产品研发成本控制的特征与要求
- 不同阶段成本控制的重点和方法
- 产品研发的设备成本控制
- 产品研发的人力资源成本控制
- 产品研发的技术成本控制

研发成本控制

工时定额管理

- 工时定额管理的目的和原则
- 工时定额常见方法
- 工时定额的制定流程
- 工时定额的执行
- 工时定额的修改

物料消耗定额管理

- 物料消耗定额管理的目的
- 物料消耗定额管理的内容
- 物料消耗定额的制定
- 物料消耗定额更改
- 物料消耗定额的执行要点

范畴02：作业标准化管理

作业标准化管理

作业标准化的日常管理
- 作业标准化的目的
- 作业标准化的对象
- 作业标准化的背景
- 作业标准化的形式与方法
- 标准化作业的推广

作业标准文件的编制与管理
- 作业标准文件的内容与效用
- 作业标准文件的效用
- 作业标准文件的编制
- 作业标准文件的放置
- 作业标准文件的培训指导
- 作业标准文件监督执行修订

范畴03：采购成本控制

采购成本控制

采购成本控制常用手法
- VA法
- 产品生命周期采购法
- 目标成本法
- 早期供应商参与
- ABC分类采购法
- 集中采购法

采购谈判成本控制
- 采购谈判的基本内容和流程
- 制定采购底价
- 采购谈判还价技巧
- 采购谈判中的杀价技巧
- 采购谈判中的让步技巧
- 采购议价技巧

范畴04：生产成本控制

控制生产进度

- 了解生产进度控制的内容
- 投入进度控制
- 工序进度控制
- 作业核算
- 应对生产异常
- 应对交货期延迟
- 缩短交货期

物料使用成本控制

- 加强物料超领与退料补货控制
- 随时了解现场物料到位与利用状况
- 随时了解物料去向
- 监督台面物料合理摆放
- 加强现场物料的保管
- 定期进行物料耗用统计

生产设备成本控制

- 加强设备操作规程的执行管理
- 加强设备巡检
- 加强设备使用、维护管理
- 加强设备故障处理
- 定期进行设备整顿与清扫
- 实施设备TPM管理

生产浪费控制

- 等待浪费的处理
- 搬运的浪费处理
- 生产不良的浪费
- 生产不良的浪费处理
- 动作浪费的处理
- 制造过多的浪费处理
- 过剩加工的浪费处理
- 库存过多的浪费处理

范畴05：品质成本控制

品质成本控制实务

- 了解预防成本的构成
- 搜集品质成本资料
- 品质成本分析
- 控制预防成本
- 控制鉴定成本
- 控制失败成本

日常品质事务管理

- 制定品质方针、目标和制度
- 提高全员品质意识
- 严格按作业指导文件作业
- 加强来料检验
- 加强检验实务管理

范畴06：仓储与库存成本控制

仓储成本控制

- 仓储工作基本要求
- 特殊物品储存管理
- 物品堆放管理
- 物品密封、防霉变、防锈管理
- 仓库通风管理
- 仓库吸潮管理

仓储与库存成本控制

库存成本控制

- 设定最大与最小库存量
- 不必要库存的预防
- 发现不必要库存
- 减少不必要库存
- 处理不必要库存
- 提高库存数量管理精度

范畴07：目视与5S管理

目视管理

- 目视管理的特点和表现形式
- 目视管理的施行要点
- 目视管理在生产车间现场的应用
- 目视管理在生产计划管理的应用
- 目视管理在品质管理的应用
- 目视管理在设备管理的应用
- 目视管理在办公室的应用

5S管理

- 5S管理的作用
- 5S管理常用方法
- 整理
- 整顿
- 清扫
- 清洁
- 素养

导读三　模块设置

模块01：要点分析

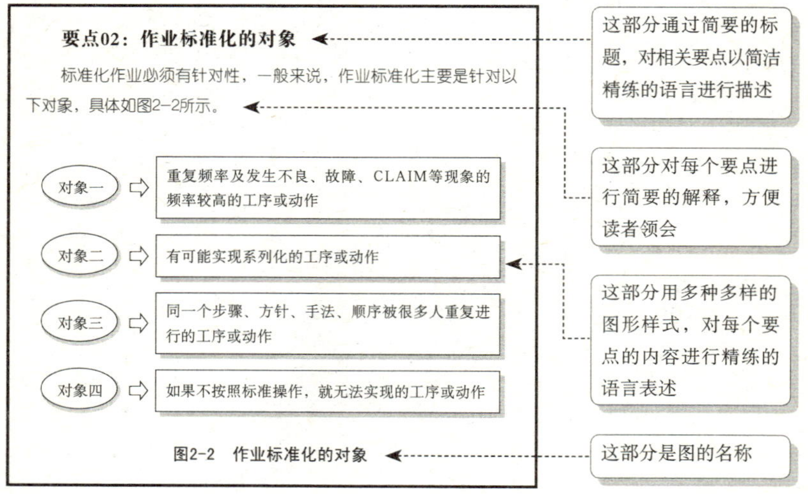

模块02：看板展示

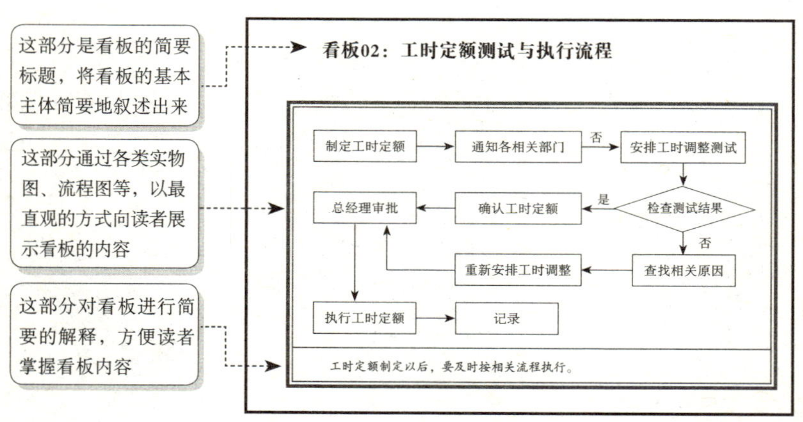

模块03：问题解答

问题03：如何将工时定额传达给班组或个人

将工时定额传达给班组或个人的步骤具体如下：

（1）在制定出分工序的工时定额以后，根据不同用途、需要，按车间、分工种地逐步汇总为零部件以至整个产品的定额，然后将整套定额送有关部门使用。

（2）生产计划部门要根据汇总的工时定额的超额系数，编制各车间生产作业计划，并连同定额资料一并下达给车间执行。

（3）车间根据厂部下达的任务，编制车间内部作业计划，计算出车间任务总工时，并连同有关定额资料一并下达到班组和个人。要把定额落实在岗位经济责任制内。

每个问题都是一个知识点，是对要点必要的补充

这部分以整齐的顺序对每个问题进行简要而精确的解答

第一章

研发成本控制

在生产型企业中，有一句流行的说法，“研发决定80%的成本”。不是所有企业都是这种情况，但足以说明研发在成本控制工作中的重要作用。因此，企业必须从各个方面入手，严格做好研发成本控制工作。

第一节 研发流程中成本控制

要点分析

要点01：新产品研发成本控制的特征

新产品研发是指从确定新产品研发任务书起到确定产品结构为止的一系列技术工作的准备和管理，是产品生产过程的开始。新产品研发成本控制的特征具体如图1-1所示。

特征一	新产品研发阶段的成本控制主要是一种进行成本降低的事前管理活动。过去的成本控制工作主要是事后的成本核算和分析，因此，不能实施积极的成本控制方式。然而新产品研发阶段的成本控制则是一种事前管理，在很大幅度上增加了降低成本的可能性
特征二	新产品研发阶段的成本控制是一种技术性较强的活动，例如选择何种工艺、选用哪种物料等将会如何影响到成本
特征三	新产品研发阶段的成本控制可能是对成本影响最大的成本控制活动，因为它所确定的产品特性很大程度上决定了产品其他阶段的成本。因此，在这个阶段有效地进行成本控制就可以提高整个企业的成本控制水平

图1-1　新产品研发成本控制的特征

要点02：新产品研发成本控制的基本要求

新产品研发成本控制需要满足一定的要求，具体如图1-2所示。

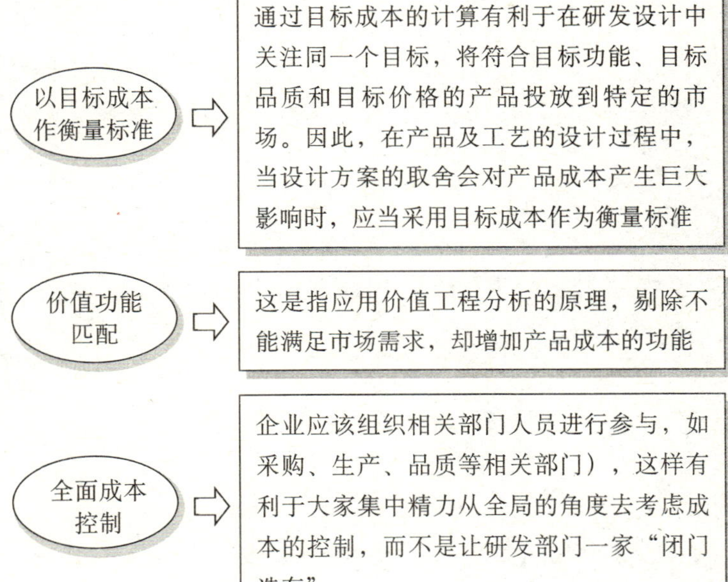

图1-2　新产品研发成本控制的基本要求

要点03：划分新产品研发阶段

依据具体内容差别新产品，研发过程具体划分为三个阶段，具体如图1-3所示。

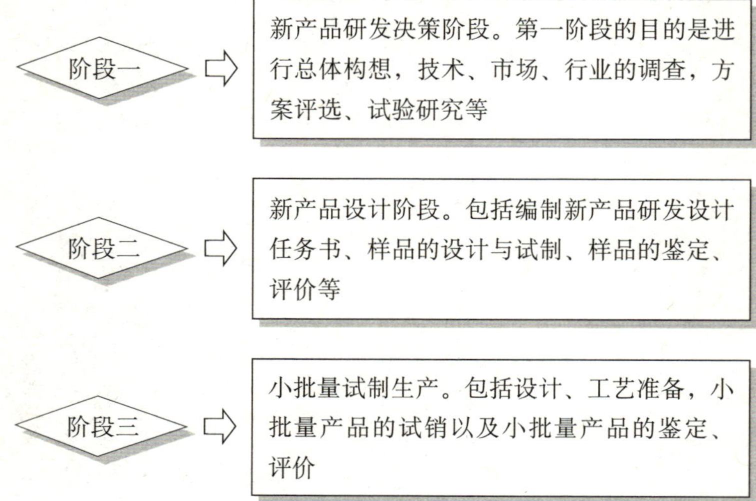

图1-3　新产品研发阶段的划分

要点04：不同阶段成本控制的重点

新产品研发不同阶段，其成本控制重点是不一样的，具体如图1-4所示。

重点一 ⇨ 新产品研发决策阶段，即新产品调查研究、前期开发、制定初步方案阶段，成本控制主要结合在方案的评选中进行。方案的评选项目不单纯取决于产品成本，还取决于市场、技术和利润等因素，但成本水平的高低直接影响利润和成本利润率的高低，所以成本也是方案选优工作中一个重要因素

重点二 ⇨ 新产品设计阶段，成本控制的重点是设计成本，可以利用成本价值分析，即价值工程（VE）实行设计目标成本控制和多方案的成本功能系数的比较，力求以最低成本来满足用户对功能的要求

重点三 ⇨ 小批量试制生产阶段，成本控制重点在于对工艺成本的控制。它包括工艺方案的成本控制和工艺装备的成本控制。工艺成本是与工艺过程有关的各项费用，它是产品成本的一个基本组成部分，因此在技术评价的基础上，通过对各工艺方案的成本计算比较，即可选择经济合理的最优方案

图1-4　不同阶段成本控制的重点

要点05：新产品研发决策阶段的成本控制方法

企业的新产品一经开发、生产投放市场之后，会给企业带来巨大的经济效益。尽管一定程度上受到顾客消费心理、产品售价等因素的影响，但是最终还是受到产品成本、质量高低的制约。为此企业必须要求设计开发人员对新产品的开发设计成本在允许的目标范围内进行严格控制，并以此制作出最佳研发方案。

对新产品研发方案进行评价的方法主要是评分优选法。评分优选法认为在产品开发设计阶段的初步评价有其自身的特点，涉及的影响因素较多，不仅要从产品的功能和成本方面，而且还要从市场需求、竞争情况、企业生产能力和盈利率方面来分析、比较，才能更全面地评价方

案的优劣。

因此评分优选法是一种综合性评价方法，它可以通过预定的评分项目和评价标准对各方案评分，并通过归纳汇总后的分数的大小来评价各方案的优良，其基本步骤如图1-5所示。

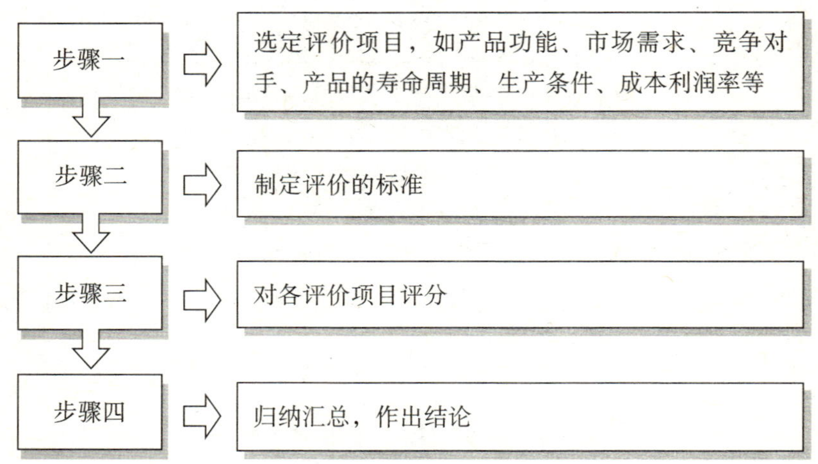

图1-5　评分优选法的步骤

要点06：新产品设计阶段的成本控制方法

新产品设计阶段一般可以分为初步设计、技术设计、工作图设计几个步骤。产品成本中的物料和工时消耗的多少主要是由产品的设计结构和工艺要求决定的，而工艺最终也是由设计决定的。所以产品的大部分成本实际是由本阶段决定的。

新产品研发中的许多方面会对成本产生不利影响，主要表现为以下几方面，具体如图1-6所示。

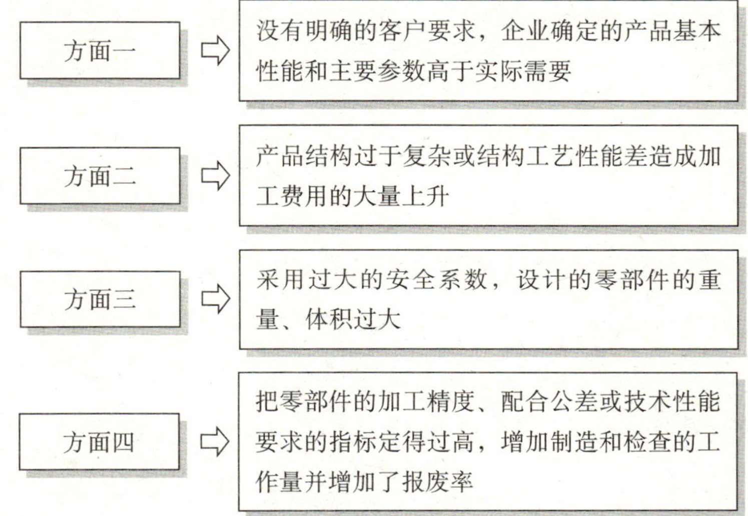

图1-6　新产品设计阶段对成本产生不利的方面

要点07：新产品设计阶段成本控制的内容

为了避免上述的设计问题引起的成本升高，必须在设计过程中进行技术经济分析和成本控制，即应用价值工程分析法。

价值工程分析的目的在于分析是否有可以提高产品价值的替代方案。它从总体上观察成本的构成，包括原物料的制造过程、劳动力类型、使用的装备以及外购与自产零部件之间的平衡。价值工程按照两种方式来预先设定目标成本，具体内容如图1-7所示。

通过确认产品的改善设计（即使是新产品也应通过不同的方式适应其功能要求），在不牺牲功能的前提下，削减产品部件和制造成本

通过削减产品不必要的功能或复杂程度来降低成本

图1-7　新产品设计阶段的成本控制内容

要点08：小批量试制生产阶段的成本控制方法

小批量试制生产是正式生产和销售的预演。小批量试制生产阶段的任务是对该新产品的设计过程进行谨慎的再验证和再鉴定，具体内容如图1-8所示。

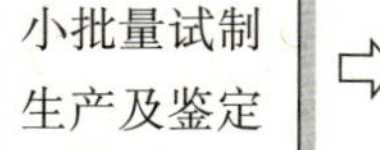

小批试制的任务，除对设计图纸等进行再次实际验证外，主要是对生产工艺进行验证以及单位产品成本对大批量生产的适应性等

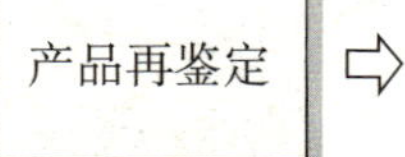

可在小批试制后，如果再次验证结果表明没有太大的问题，就可以考虑批量生产了。但在投入批量生产之前，还要进行一次产品再鉴定，主要任务是着重审查各种工艺文件、工艺装备、检测手段、标准化、生产组织等

样品或小批试生产后的产品应尽可能提供给具有代表性的用户使用，取得使用中的信息，以尽早发现各种质量缺陷。按用户的要求对故障进行分析，迅速改进质量

图1-8　小批量试制生产阶段的成本控制方法

要点09：新产品研发的设备成本控制

传统意义上讲，生产设备的投入一般由产品产量来决定，确定了生产能力，也就确定了生产设备的投入量。但从新产品的研发来看，其成功具有很大的不确定性，在大规模的生产状态下，过多的设备投入，必然会导致过高的设备成本。 因此，企业在进行设备成本控制时要掌握以下要点：

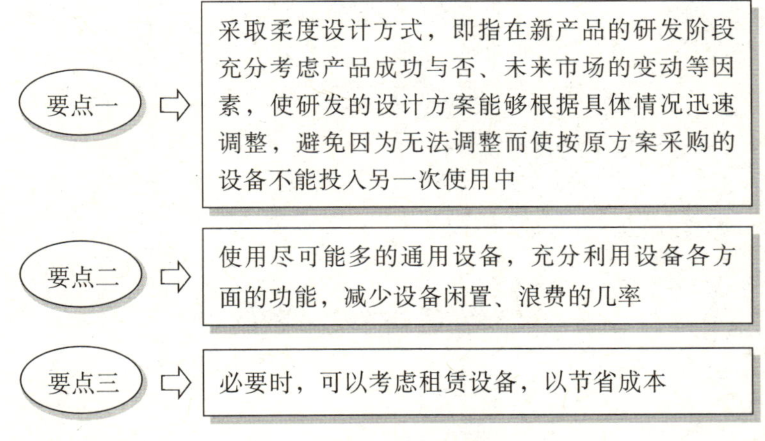

图1-9 进行设备成本控制时要掌握的要点

要点10：新产品研发的人力资源成本控制

新产品研发的人力资源成本控制是指企业以开发人力资源效益和提高企业经济效益为目的，在研发过程中，界定人力资源成本构成，建立人力资源成本指标体系，制定人力资源成本标准、控制目标、成本控制体系和制度等一系列管理活动。

新产品人力资源成本控制体系应该是反映研发人力资源从进入企业到退出企业全过程所发生的各项支出，凡涉及该部分人力资源的取得、开发、使用、保障和离职等投入和发生的一切费用都应列入，具体控制措施如图1-10所示。

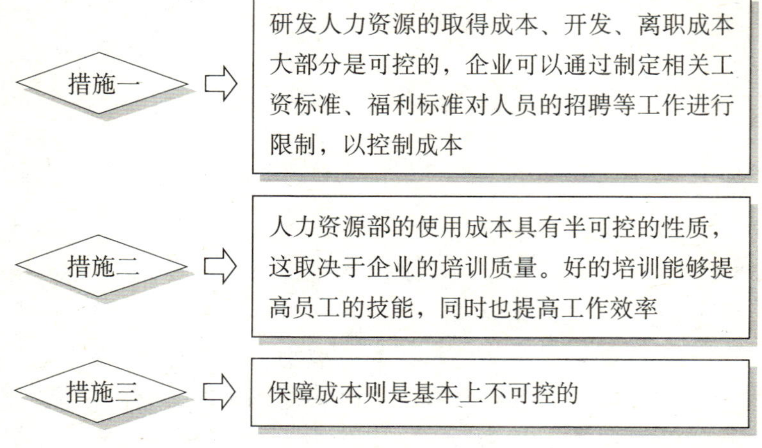

图1-10　新产品研发的人力资源成本控制措施

要点11：新产品研发的技术成本控制

新产品的研发活动中，技术创新成本是技术成本中的一个重要方面，它是企业为达到技术创新的目标所发生的支出。一般来讲，技术创新的途径可以有以下三个方面：自主创新、模仿创新和引进创新，具体如图1-11所示。不同的技术创新途径，其成本是不同的。

对于关系到新产品的核心技术创新，企业应尽可能地采用自主技术创新模式；而对于其他部分，则根据企业新产品发展战略，考虑模仿创新或者是引进创新。

指企业主要依靠自身的技术力量进行研究开发，并在此基础上实现科技成果的商品化，并最终获得市场的承认。进一步来讲，企业还可以将自主创新的成果申请专利保护，并获得相应的专利收益

模仿创新	⇨	指在率先创新的示范影响和利益诱导下，企业通过合法手段引进技术，并在率先者技术的基础上进行改进的一种创新形式。模仿创新并不是原样仿造，而是有所发展，有所改进
引进创新	⇨	指完全引进别人率先创新的技术，并相应支付技术或专利使用费

图1-11　新产品研发的技术成本控制途径

看板展示

看板01：新产品研发与制造各阶段对产品成本的影响曲线

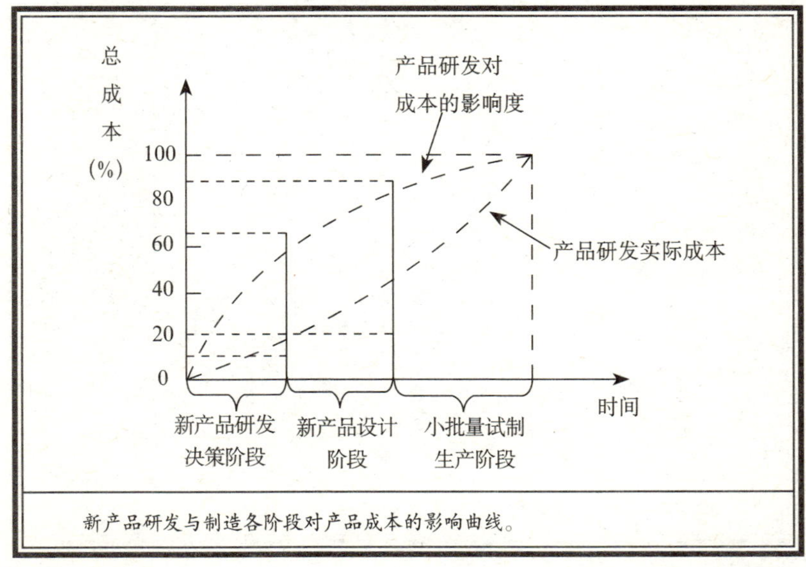

新产品研发与制造各阶段对产品成本的影响曲线。

看板02：新产品研发立项工作流程

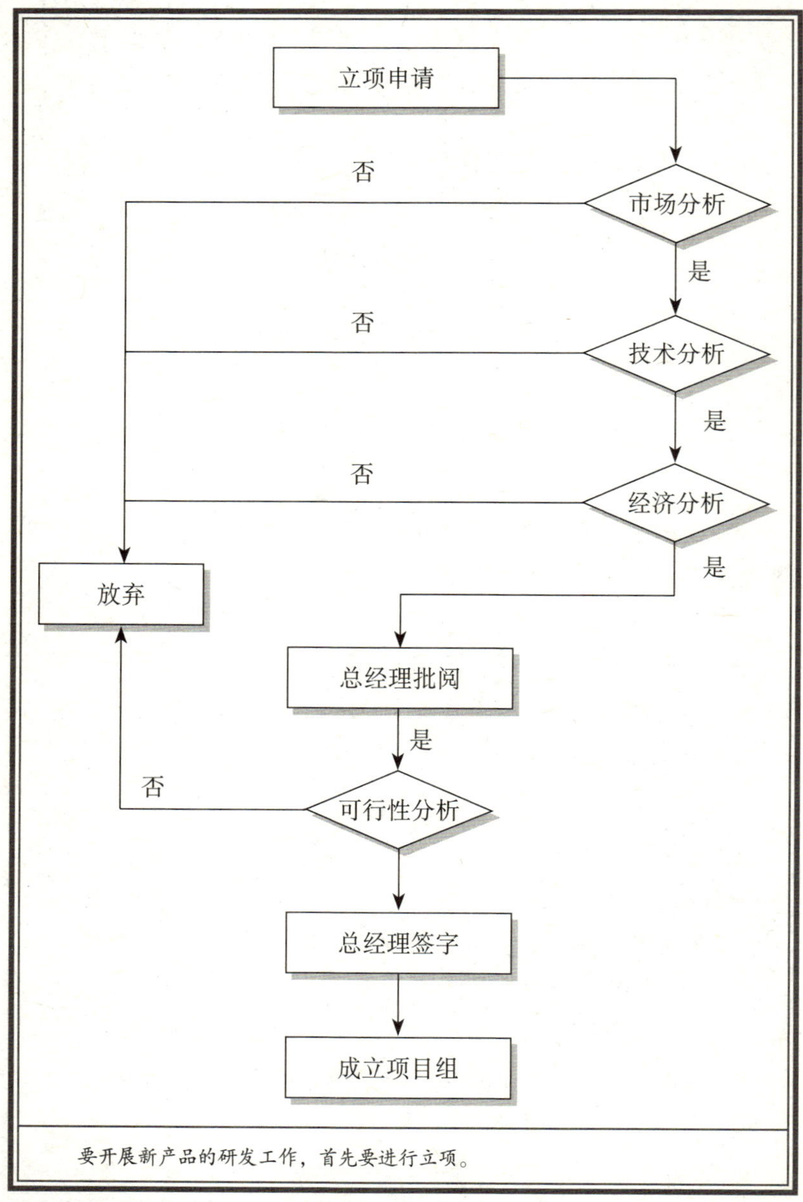

要开展新产品的研发工作，首先要进行立项。

看板03：技术引进作业流程

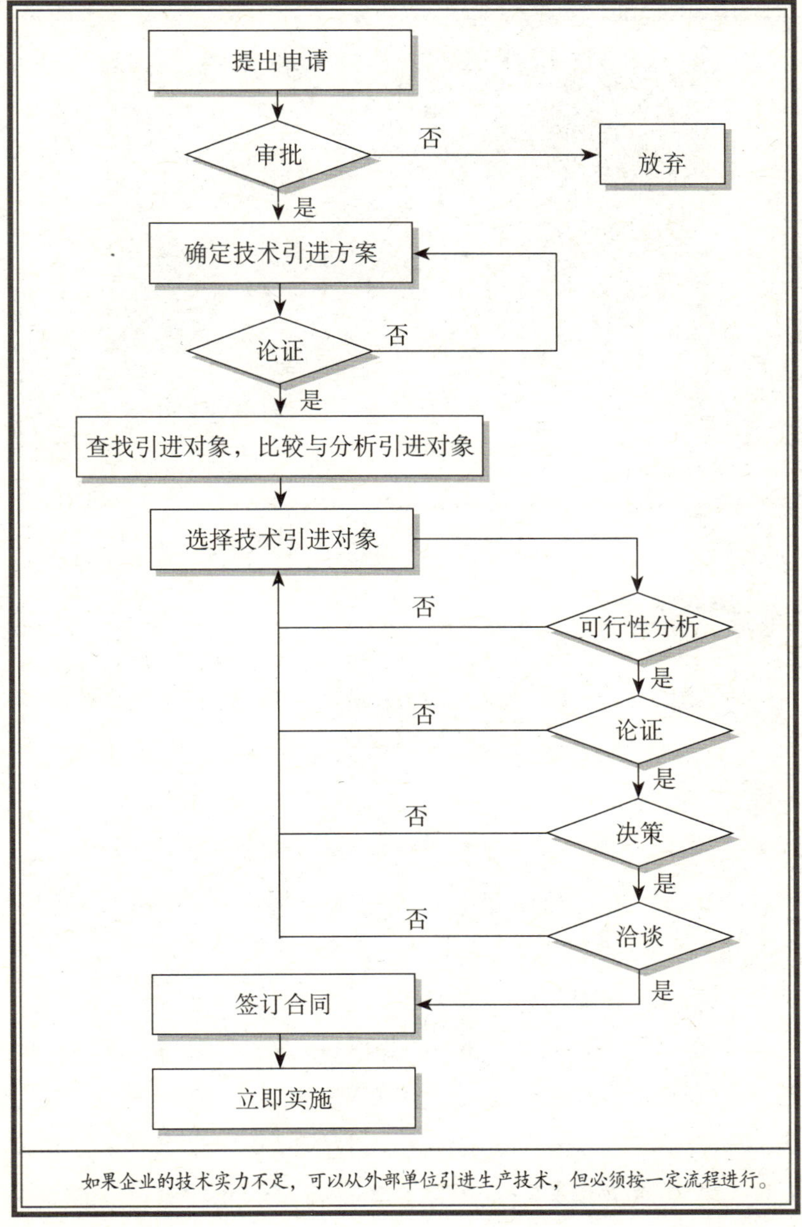

如果企业的技术实力不足，可以从外部单位引进生产技术，但必须按一定流程进行。

看板04：技术管理看板

技术管理看板是企业日常生产不可或缺的重要助手，一般由研发部门负责编排。

问题解答

问题01：为什么要在新产品研发阶段开展成本控制工作

在新产品研发阶段开展成本控制工作的必要性体现在如下几个方面：

（1）经营环境的变化促使企业关注新产品研发阶段的成本控制。全球经济一体化的出现，改变了企业的市场环境和经营条件，企业的管理思想也发生了重大变革，企业开始被看作是为满足顾客需要设计的“一系列作业”的集合。

（2）新产品研发阶段的成本控制具有更高的效率。在现代市场环境下，越来越多的企业提倡应该将成本控制的重点由传统观念下的生产制造过程移至产品的开发设计过程。之所以如此，是因为企业逐渐认识到，产品的制造成本在很大程度上是由产品的设计阶段所确定的。

问题02：新产品研发过程中的误区有哪些

新产品研发过程中的误区具体如下：

（1）过于关注产品性能，忽略了产品的经济性（成本）。

（2）关注表面成本，忽略隐含（沉没）成本。

（3）急于新品开发，忽略了原产品替代功能的再设计。

第二节 工时定额管理

要点分析

要点01：工时定额管理的目的

工时定额是完成一个工序或动作所需的时间，它是劳动生产率指标。工时定额管理的目的如图1-12所示。

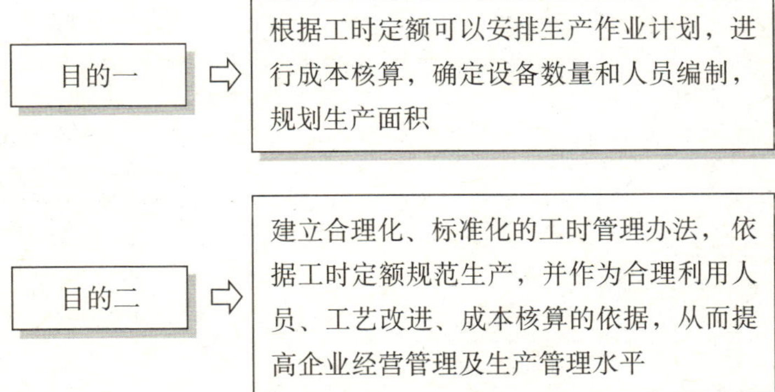

目的三 ⇨ 用于企业业务相关的间接人员及生产部直接人员的工时管理和运用

图1-12　工时定额管理的目的

要点02：工时定额制定的原则

工时定额制定需按照一些基本原则进行，具体如图1-13所示。

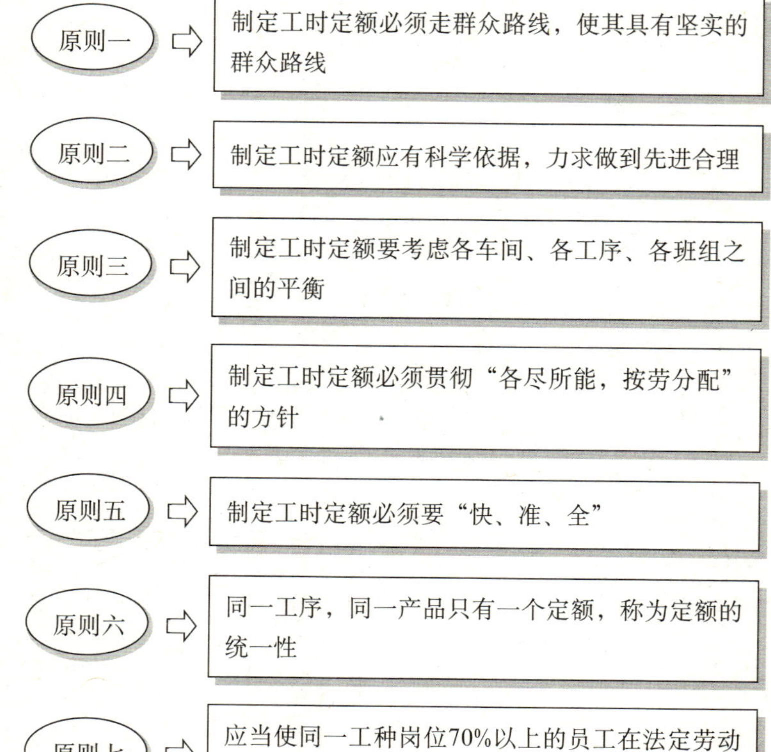

确保员工在法定劳动时间内提供正常劳动所取得的计件工资，不低于政府规定的最低工资标准

图1-13 工时定额制定的原则

要点03：工时定额制定的方法

工时定额制定的方法包括经验估工法、统计分析法等，具体如图1-14所示。

经验估工法是由定额人员、研发人员和工人结合以往生产实践经验，依据图纸、工艺装备或产品实物进行分析，并考虑所使用的设备、工具、工艺装备、原物料及其他生产技术和组织管理条件，直接估算定额的一种方法。经验估工法又可分为综合估工、分析估工和类比估工三种方法

统计分析法

对多人生产同一种产品测出数据进行统计，计算出最优数、平均达到数、平均先进数，以平均先进数为工时定额的一种方法，主要应用于大批、重复生产的产品工时定额的修订

类推比较法是以现有的产品定额资料作为依据，经过对比推算出另一种产品零件或工序的定额的制定方法。作为依据的定额资料有：类似产品零件或工序的定额的制定方法；类似产品零件或工序的实耗工时资料；典型零件，工序的定额标准。原来对比的两种产品必须是相似或同类型、同系列的，具有明显的可比性

技术定额法是指在分析生产条件、工艺技术状况和组织情况等的基础上，考虑先进合理性、科学性等要求，对定额各组成部分，通过实地观察和分析计算来制定定额的一种方法

图1-14　工时定额制定的方法

要点04：工时定额的制定流程

工时定额的制定流程具体如图1-15所示。

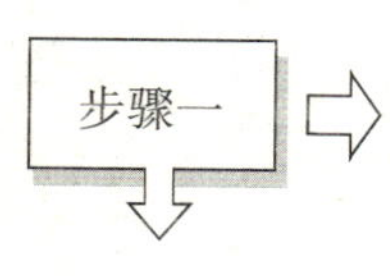

将被制定的工序、动作进行划分。要使这种划分合理，发掘不必要的动作，估计双手操作和交叉作业的可能性。分清哪些影响因素是主要的，哪些因素是次要的

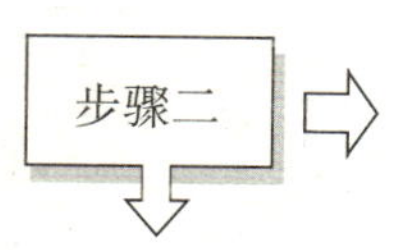

分析工序结构和操作方法的合理性及组成部分的时间消耗因素。如能否取消不必要的动作，有无可合并、简化代替、交叉的动作，以达到工时消耗的经济合理；分析工人实际使用的工艺用量是否合理；分析刀具的材质和耐用度；分析设备与生产的适应程度，设备的性能是否得到充分发挥和利用

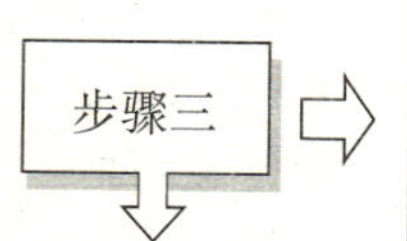

分析劳动组织和工作地安排。了解生产中的劳动分工是否合理，是否适应生产类型。查明工作地的设备和辅助装备；查明工作条件，如光线、温度，振动、噪声等。改进劳动组织，在可能条件下改善劳动条件

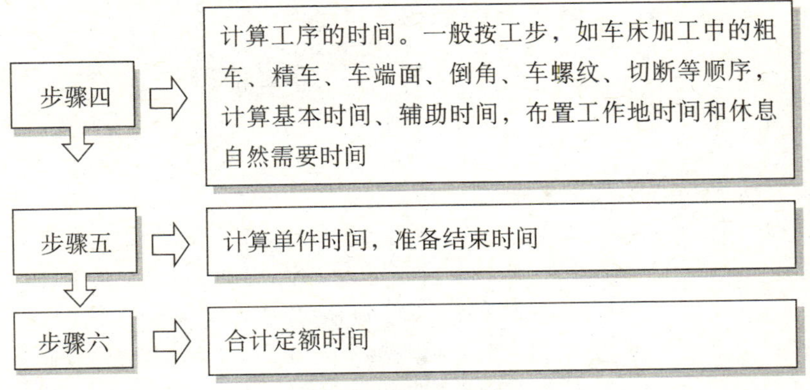

图1-15　工时定额的制定流程

要点05：工时定额的执行

工时定额制定后，必须认真贯彻执行，执行要点具体如图1-16所示。

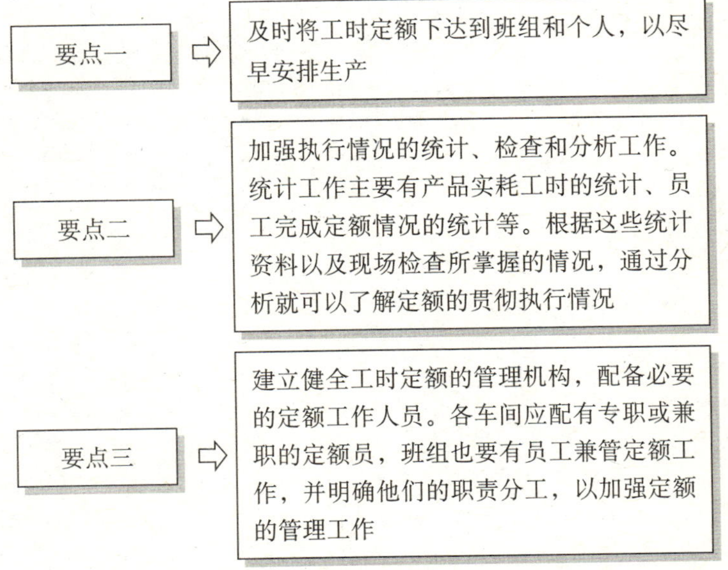

图1-16　工时定额的执行要点

要点06：工时定额的修改

在实际工作中，工时定额的修改一般有下列两种情况，具体如图1-17所示。

它是指在正常生产发展条件下，依据预先规定的期限，对全部产品和工作的定额，进行比较全面的审查和修改。具体期限可根据不同的生产类型、不同的制定方法来规定。生产比较稳定，而且是用技术测定法制定的定额，比较准确，修改期可为一年；而生产不稳定且多用经验估工法来制定的定额，不够准确，修改期可为半年

它是指由于某些生产的客观条件发生重大变化，而对某些产品或工作的定额所作的临时性修改。比如，产品设计、工艺变更、原物料与毛坯变更、设备和工艺装备变更、生产组织和劳动组织变更、新产品从试制转入正式投产的变更等，都需要对定额作临时性修改

图1-17　工时定额的修改的情况

看板展示

看板01：出勤登记看板

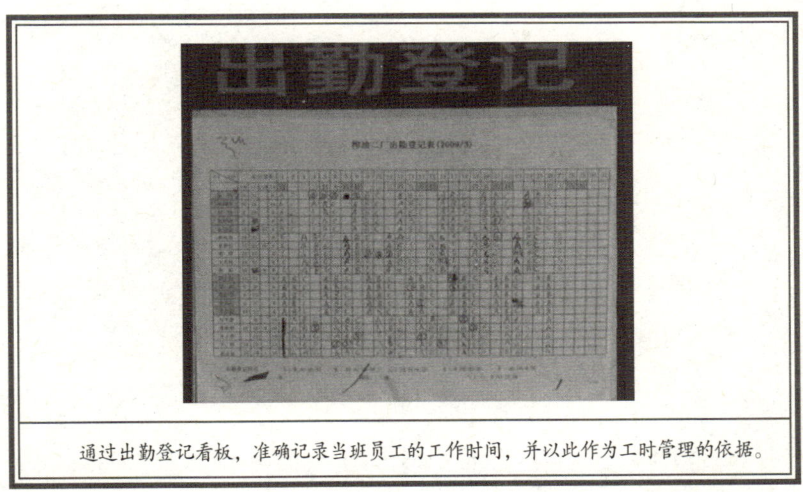

通过出勤登记看板，准确记录当班员工的工作时间，并以此作为工时管理的依据。

看板02：工时定额测试与执行流程

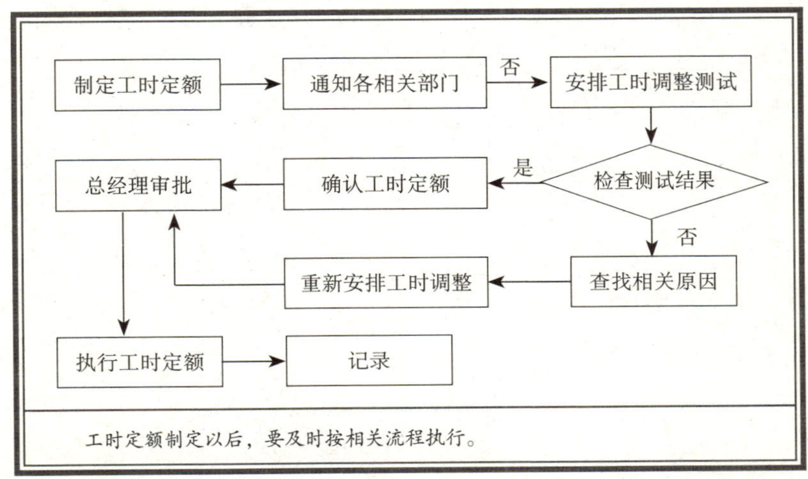

工时定额制定以后，要及时按相关流程执行。

问题解答

问题01：制定工时定额有哪些基本要求

制定工时定额的要求基本如下：

（1）全。是指工作范围的要求，凡是需要和可能制定定额的工作都要有定额。

（2）快。是指时间上的要求，就是要简便、工作量小，能迅速制定出定额，及时满足生产需要。

（3）准。是指质量上的要求，即时间定额水平要先进合理。这里“准”是关键。如果时间定额水平不先进合理，即使制定的时间定额再全、再快，也不能发挥时间定额的积极作用。

问题02：经验估工法又可以分为哪几种方法

经验估工法又可分为综合估工、分析估工和类比估工三种方法，具体内容如下所示。

（1）综合估工，又称粗估工。其特点是在估工时凭定额人员、研发人员和老员工的实际经验，对影响工时消耗的诸因素进行综合的粗略分析，笼统地估算整个工序的定额。一般运用于对定额准确程度要求较低的单件小批的生产条件。但在大批量生产条件下，生产条件稳定，定额人员和工人都非常熟悉的零件，有时也采用这种方法。

（2）分析估工法，又称细估工。用这种方法制定定额的步骤是：按定额时间分类，把工序划分为若干个组成部分，然后分析影响各个定额的组成时间消耗的因素，并在此基础上根据估工者的经验，确定各个组成部分的工时定额，最后汇总为工时定额。

（3）类比估工法。采用此法时，一般采用粗估法制定代表件的工序定额。其他类似零件的定额，则以代表零件的工序定额为基础，进行比较估工来确定。

问题03：如何将工时定额传达给班组或个人

将工时定额传达给班组或个人的步骤具体如下：

（1）在制定出分工序的工时定额以后，根据不同用途、需要，按车间、分工种地逐步汇总为零部件以至整个产品的定额，然后将整套定额送有关部门使用。

（2）生产计划部门要根据汇总的工时定额的超额系数，编制各车间生产作业计划，并连同定额资料一并下达给车间执行。

（3）车间根据厂部下达的任务，编制车间内部作业计划，计算出车间任务总工时，并连同有关定额资料一并下达到班组和个人。要把定额落实在岗位经济责任制内。

要点分析

要点01：物料消耗定额管理的目的

物料消耗定额管理的目的，具体如图1-18所示。

目的一 ⇨ 是用于规定物料消耗定额工作进行的程序、方法，使物料消耗定额工作在制定、修改、执行时有章可循

目的二 ⇨ 是用于产品的生产、修理及工装、工艺设施制造过程中物料消耗定额的制定、修改、执行和日常管理等项工作的各部门职责、工作程序和考核

图1-18　物料消耗定额管理的目的

要点02：物料消耗定额管理的内容

物料消耗定额往往由不同部分组成，具体内容如图1-19所示。

主要物料消耗定额 ⇨ 主要物料是指须经过加工改变几何形状，或改变内部组织后构成产品实体的物料，如黑色和有色金属型材、木材和竹材、塑料橡胶型材等。主要物料消耗定额一般由净用量和工艺损耗构成

辅助物料消耗定额 ⇨ 辅助物料是不构成产品实体但有助于产品形成，或虽构成产品实体但在产品上没有确定形状的物料。如各种清洁剂、涂料和涂装用遮蔽品等。辅助物料消耗定额是根据工艺要求对辅助物料的消耗量制定的数量标准

外购外协件消耗定额 ⇨ 外单位（配套厂家）按本公司提供的图样和技术要求，或按双方签订的技术协议制作的零部件，或者本公司选购的有关厂家的现成零部件称为外协外购件，如：底盘、空调器、侧窗、乘客门总成、成型内饰、灯具等

标准件指通用性很强，物料、尺寸规格、技术要求完全符合国家标准，通常由专业厂规模生产，可以方便地通过市场选购的零件。目前，标准件只限于紧固件类的螺栓、螺钉、螺母、垫圈、铆钉、销钉、黄油嘴、滚动轴承、电线扎带等

标准件消耗定额一般是根据产品图样统计得出的各类连接紧固零件的数量，但有时工艺措施的具体要求的数量会超出或减少图样的规定数量

图1-19 物料消耗定额管理的内容

要点03：物料消耗定额的制定

物料消耗定额的制定需按照一定流程进行，具体如图1-20所示。

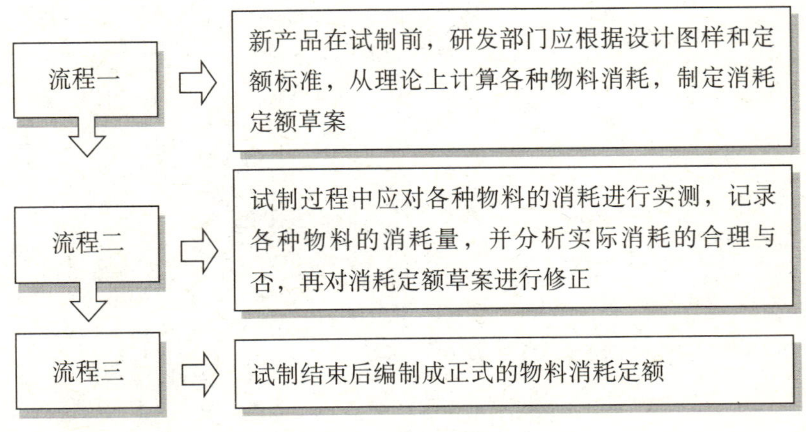

图1-20 物料消耗定额的制定流程

要点04：物料消耗定额的执行

物料消耗定额的执行需掌握一些基本要点，具体如图1-21所示。

物料发放的名称和计量	生产部开领料单、仓库对车间发放物料时，其物料的名称和计量单位，应该与消耗定额采用的名称和计量单位一致，如：钢材为千克；螺钉为个；仪表台为套等。当钢材换算为千克/米时，换算的数据应该与定额的数据一致
限额、限人发料	生产部对车间应实行按定额规定品种、数量限额开领料单，即每个品种的物料数量等于单车定额量乘以计划产量。没有列入生产计划的产品和物料消耗定额的产品，应拒开领料单
物料代用和非定额领料	在定额执行中，采购人员如短期（一个计划批次）不能按定额规定的品种提供物料时，应书面向研发部门提出代料申请，由研发人员确定代用物料的规格牌号和代用定额，原定额不作改动。物料代用预计超过一个计划批次时，采购人员应书面要求研发部门进行产品设计更改并更改物料消耗定额

图1-21　物料消耗定额的执行要点

要点05：物料消耗定额更改

必要时，企业应对物料消耗定额进行更改，具体内容如图1-22所示。

产品设计更改、工艺手段变更时，须进行消耗定额更改。更改时研发部门根据更改后的图样、工艺规程，对物料消耗定额数据进行更改并通知各有关部门执行

有产品制造中，工艺纠正措施的临时用料，由工艺人员写出书面通知，经研发部门经理签字后通知车间和成本控制中心执行

当仓库、品质部、生产车间反馈的定额信息有误时，研发部门应逐项调查测定核实，必要时进行实验确定。核实、确定之后，修订消耗定额数据，并通知各有关部门执行

图1-22　物料消耗定额更改内容

看板展示

看板01：物料管制卡

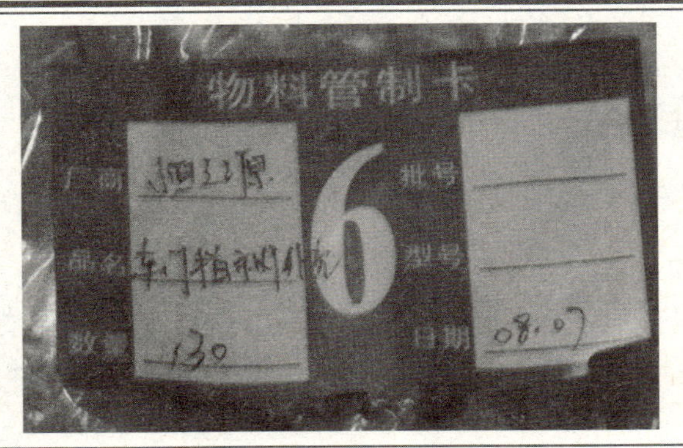

为每种物料设置一张管制卡，方便对其进行管理。

看板02：领料单

领料单

领料部门：______		凭证编号：______	
用途：______		发料仓库：______	
物料类别：______		物料编号：______	
物料名称及规格：______		计量单位：______	
请领数量：______		实发数量：______	
单价：______	金额：______	合计：______	
记账：______		发账：______	
料部门主管：______		领料员：______	

问题解答

问题01：根据物料消耗定额发料有哪些基本要求

根据物料消耗定额发料的基本要求具体如下：

（1）生产部只对各工段设立的领料员或工段长开领料单，对其他员工应拒开领料单。

（2）仓库应对计划内每种产品建立领料台账，台账的理论领料额等于定额。

（3）仓库应监控物料领用情况，发料时首先把领料单与领料台账进行核对，当发现领料品种、数量超出定额范围时，拒绝发料。

（4）下列情况应拒绝发料，如仓库没接到定额修改通知，领料单无研发部门经理签字。

问题02：物料消耗定额的执行有哪些基本要求

物料消耗定额执行的基本要求具体如下：

（1）物料消耗定额在执行中，生产部应每个月月末向研发部门反馈各种物料的结余和利用情况。

（2）生产部不得自行确定不同规格、牌号的物料代用，一经发现，应予以处罚。因自行代用造成用量超过定额数的部分，责任部门自行负担。

（3）研发部门接到车间、生产部随机反馈的定额信息，应当即处理。

（4）仓库不按定额实行限额发料，应予以处罚。开领料单、发料时计量单位和换算数据与定额不一致，也要处罚。

第二章
作业标准化管理

实施标准化生产有助于减少因不标准生产造成的各种问题，提高处理效率。标准化管理包含两大部分，即标准的制定和标准作业管理。

第一节 作业标准化日常管理

要点分析

要点01：作业标准化的目的

作业标准化是对在作业系统调查分析的基础上，将现行作业方法的每一操作程序和每一动作进行分解，以科学技术、规章制度和实践经验为依据，以安全、质量效益为目标，对作业过程进行改善，从而形成一种优化作业程序，逐步达到安全、准确、高效、省力的作业效果。作业标准化的目的具体如图2-1所示。

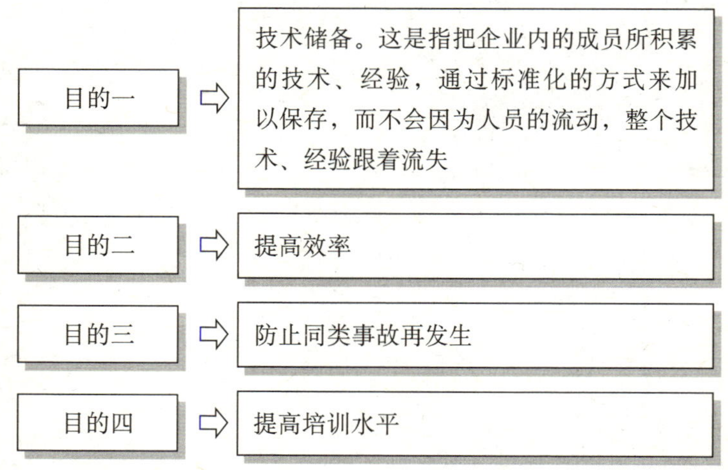

图2-1　作业标准化的目的

要点02：作业标准化的对象

标准化作业必须有针对性，一般来说，作业标准化主要是针对以下对象，具体如图2–2所示。

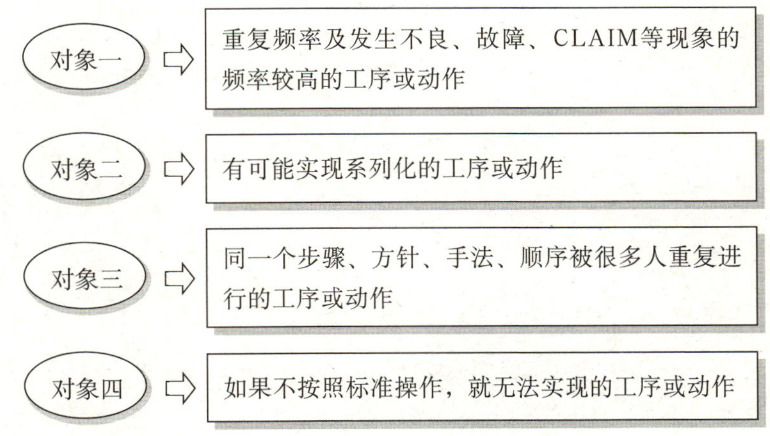

图2–2 作业标准化的对象

要点03：作业标准化的背景

企业往往是在一定的背景下实施作业标准化，具体内容如图2–3所示。

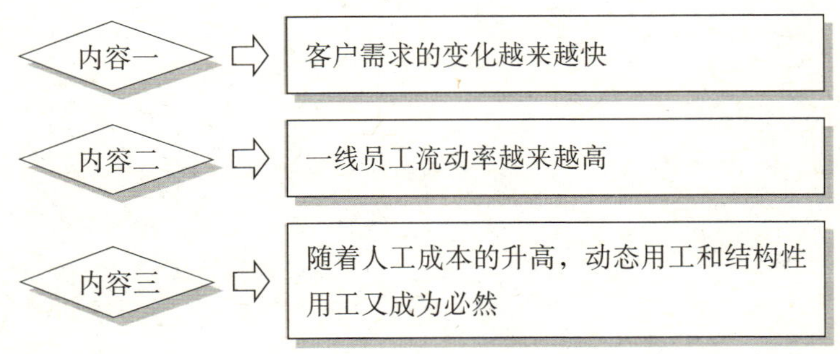

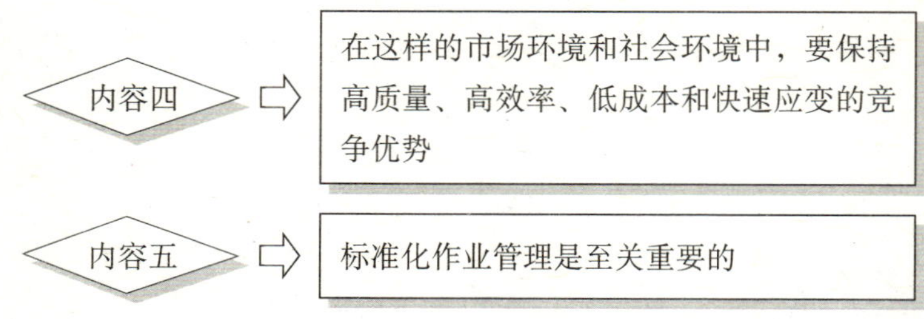

图2-3 作业标准化的背景

要点04：作业标准文件的编制

各类作业标准文件如作业标准书、作业图示等，是作业标准化必不可少的帮手。企业在组织人员编写作业标准文件时，应考虑的因素如图2-4所示。具体内容可参考本章第二节。

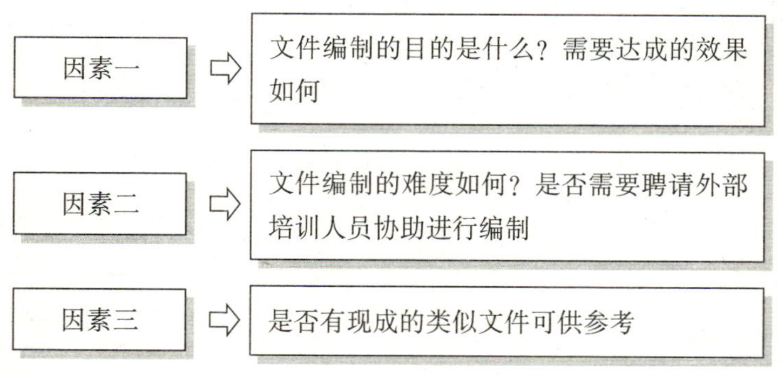

图2-4 作业标准文件的编制考虑因素

要点05：作业标准化的推广

作业标准化推广是指生产作业按照作业标准文件进行，使标准逐渐习惯化。作业标准化推广需要经过以下三个过程，具体如图2-5所示。

通过培训与确认，使员工掌握本岗位的作业标准文件。培训过程使员工知道要做什么、什么时候做、怎样做、达到怎样的效果，通过文字考核与操作考核的方式对员工的掌握程度确认

通过宣传活动，使员工接受和理解作业标准化活动。标准化作业推行不是发出红头文件、发放作业标准文件这么简单。员工通常不愿接受工作习惯的改变，有些员工甚至不愿意将自己的操作经验共享，担心自己受重视的程度。标准化推行时需要有耐心，营造良好的改善氛围非常重要

通过工艺纪律检查，实现督促与改进。作业标准化推行不能依赖员工自律，管理人员要到作业现场做工艺纪律检查。鼓励先进、鞭策落后，逐渐完成作业标准化推行

图2-5　标准化作业的推广过程

看板展示

看板01：作业标准化宣传

通过作业标准化宣传，提高员工对其认识，加强标准化管理。

看板02：标准化作业演示

标准化作业演示也是实施标准化管理的重要步骤。

问题解答

问题01：作业标准化有哪些作用

标准化作业的作用主要有以下几个方面：

（1）标准化作业是把复杂的管理和程序化的作业有机地融合一体，使管理有章法，工作有程序，动作有标准。

（2）推广标准化作业，可优化现行作业方法，改变不良作业习惯，使每一个员工都按照安全、省力、统一的作业方法工作。

（3）标准化作业能将安全规章制度具体化。

（4）标准化作业所产生的效益不仅仅在安全方面，标准化作业还有助于企业管理水平的提高，从而提高企业经济效益。

问题02：作业标准的制定要求有哪些

作业标准的制定要求具体如下：

（1）目标指向。标准必须是面对目标的：即遵循标准总是能保持生产出相同品质的产品。因此，与目标无关的词语、内容请勿出现。

（2）显示原因和结果。比如“安全地上紧螺丝”。这是一个结果，应该描述如何上紧螺丝。又比如“焊接厚度应是3微米”这是一个结果，应该描述为：“焊接工用施3.0A电流20分钟来获得3.0微米的厚度”。

（3）准确。要避免抽象：“上紧螺丝时要小心”。什么是要小心？这样模糊的词语是不宜出现的。

（4）数量化—具体。每个读标准的人必须能以相同的方式解释标准。为了达到这一点，标准中应该多使用图和数字。例如，使用一个更量化的表达方式，“使用离心机A以100+/—50rpm转动5～6分钟的脱水材料”来代替“脱水材料”的表达。

（5）现实。标准必须是现实的，即可操作的。

（6）修订。标准在需要时必须修订。在优秀的企业里，工作是按标准进行的，因此标准必须是最新的，是当时正确的操作情况的反映。永远不会有十全十美的标准。

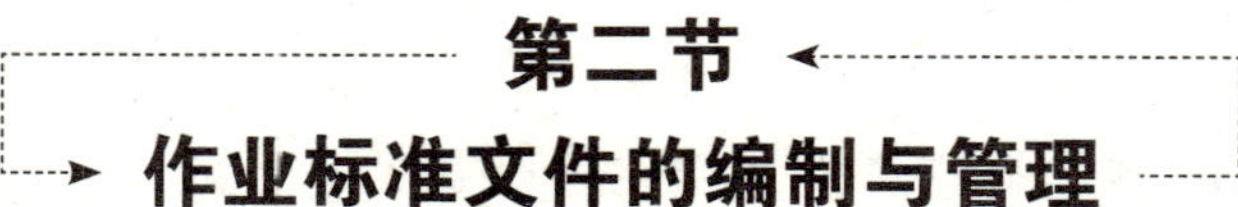

第二节 作业标准文件的编制与管理

要点分析

要点01：作业标准文件的内容

作业的标准化离不开各项作业标准文件，因此，企业必须加强对作业标准文件的编写工作。作业标准文件一般应包括以下内容，具体如图2-6所示。

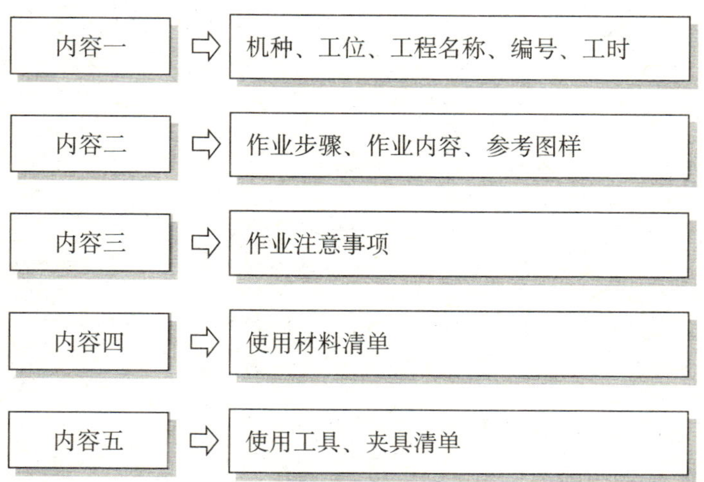

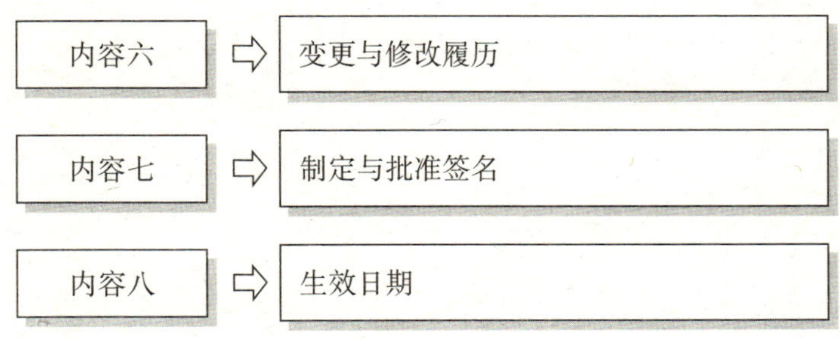

图2-6 作业标准文件的内容

要点02：作业标准文件的效用

作业标准文件具体叙述表达了在各工序、各动作内的作业方法，是制造出优质产品不可缺少的手段。它的效用具体如图2-7所示。

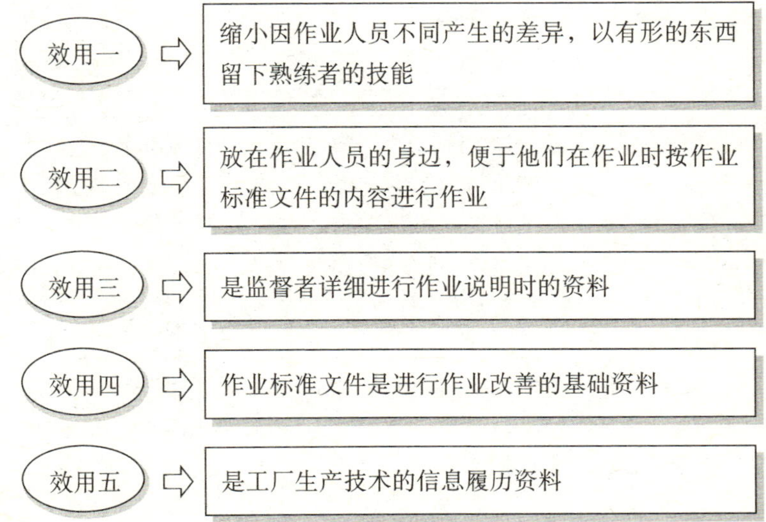

图2-7 作业标准文件的效用

要点03：作业标准文件的编制流程

不同企业其作业标准制定的流程则有所不同，但大致上按照图2-8所示步骤进行。

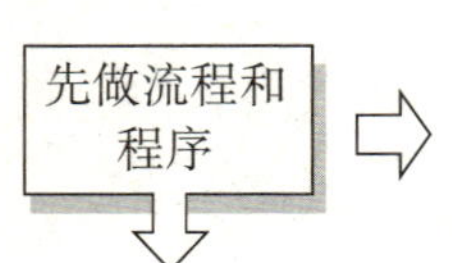

按照企业对标准作业程序的分类，研发部门应首先将相应的作业主流程图做出来，然后根据主流程图做出相应的子流程图，并依据每一子流程做出相应的工序、动作。在每一工序和动作中，确定有哪些控制点，哪些控制点应当需要实施标准化，哪些控制点不需要做实施标准化等，包括每一个分类，都应当考虑清楚，并制定出来

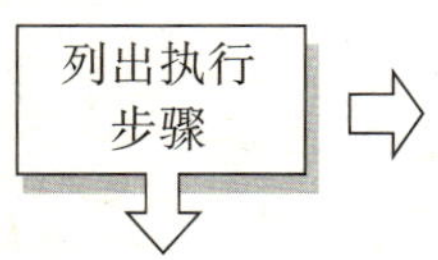

对于在程序中确定需要做SOP的控制点，应先将相应的执行步骤列出来。执行步骤的划分应有统一的标准，如按时间的先后顺序来划分。如果对执行步骤没有把握，要及时与专业人员进行交流和沟通，先把这些障碍扫除掉

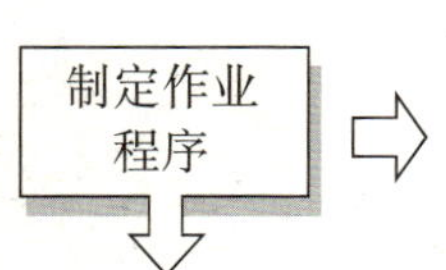

经过以上步骤，可以着手编写作业标准了。按照公司的模板在编写作业标准时，不要改动模板上的设置；对于一些作业标准，可能除了一些文字描述外，还可以增加一些图片或其他图例，目的就是能将步骤中某些细节进行形象化和量化

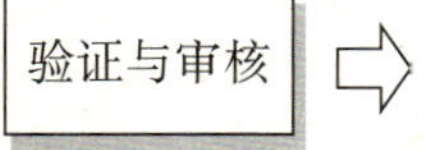

即将制作好的作业标准应用于实际生产中，验证其是否合适，如不合适则应修改，如合适则可审核通过并颁布实行

图2-8　作业标准文件的编制步骤

要点04：作业标准文件的放置

作业标准文件是指导作业人员进行正确、规范作业的标准文件，应在现场正确放置，具体说明如图2-9所示。

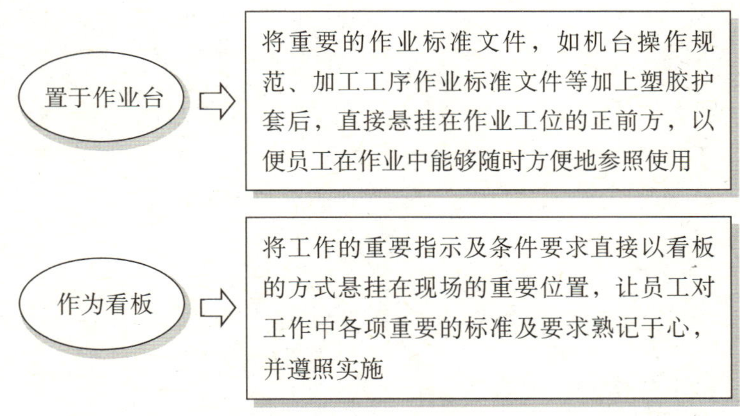

图2-9　作业标准文件的放置

要点05：作业标准文件的培训指导

执行作业标准文件不仅仅是各作业人员的责任，各级管理人员也必须以身作则。为了使作业人员都能掌握具体的作业方法和技巧，提高班组的生产效率，企业必须要充分了解作业标准文件，并对作业人员进行指导培训，使其都掌握作业技能。具体的指导过程如图2-10所示。

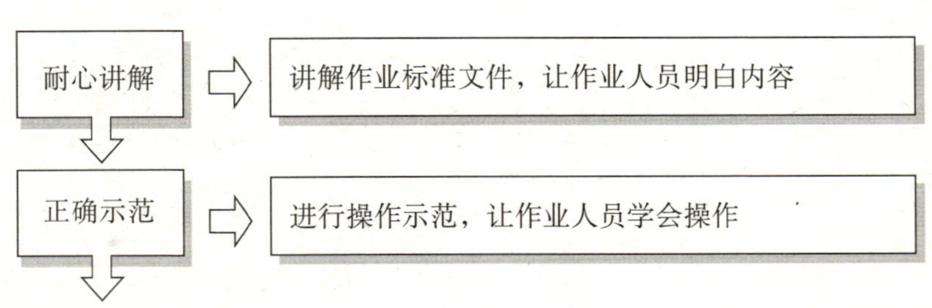

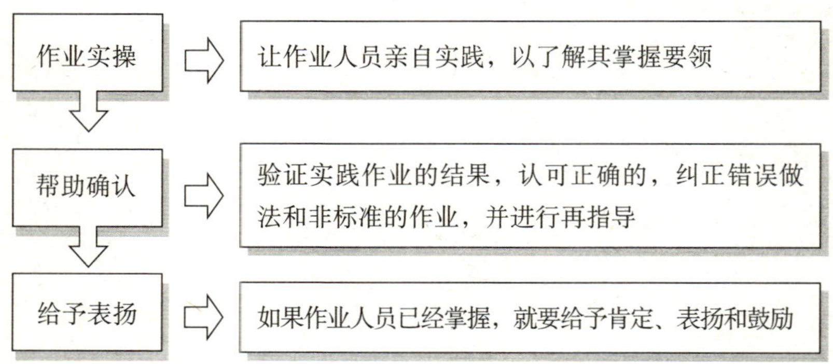

图2-10　作业标准文件的培训指导过程

要点06：作业标准文件监督执行

作业标准文件是基于正确、安全、规范的要求而制定的，是安全作业的重要保证。因此，为了确保作业标准文件被正确执行，现场各级管理人员必须做好日常的巡视监督工作，具体内容如图2-11所示。

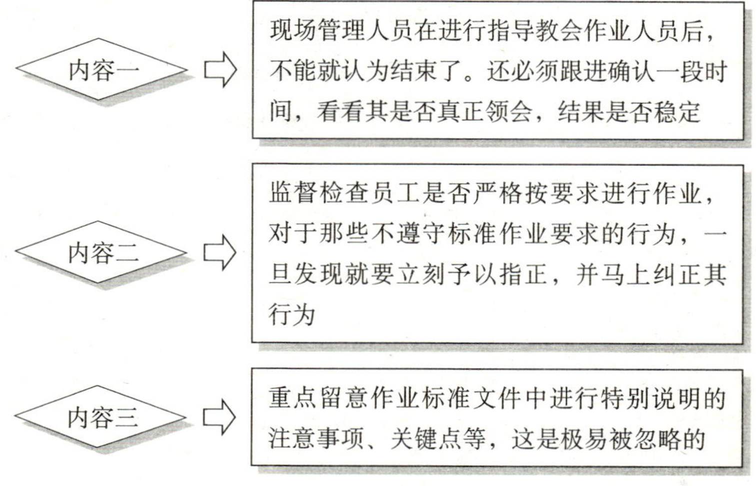

图2-11　作业标准文件监督执行工作

要点07：作业标准文件的修订

作业标准文件在实际应用过程中，外部情况可能会发生一些变化，如工序速度的提高、采用了更先进的生产设备等。这时企业就要对不适宜的内容进行修改，使其重新适应新的生产工作。出现以下情形时要对标准进行修订，具体如图2-12所示。

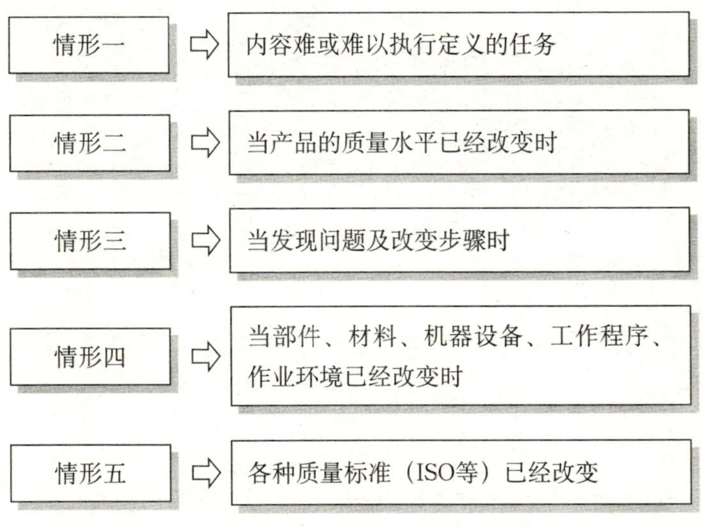

图2-12　作业标准文件的修订情形

看板展示

看板01：作业标准书

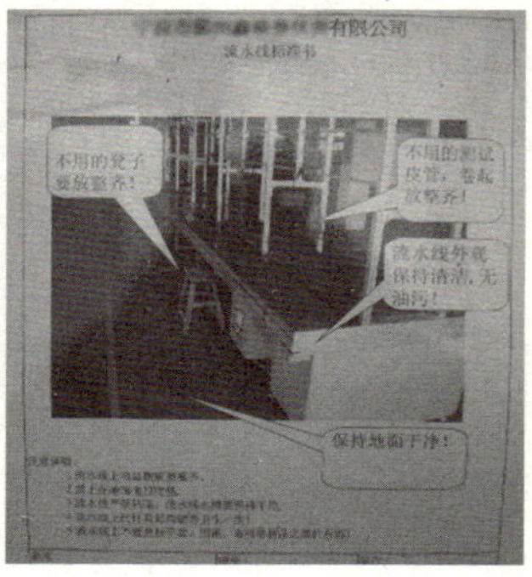

作业标准书是一种常用的作业标准文件，如上图所示的流水线标准书和测试台标准书。

看板02：作业标准图示

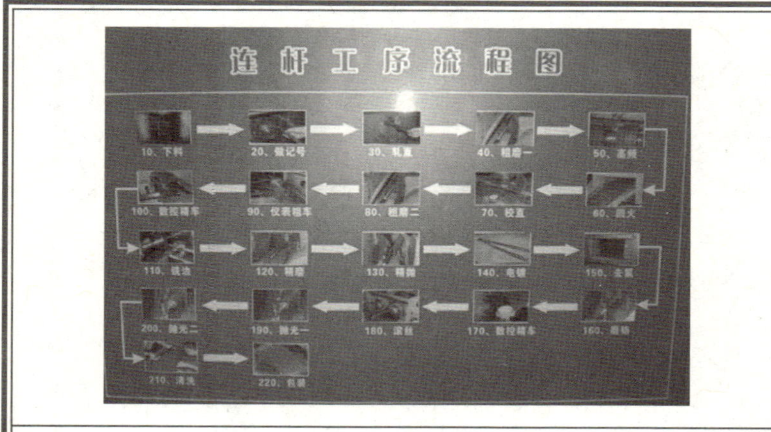

通过图示，将相关标准明确地展示出来。

看板03：作业标准说明

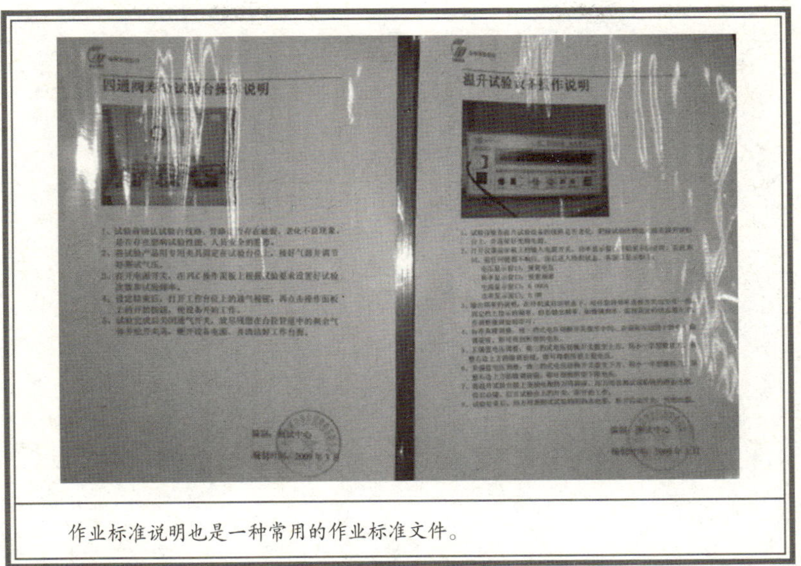

作业标准说明也是一种常用的作业标准文件。

看板04：作业标准文件的摆放

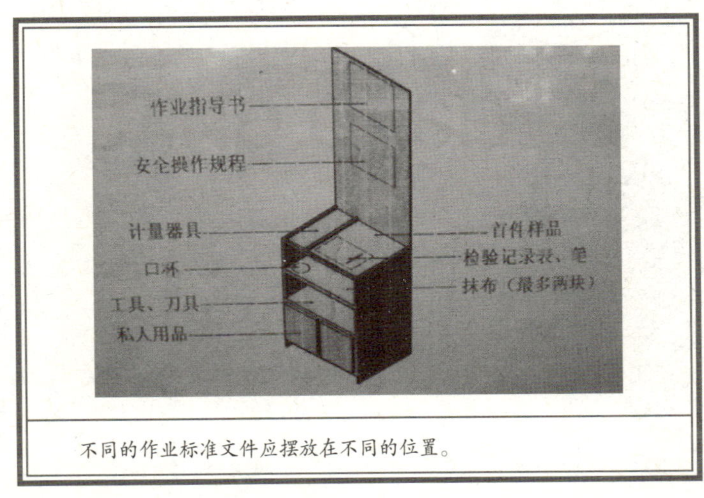

不同的作业标准文件应摆放在不同的位置。

看板05：操作方法看板

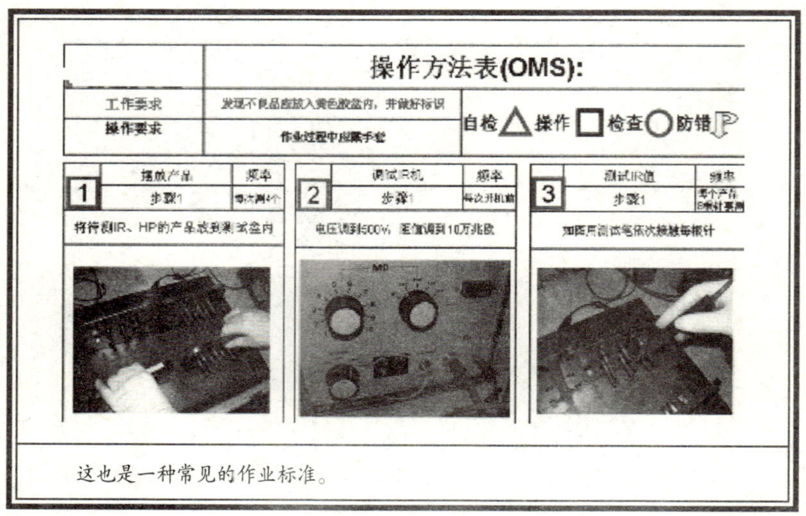

操作方法表(OMS):

工作要求	发现不良品应放入黄色胶盒内，并做好标识	自检△ 操作□ 检查○ 防错
操作要求	作业过程中应戴手套	

1	摆放产品	频率
	步骤1	每次测4个
将待测IR、HP的产品放到测试盒内		

2	调试IR机	频率
	步骤1	每次开机前
电压调到500V，阻值调到10万兆欧		

3	测试IR值	频率
	步骤1	每个产品8根针要测
如图用测试笔依次接触每根针		

这也是一种常见的作业标准。

问题解答

问题01：制定作业标准文件有哪些注意事项

有些基本要求是没有写进作业标准文件的，但是却非常重要。一定要养成良好习惯，也要格外留意。比如：

（1）不要留长指甲、戴手表、戒指等，这些东西容易损伤产品外观。

（2）文明作业、轻拿轻放，不要拖、拉、推动、摩擦物品。

（3）保持操作台时时清洁。

（4）精神饱满，姿势端正。

问题02：作业标准文件的编制有哪些要求

作业标准文件的编制要求具体如下：

（1）作业标准文件必须要符合实际的作业程序，具有可操作性。

（2）既然是作业标准文件，就要求完整准确，尽量将作业时所需的材料、部品（来自图纸、规格书等）、机械、治工具等说明。

（3）文字表达要准确、通畅，力求简练，要符合逻辑规律，不可前后矛盾或不一致。

（4）要遵循统一的要求来编写，不能各行其是，文件的体例和格式要统一。

（5）作业标准文件是实施作业标准文件化、流程化的关键，在编写时应逐条写出作业的顺序，且重点记入有关各作业顺序的主要点和关键部位。

第三章
采购成本控制

采购工作控制着物料进入企业的通道，其工作效果将全面影响着企业的经营成本。因此，企业必须从各个方面加强对采购的管理工作，降低采购成本。

第一节 采购成本控制常用手法

要点分析

要点01：VA法

VA是指Value Analysis，也就是价值分析法。价值分析中的“价值”是指评价采购的产品与实现它的费用相比的合理程度的尺度。VA法的运作流程具体如图3-1所示。

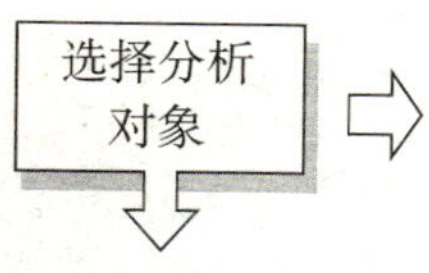

采购产品越复杂，成本付出也就越大，因此也最值得关注。合适的分析对象主要是采购中数量较多的、价值较大的产品

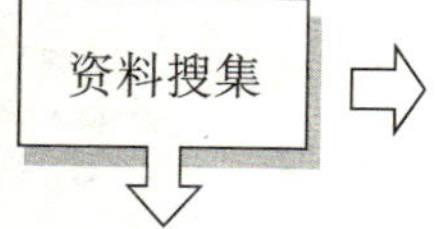

搜集采购产品的资料如采购品制造成本、品质、制造方法、产量、采购品的发展情况，作为采购分析的依据

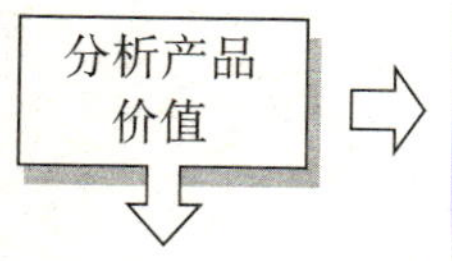

即分析采购产品的价值大小。例如：电脑组装制造公司采购配件的时候，分析电脑主机的功能，主机的功能对于启动电脑的功能远大于装饰功能。如果是装饰功能较大的话，电脑内部就不会配备如此多的电路板。分析出产品的主要价值是为了针对功能而选择配件，选择是否能寻找到可以替代的配件

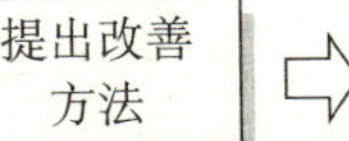

通过价值分析已得出价值最大、最关键的部分，那么采购工作也应当以这份为重点。例如：在采购过程中，采购谈判是一件常事。我们在分析产品价值的时候，对于一件不要紧且价格低廉的配件，还需要实施采购谈判吗？通过采购价值分析可以简化采购谈判的环节

图3-1　VA法的运作流程

要点02：产品生命周期采购法

产品需要经历诞生、成长、成熟和衰退的过程，就像生物的生命历程一样，所以称之为产品生命周期。在产品的不同生命周期，应当采用不同的采购方法，具体如图3-2所示。

导入期 ⇨ 新技术的制样或产品开发阶段。供应商早期参与、价值分析、目标成本法以及为便利采购而设计都是可以利用的手法

成长期 ⇨ 新技术正式产品化量产上市，且产品被市场广泛接受。采购可以利用需求量大幅成长的优势，进行杠杆采购获得成效

成熟期 ⇨ 生产或技术达到稳定的阶段，产品已稳定地供应到市场上。价值工程、标准化的动作可以更进一步地找出不必要的成本，并做到节省成本的目的

产品或技术即将过时或即将衰退，并有替代产品出现，因为需求量已在缩减之中，此时再大张旗鼓地降低采购成本已无多大意义

图3-2　产品生命周期采购法

要点03：目标成本法

目标成本法是一种以市场导向（Market-driven），对产品的制造、生产服务的过程进行利润计划和成本管理的方法。

目标成本法的目的是在产品生命周期的研发及设计（RD&E）、原材采购阶段设计好产品的成本，而不是试图在制造过程降低成本或者销售过程中来获取利润。

目标成本法运作步骤具体如图3-3所示。

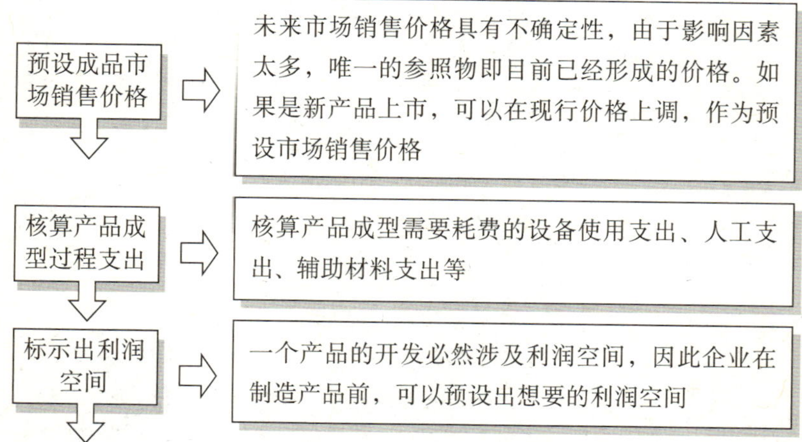

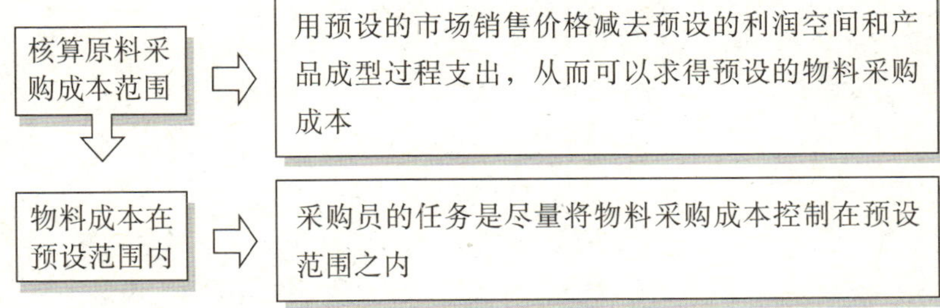

图3-3　目标成本法运作步骤

要点04：早期供应商参与

早期供应商参与是指在产品设计初期，选择让具有伙伴关系的供应商参与新产品开发小组。经由早期供应商参与的方式，新产品开发小组对供应商提出性能规格的要求，借助供应商的专业知识来达到降低成本的目的。

根据供应商参与的程度和深度的不同，可以将早期供应商参与分为五个层次，具体如图3-4所示。

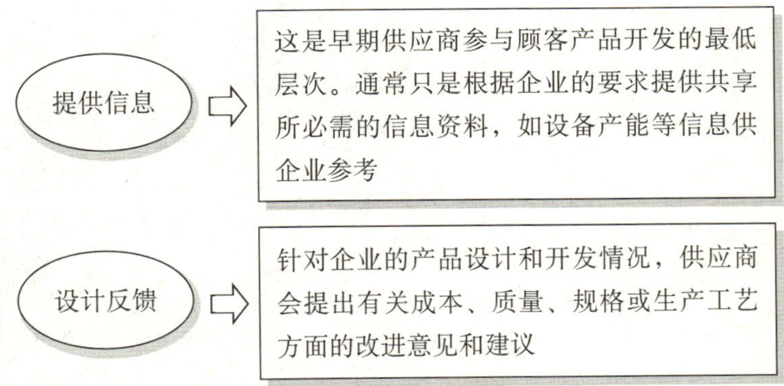

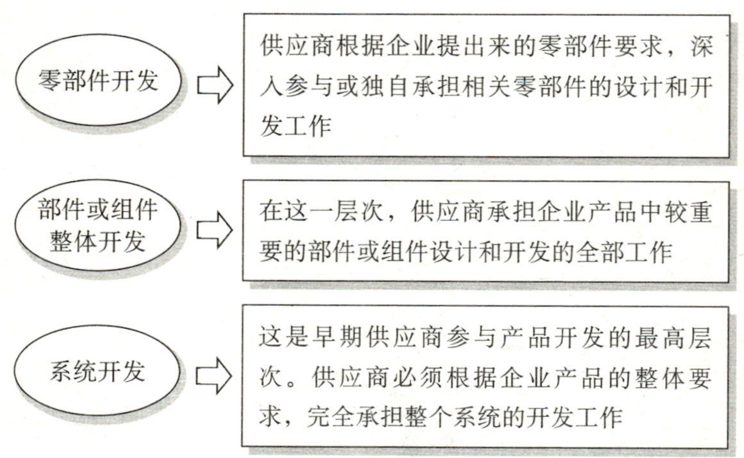

图3-4　早期供应商参与的层次

要点05：ABC分类采购法

ABC分类采购法是指将需要采购的物料按照所占金额和数量的不同进行划分，并分开采购的方法。通常A类物料在总金额中占75%～80%，而品种仅占10%以下。B类物料在总金额中占10%～15%，品种占10%～15%。C类物料在总金额中仅占5%～10%，而品种却占75%以上。

对ABC三类物料的采购方法具体如图3-5所示。

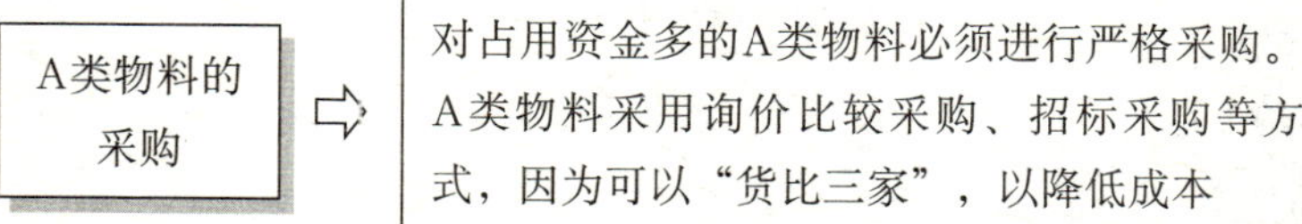

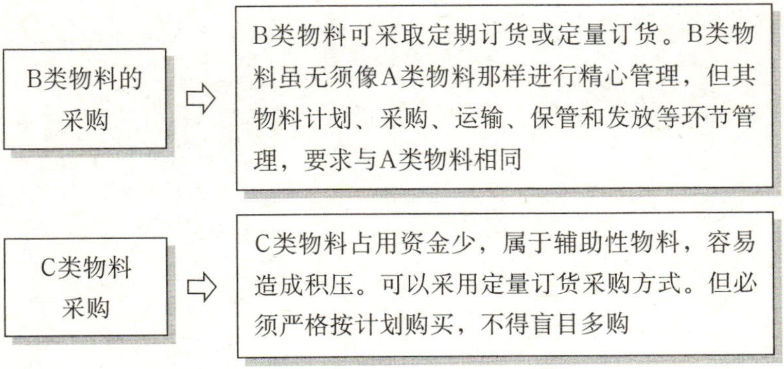

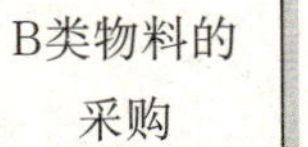

B类物料可采取定期订货或定量订货。B类物料虽无须像A类物料那样进行精心管理，但其物料计划、采购、运输、保管和发放等环节管理，要求与A类物料相同

C类物料
采购

C类物料占用资金少，属于辅助性物料，容易造成积压。可以采用定量订货采购方式。但必须严格按计划购买，不得盲目多购

图3-5　ABC三类物料的采购方法

要点06：按需采购法

按需采购，即Lot for Lot，是属于MRP系统的一种订货方法。MRP系统根据采购计划的安排和生产工作的禁止，自动测算采购需求，生成采购订单，这是有效避免采购过多、采购不足的一种方法，也是有效地避免采购成本增加的一种方法，目前大多数生产企业均采用该种订货方式。

为了保证MRP数据的准确性，实施按需订货需要两个前提，具体如图3-6所示。

采购需求是订单总需求与库存的差值。总需求数据是来自订单直接数据，而库存数据是来自企业仓储内部。企业必须保证库存数据正确、这样系统才能正确测算出采购需求

按需订货必须确定采购阶段时间，也就是常说的采购周期合并法。据一般企业情况：采购的周期常用一周来作为采购衡量标准，为了减少搬运量。如1月10～17日之间的采购订单可以合并到1月10完成

图3-6　按需采购法

要点07：招标采购法

招标采购法按采购范围的不同分为不同类别，具体如图3-7所示。

公开招标采购	是指通过公开程序，邀请所有有兴趣的供应商参加投标
邀请招标采购	是指通过公开程序，邀请供应商提供资格文件，只有通过资格审查的供应商才能参加后续招标；或者通过公开程序，确定特定采购项目在一定期限内的候选供应商，作为后续采购活动的邀请对象。选择性招标方式确定有资格的供应商时，应平等对待所有的供应商，并尽可能邀请更多的供应商参加投标
限制性招标采购	是指不通过预先刊登公告程序，直接邀请一家或两家以上的供应商参加投标。实行限制性招标采购方式，必须具备相应的条件，这些条件包括：公开招标或选择性招标后没有供应商参加投标、无合格标；供应商只有一家，无其他替代选择；出现了无法预见的紧急情况等

图3-7　招标采购法的类型

要点08：集中采购法

有些企业为了降低分散采购的选择风险和时间成本，除了一般性物料由分公司采购外，对于某些大型机电设备等由企业本部负责集中采购。也就是一般意义上的集中采购，集中采购的特点具体如图3-8所示。

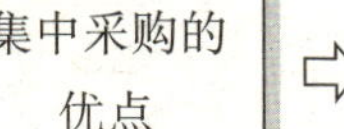

降低采购费用、采购单价便宜，因为供应商会提供价格优惠，使得物料的价格便宜。同时，采购准备的时间和费用减少，工作效率提高。物料价格可以随着采购批量的不同有很大的变化，根据联合采购企业的不同情况，汇集成大量采购

集中采购法的缺点

不利于根据各分公司的不同特点进行采购，很可能造成各方需求不统一

图3-8　定量采购法的特点

要点09：定量采购法

所谓定量采购控制法，是指当库存量下降到预定的最低库存数量(采购点)时，按规定数量(一般以经济批量EOQ为标准)进行采购补充的一种采购成本控制方式。

当库存量下降到订货点(也称为再订货点)时马上按预先确定的订货量(Q)发出货物订单，经过交纳周期(LT)，收到订货，库存水平上升。定量采购法的特点具体如图3-9所示。

掌握库存量，因为每次订货之前都要详细检查和盘点库存(看是否降低到订货点)，能够及时了解和掌握商品库存的动态。因每次订货数量固定，且是预先确定好了的经济批量，方法简便。同时由于定量采购，不会一次性积压太多的资金，从而保证了现金流的畅通

占用库存，因为经常对商品进行详细检查和盘点，工作量大、且需花费大量时间，从而增加了库存保管维持成本。该方式要求对每个品种单独进行订货作业，这样会增加订货成本和运输成本。定量订货方式适用于品种数目少但占用资金大的商品

图3-9　定量采购法的特点

要点10：定期采购法

定期采购是指按预先确定的订货间隔期间进行采购补充库存的一种方法。企业根据过去的经验或经营目标预先确定一个订货间隔期间。每经过一个订货间隔期间就进行订货，每次订货数量都不同。在定期采购时，库存只在特定的时间进行盘点，例如每周一次或每月一次。定期采购法的特点具体如图3-10所示。

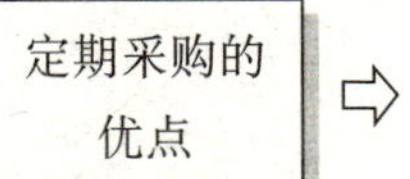

定期采购是从时间上控制采购周期，从而达到控制库存量的目的。只要订货周期控制得当，既可以不造成缺货，又可以控制最高库存量，从而达到成本控制的目的。这种方式不需要经常检查和盘点库存，因此可节省这方面的费用

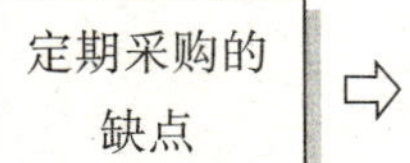

由于不经常检查和盘点库存，对商品的库存动态不能及时掌握，遇到突发性的大量需要，容易造成缺货现象带来的损失。因而为了应对订货间隔期间内需要的突然变动，往往库存水平较高。定期采购，如果遇见品种数量少、占用资金大的产品，那么企业流动资金就出现紧张

图3-10　定期采购法的特点

要点11：网络采购法

网络采购是以网络为基础，以电子商务软件为依据所进行的一种采购活动。网络采购最基本的方式有两种：一种是网上查询采购，另一种是网上招标采购。网络采购的特点具体如图3-11所示。

各种即时通讯工具的出现如阿里旺旺等，提高了与供应商沟通的速度，加强了信息交流。同时网上信息具有更新更快、内容全面，可使企业掌握他们需要的最新信息，从而降低了成本。同时网络采购可以降低通信费用、管理费用和人员开销

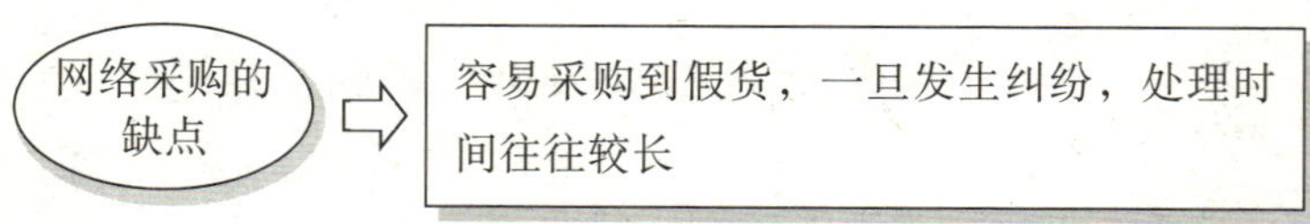

图3-11　网络采购法的特点

看板展示

看板01：采购工作基本流程

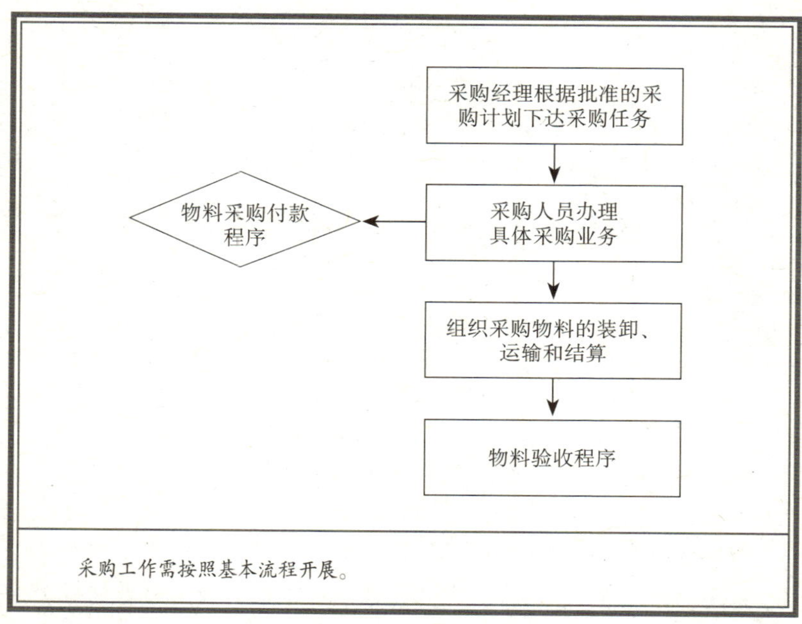

看板02：招标采购法的运作流程

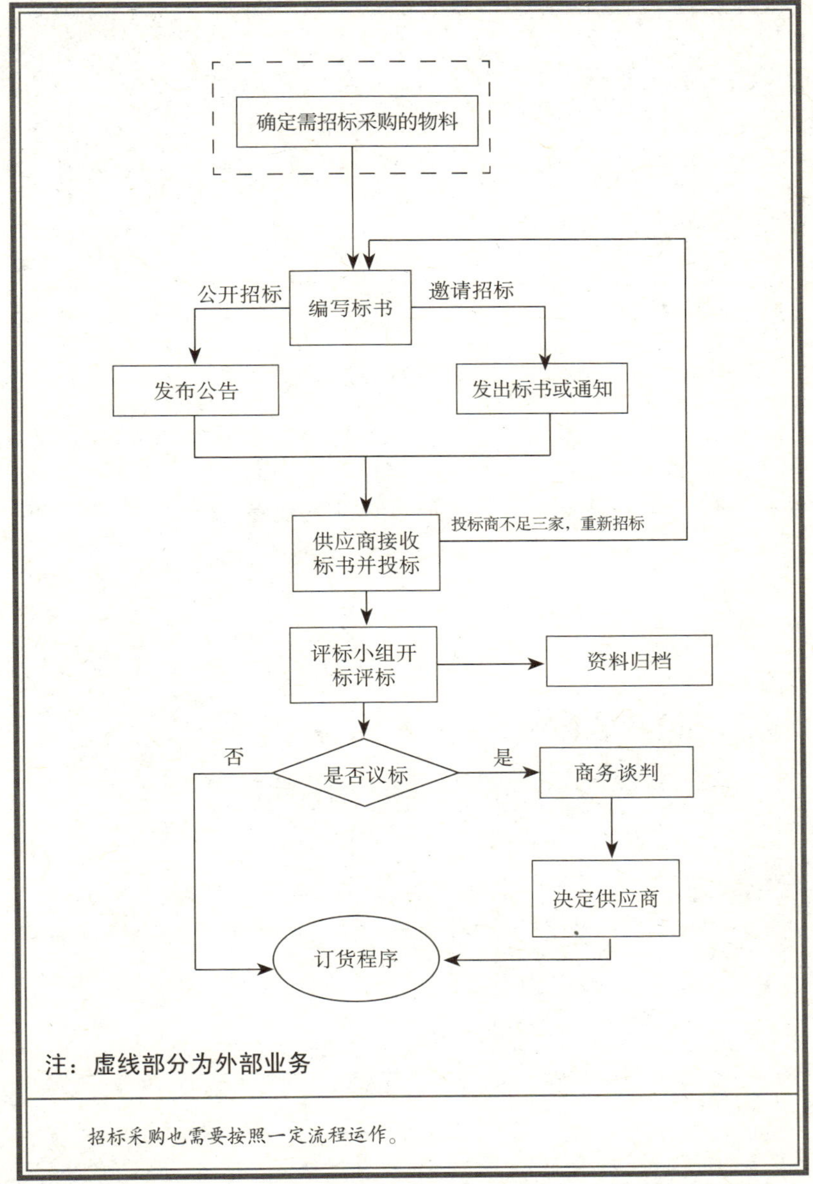

注：虚线部分为外部业务

招标采购也需要按照一定流程运作。

看板03：集中采购法的运作流程（分开收货）

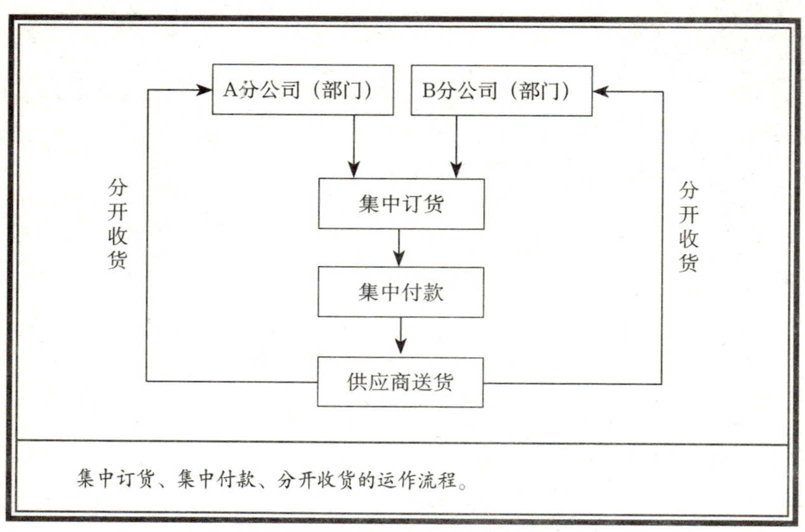

集中订货、集中付款、分开收货的运作流程。

问题解答

问题01：早期供应商参与对企业有哪些好处

从企业的角度来看，早期供应商参与至少具有如下优点：

（1）缩短产品开发周期。统计结果表明，早期供应商参与的产品开发项目，开发时间平均可以缩短30%～50%。

（2）降低开发成本。一方面，供应商的专业优势，可以为产品开发提供性能更好、成本更低或通用性更强的设计；另一方面，由于供应商的参与，还可以简化产品的整体设计。

（3）改进产品质量。供应商参与设计从根本上改变了产品质量。一是供应商的专业化水平提供了更可靠的零部件，能够改进整个产品的性能；二是由于零部件可靠性的增加，避免了随后可能产生的设计变更而导致的质量不稳定。

（4）降低采购成本。对采购成本而言：实现供应商早期参与节约寻找供应商的花费成本、减少供应商出错而导致的成本损失、借助供应商的专业知识来达到降低成本的目的。

问题02：早期供应商参与的条件有哪些

由于供应商早期参与涉及的战略合作问题，因此必须具备以下三个条件：

（1）采购商的切实需要。如一些制造型企业，为了不断向市场推出新产品供应链横向一体化方面下足工夫。这类企业产品规划、产品研发策划和产品研发的项目特征非常明显，而多数企业已经不再强调供应链纵向一体化，组件模块化外包已经是主流方向。

（2）供应商具备一定势力。如汽车行业，一些著名的一级零部件供应商手中握有关键的技术，如动力系统、电子控制系统、空调系统等。汽车整车的卖点，有时都强烈需要依赖这些模块组件的先进性。在整车的市场规划之初，就已经需要这类供应商介入了。

（3）共同战略目标。如果双方有意在资本上进行合作，并能相互参股或者合并和收购的话，可以在业务层面加深初期的合作，以增进彼此的了解和信任。

第二节
采购谈判成本控制

要点分析

要点01：采购谈判的基本内容

谈判是采购工作非常重要的一项工作。采购谈判围绕采购商品而进行洽谈，因而商品的品种、规格、技术标准、质量保证、订购数量、包装要求、售后服务、价格、交货日期与地点、运输方式、付款条件成为谈判的焦点，具体如图3-12所示。

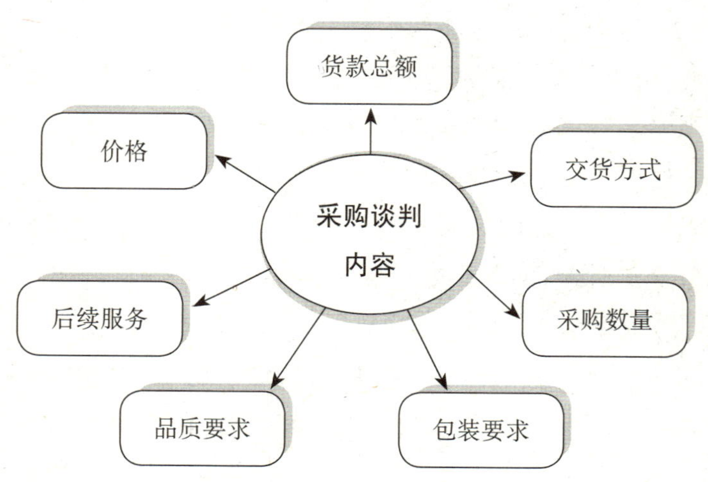

图3-12　采购谈判的内容

要点02：采购谈判的基本流程

采购谈判需要遵循一定流程，具体如图3-13所示。

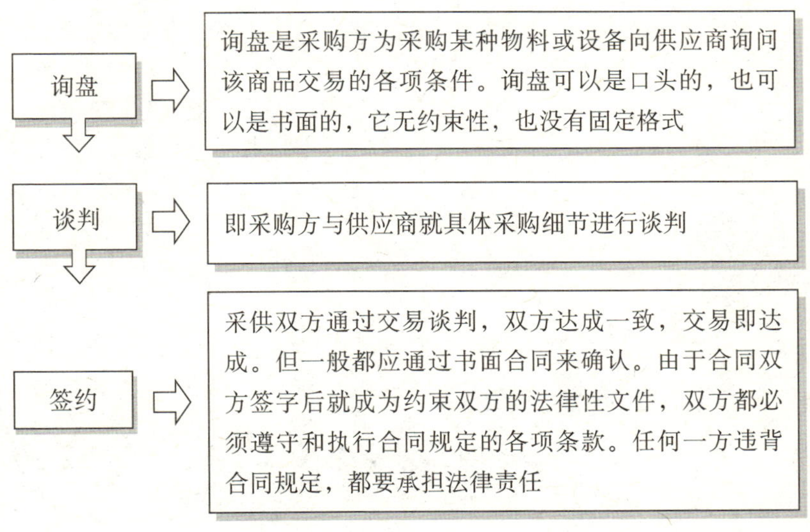

图3-13 采购谈判的基本流程

要点03：搜集采购价格信息

采购谈判中最关键的是采购价格的谈判，较低的采购价格有助于企业降低成本，而较高的成本则不利于企业日常经营。企业首先要确定自己的采购底价，这是谈判的底线。要制确定采购底价，企业首先要搜集足够的采购信息，具体方法如图3-14所示。

图3-14　价格信息搜集的方法

要点04：制定采购底价

采购底价是采购物料时打算支付的最高价格。制定采购底价以作为决定采购谈判价格的依据。底价的制定，不能单凭主观印象和以往的底价或中标记录，其制定方法具体如图3-15。

图3-15　制定采购底价方法

要点05：直接议价技巧

直接议价技巧是指利用一些与采购价格直接相关因素进行谈判的技巧，如化零为整法、压迫降价法等，具体如图3-16所示。

采购经理在价格谈判时可以将价格集中开来，化零为整。这样可以在供应商心理上造成相对的价格昂贵感，会比用小数目进行报价获得更好的效果。这种方法的主要内容是换算成大单位的价格，加大计量单位。如：将“千克”改为“吨”，“两”改为“千克”；“月”改为“年”；“日”改为“月”；“小时”改为“天”；“秒”改为“小时”等

当双方议价的结果存在着较大差距时，若各不相让，则谈判容易破裂。此时，采购经理可以采取“差额均摊”的方法，即取双方报价的差额，各自承担一半。这种方法比较容易为双方所接受

图3-16　直接议价技巧

要点06：间接议价技巧

间接议价技巧是指利用一些对价格有重大影响，但不直接与价格相关的因素的技巧，如压迫降价、哀兵姿态等，具体如图3-17所示。

压迫降价是指在己方占优势的情况下，以胁迫的方式要求供应商降低价格。如采购经理可以暗示该供应商，经过己方调查，得知其产品销路欠佳，需要提高销量回笼资金，如果不接受己方报价，就终止谈判。但采购经理使用这种方法时必须适可而止，避免做得过分而激怒供应商，导致谈判破裂

哀兵姿态是指己方在谈判中居于劣势情况下，以“哀兵”姿态争取供应商的同情与支持，如该供应商拥有己方急缺的产品，而己方暂时无法找到其他替代供应商时。采购经理在使用哀兵姿态时要注意保持节制，避免使供应商趁机要挟，“胁迫加价”

当供应商不愿再降低报价时，采购经理可以要求供应商提供部分售后服务，如维修服务等，将企业的部分费用转嫁到供应商身上，这样即使供应商报价稍高，也可接受

图3-17　采购谈判中的杀价技巧

看板展示

看板01：谈判议价记录单

谈判议价记录单

供应商编号：________ 名称：________

电话：________ E-Mail：________

原询单价：________ 议价后单价：________

议价后总价：________ 付款条件：________

交货日期：________ 交运方式：________

议价日期：________ 谈判负责人：________

看板02：产品议价流程

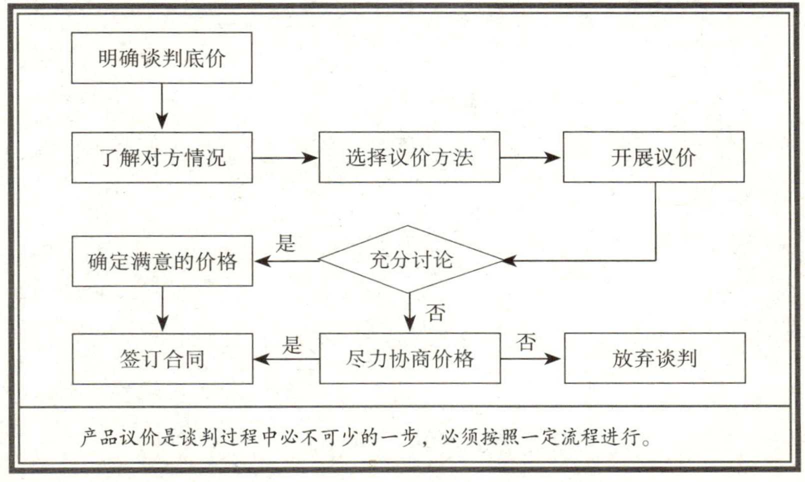

产品议价是谈判过程中必不可少的一步，必须按照一定流程进行。

看板03：产品报价流程

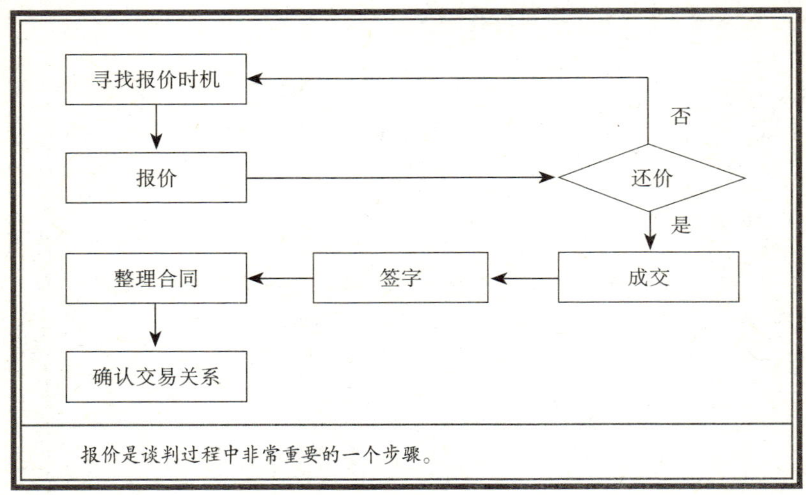

报价是谈判过程中非常重要的一个步骤。

问题解答

问题01：制定采购底价的好处有哪些

制定采购底价的好处具体如下：

（1）控制预算。采购项目所制定的底价，虽须依据行情资料，但不能超过预算。由于采购项目通常在底价以下决定，预算自能得到控制。

（2）防止围标。如果采购项目不制定底价，只以报价最低者即委以交货或承包工程，报高价的结果，其损失将无法计算；而报低价的结果，将使物料或工程品质降低，延期交货也难以避免。

（3）提高采购作业效率。有了底价，采购人员在询价时即有所依据。只要是在底价以下的最低报价。

问题02：谈判时使用妥协技巧应注意哪些事项

在供应商价格居高不下时，采购人员若坚持继续协商，往往不能达到效果。此时可采取妥协技巧，对少部分不重要的细节，可作适当让步，再从妥协中要求对方回馈。如此也可间接达到议价效果。但使用妥协技巧时须注意：

（1）一次只能做一点点的妥协，如此才能留有再妥协的余地。

（2）妥协时马上要求对方给予回馈补偿。

（3）记录每次妥协的地方，以供参考。

第四章
生产成本控制

生产成本占据企业日常成本中非常大的一部分，企业必须从多个方面控制生产成本，如控制生产进度、加强物料和设备管理以及减少生产现场浪费等。

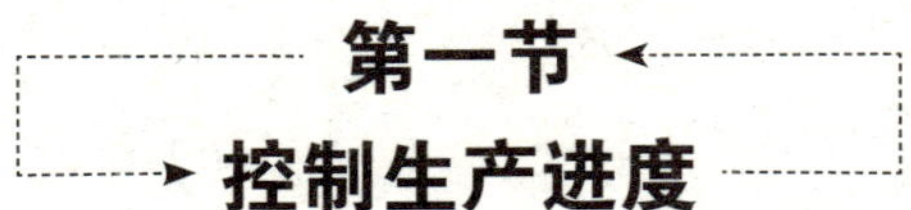

第一节 控制生产进度

要点分析

要点01：了解生产进度控制的内容

生产进度控制是指根据各项原始记录及生产作业统计报表，进行作业分析，确定每天生产进度，并查明计划与实际进度出现是否偏离，如果偏离，则要加以控制。生产进度的控制对降低企业生产成本具有非常重要的意义，因为无论是生产过快还是过慢，都会导致生产不正常，从而增加相关成本。生产进度控制的具体内容如图4-1所示。

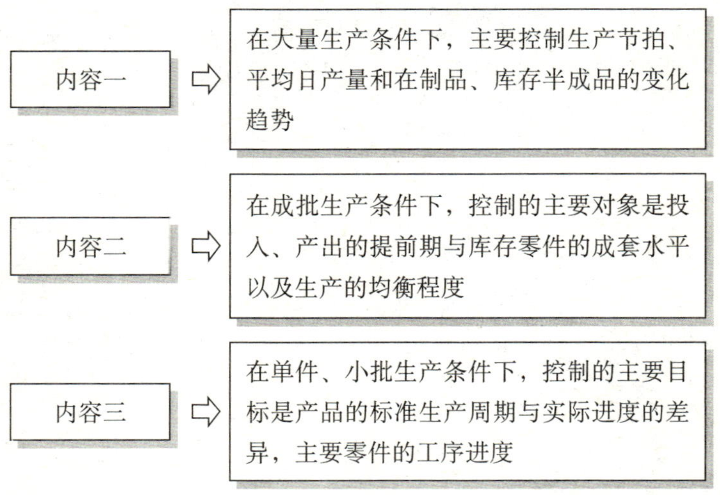

图4-1　生产进度控制的内容

要点02：投入进度控制

投入进度控制是指对产品开始生产，各种原材料、毛坯、零部件等投入的日期、数量、品种，还有设备、人力、技术等项目的投入进行控制，以便符合计划要求。投入进度控制的内容具体如图4-2所示。

可根据投产指令、投料单、投料进度表、投产日报表等进行控制，或用投入出产日历进度表（轮班计划表）中的实际投入同计划投入进行比较来控制

成批和单件生产的投入进度控制比大量大批生产投入进度控制复杂，开展具体控制工作时要注意控制投入的品种、批量和成套性，同时控制好投入提前期，利用投产计划表、配套计划表、加工线路单、工作命令及任务分配箱来控制投入任务

图4-2　投入进度控制的内容

要点03：工序进度控制

工序进度控制是指对产品在生产过程中经过每道加工工序的进度所进行的控制。对成批或单件生产只控制投入进度和出产进度是不够的，还必须加强工序进度的控制，具体内容如图4-3所示。

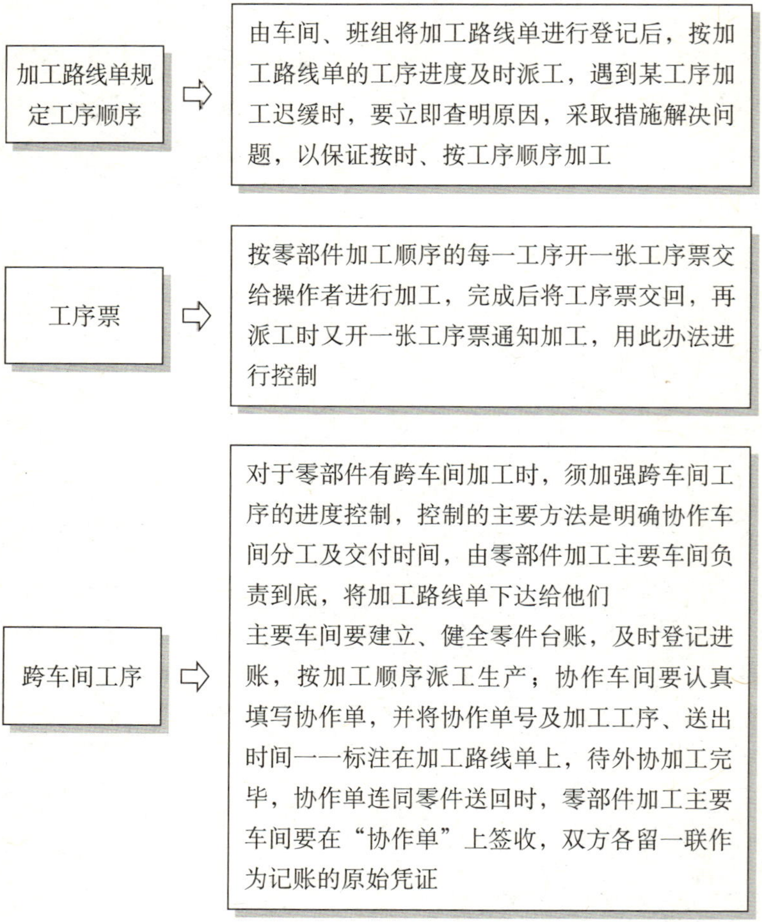

加工路线单规定工序顺序	⇨	由车间、班组将加工路线单进行登记后，按加工路线单的工序进度及时派工，遇到某工序加工迟缓时，要立即查明原因，采取措施解决问题，以保证按时、按工序顺序加工
工序票	⇨	按零部件加工顺序的每一工序开一张工序票交给操作者进行加工，完成后将工序票交回，再派工时又开一张工序票通知加工，用此办法进行控制
跨车间工序	⇨	对于零部件有跨车间加工时，须加强跨车间工序的进度控制，控制的主要方法是明确协作车间分工及交付时间，由零部件加工主要车间负责到底，将加工路线单下达给他们 主要车间要建立、健全零件台账，及时登记进账，按加工顺序派工生产；协作车间要认真填写协作单，并将协作单号及加工工序、送出时间一一标注在加工路线单上，待外协加工完毕，协作单连同零件送回时，零部件加工主要车间要在“协作单”上签收，双方各留一联作为记账的原始凭证

图4-3　工序进度控制的内容

要点04：作业核算

为了保证作业计划的按时完成，必须经常进行作业核算，及时地反映作业计划的执行情况。当计划与实际情况发生偏差时，应通过生产调度及时进行解决。生产作业核算的内容，一般有产品及其零部件的出产量和投入量、完工的进度、各个部门完成的工作任务，生产工人和设备的利用率等。

虽然作业核算的方法和具体形式因生产条件的不同而不同，但其基本原则是相同的。首先将生产中有关这方面的活动记录在原始凭证上，然后按照一定目的把资料汇总记人有关的台账或编成各种图表，具体如图4−4所示。

生产作业的原始凭证，主要是通过单、卡、票据等形式，用数字或文字对生产活动所做的一种最初的直接记录。工厂中经常使用的原始凭证包括：产量报告表、个人生产记录、加工路线单、单工序工票、领料单、入库单、废品通知单、废品回用单、返修通知单等

有了原始资料，进一步要把这些资料汇集起来，记入生产作业统计台账中。台账是原始记录的汇总，它具有逐日登账、逐日汇总的特点。建立、健全生产作业台账制度，有利于及时掌握生产动态，控制生产作业进度；对生产作业的分析工作很有用

为了直观地了解生产进度和控制计划的执行，企业中还常常采用一些生产作业的统计和控制图表，并把实际核算数同计划数进行对比

图4−4　作业核算的方法和形式

要点05：应对生产异常

生产异常是指因订单变更、交货期变更及制造异常等因素造成产品品质、数量、交货期等异常现象的出现。企业应及时了解并采取相应对策，以确保生产任务完成。应对生产异常的流程具体如图4−5所示。

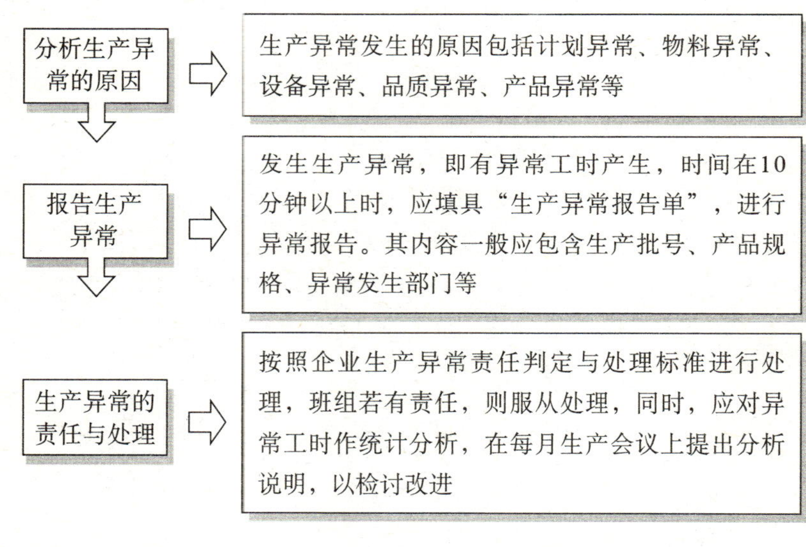

图4−5　应对生产异常的流程

要点06：应对交货期延迟

挽回由交货期延迟带来的影响对企业是一件至关重要的大事。在这里仅仅讨论生产现场的对策，具体如图4−6所示。

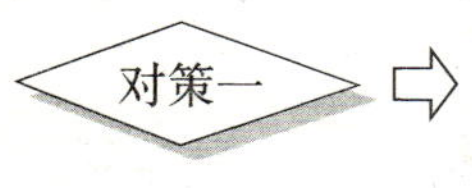

最根本的办法是，负责的员工及时向各监督者汇报信息，并适时召开全体进度调整会议，将信息全面地通告各位

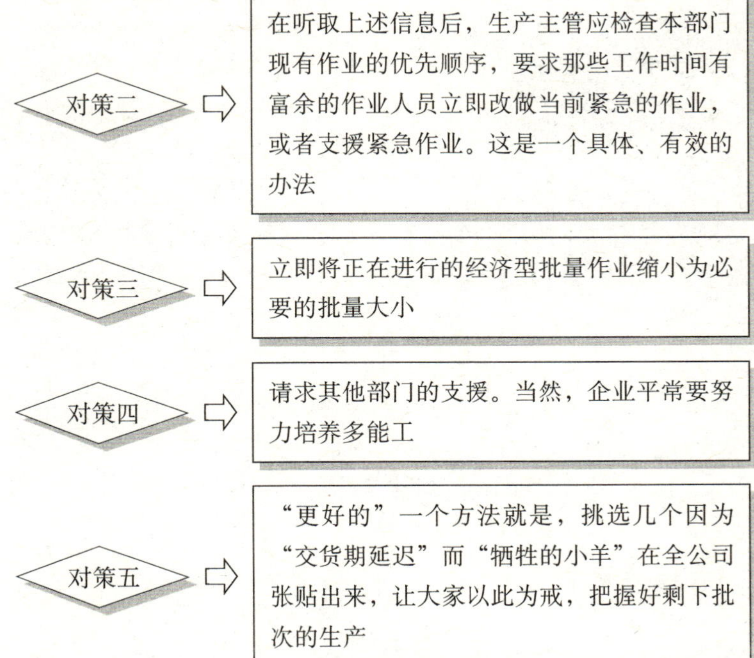

图4-6　应对交货期延迟的对策

要点07：缩短交货期

为达到缩短交货期的目的，可采取的方法如图4-7所示。

班组长可以调整生产品种的先后顺序，可使交货期紧急的、特定的品种优先进行生产，但是必须要得到上级主管和业务部门的同意

同一订单的生产数量分做几批进行生产，首次的批量少点，以便尽快生产出来，这部分就能缩短交货期。使用几条流水线同时进行生产以缩短交货期

缩短安排工作的时间，排除工程上浪费时间的因素或在技术上下工夫加快加工速度以缩短工程时间

图4-7　缩短交货期方法

看板展示

看板01：生产现场操作看板

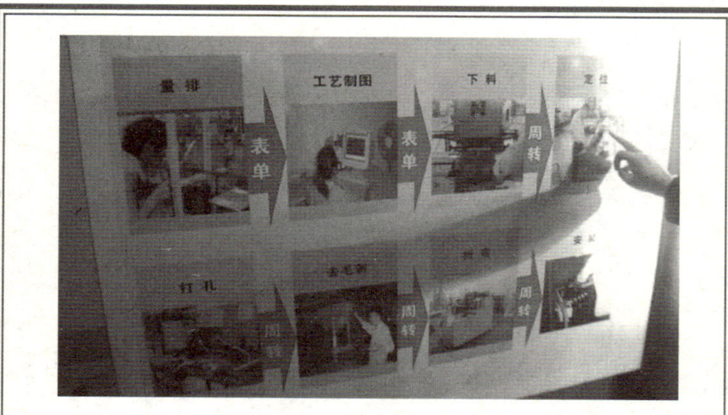

将作业步骤进行分解，并以图示的方式展示出来，方便员工按图操作。

看板02：生产进度管理看板

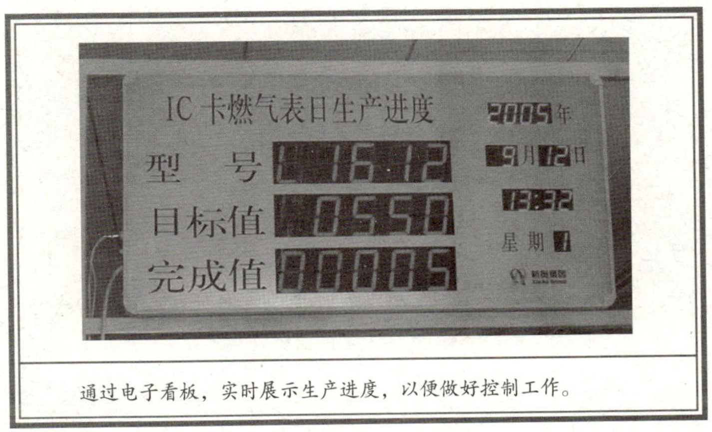

通过电子看板，实时展示生产进度，以便做好控制工作。

看板03：生产现场管理看板

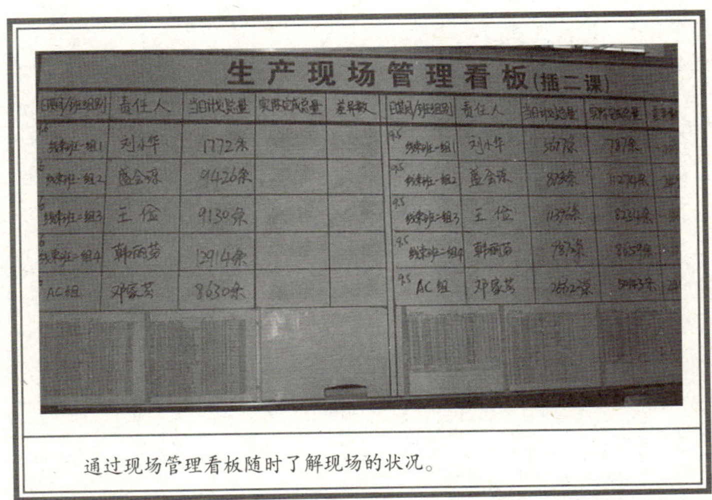

通过现场管理看板随时了解现场的状况。

看板04：甘特图

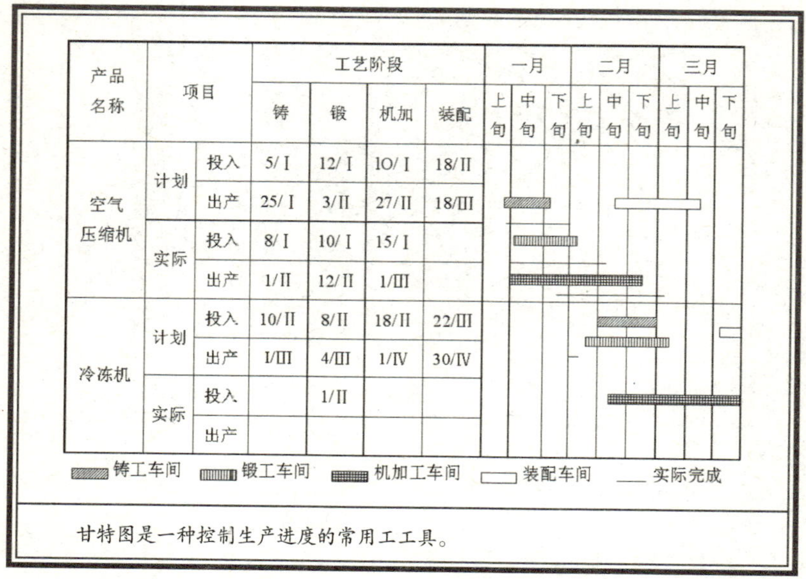

产品名称	项目		工艺阶段				一月			二月			三月		
			铸	锻	机加	装配	上旬	中旬	下旬	上旬	中旬	下旬	上旬	中旬	下旬
空气压缩机	计划	投入	5/Ⅰ	12/Ⅰ	10/Ⅰ	18/Ⅱ									
		出产	25/Ⅰ	3/Ⅱ	27/Ⅱ	18/Ⅲ									
	实际	投入	8/Ⅰ	10/Ⅰ	15/Ⅰ										
		出产	1/Ⅱ	12/Ⅱ	1/Ⅲ										
冷冻机	计划	投入	10/Ⅱ	8/Ⅱ	18/Ⅱ	22/Ⅲ									
		出产	1/Ⅲ	4/Ⅲ	1/Ⅳ	30/Ⅳ									
	实际	投入		1/Ⅱ											
		出产													

甘特图是一种控制生产进度的常用工工具。

看板05：交货期延迟的对策——“牺牲小羊的方式”

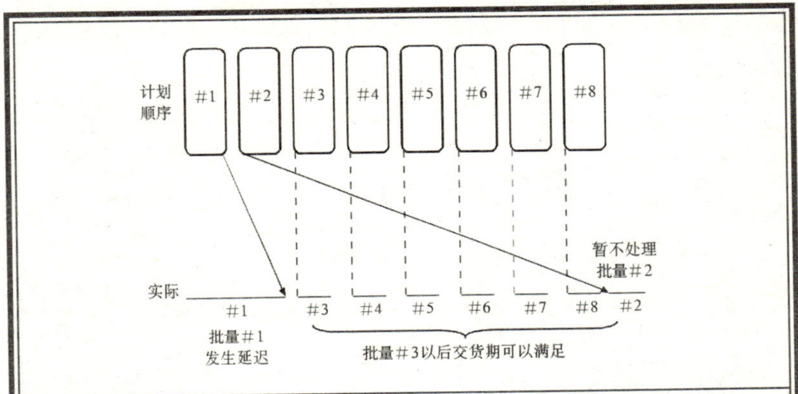

当某一批零部件的作业延迟时，一些工作人员就拼命地赶进度，但是，一般是很难追上进度的。这样，第2批零部件加工的开始和完成时间也会比预计的晚。最终的结果就是“牵一发而动全身”，几乎所有的批次交货期都被推迟了。一旦出现这个局面，工作人员就免不了要加班、休息天出勤，并强迫供应商加快进度等。这被称为“逼进方式”。

这里可以考虑一下“将延迟最小化”的对策，即“暂时不处理已延迟批次的下一批”的所谓的“牺牲小羊的方式”。这样，从下批的下一批开始作业将回到正常的状态。当然这仅仅是原则而已，实际中应该是在考虑订单重要性的基础上，尽可能地先搁置靠前批次的生产。

问题解答

问题01：企业应从哪些方面保证交货期

企业应做好以下工作以保证交货期：

（1）每天去现场了解进度状况。每天定时（下班前30分钟至1小时）去最后一道工序，确认当日的生产量。如果发现有严重的进度推迟，则应立即动员相关人员，在当场指导他们解决。

（2）每天在现场确认第二天以后的生产量。当生产走上正轨以后，接下来要确认到明天、后天、一个星期为止的预计生产量，以更合理地安排生产。

问题02：企业在安排加班时应注意哪些事项

企业在安排加班时应注意以下事项：

（1）当加班容易导致员工疲惫时，企业应向领导提出申请，寻求支援。

（2）加班或制订临时计划仍不能解决问题的，企业应通报生产管理部门申请修订周生产计划。

问题03：如何处理交货期延误

处理交货期延误的措施具体如下：

（1）在知道交货期要误期时先与不急着要的产品对换生产日期。

（2）延长作业时间（加班、休息日上班、两班制、三班制）等。

（3）分批生产。被分出来的部分就能挽回延误的时间，使客户有一定数量的货。

（4）同时使用多条流水线生产。

（5）对于欠缺数量较大和仍然存在一些阻碍生产的因素时，企业应报生产管理部门安排临时计划完成。

第二节 物料使用成本控制

要点分析

要点01：加强物料日常领用控制

领料是生产现场人员在某项产品制造之前填写领料单向仓库领取物料，现场管理人员和仓管员必须协同做好物料的领用控制，避免领用过多或过少，影响生产工作进行，提高生产成本，具体措施如图4–8所示。

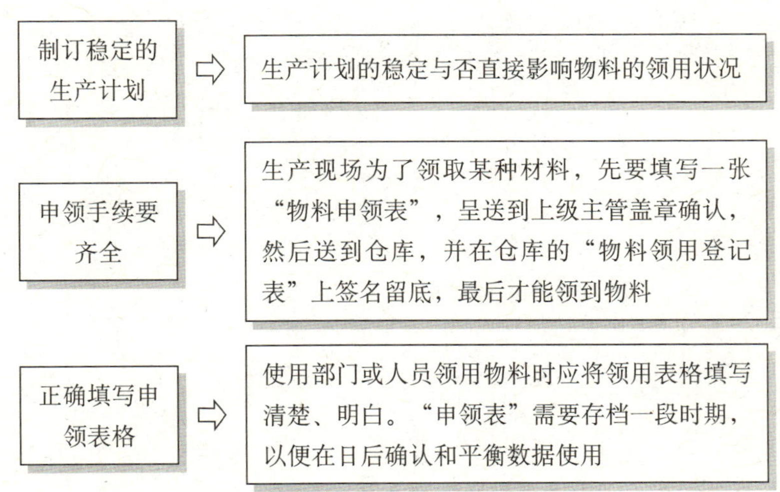

图4-8　加强物料日常领用控制措施

要点02：加强物料超领控制

当“领料单”上所核定数量的物料使用完毕后，生产现场仍然缺料，这时就需要做物料超领处理。现场管理人员必须对物料超领严加控制，具体措施如图4-9所示。

限定物料超领权限，如超领率低于1%时，由车间主管审核后，可领用物料。超领率大于1%小于3%时，由车间主管审核后，转生产管理部物控人员审核后，方可领用物料。超领率大于3%时，除上述人员审核外，需经生产副总审核，方可领用物料

必须由生产部门相关人员填具“物料超领单”方可领料，并要注明超领物料所用的制造命令号码、批量、超领物料编号、名称、规格及超领数量、超领率，并详细阐明超领原因

加强事后超领原因分析，弄清是原不良品补料，还是作业不良导致超领等，找出原因后，进行有针对性的解决

图4-9 物料超领控制措施

要点03：加强退料补货控制

生产线上如果发现有与产品规格不符的物料、超发的物料、不良的物料和呆料，应进行退料补货，以满足生产的需要。消除管理人员必

须加强对退料补货的控制，并在事后调查退料的原因，并予以解决。退料补货的控制程序具体如图4-10所示。

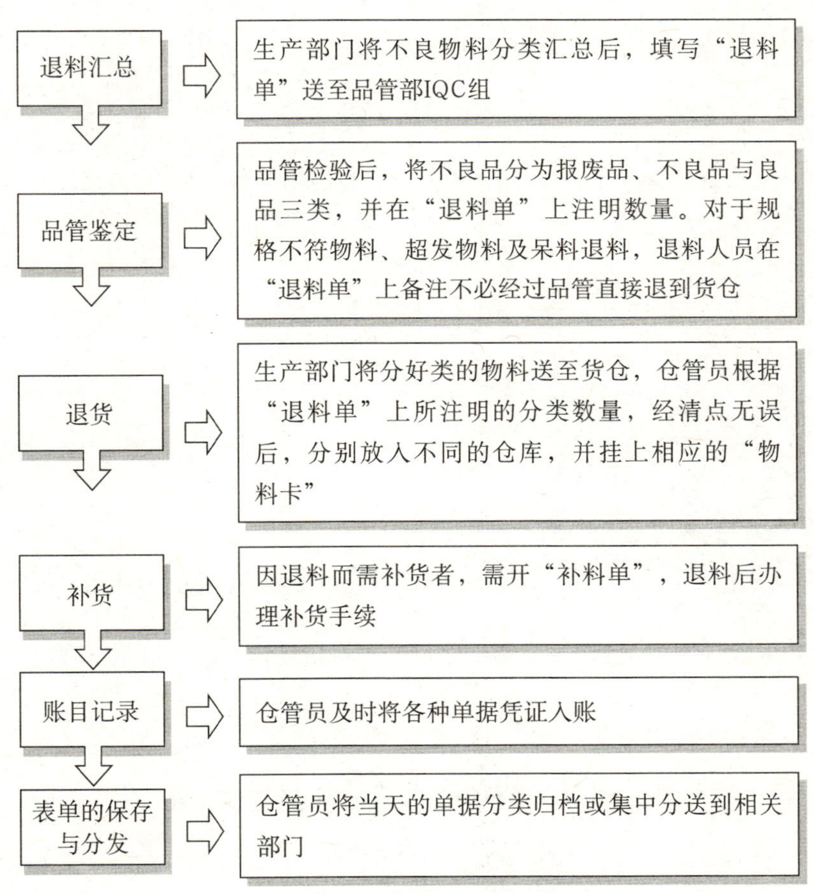

图4-10　退料补货的控制程序

要点04：随时了解现场物料到位状况

物料不能及时到位，会造成生产现场停工，提高生产成本，因此现场管理人员在现场巡视时要对此给予特别关注，具体可从以下几个方面开展工作，具体内容如图4-11所示。

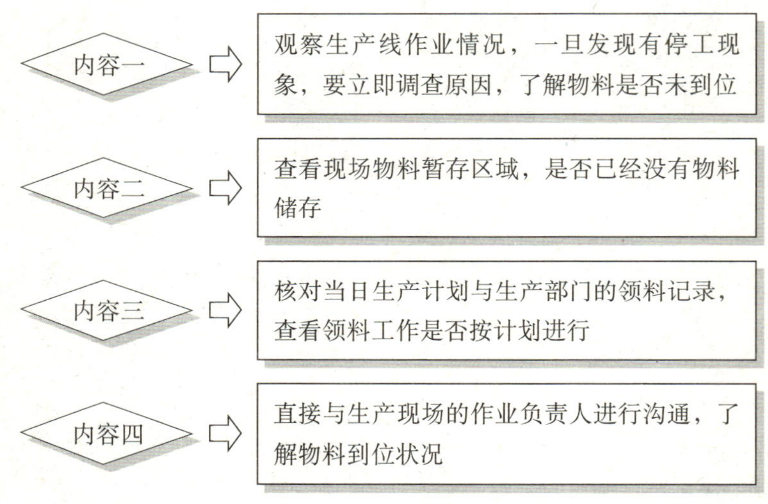

图4-11　现场物料到位状况

要点05：随时了解现场物料的利用情况

物料的不合理利用或未完全利用很容易造成物料浪费，提高物料成本，因此现场管理人员要随时了解现场物料的利用状况，具体可以通过以下方面了解，具体如图4-12所示。

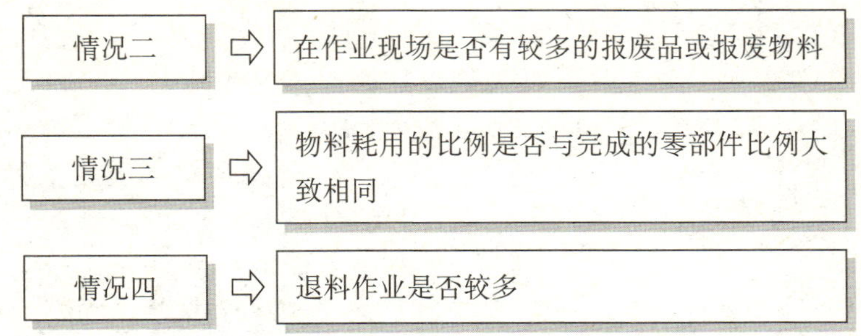

图4-12 现场物料的利用情况

要点06：随时了解物料去向

即使从前道工序收货时都详细核对过数量，出货也是按计划不多不少，但是物料实际剩余的数目与账目显示总是对不上，往往有差异，而且通常是实际要比记录的少，主要原因在于物料在使用途中被悄悄地分流了，而这些分流又没有及时记录在案，所以形成了差异。

现场管理人员必须充分了解物料分流的各种情况，具体如图4-13所示。现场管理人员可以采取如图4-14所示的措施进行预防。

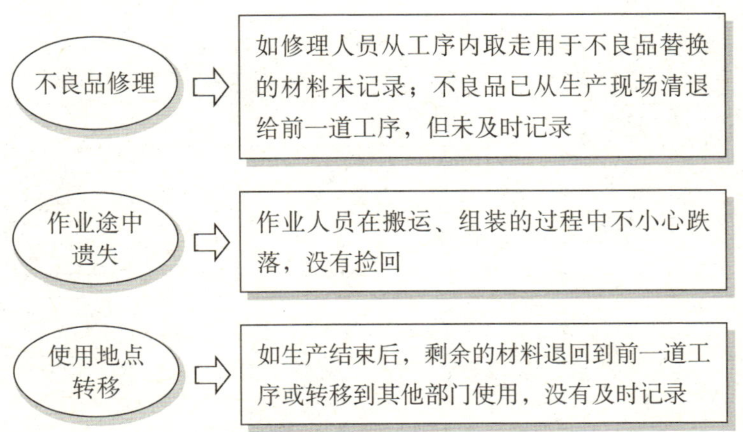

如印刷设备，为了定位、定色就得耗费一定数量的材料进行调整。如果预先没有设置调机材料，那么一定会导致产出不足的局面。有的主管为了逃避责任，往往把作业不良而造成的材料损失转嫁到设备调整的项目上

如发生地震、火灾、盗窃事件等不可抗拒外力所造成的损毁

图4-13　物料去向分流情况

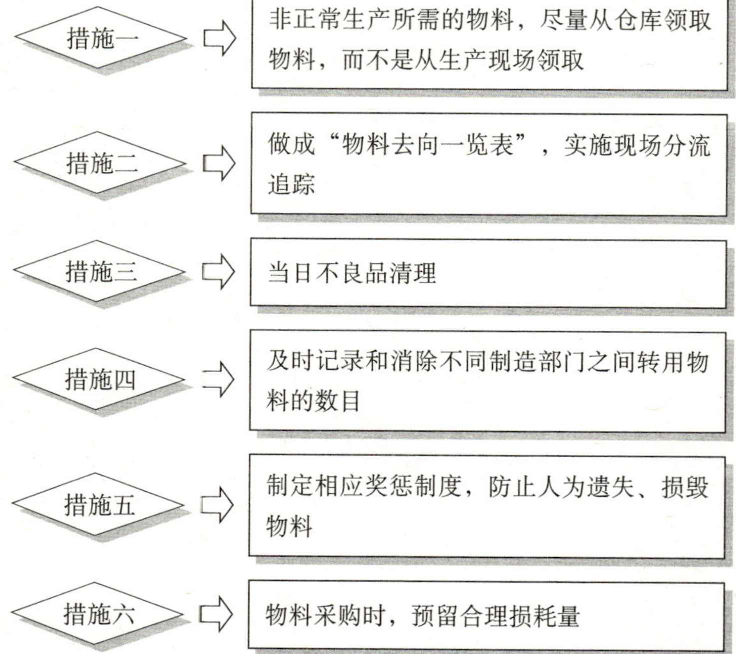

图4-14　物料去向的预防措施

要点07：监督台面物料合理摆放

生产现场台面物料摆放必须合理，因为不合理的摆放会导致台面空间被不合理占用，不利于生产工作的顺利开展，现场管理人员必须加强管理，具体措施如图4-15所示。

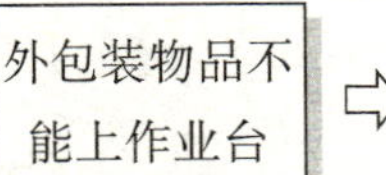

⇨ 作业台适合放上一些物料、夹具、小型设备，不要把物料连同外包装物品，如纸箱、木箱、发泡盒、吸塑箱等，一起放上台面，那样不仅占用面积大，而且极容易产生各种粉尘

托盒、支架要合适 ⇨ 选定合适的托盒、支架，将物料摆放在托盒或支架上，大件物料用大的，小件物料用小的

控制好物料投放 ⇨ 分时段等量投入物料。不要一次全部投入当日所需全部物料，使得台面物料过多，无处摆放

物料要摆放好 ⇨ 两种大小不同的物料一起摆放时，小件的物料靠手跟前摆放，大件的放在外侧。取拿次数多的靠手跟前摆放；取拿次数少的，放在外侧

台面要及时清理 ⇨ 及时清理暂时摆放在台面上的不良物料，不让不良物料在作业台面上过夜。即时清理堆积物料，确保台面物料合理摆放

图4-15　台面物料合理摆放的措施

要点08：核查有无物料的挪用及替代

当生产过程中所需要的物料无法及时供应时，就会出现物料的挪用及替代。物料的挪用是将生产某产品的物料，用于其他产品的生产。替代是指用不同的物料代替原有物料。现场管理人员要做好核查工作，核查时要认真考虑以下事项，具体如图4-16所示。

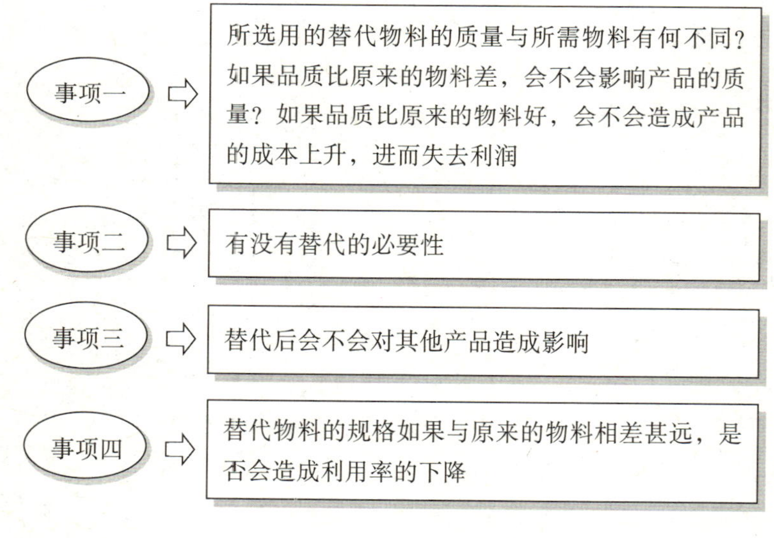

图4-16　核查有无物料的挪用及替代事项

要点09：检查新物料的使用情况

企业在生产过程中，可能需要用到一些新物料。在其投人使用之后，现场管理人员要对这些新物料的使用状况进行检查，检查时应注意了解以下情况。具体内容如图4-17所示。

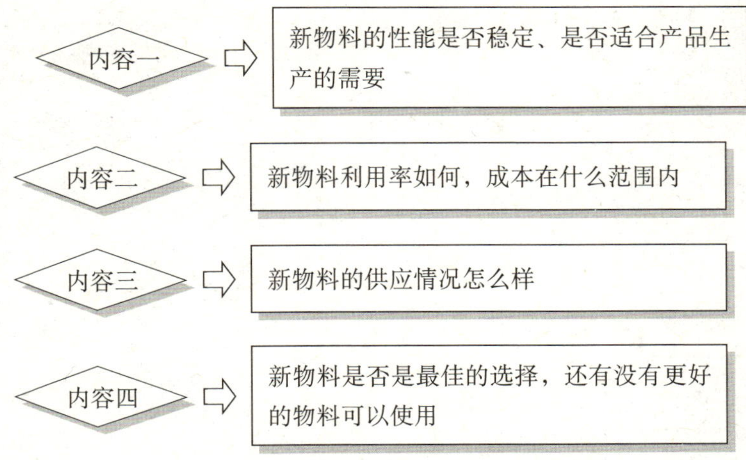

图4-17　检查新物料的使用情况

要点10：加强现场物料的保管

企业在生产过程中所需各种物料，一般都是按生产计划领用。由于生产线上没有物料库房，物料领回后，必须做好临时存放和保管工作。现场物料保管措施如图4-18所示。

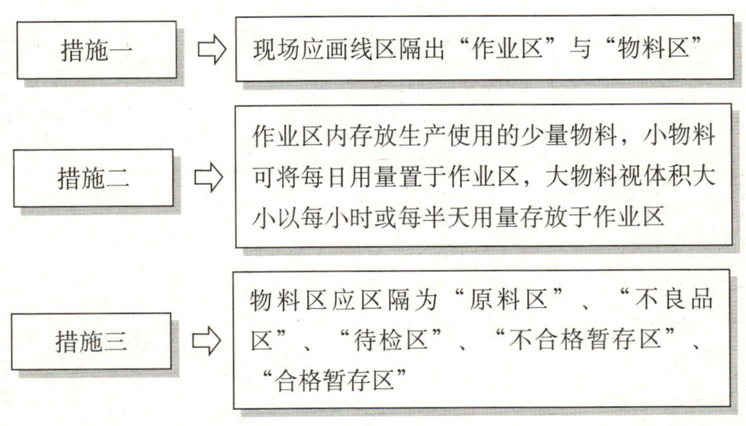

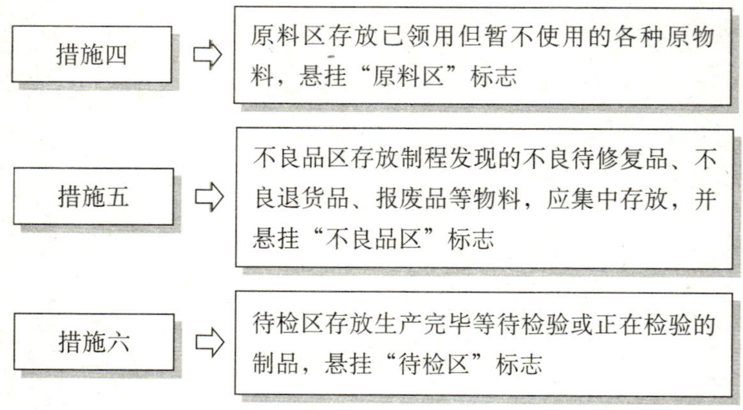

图4-18　现场物料的保管措施

要点11：加强生产计划取消时的物料控制

因为某种原因，生产计划被取消，这意味着原有的计划内容已经失效。在这种状态下正在进行中的生产需要全面停止并实施整理，所以，现场管理人员应采取以下措施处理现有物料，具体如图4-19所示。

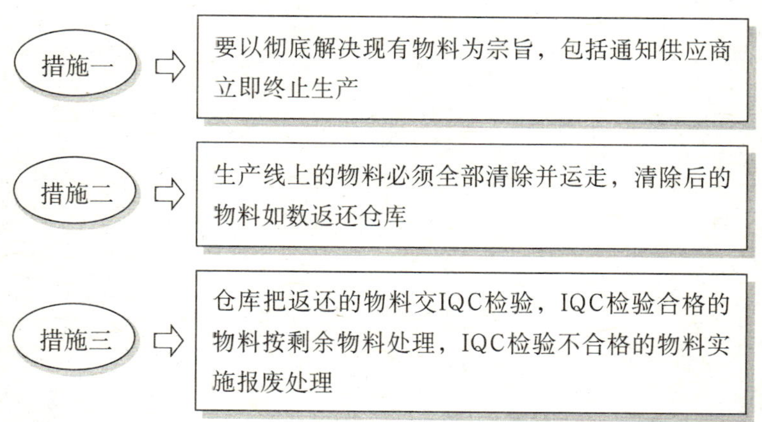

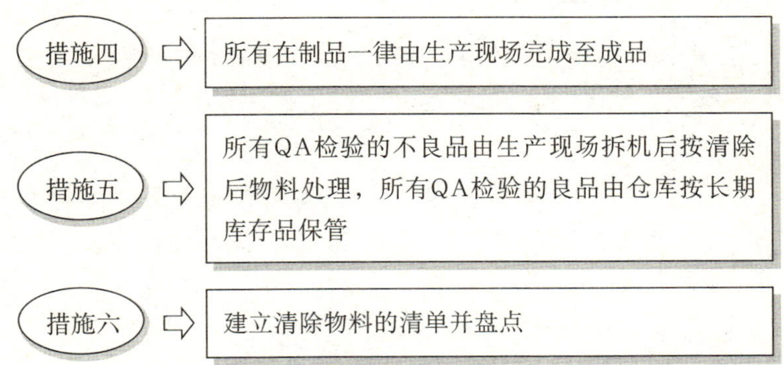

图4-19　生产计划取消时的物料控制措施

要点12：加强订单完成时的物料扫尾处理

生产中每完成一个订单的批量时，需要进行物料的扫尾工作，这项工作由仓库和生产现场协作进行。具体方法如图4-20所示。

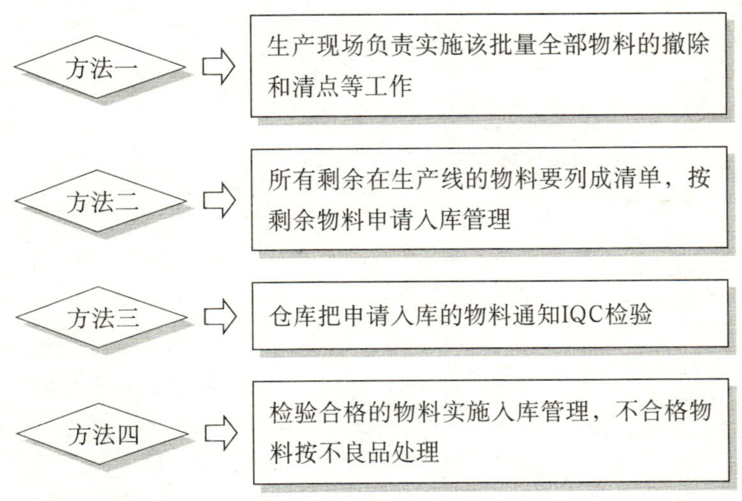

仓库统计该批量生产物料的损耗情况，并制定报告书

图4-20　订单完成时的物料扫尾处理方法

要点13：定期进行物料耗用统计

要做好物料使用情况的分析，首先要做好物料耗用的统计工作。物料耗用统计是指对某一订单、某一产品或某个部门的物料用量多少的统计。物料统计的内容如图4-21所示。

日常物料耗用统计	日常物料耗用统计是以统计台账的形式记录各车间、各订单的物料耗用情况，它可以清楚地记录每天的用料，并且成为今后查核有关数据的最原始依据
各部门物料耗用统计	各部门物料耗用统计，是将各部门在不同时期所消耗的物料进行统计，这对于各部门的物料核算、控制具有重要意义
订单物料耗用统计	将某一订单各种产品的物料消耗进行统计，可以掌握该订单的物料消耗成本，进而计算其利润，为企业营销决策提供分析资料
单一产品物料消耗统计	每一种产品都要消耗很多种物料，将其生产过程中所消耗的全部物料进行统计，可以清楚掌握某种产品的物料成本

图4-21　物料耗用统计的内容

看板展示

看板01：特殊物料专区存放

生产现场特殊规格的物料要专区存放。

看板02：先进先出管制看板

先進先出管制看板

月份	所用标签	月份	所用标签
1月		7月	
2月		8月	
3月		9月	
4月		10月	
5月		11月	
6月		12月	

使用不同颜色的标签，对物料的先进先出进行控制。

问题解答

问题01：如何处理生产中的剩余物料

生产中的剩余物料既有因非正常因素产生的，也有因正常因素产生的。因此，现场管理人员可以采取以下措施进行处理：

（1）凡是型号、规格相同的剩余物料可以申请按通用物料互用。

（2）凡是型号、规格相近的剩余物料可以申请按特采物料使用。

（3）凡是使用不了的物料应首先想到能否退返给供应商。

（4）凡是没法处理的比较贵重的物料，要在保管一段时间后再看看有无使用的机会。

（5）实在找不到使用机会的剩余物料按废品处理，如因保质期、场地等因素限制，不宜继续保管的物料。

问题02：如何处理转换生产机种的物料

由于转换生产机种的物料处理主要由生产部负责进行，但必要时要求物料部配合。具体方法是：

（1）生产部负责实施物料的撤除和清点等工作。

（2）对于剩余在生产线的量比较多的物料，生产部可以申请入库管理。

（3）物料部把申请入库的物料放置在机动区，待下次生产时优先发出。

（4）申请入库的物料一般不实施入账管理。

（5）对于产生的不良品同样实施入库，按不良品管理。

问题03：如何检查物料合格证

合格证是指跟随物料一起，并证明物料身份的文件。有些企业也称之为“检查合格证”、“出厂合格证”等。具体检查措施如下：

（1）开包者应确认，其上记述的内容与实物是否一致，格式有无新的变化。

（2）发现异常时立即报告上司，正常时分类收集好，定期交给管理人员，管理人员判定完毕后便可废弃。

（3）反馈不良品情况时，将合格证附在实物上，一起退还给前一道工序（供应商）。

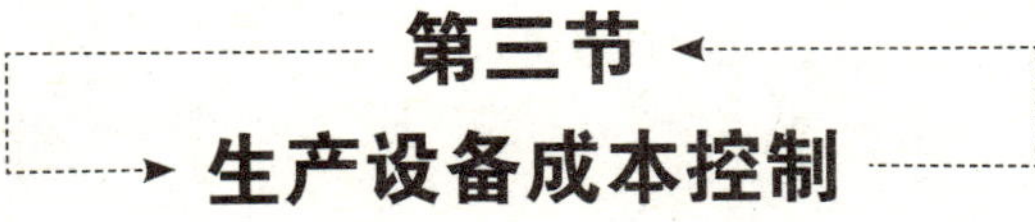

第三节 生产设备成本控制

要点分析

要点01：加强设备操作规程的执行管理

生产设备是现场生产工作必不可少的帮手，一旦设备出现不良状况，很容易影响生产进度，进而提高生产成本。

设备操作规程是指对作业人员正确操作设备的有关规定和程序。各类设备的结构不同，操作设备的要求也会有所不同，企业应该以其制造厂提供的设备说明书的内容要求为主要依据，编制设备操作规程。现场管理人员要加强对设备操作规程的贯彻执行，具体措施如图4-22所示。

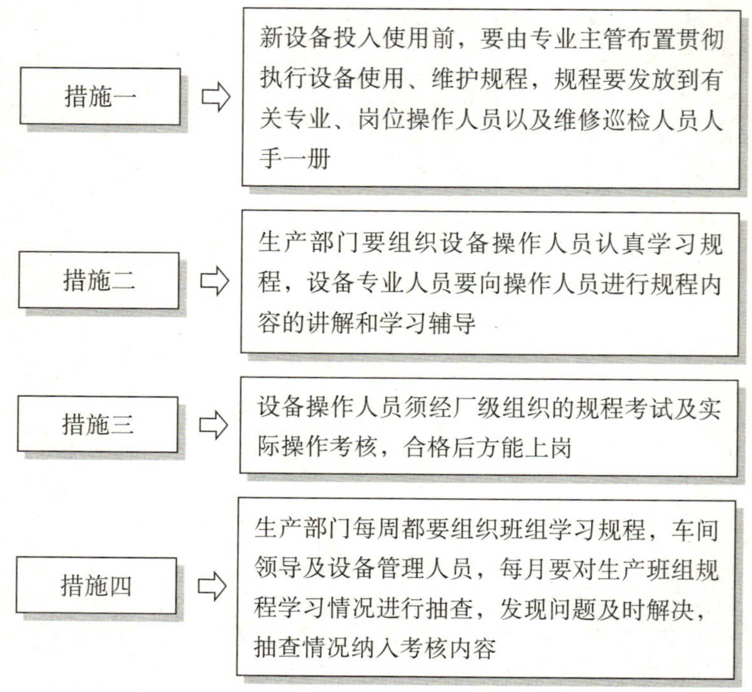

图4-22　现场物料的保管措施

要点02：加强设备巡检

现场管理人员要依据其结构和运行方式，确定每台设备的检查部位（巡检点）、内容（检查什么）、正常运行的参数标准（允许的值），并经常性开展巡检工作，具体巡检方法如图4-23所示。

针对设备的具体运行特点，对设备的每一个巡检点确定出明确的检查周期，一般可分为时、班、日、周、旬、月检查点

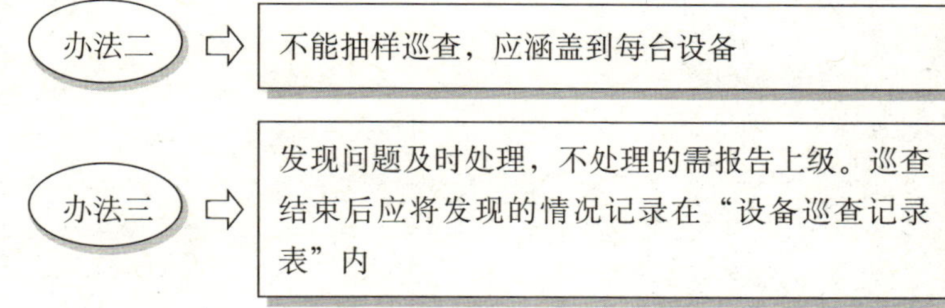

图4-23 设备巡检的方法

要点03：加强设备使用控制

设备操作人员要做好设备使用控制，必须做好班前四件事、班中五注意和班后四件事，如图4-24所示。

（1）关闭开关，所有手柄放至零位

（2）清除铁屑、脏物，擦净设备导轨面和滑动面上的油污并加油，清扫工作场地，整理附件、工具

（3）填写交接班记录和运转台时记录

（4）办理交接班手续

班中五注意

（1）注意运转声音是否正常

（2）注意设备的温度、压力是否正常

（3）注意设备的液位、电气是否正常

（4）注意设备的液压、气压系统、仪表信号是否正常

（5）注意设备的安全保险是否正常

（1）消化图样资料，检查交接班记录
（2）擦拭设备，按规定润滑加油
（3）检查手柄位置和手动运转部位是否正确、灵活，安全装置是否可靠
（4）低速运转检查传动是否正常，润滑、冷却是否畅通

图4-24　设备使用控制的内容

要点04：加强设备维护保养

生产设备维护若按时段来分，可分为年度、月度、每周、每日，不同时段的维护保养内容与要求也不一样，具体如图4-25所示。

年度维护保养 ⇨ 设备管理部门每年末编制下一年度设备维护保养年度计划。经生产部审核，报副总经理批准，由生产部安排时间并负责实施，相应执行人员及时填写设备维护保养记录，报设备主管备案

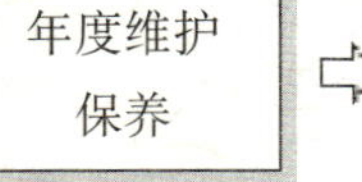

设备管理部门主管于每月月末，依据设备年度维护保养计划表，并参照当月设备实际维修状况、产销目标、备品零件情况拟订“月度生产设备维护保养计划表”，按照该表开展工作

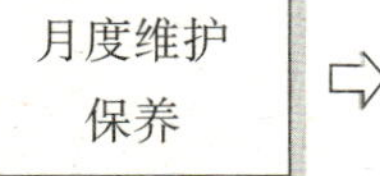

生产设备每周的维护保养由设备操作人员在每周末或节假日进行，对设备进行较彻底的清扫、擦拭和涂油维护，一般设备的保养时间为2小时，精、大、稀设备保养时间为4小时

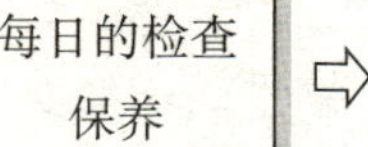

生产设备每日的检查保养，又称例行保养或“日保”，由操作人员每天在上班前后通过擦拭、清扫、润滑、调整等方法对设备进行护理，以维持和保护设备的性能和技术状况

图4-25　设备维护保养的内容与要求

要点05：定期进行设备整顿

设备的整顿原则就是要容易清扫、操作和检修，具体措施如图4-26所示。

设备旁必须挂有一些“设备操作规程”、“设备操作注意事项”等。设备的维修保养也应该做好相关记录。这不但能给予员工正确的操作指导，也可让客户对企业有信心

设备之间的摆放距离不宜太近，近距离摆放虽然可节省空间，却难以清扫和检修，而且还会相互影响操作而导致意外

把一些容易相互影响操作的设备与一些不易相互影响操作的设备作合理的位置调整。在设备的下面再加装滚轮，便可轻松地推出来清扫和检修了

图4-26　设备整顿的措施

要点06：定期进行设备清扫

设备一旦被污染，就容易出现故障，影响生产工作，增加生产成本。为了防止这类情况的发生，必须杜绝污染源。因此要定期进行清扫。在进行设备清扫时需要注意以下内容，具体如图4-27所示。

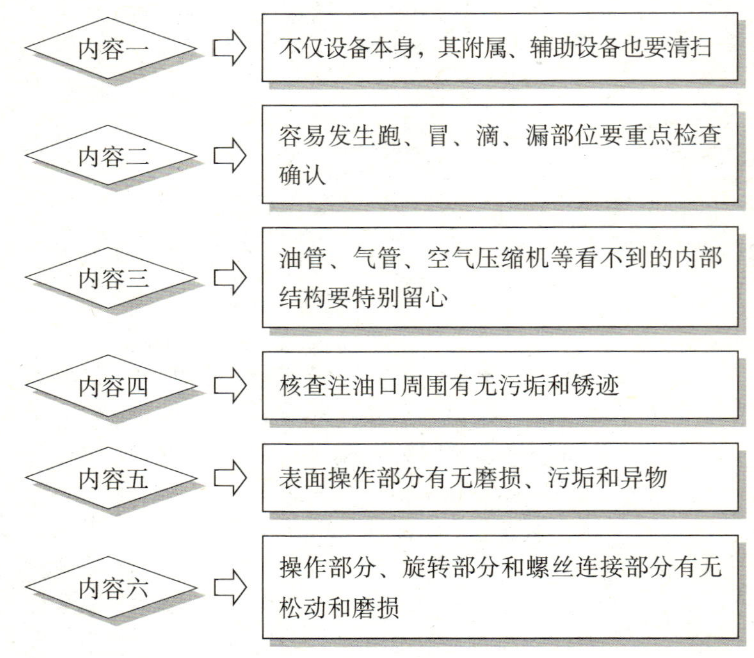

图4-27　设备清扫内容

要点07：实施设备TPM管理

TPM（Total Productive Maintenance）的意思就是“全员生产维护”，这是日本人在70年代提出的，是一种全员参与的生产维护方式。TPM活动是为企业解决经营管理难题，提升企业管理水平，是企业追求效益最大化的工程。

应将企业设备管理制度与TPM结合，以方便活动开展，具体事项如图4-28所示。

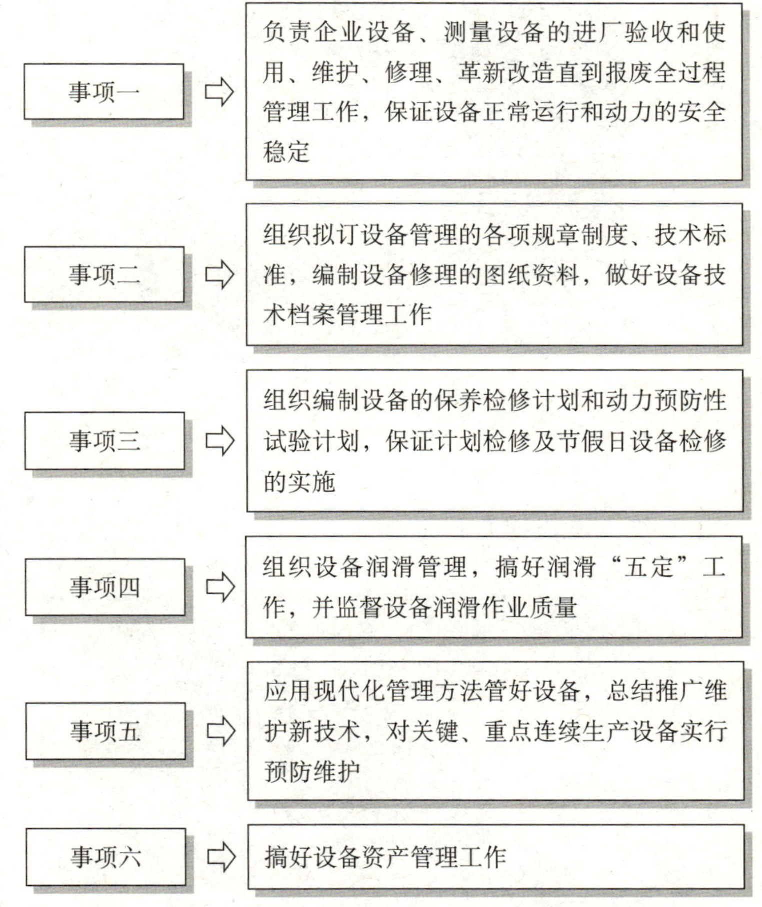

图4-28　实施设备TPM管理具体事项

看板展示

看板01：设备管理责任划分

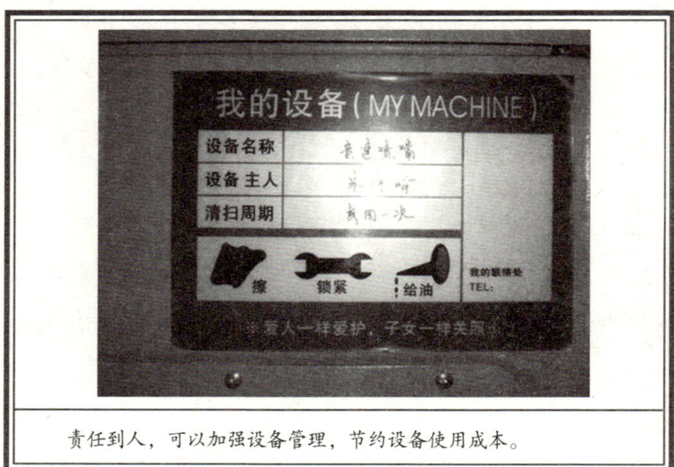

责任到人，可以加强设备管理，节约设备使用成本。

看板02：设备检查标准书

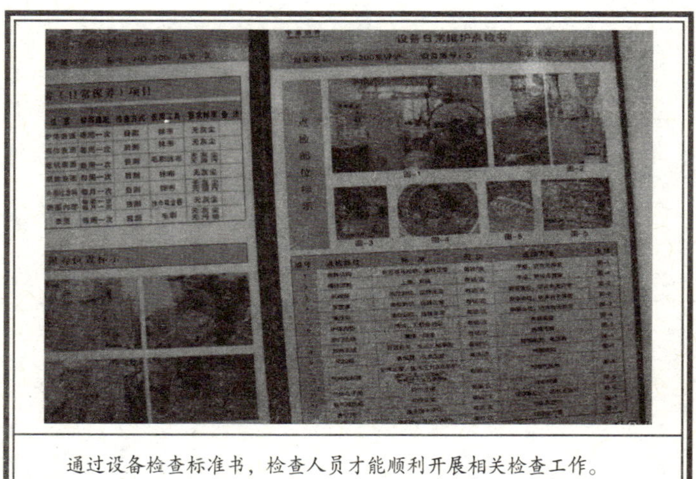

通过设备检查标准书，检查人员才能顺利开展相关检查工作。

看板03：设备管理信息记录

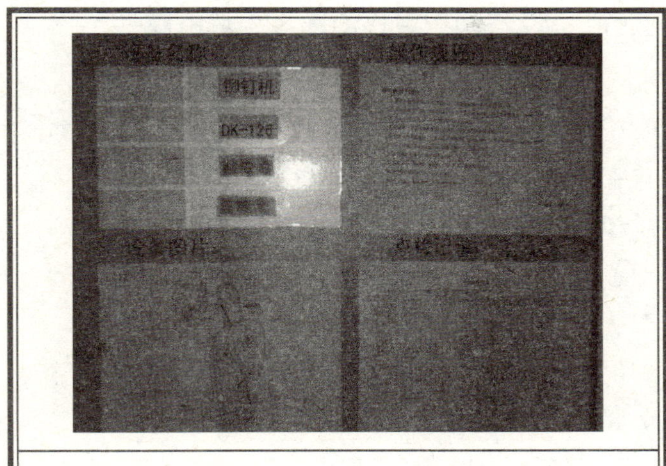

将与设备相关的各项内容贴在上面，使所有人看后能一目了然。

看板04：TPM活动看板

通过TPM活动可以有效加强员工对其认识，提高活动效果。

问题解答

问题01：设备操作规程的内容一般有哪些

设备操作规程的内容一般如下：

（1）设备技术性能和允许的极限数。如最大负荷、压力、温度、电压、电流等。

（2）设备交接使用的规定。两班或三班连续运转的设备，岗位人员交接时必须对设备运行状况进行交接，内容包括：设备运转的异常情况、原有缺陷变化、运行参数的变化、故障及处理情况等。

（3）操作设备的步骤。包括操作前的准备工作和操作顺序。

（4）紧急情况处理的规定。

（5）设备使用中的安全注意事项。非本岗位操作人员，未经批准不得操作本机，任何人不得随意拆掉或放宽安全保护装置等。

（6）设备运行中故障的排除。

问题02：设备问题信息传递与反馈是如何进行的

设备问题信息的传递与反馈工作具体如下：

（1）生产岗位操作人员。发现设备不能继续运转需紧急处理的问题，要立即通知当班调度，由值班负责人组织处理。一般隐患或缺陷，检查后记录在检查表内并按时传递给专职巡检人员。

（2）专职维修人员。做好记录，除安排本组处理外，要将信息传递给专职巡检人员，以便统一汇总。

（3）专职巡检人员。除完成承包的巡检点任务外，还要负责将各方面的巡检结果按日汇总整理，并列出当日重点问题向设备管理部门反馈。

问题03：生产设备月度保养重点有哪些

生产设备月度保养重点具体如下：

（1）按使用说明书拆卸指定的部件，如箱、盖、防护罩等，彻底清洗、擦拭设备内外。

（2）检查、调整各部位配合间隙，紧固松动部位，更换个别易损件。

（3）疏通油路，增添油量，清洗滤油器、油毡、油线、油标，更换冷却液和清洗冷却液箱。

（4）清洗导轨及滑动面，清除毛刺及划伤部位。

（5）由维修电工负责清扫、检查、调整电器线路及装置。

问题04：设备常见故障有哪些

设备故障类型各不相同，具体处理措施如下所示。

（1）自然损坏产生的故障。设备和人一样，到了一定的年限便自然会出现问题，这是正常现象。此时除设法维修、更换零件使其恢复使用功能外，没有别的方法，要让生产维持下去就只能购买新的设备来替换。

（2）操作不当产生的故障。每一种设备都有规定的操作程序，可是有些员工不按要求操作，私自调整设备的参数或改变机器的原理，导致设备出现异常而产生故障。

（3）变相使用产生故障。设备本身的设计原理决定了它的使用范围，可有些人偏不信，想方设法给设备动手术，以增加它的功能，大多数都以失败告终；使设备原有的精度也下降了。当然简单的变换也不是不可，但怕的就是想让设备变成万能的，其结果是劳民伤财。

（4）保养不到位产生的故障。有些设备原本需要每天加油，可为了省事，硬是两天才加一次；使用后也不清洁，结果使设备严重磨损、老化。出现这样的情况。管理者应检讨设备保养制度是否适宜。同时应建立责任制；做到谁主管谁负责，并坚持到现场巡查；发现一例严厉处理一例。

第四节 生产浪费控制

要点分析

要点01：了解等待的浪费

等待的浪费也称非满负荷的浪费。在日本通常称之为“手在等待的浪费”，其具体内容如图4-29所示。

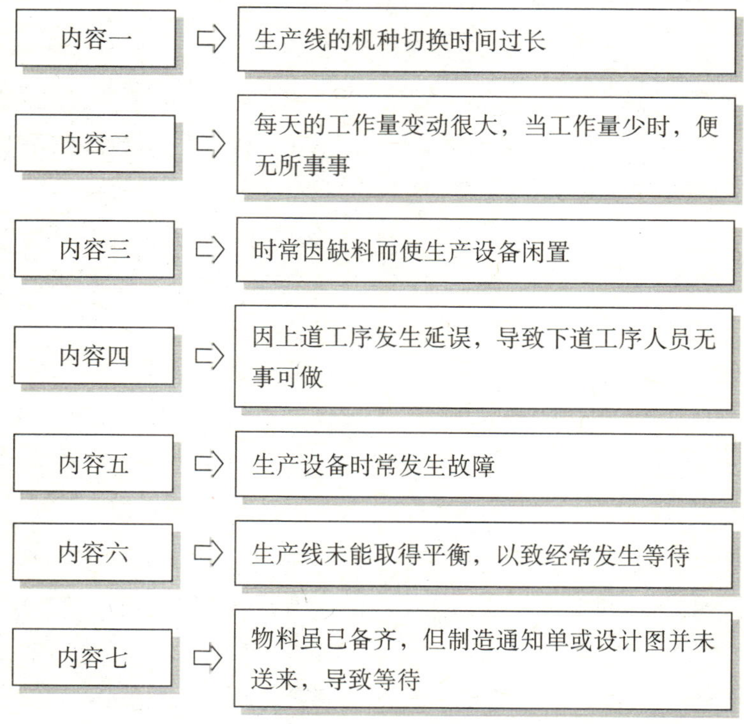

图4-29　等待的浪费具体内容

要点02：等待浪费的原因及处理措施

等待浪费产生的原因一般是由于生产线不平衡、工序安排不合理、设备维护不到位、物料供应不及时等，具体处理措施如图4-30所示。

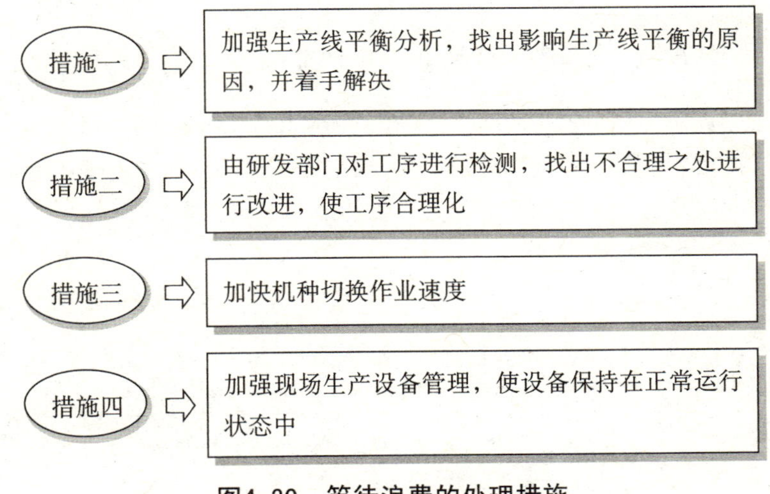

图4-30　等待浪费的处理措施

要点03：了解搬运的浪费

搬运是一种无附加价值的动作。搬运虽不产生附加价值，但它却推动了工序前进。搬运的浪费具体如图4-31所示。

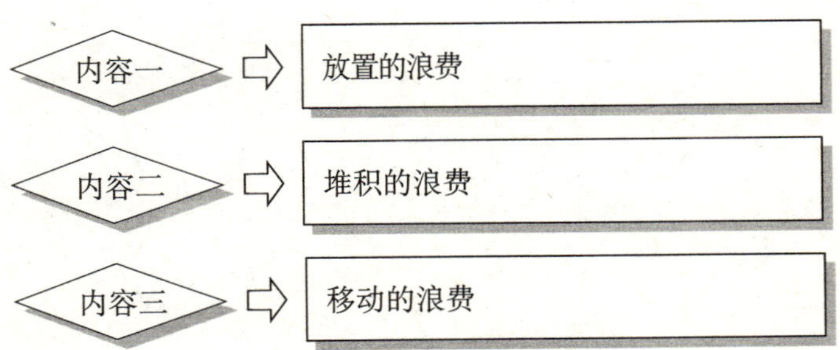

图4-31　搬运的浪费

要点04：搬运的浪费原因及处理措施

搬运的浪费原因包括材料、半成品、成品在工序间、仓库间、企业内外运输或传递，该过程不会增加任何价值。具体处理措施如图4-32所示。

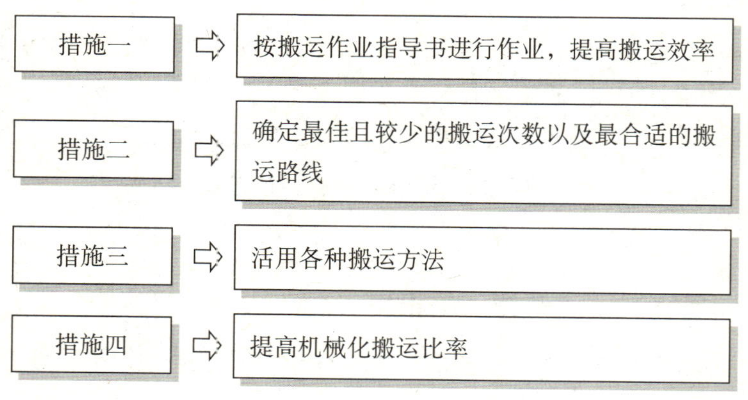

图4-32　搬运的浪费原因及处理措施

要点05：生产不良的浪费

生产不良的浪费是指在企业内发生不良品，需要进行处置的时间和人力、物力上的浪费。如图4-33所示。

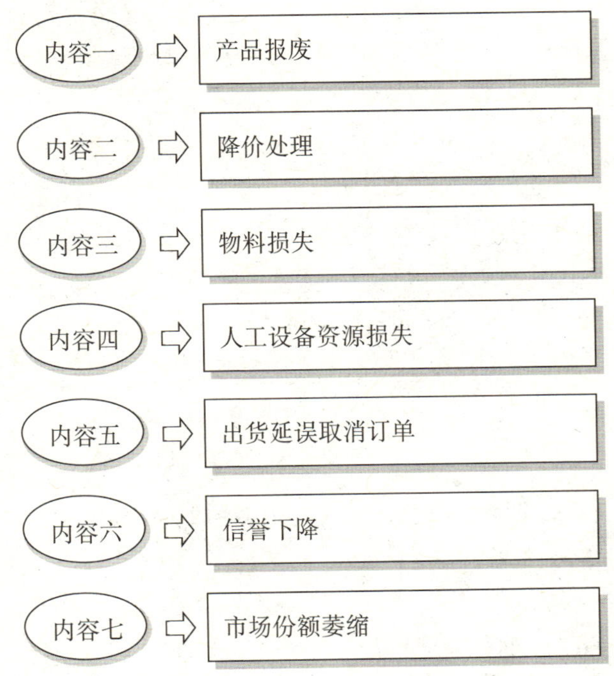

图4-33　生产不良的浪费

要点06：生产不良的浪费原因及处理措施

生产不良的浪费原因主要是缺乏作业标准及管理，培训不完善，员工的品质意识薄弱，对不良品未重视及不管制。具体处理措施如图4-34所示。

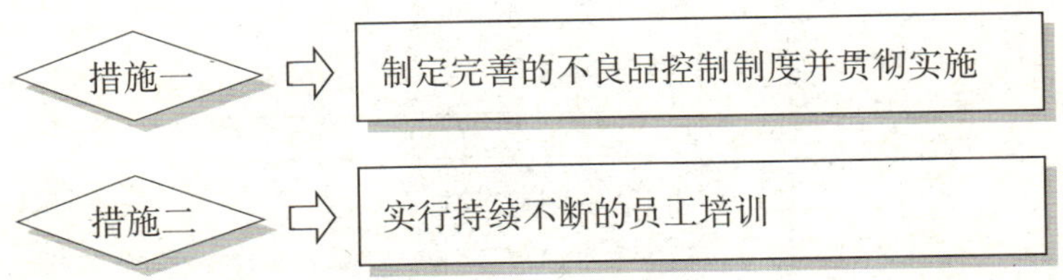

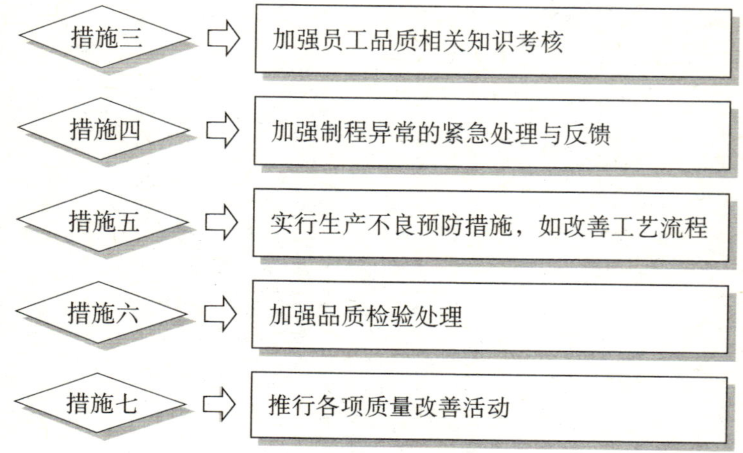

图4-34　生产不良的浪费的处理措施

要点07：动作的浪费

动作的浪费很多，如员工两手空闲等，具体如图4-35所示。

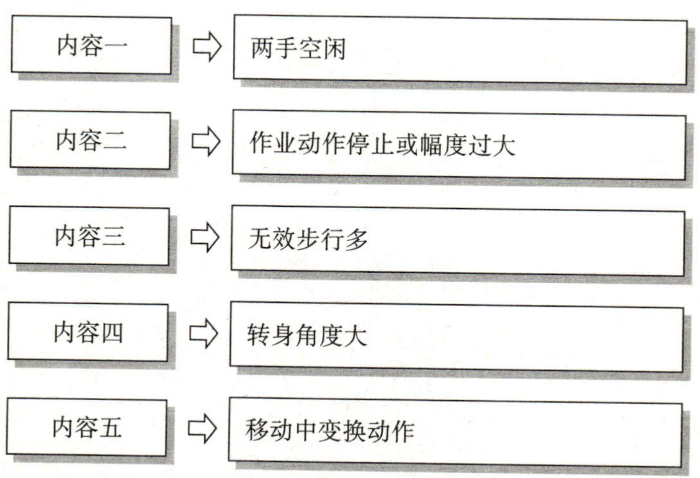

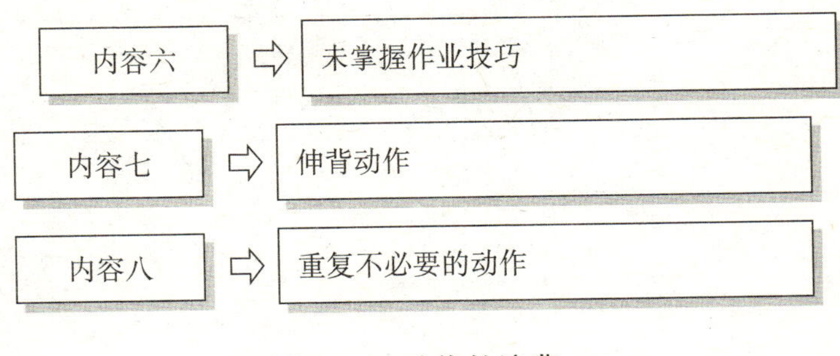

图4-35 动作的浪费

要点08：动作浪费的原因及处理措施

动作浪费的原因在于作业人员的动作不规范化，具体应对措施如图4-36所示。

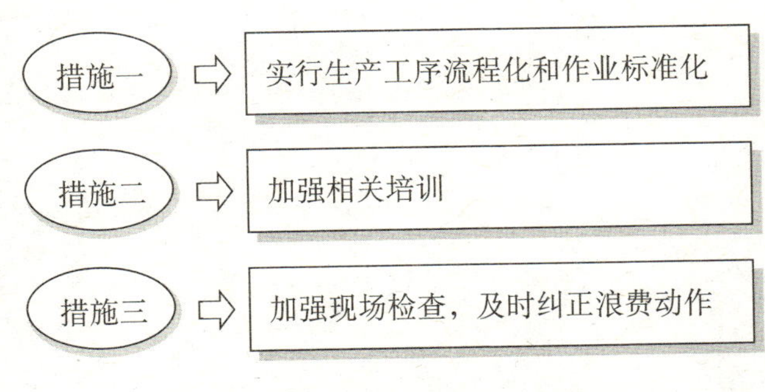

图4-36 动作浪费的原因及处理措施

要点09：制造过多的浪费

制造过多又称在库过多。就是在一个工序到下一个工序的中间准备了过多的量。在许多企业里，这种现象是非常普遍的。制造过多造成的浪费具体如图4-37所示。

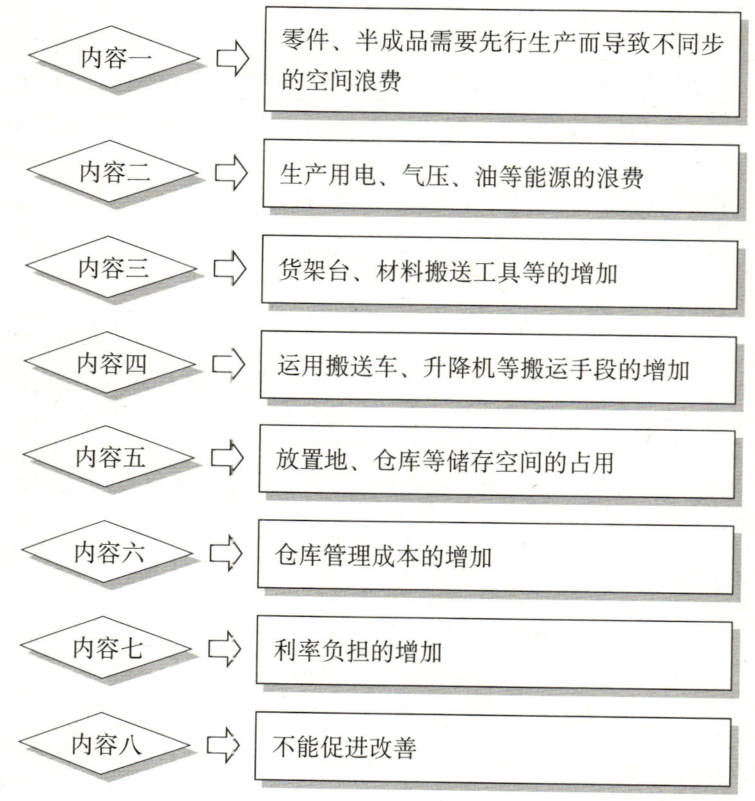

图4-37　制造过多的浪费

要点10：制造过多浪费的原因及处理措施

制造过多浪费的原因主要是生产过多、过早，超计划生产，大批量生产，造成成品及半成品库存增加。应对措施具体如图4-38所示。

措施一	考虑实行小批量生产

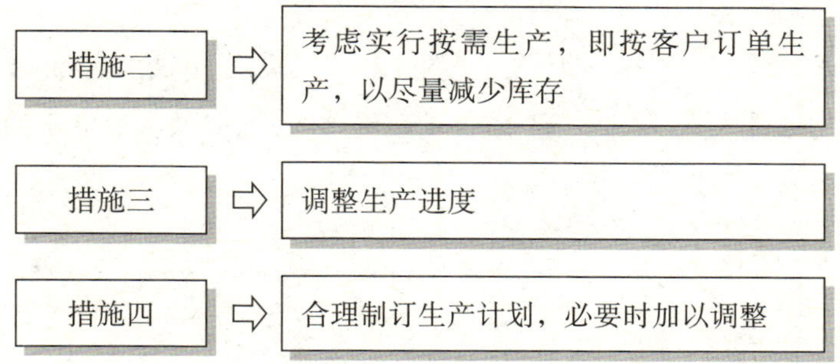

图4-38　制造过多浪费的处理措施

要点11：过剩加工的浪费

常见的加工浪费具体如图4-39所示。

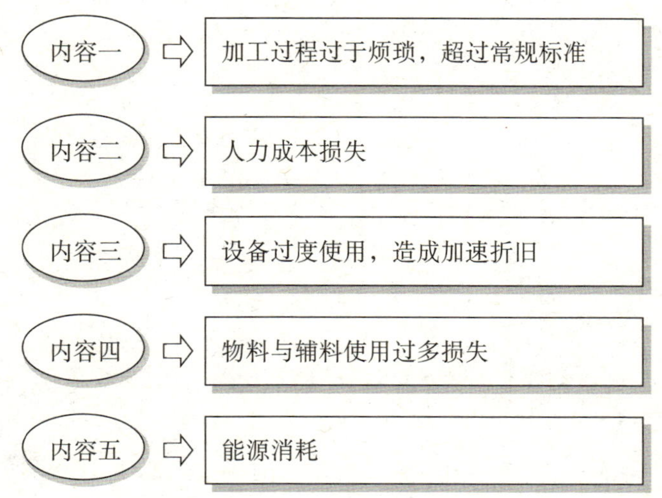

图4-39　过剩加工的浪费

要点12：过剩加工浪费的原因及处理措施

过剩加工的浪费的原因主要包括按过去的习惯操作(标准化不完善)、不必要的检验、工装夹治具不完善、产品设计及加工方式不合理等，具体应对措施如图4-40所示。

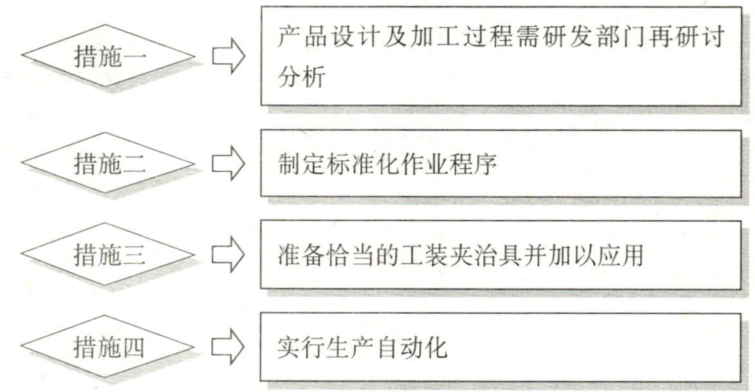

图4-40　过剩加工浪费的处理措施

要点13：库存过多的浪费

库存量越大，资金积压就越厉害。库存过多的浪费如图4-41所示。

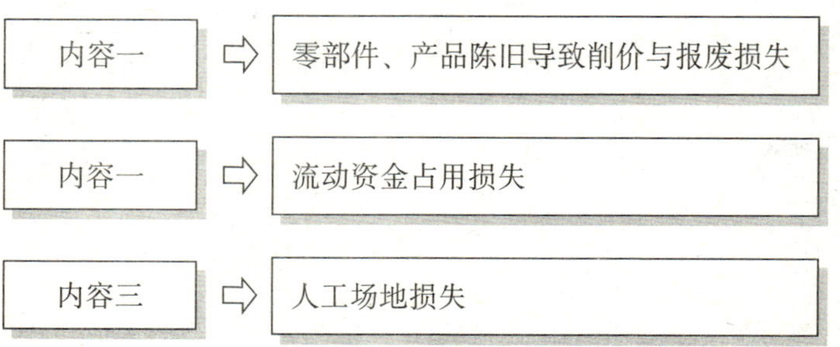

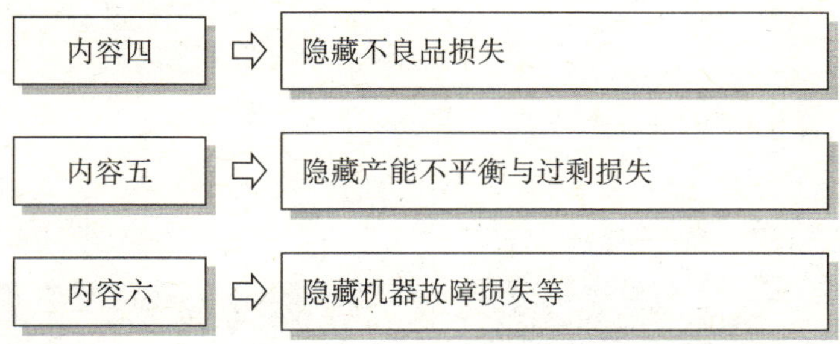

图4-41　库存过多的浪费

要点14：库存过多浪费的原因及处理措施

库存过多浪费的原因主要是物料、半成品、成品发生停顿，不流动，占用资金造成浪费，同时也产生库存管理费用，具体应对措施如图4-42所示。

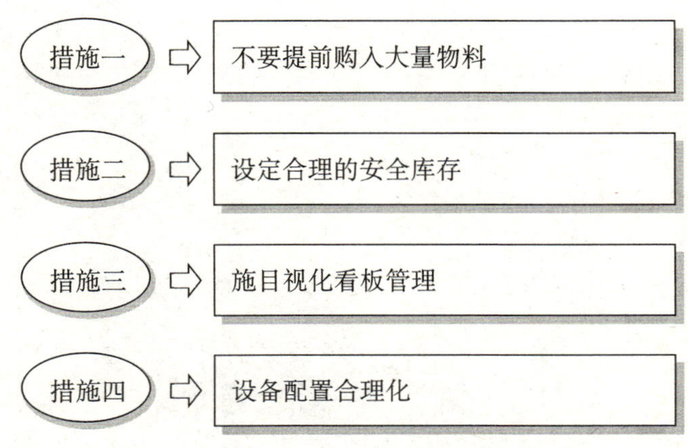

图4-42　库存过多浪费的处理措施

看板展示

看板01：能源控制

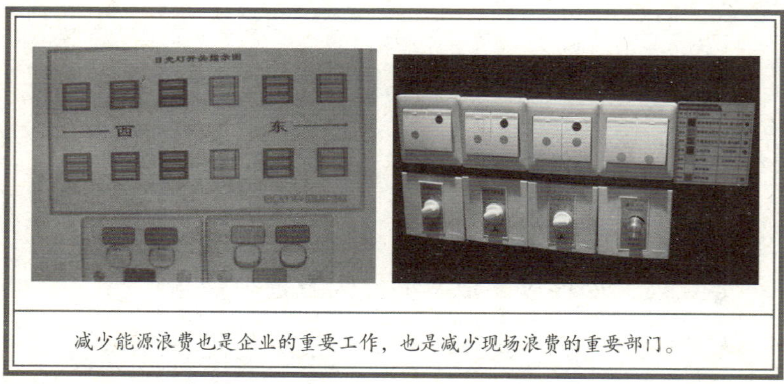

减少能源浪费也是企业的重要工作，也是减少现场浪费的重要部门。

看板02：用水控制

水也是企业的重要资源，企业可以在用水处贴上标牌，提醒员工节约用水，避免浪费。

看板03：现场垃圾回收

生产现场应设置分类垃圾箱，方便回收可能有用的垃圾。

问题解答

问题01：常见的库存有哪些

常见的库存有：

（1）零部件、材料的库存。

（2）半成品的库存。

（3）成品的库存。

（4）已向供应商定购的在途零部件。

（5）已发货的在途成品。

问题02：如何寻找现场浪费产生的原因

寻找现场浪费产生的原因主要通过4M进行，具体如下：

A．人员（Man）

（1）是否遵循标准？
（2）工作效率如何？
（3）有解决问题意识吗？
（4）责任心怎样？
（5）还需要培训吗？
（6）有足够经验吗？
（7）是否适合于该工作？
（8）有改进意识吗？
（9）人际关系怎样？
（10）身体健康吗？

B．设备（Machine）

（1）设备能力足够吗？
（2）能按工艺要求加工吗？
（3）是否正确润滑了？
（4）保养情况如何？
（5）是否经常出故障？
（6）工作准确度如何？
（7）设备布置正确吗？
（8）噪音如何？
（9）设备数量够吗？
（10）运转是否正常？

C．材料（Material）

（1）数量是否足够或太多？
（2）是否符合质量要求？
（3）标牌是否正确？
（4）有杂质吗？
（5）进货周期是否适当？
（6）材料浪费情况如何？
（7）材料运输有差错吗？
（8）对加工过程是否重视？
（9）材料设计是否正确？
（10）质量标准是否合理？

D．方法（Methode）

（1）工艺标准是否合理？
（2）工艺标准是否提高了？
（3）工作方法安全吗？
（4）这种方法能保证质量吗？
（5）这种方法高效吗？
（6）工序安排合理吗？
（7）工艺卡是否正确？
（8）温度和湿度适宜吗？
（9）通风和光照良好吗？
（10）前后工序衔接是否良好？

第五章 品质成本控制

品质成本就是在执行品质管理中所产生的成本。著名品管专家费根堡把品质成本定义为：维持某种品质水准所产生的费用加上未达到这一水准而发生的成本。通常品质成本被划分为预防成本、鉴定成本、内部和外部失败成本。

第一节 品质成本控制实务

要点分析

要点01：品质预防成本

预防成本是指企业为了防止品质水平低于某一所需水平或提高现有品质水平而开展的预防活动和采取的各种措施所发生的一切费用，其具体内容如图5-1所示。

品质规划	建立整体的品质计划、检验计划、可靠度计划、信息系统和许多专业化的计划
改良计划	拟订并实施能突破新绩效水准的计划，如缺点防止计划和激励计划及新的品管方法等
新产品管理	新设计的评估、试验和实验计划的准备及其他和履行新设计有关的品质活动
教育与培训	为达成和改良品质目标而拟订教育培训计划所花费的成本，包括开设培训班、聘请专家指导与演讲及厂外受训等费用
品质资料的取得和分析	运用品质信息系统取得有关品质绩效的连续信息，包括分析信息、确定品质问题的所在、发出警告、刺激研究等活动

图5-1　预防成本构成的内容

要点02：品质鉴定成本

品质鉴定成本是指在产品检验过程中进行的试验、检验和检查的费用，其内容具体如图5-2所示。

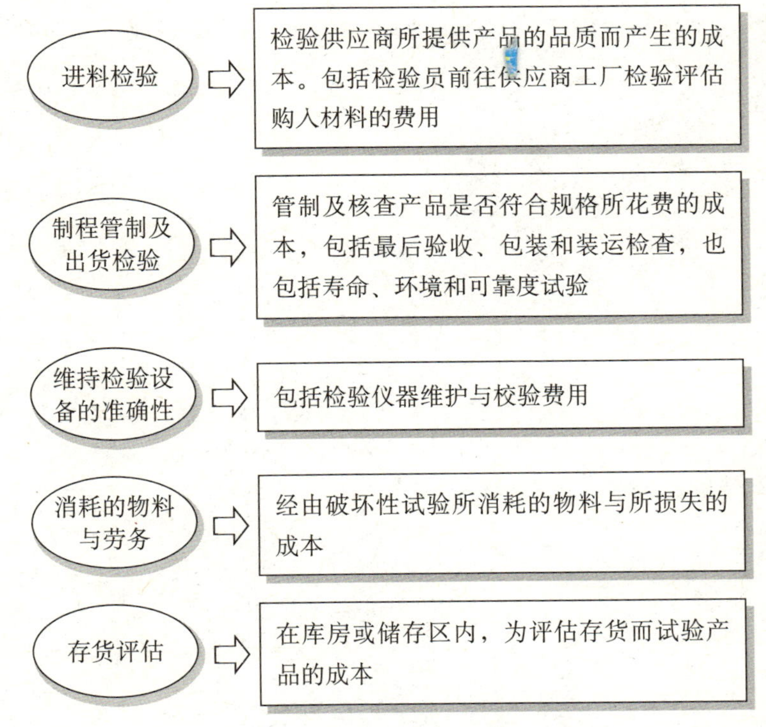

图5-2　品质鉴定成本的内容

要点03：内部失败成本

内部失败成本是指交货前因产品未能满足品质要求所发生的费用。内部失败成本在财务报表上只能看到有形的费用，无形的损失（如：停工损失、士气低落导致的效率下降等）往往看不到。其具体内容如图5-3所示。

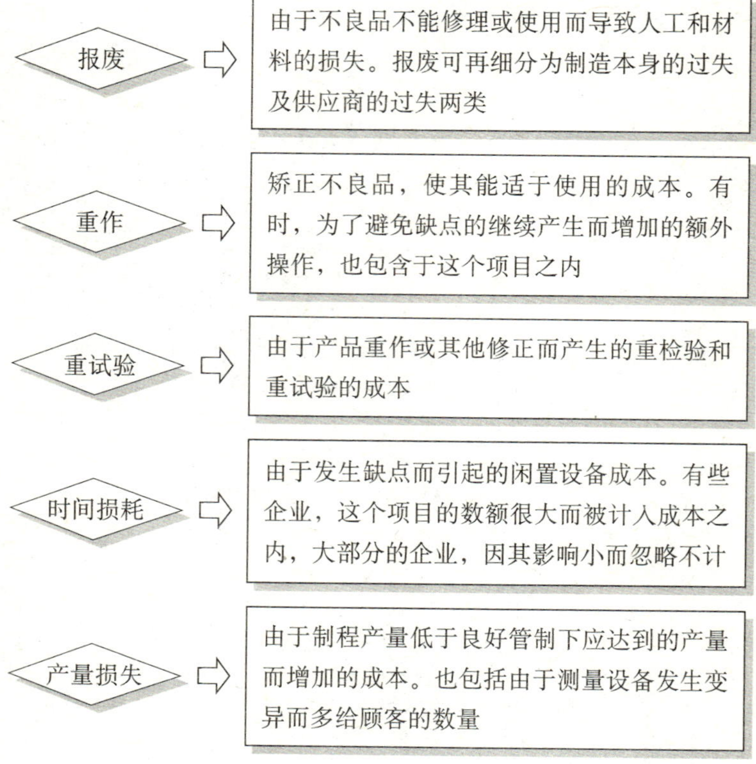

图5-3　内部失败成本的内容

要点04：外部失败成本

外部失败成本是指产品交货后因产品未能满足品质要求所发生的费用。外部失败成本在财务报表上也只能看到有形的费用，无形的费用（如：丧失信誉、失去顾客和市场等）往往看不到，其具体内容如图5-4所示。

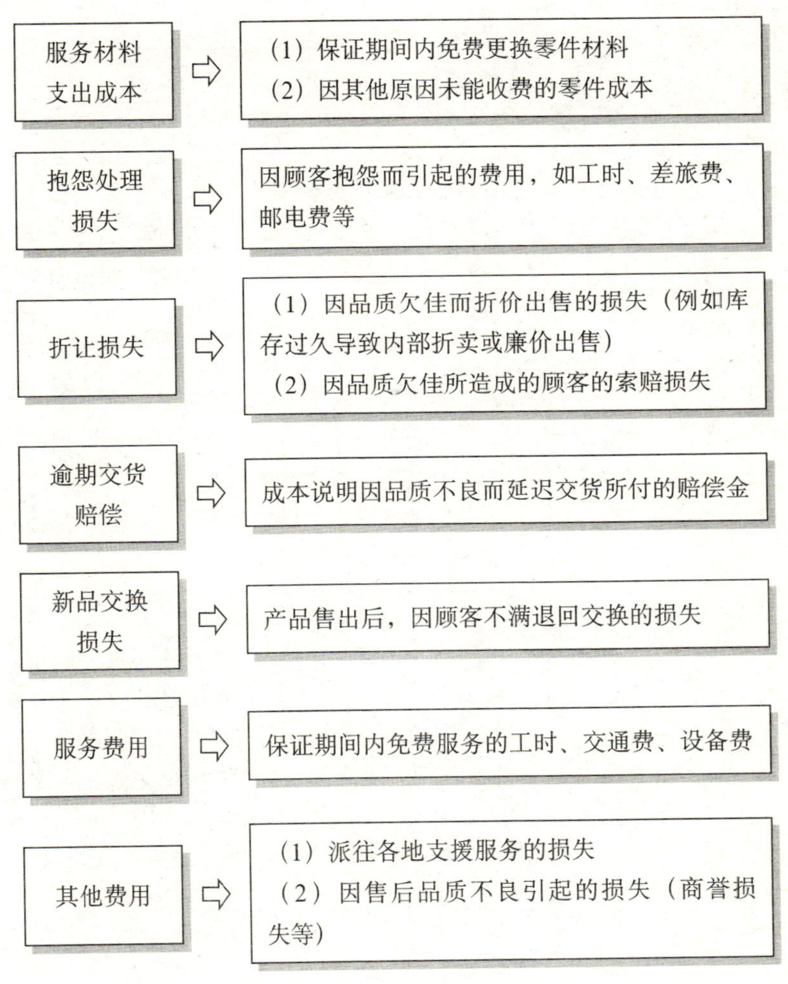

图5-4　外部失败成本的内容

要点05：搜集品质成本资料

品质成本控制的一项重要工作就是品质分析，但首先要搜集品质成本资料，具体措施如图5-5所示。

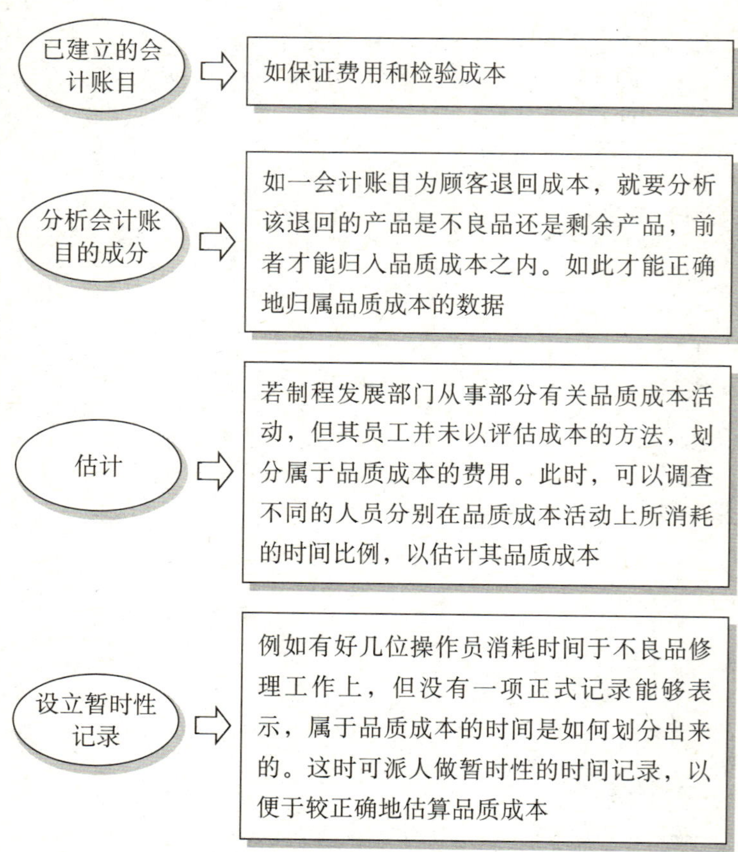

图5-5　搜集品质成本资料的措施

要点06：品质成本分析

品质成本的分析是为了能经常了解品管活动所花费的品质成本有多少，我们应至少每季评估一次品质成本，并分析检讨之，作为降低品质成本的方针。兹举一计算实例作为参考。

单位：千元

成本种类		季质量成本				年
		Ⅰ	Ⅱ	Ⅲ	Ⅳ	
预防成本	（1）品质计划	6	7	5	5	23
	（2）教育培训	4	5	4	4	17
	（3）量具管制	2	6	3	5	16
	（4）工具维护	2	1	1	1	5
	总预防成本	14	19	13	15	61
鉴定成本	（1）制程	68	70	60	72	270
	（2）成品	26	31	8	20	85
	（3）材料	11	20	14	30	75
	（4）供应商检验	7	10	5	10	32
	（5）其他	20	18	15	14	67
	总鉴定成本	132	149	102	146	529
失败成本	（1）重做	80	101	48	52	281
	（2）报废	52	32	30	36	150
	（3）产量损失	20	20	20	24	84
	总内部失败成本	152	153	98	112	515
	（1）抱怨和其他外界失败成本	302	250	340	560	1452
	（2）折扣	341	126	292	730	1489
	总外部失败成本	643	376	632	1290	2941
	总失败成本	795	529	730	1402	3456
总　计		941	697	845	1563	4046

由上表可得成本数据的大小和各种成本的相互关系，管理者也可获得很多有用的信息，具体如图5-6所示。

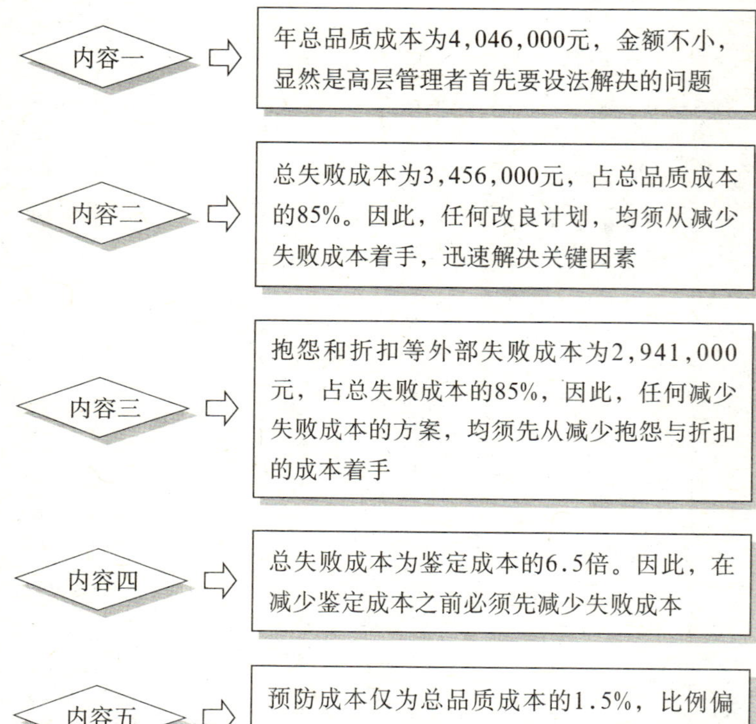

图5-6　品质成本分析的内容

要点07：控制预防成本

预防重于治疗，预防错误比重修、维护或作废便宜得多，因此适度的提高预防成本，并且将预防的概念延伸到设计阶段，可明显降低失败成本，具体措施如图5-7所示。

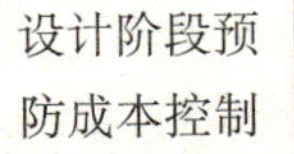

在设计阶段，便认知可能发生的问题，要预防设计缺失，避免影响后续品质成本的增加，防患于未然。主要措施有产品的正确界定，如对产品的各项特性尽量规格化，以及设计输入、输出的完整、标准化，即避免模糊，导致难以生存

生产过程预防成本控制

生产过程预防成本控制措施很多，具体如管理人员以及员工的在职培训的不断施行。创立新方法督导下属、人性化的管理、解决组织内部门间的障碍、废除规定工作数量的工作标准、创立充满活力的培训环境等

图5-7　控制预防成本的措施

要点08：控制鉴定成本

鉴定成本有时高达总品质成本的一半，大部分企业重视失败成本的产生，忽略了鉴定成本的影响。鉴定成本降低的方法很多，比较常见的手法如图5-8所示。

检验与测试为制程管制的重要作业，常见的方法有：作业员自主检验；线上全检；首件检验；巡回检验；源流检验。这些方法的使用，品管人员要定期检讨其实用性，若发现有影响品质成本情形时，需立即检讨改善

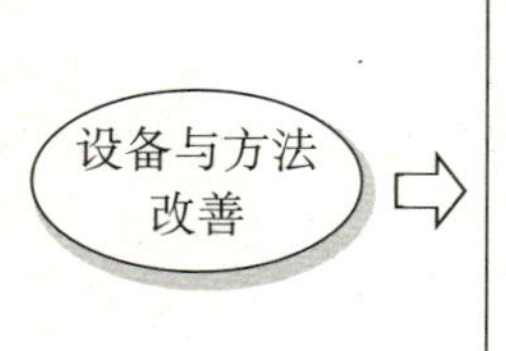

较优良的设备，较自动化的作业方法，基本上能降低对检验的需求，因此在购置设备以及设计制造方法时，应提供较快较自动化的设备，减少检验频率，提供较自动化的检验设备，减少检验员的需求，并应用IE手法，改善检验的方法、流程与步骤

统计品质管制的应用历史非常悠久，利用此种手法来降低检验也是大家较熟悉的，最典型的例子有制程能力研究、管制图以及抽样检验中的减量检验

图5-8 控制鉴定成本常见手法

要点09：控制失败成本

失败成本的发生，不只是品质成本的增加，连带影响极为深远：企业形象受损，获利能力下降，进而影响企业的竞争力。失败成本可说是企业的“隐形杀手”。失败成本一旦发生，不论是内部失败成本还是外部失败成本，都必须立即找出问题原因，着手解决，具体步骤如图5-9所示。

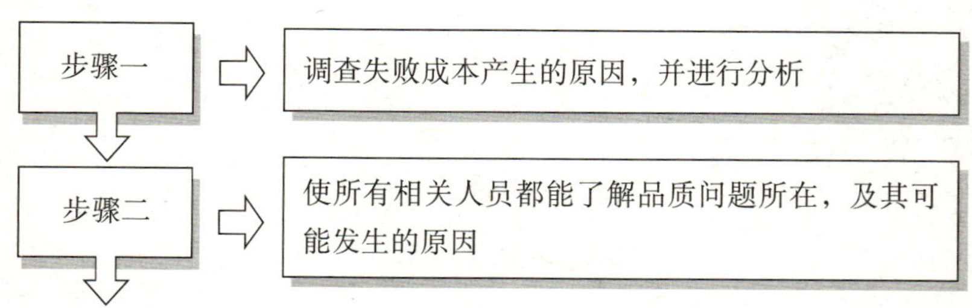

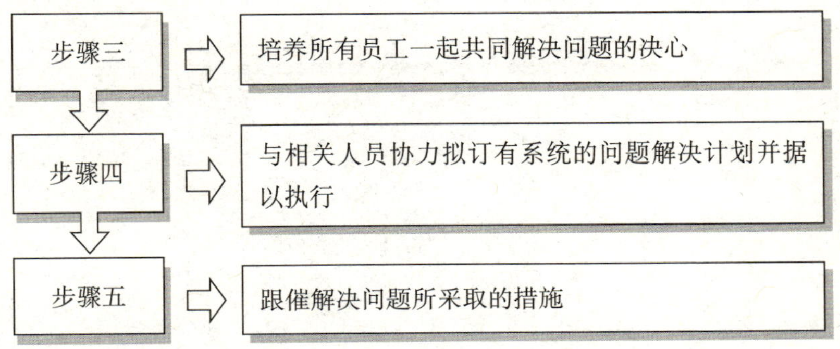

图5-9　控制失败成本的步骤

看板展示

看板01：品质成本的来源

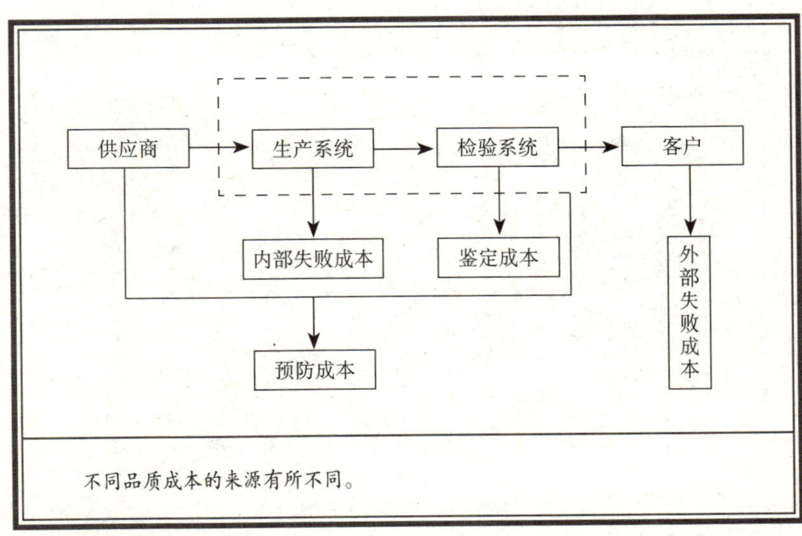

不同品质成本的来源有所不同。

看板02：品质成本曲线图

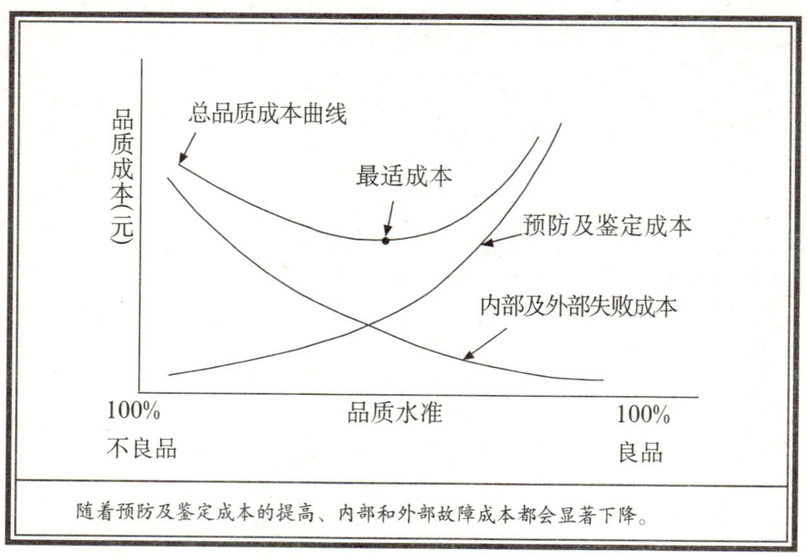

随着预防及鉴定成本的提高、内部和外部故障成本都会显著下降。

看板03：品质分析看板

在企业内部张贴品质分析看板，带领所有员工一起关注品质，降低品质成本。

问题解答

问题01：产品设计阶段应考虑哪些问题

很多在制造时发现的严重问题，是由不适当的设计所引起，许多的制造、策略、测试等品质问题，其实多肇因于设计的误差与不良。因此，设计部门在设计时有必要考虑以下问题：

（1）产品设计在预定的应用范围必须是安全的，在预计的使用寿命内性能需非常可靠。

（2）设计的产品要能方便制造。

（3）设计的产品要能满足顾客需求。

（4）工程图和规格要清楚明确。

（5）积极参与问题的了解，并且要迅速矫正设计失当所产生的问题。

问题02：如何查找失败成本产生的原因

企业可以通过以下方法查找。

（1）是否知道何种失败成本最大？且已知道解决方案？

（2）报废或重加工的制程是否通知相关主管采取防止措施？

（3）进料检验是否能筛选出不良的供应品？

（4）制程产生的不良，若由供应商所提供，是否已通知供应商改进？

（5）不良发生时所采取行动是否有效？

（6）设计变更或模具修改是否依程序通知相关部门？

（7）对于生产部门而言，上述变更或修改是否足够？

（8）品质改进活动，相关部门是否皆出席？

(9) 是否适时召开品质会议，提供相关报告以改善品质?

(10) 客户抱怨是否妥善解决；客户退修品是否即时修复退回客户?

(11) 外部失败成本是否列为年度品质目标逐年降低?

(12) 失败成本比例，突然大增时，高层管理者是否立即采取措施?

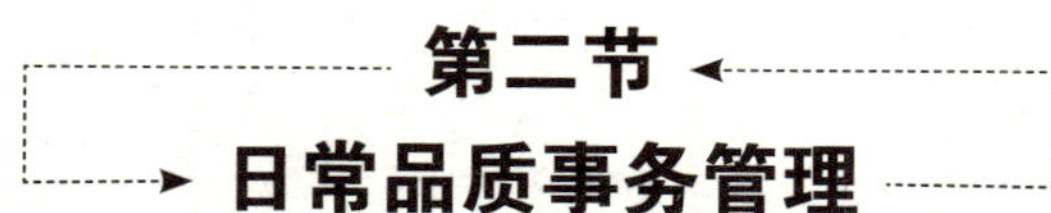

第二节 日常品质事务管理

要点分析

要点01：制定品质方针与目标

根据ISO 9001标准的要求，制定品质方针是一个很重要的、需要做大量工作的事情，因为品质方针是企业品质管理的“根本大法”。品质目标的内容非常广泛，但主要是指产品的品质目标，如合格率、不良品率等。品质方针与目标的内容具体如图5-10所示。

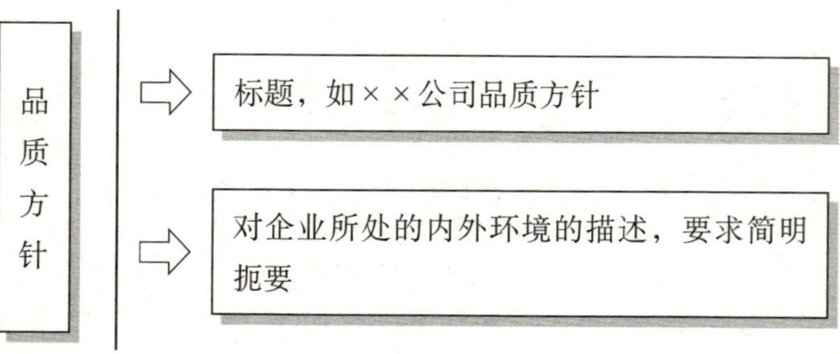

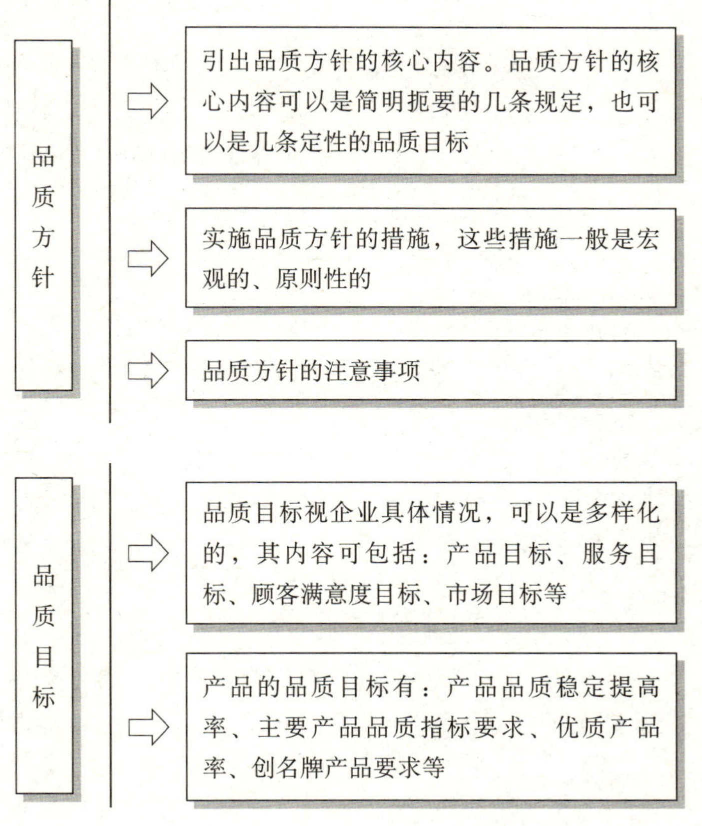

图5-10　制定品质方针与目标的要领

要点02：加强品质制度建设

制度是各项工作开展的依据和准绳，加强品质制度建设有利于提高企业的品质管理水平，减少因品质水平较低而造成的成本损失。常见的品质制度具体如图5-11所示。

签名制	⇨	签名制是指在生产过程中，从物料进入企业到成品入库、出货，每完成一道工序，改变产品的一种状态，包括进行检验和交接、存放和运输，负责人都应该在检验文件上签名
品质统计和分析制	⇨	这是指对生产中各种品质指标进行统计汇总、计算和分析，并按期向上级主管部门汇报，以反映生产中产品品质的变动规律和发展趋势，为品质管理和决策提供可靠的依据
品质复查制	⇨	这是指为了保证产品的品质，在产品检验入库后及出厂前，与产品设计、生产、试验有关的人员及研发部门的人员应对其进行复查
品质追溯制	⇨	品质追溯制也叫品质跟踪管理，是指在生产过程中，每完成一道工序或一项工作，都要记录其检验结果及存在的问题，记录作业人员及检验人员的姓名、时间、地点及情况分析，在产品的适当部位标明相应的品质状态标志，以追溯具体人员的职责

图5-11　常见的品质制度

要点03：提高全员品质意识

在现场管理的过程中，必须努力提高员工的品质意识，具体方法如图5-12所示。

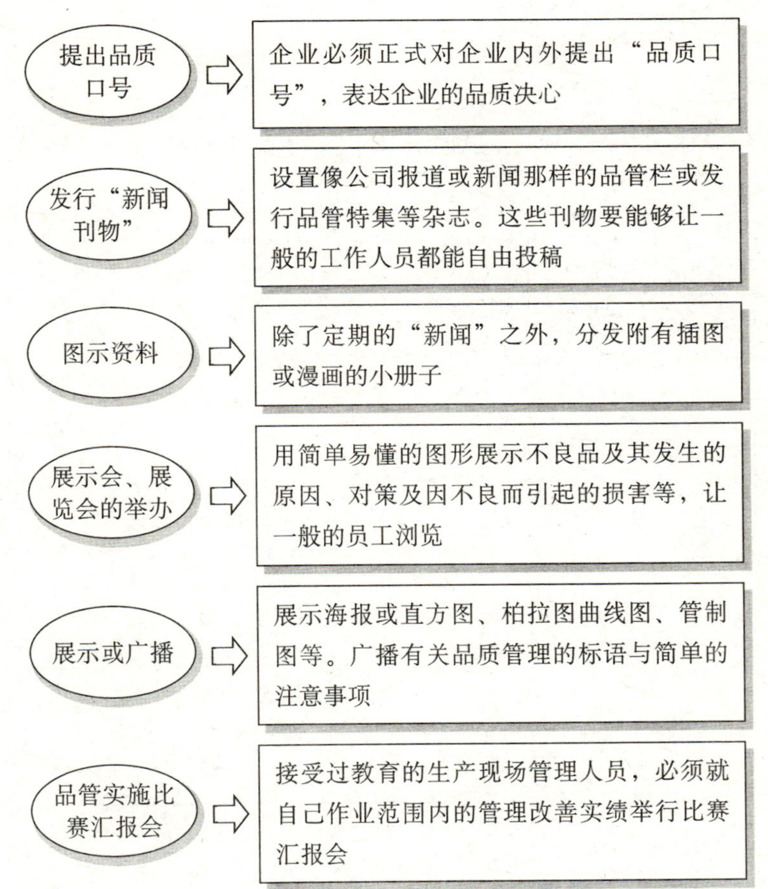

图5-12　提高全员品质意识的方法

要点04：强化三不原则

三不原则是指不接受不合格品，即员工在生产加工之前，先对前道工序传递的产品按规定进行检查，一旦发现问题则有权拒绝接受；不制造不合格品，即作业人员对作业中的各种状况随时留意，及早发现异常的发生，减少产生不合格品的概率；不流出不合格品，即员工完成本工序加工，需检查确认产品品质，一旦发现不良品，必须及时停机，将不良品在本工序截下。

为了强化三不原则，企业应采取以下措施，具体如图5-13所示。

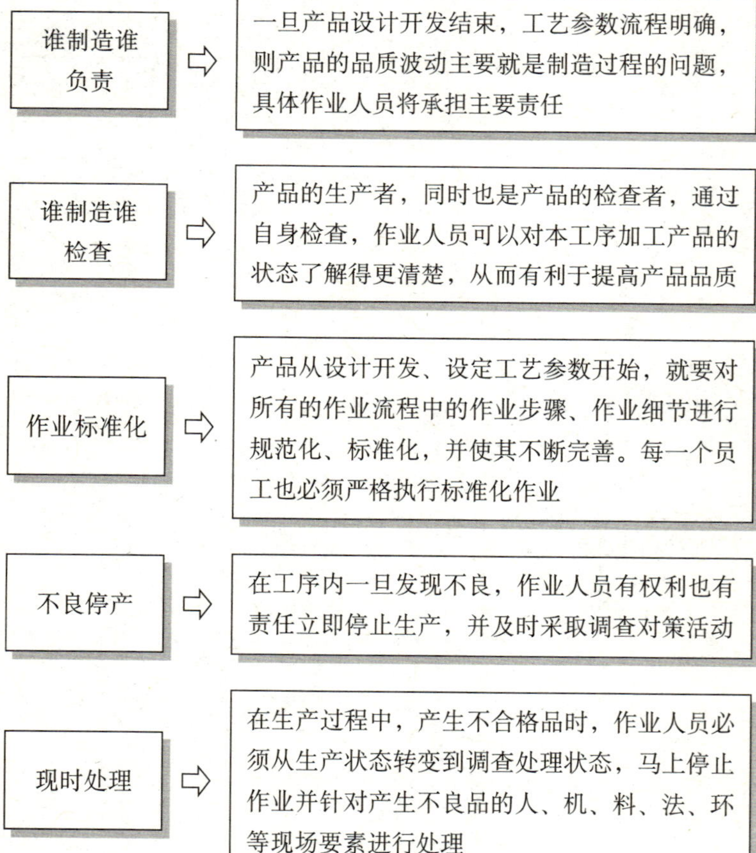

图5-13　强化三不原则的措施

要点05：严格按作业指导文件作业

与现场有关的作业标准文件有工艺流程图，图纸、部品表，作业指导文件，QC工程表，工厂规格等，现场管理人员可采取如图5-14所示措施督促员工按作业指导文件进行作业。

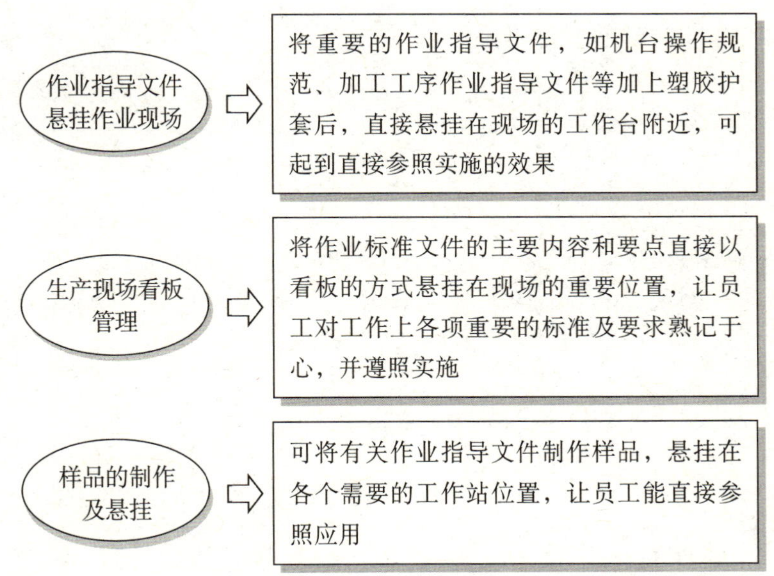

图5-14　督促员工按作业指导文件作业的措施

要点06：加强来料检验

来料检验即“IQC”，其英文是Incoming Quality Check，简称IQC。来料检验是品质检验控制的重要一步，也是预防内、外故障成本产生的重要手段。来料检验方法如图5-15所示。

计数值检验	⇨	计数值检验是指对该批产品的样品做缺陷检查或不合格品检查，如毛边、污点、短脚、尺寸不对、破损、标签印错等。对这种检验，IQC人员应按企业相关标准样品逐项比对检验
计量值检验	⇨	计量值检验是指从该批产品中抽取50～300个样品，对可直接量测的重要特性或参数进行量测，如各种尺寸、电子参数、重量、力度参数等
做特种检验分析	⇨	特种检验分析，又简称“特检”，甚至有些企业直接称“可靠性分析”或“等级评定”，这是指对产品要做一些可靠性分析、等级分析、成分分析、安全性分析、功能分析等

图5-15　来料检验方法

要点07：推行三检制

“三检制”指的是作业人员自检、员工之间互检和专职检验人员专检相结合的一种品质检验制度，具体内容如图5-16所示。

⇨ 自检就是作业人员对自己加工的产品，根据工序品质控制的技术标准自行检验。自检的最显著特点是检验工作基本上和生产加工过程同步进行。通过自检，作业人员可以真正及时地了解自己加工产品的品质问题，并及时解决

互检就是作业人员之间相互检验。一般是指下道工序对上道工序流转过来的在制品进行抽检；同一工作地换班交接时的相互检验；班组品管员或现场主管对本班组人员加工的产品进行抽检等

专检就是由品质部门品质检验人员进行的检验，也是产品生产过程中检验工作的主要承担者

图5-16　推行三检制的内容

要点08：加强首件检验

首件检验是在生产开始时（上班或换班）或工序因素调整后（换人、换料、换活、换工装、调整设备等）对生产的第一件或前几件产品进行的检验，首件检验的内容如图5-17所示。

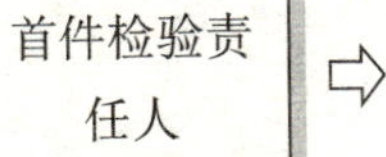

首件检验由作业人员、品质部检验员共同进行。作业人员首先进行自检，合格后送检验员专检

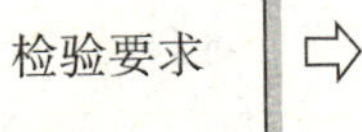

检验员按企业相关检验标准和规定在检验合格的首件上作出标志，并保留至该批产品完工。如果首件未经检验合格，不得继续加工或作业。同时首件检验后要保留必要的记录

图5-17　首件检验的内容

要点09：加强巡回检验

巡检即"IPQC"，其英文是InProcess Quality Check，简称IPQC。指的是在产品生产过程中，用巡回的方式检查和确认各制程参数、作业变更、使用的标准等是否符合要求，并记录状态和加以控制的检验作业方法。在生产现场，巡检可分为按时检验法与按量检验法，具体内容如图5-18所示。

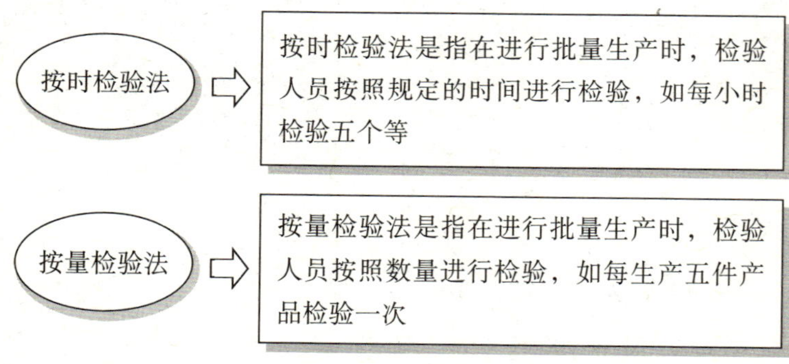

图5-18　巡回检验的内容

要点10：加强末件检验

末件检验即FQC，是英文Final Quality Check的缩写。末件检验除重复巡回检验对产品的外观、尺寸、用料的品质验证外，还特别注重以下几方面的验证，具体内容如图5-19所示。

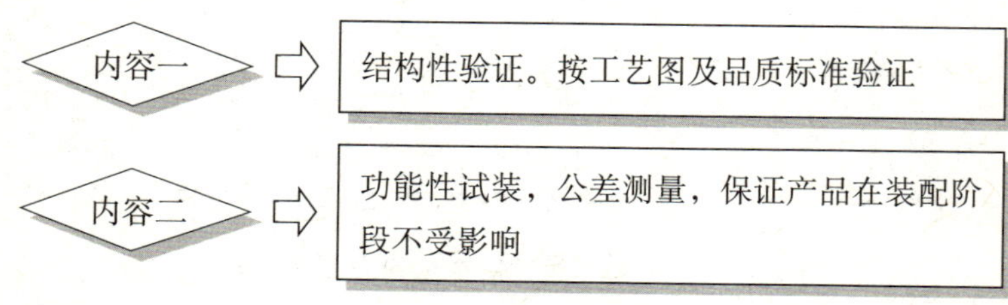

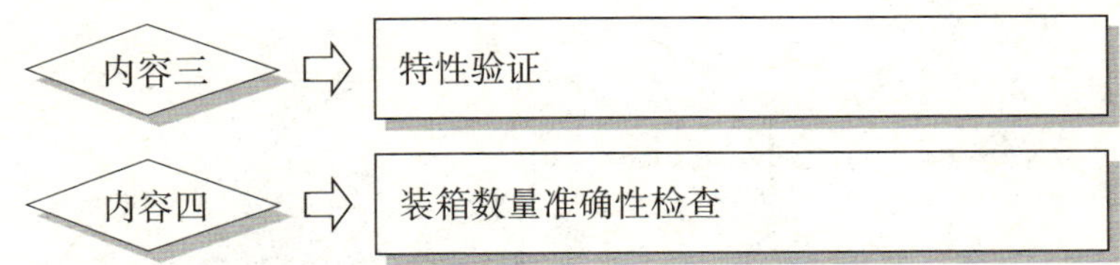

图5-19 末件检验的内容

要点11：加强成品出库检验

成品出库检验是交货前的最后一道关，检验人员必须从入库检验的项目中选择一部分进行，具体如图5-20所示。

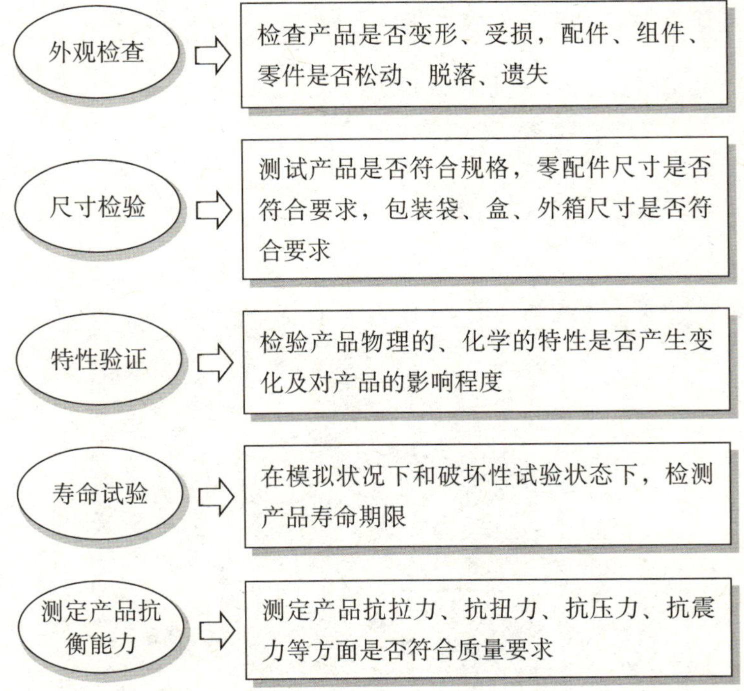

图5-20 成品出库检验的内容

看板展示

看板01：品质目标看板

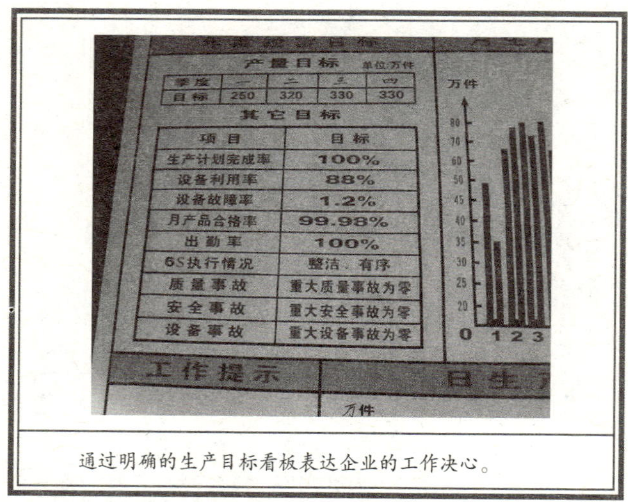

通过明确的生产目标看板表达企业的工作决心。

看板02：技术知识看板

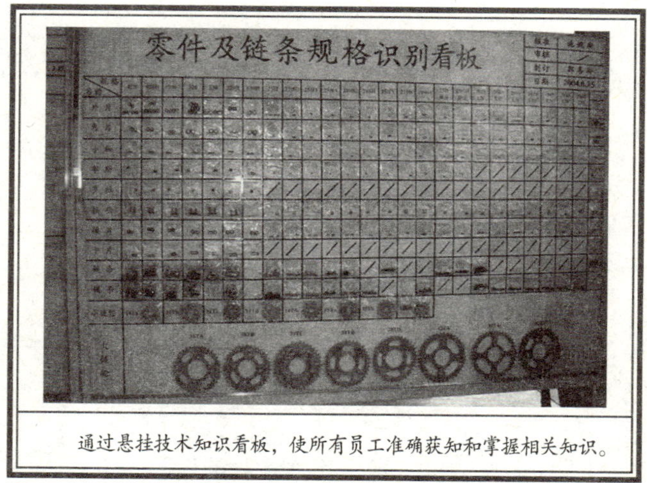

通过悬挂技术知识看板，使所有员工准确获知和掌握相关知识。

看板03：不良品状态标示看板

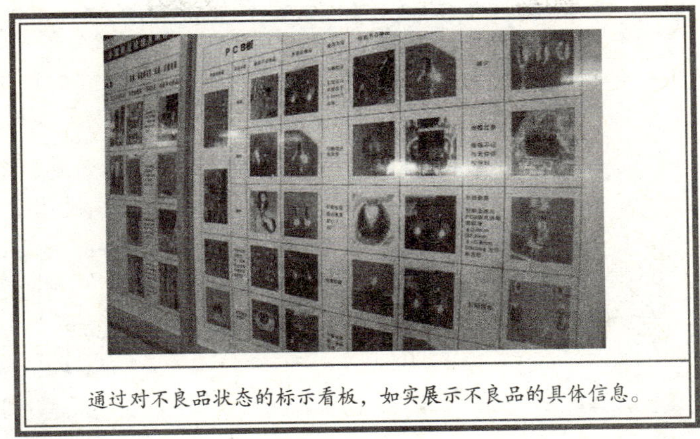

通过对不良品状态的标示看板，如实展示不良品的具体信息。

看板04：巡回检验的流程

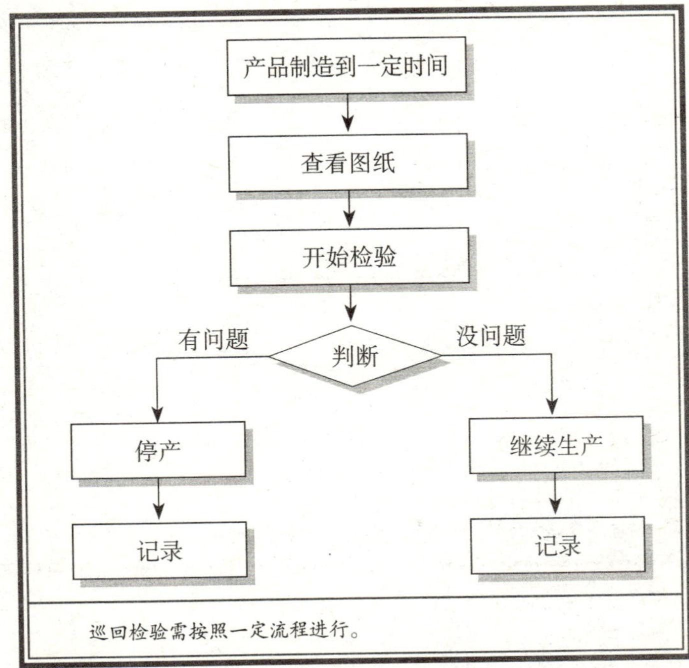

巡回检验需按照一定流程进行。

看板05：来料检验流程

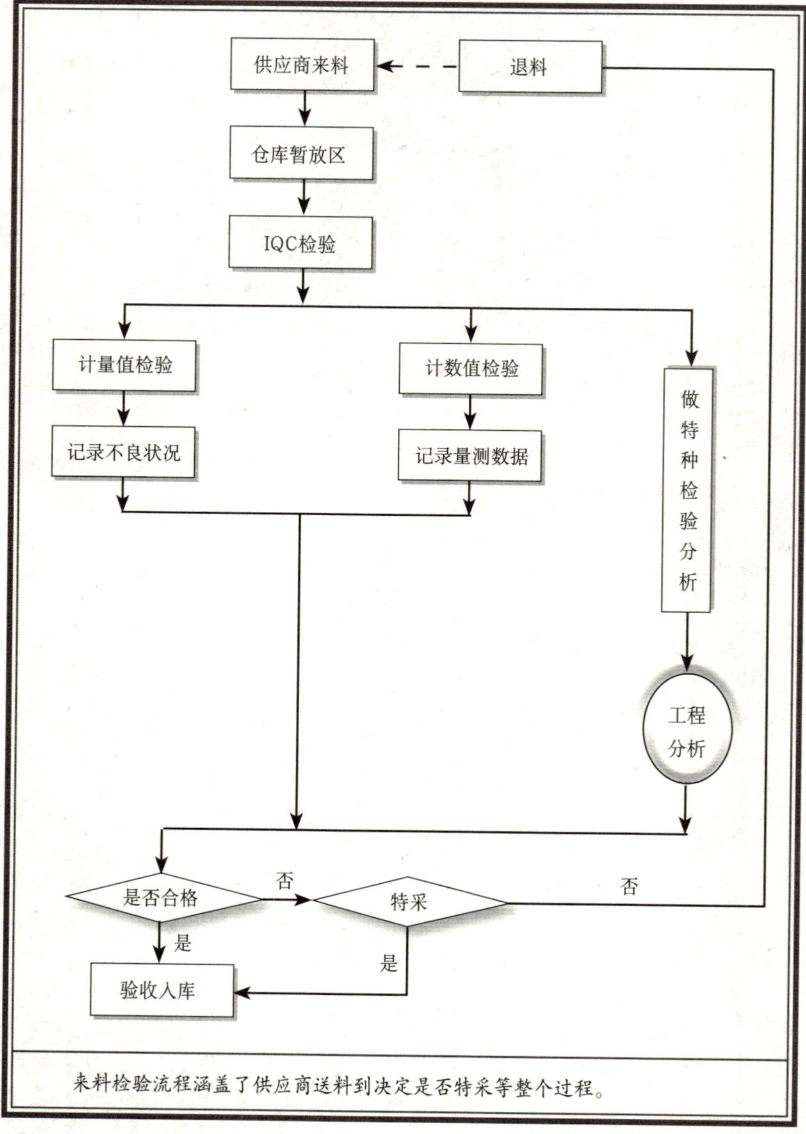

来料检验流程涵盖了供应商送料到决定是否特采等整个过程。

问题解答

问题01：品质意识灌输要求有哪些

品质意识灌输要求具体如下：

（1）对于初级、中级管理人员，主要以品质意识来灌输，如：购入不良物，就很难生产出好的产品；不按照标准的作业方法操作，不良率会增加等。

（2）基层员工占企业的大部分，如何提高基层员工的“品质意识”，是决定“品质管理”能否顺畅进行的重要因素。因此企业应强调以下问题：你所做的工作，自己是否满意？你所做的工作，后道工序的人员是否满意？你所做的工作自己满意及后道工序的人员满意，这是你的“责任”。

问题02：签名制具体内容有哪些

签名制具体内容如下：

（1）作业人员签名表示按规定要求完成了这道工序。

（2）检验人员签名表示该工序达到了规定的品质标准。

（3）签名后的记录文件应妥善保存，以备参考。

问题03：品质统计和分析的指标主要有哪些

品质统计和分析的指标主要有：

（1）品种抽查合格率。

（2）成品抽查合格率。

（3）品种一等品率。

（4）成品一等品率。

（5）主要零件和主要项目的合格率。

（6）成品装配的一次合格率。

（7）返修率等。

第六章
仓储成本控制

企业的各类物料、成品、半成品等物品大都要存放在仓库里，由仓管人员进行管理。一旦管理不善，导致物品损坏、丢失等，都会增加企业的成本。因此，企业必须采取相应措施，加强对仓储成本的控制。

第一节 仓储成本控制

要点分析

要点01：仓库值班管理

仓库主管应制定仓库值班制度，明确仓库安全员的职责权限，具体如图6-1所示。

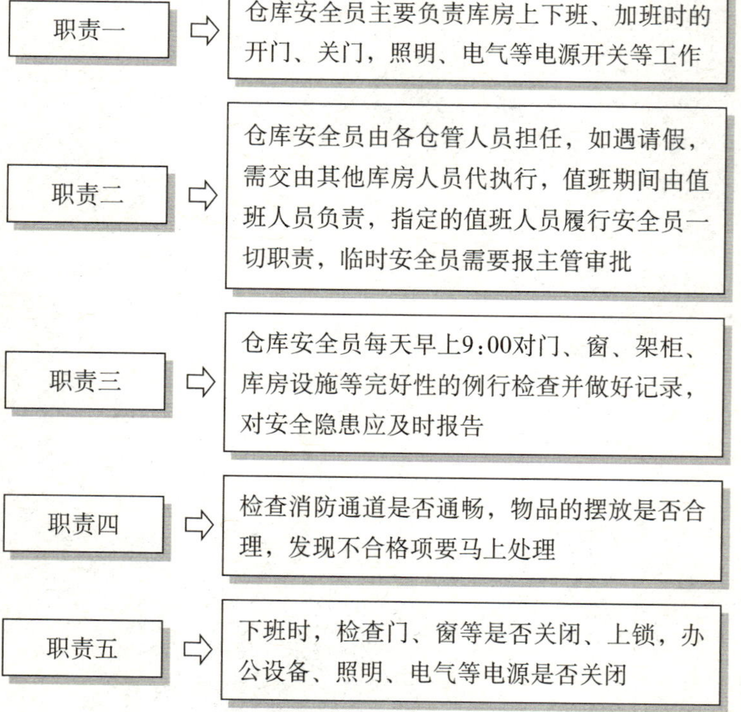

职责六 ⇨ “仓库安全自检表”要求每天早晚各登记一次，要放在仓库进门处附近位置，仓库主管应对该表的填写进行监督与检查

图6-1 仓库安全员的职责权限

要点02：仓库防盗管理

在仓库防盗管理中应注意以下事项，具体如图6-2所示。

事项一 ⇨ 限定仓管人员出入，其他人员无相关证件不得进入

事项二 ⇨ 仓库进出应登记，包括时间、姓名、任务等记录，以备日后查明之用

事项三 ⇨ 提送货人员要进库办理业务，必须向门卫出示提送货凭证，门卫要做好入库登记，收存入库证，指明提送货地点。提送货人员一般不得进入库房，需要进入库房时，要经仓管员同意，并佩戴入库证，由仓管员陪同出入。业务办理完毕后，离开仓库时要交还入库证，随身带出物品要向门卫递交出门证，经门卫查验无误后，方可离开

事项四 ⇨ 容易被盗窃物品的收藏处应告知值勤保安人员，要求其加强巡逻

事项五 ⇨ 小件而高价的物品应加锁保管

对内部人员应强化监督措施，如增加监督设施、提升监管水平、定时进行业务盘点、开展有奖举报等

图6-2　仓库防盗管理的注意事项

要点03：仓库消防安全管理

企业必须加强仓库消防安全管理，防止发生消防安全事故，给企业造成不必要的损失，具体措施如图6-3所示。

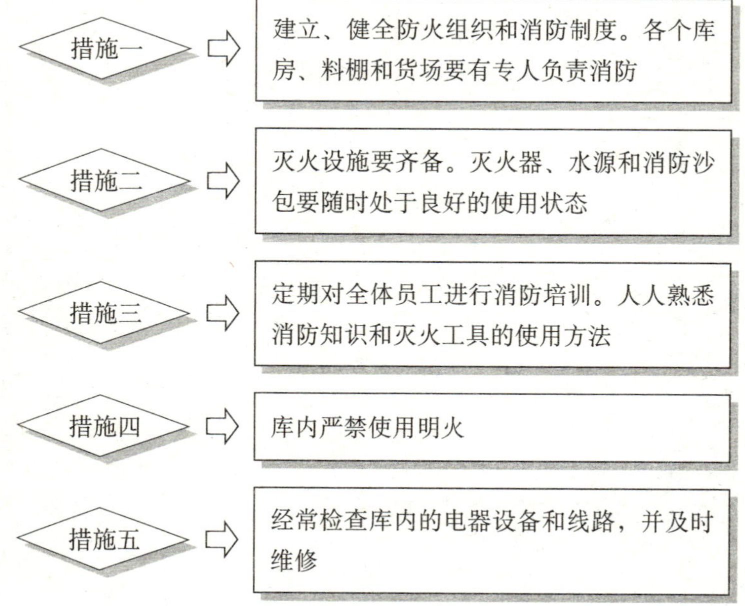

图6-3　仓库消防安全管理的措施

要点04：特殊物品储存管理

特殊物品指的是易燃、易爆、剧毒、放射性、挥发性、腐蚀性等危险物品，仓管人员开展相关储存工作时应掌握以下要点，具体如图6-4所示。

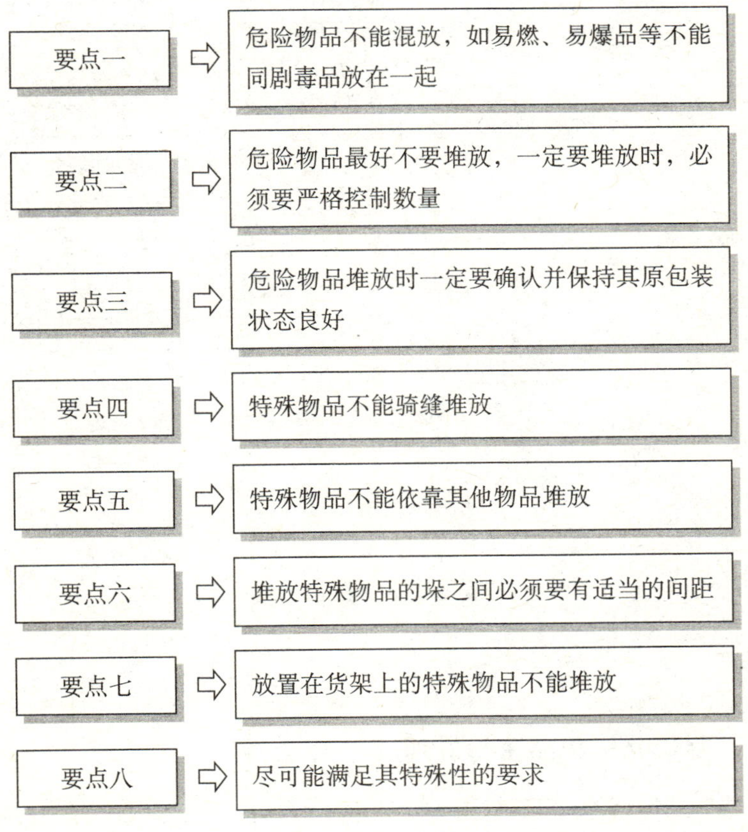

图6-4　特殊物品储存管理要点

要点05：物品堆放管理

物品堆放有多种不同的方法，具体如图6-5所示。

此方法适用于品形较大、外形规则的物品。根据各种物品的特性和开头做到“五五成行，五五成方，五五成串，五五成层”，使物品叠放整齐，便于点数

此方法适用于体积较小、用规则容器盛装、产品品种较少的物品。按“库号、仓位号、货架号、层号、订单号、物品编号”等六号，对物品进行归类叠放

此方法是指将物品码放在托盘上、卡板上或托箱中，便于成盘、成板、成箱地叠放和运输，有利于叉车将物品整体移动，提高物品的储存和搬运效率

图6-5　物品堆放方法

要点06：物品密封管理

有些物品因为自身特质，需要密封保存。而密封就是利用绝热性与防潮性较好的物品，把物品尽可能地严密封闭起来，防止受外界环境影响。密封保存需掌握以下要点，具体如图6-6所示。

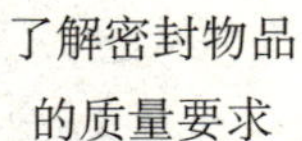

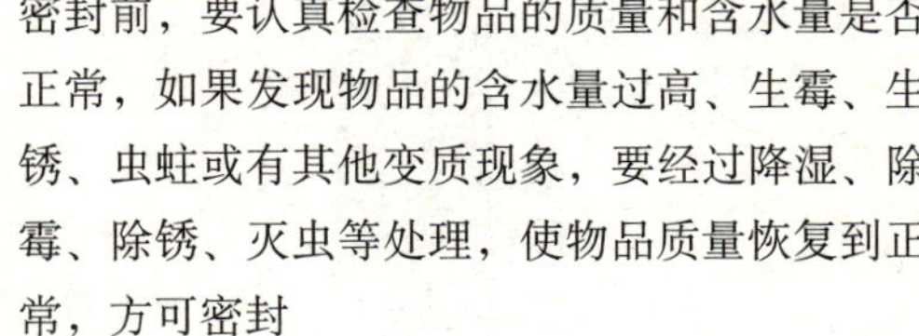

做好密封时间的选择

要根据物品的性质来确定密封时间。怕潮易霉的物品，宜在梅雨季节到来之前密封；怕热易熔的物品，应在较阴凉的季节进行密封；怕冻物品，应在气温较高时进行密封

密封后的物品检查

物品密封后，要定期进行检查。因为密封只是相对的密封，不能完全隔绝气候对物品的影响。在检查中，若发现物品和包装有异状，或温、湿度不适宜时，应及时采取措施予以补救

图6-6　物品密封管理要点

要点07：仓库通风管理

通风就是根据空气自然流动规律，有目的地使仓库内外空气交流，以达到调节库内空气温、湿度的目的。仓库通风的方法具体如图6-7所示。

自然通风就是利用库房内外的温差和气压差，开启库房的门、窗、通风口等，使库房内外的空气进行自然交换

机械通风就是在库房的上部装设排风扇、库房下部装置送风扇，利用机械设备来加强库内、外空气的交换而通风。有的还在通风处装置空气过滤设备，以提高空气的洁净程度和降低空气的温度和湿度

图6-7　仓库通风的方法

要点08：仓库吸潮管理

在梅雨季节或阴雨天，当库内湿度过高，不适宜物品储存，而库外湿度也过大，不宜进行通风散潮时，可以在密封库内用吸潮的办法降低库内湿度，具体措施如图6-8所示。

使用吸湿剂 ⇨ 吸湿剂是一种除湿的辅助办法，它是利用吸湿剂吸收空气中水汽的办法，达到除湿的效果。常用的吸湿剂有生石灰、氯化钙、硅酸、木炭、炉灰等

使用吸湿机 ⇨ 仓库普遍使用机械吸潮方法，即使用吸湿机把库内的潮湿空气通过抽风机，吸入吸湿机冷却器内，使它凝结为水而排出。吸湿机一般适用于储存棉布、针棉织品、贵重百货、医药、仪器、电工器材和烟糖类的仓间吸湿

气幕俗称“风帘”，是利用机械鼓风产生强气流，在库门口形成一道气流帘子，其风速大于库内、外空气的流速，可以阻止库内、外空气的自然交换，从而防止库外热潮空气进入库内

干燥箱储存

对于一些体积不大易受潮的物品可运用干燥箱储存

图6-8　仓库吸潮管理措施

要点09：物品防霉变管理

有些物品容易霉变，而物品霉变的预防主要是针对物品霉变的外因（微生物产生的环境条件）而采取相应的技术措施。通常而言，防霉变的具体方法如图6-9所示。

加强每批物品的入库检查。检查有无水渍和霉腐现象，检查物品的自然含水量是否超过储存范围，包装是否损坏受潮，内部有无发热现象等

根据不同季节、不同地区的不同储存条件，采取相应通风降湿措施，使库内温度和湿度达到抑制真菌生长和繁殖的要求

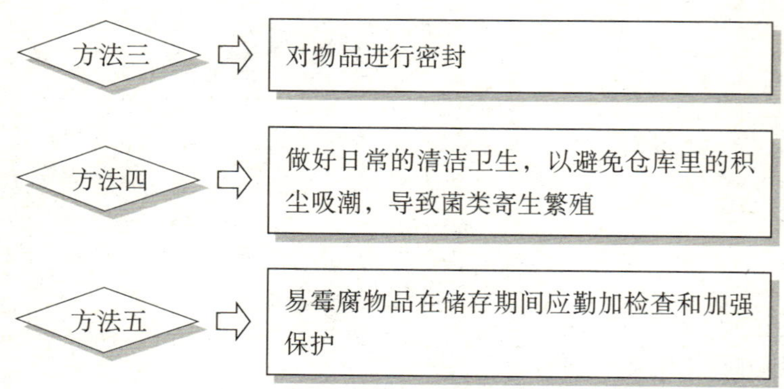

图6-9　物品防霉变的方法

要点10：金属物品防锈管理

金属物品的防锈方法有很多，有些在生产过程就应予以考虑。在仓储作业中，仓管人员所采用的防锈办法，主要有以下几种，具体如图6-10所示。

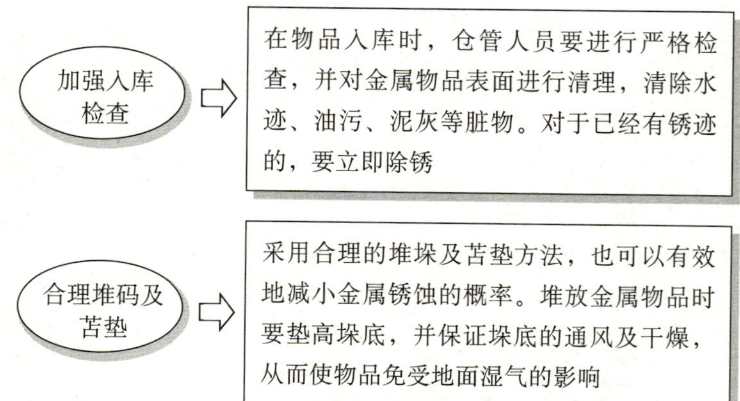

相对湿度在60%以下，就可以防止金属制品表面凝结水分、生成电解液层而遭受电化学腐蚀。但由于相对湿度60%以下较难达到，一般库房可以将其控制在65%~70%

与控制储存环境这种方法相比，将金属物品与环境隔离开的防锈方法，是一种短期的、高成本的方法

图6-10　金属物品防锈的方法

看板展示

看板01：仓库警示标志

仓库是企业储存各类物资的重要场地，必须张贴警示标志，使所有人员得知，避免无关人员进入仓库，给企业带来损失。

看板02：仓库安全示意图

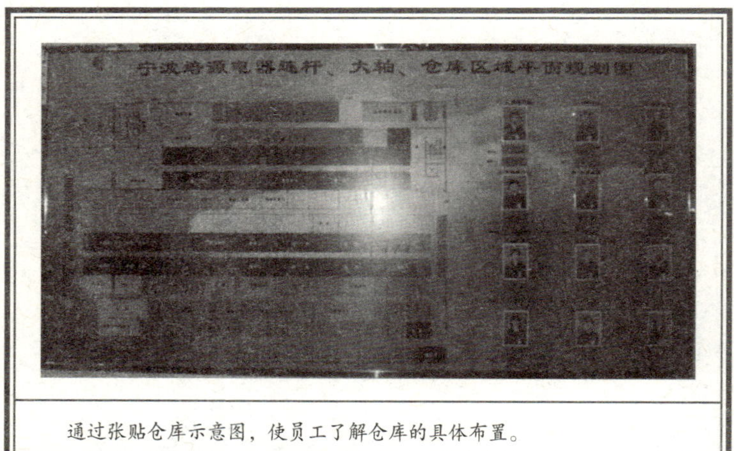

通过张贴仓库示意图，使员工了解仓库的具体布置。

看板03：物料箱物料摆放标准看板

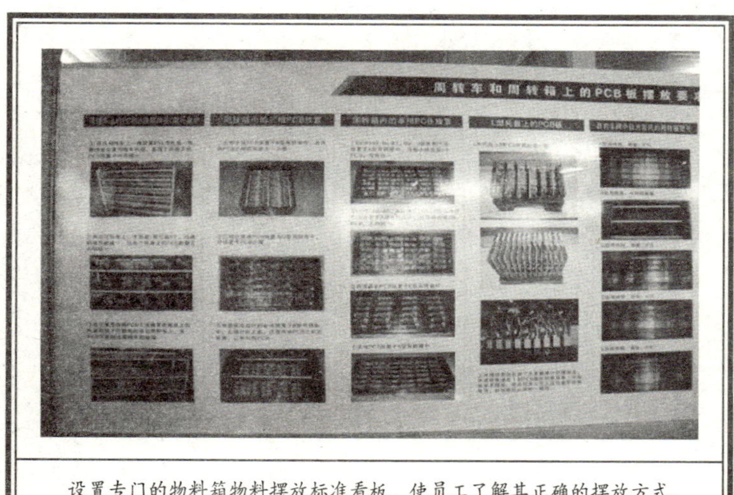

设置专门的物料箱物料摆放标准看板，使员工了解其正确的摆放方式。

看板04：化学品分类放置

将一些化学品要分类放置，同时做好标记。

看板05：消防设备负责人

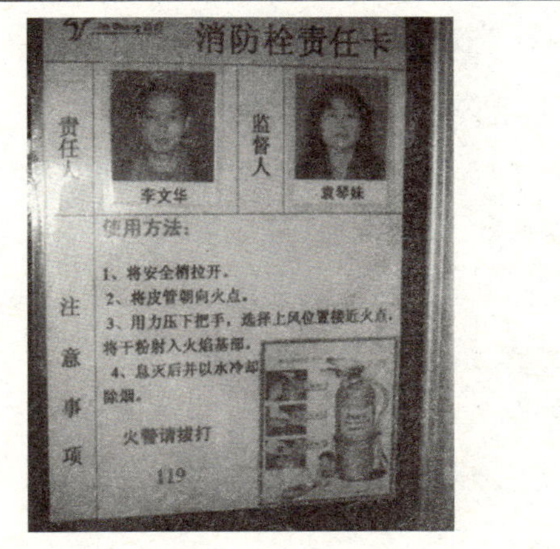

通过明确消防设备负责人来明确相关责任，以提高消防安全管理水平。

问题解答

问题01：仓储工作基本要求有哪些

仓储工作基本要求具体如下：

（1）保障储存区域整洁，具有适宜的环境条件，对温度、湿度和其他条件敏感的物品，应有明显的识别标记，并加以单独存放。

（2）储存中可能会变质和腐蚀的物品，应按一定的防腐蚀和变质的方法进行清洗、防护、特殊包装和存放。

（3）物品入库经验收合格，并注明接收日期，作出适当标记，对有储存期要求的物品，应有适用的储存品周转制度，物品堆放要有利于存取，并防止误用。

（4）定期检查库存品状况，限制非仓库人员进入。物品出库手续应齐全，应加强仓库管理。

（5）储存物品应有一套清楚、完整的账物卡管理制度。

问题02：物品堆放的基本要求有哪些

物品堆放有哪些基本要求：

（1）堆放的物品不能超出卡板。即堆放的物品要小于卡板尺寸，要求受力均匀平衡，不要落空；这样可防止碰撞、损坏纸箱。

（2）遵守层数限制。即纸箱上有层数限制标志，要求按层数标志堆放，不要超限，以防止压垮纸箱、挤压物品。

（3）不要倒放物品。在纸箱上有箭头指示方向，要求按箭头指向堆放，不要倒放或斜放，以防止箱内物品挤压。

（4）纸箱间的缝隙不能过大。即同层纸箱要有间隔距离，因为纸箱的尺寸可能不一样。堆放要求是最大缝隙应不能大于纸箱，以防止箱内物品受挤压。

问题03：储存易损物品有哪些注意事项

易损物品是指那些在搬运、存放、装卸过程中容易发生损坏的物品，如玻璃、陶瓷制品、精密仪表等。对这类物品按以下方法储存：

（1）尽可能在原包装状态下实施搬运和装卸作业。

（2）不使用带有滚轮的储物架。

（3）利用平板车搬运时，要对码层做适当捆绑后进行。

（4）一般情况下不允许使用吊车作业。严禁滑动方式搬运。

（5）严格限制摆放的高度。

（6）小心轻放，文明作业。

（7）不与其他物品混放。

（8）明确标示其易损的特性。

问题04：储存敏感物品有哪些注意事项

敏感物品是指那些物品本身具有很敏感的特性，若控制失误就有可能导致失效或产生事故。如磷可在空气中自燃，IC怕静电感应，色板怕日晒风化等。这类物品的储存要求为：

（1）接收时认真阅读并执行原制造商的储存要求。

（2）了解和掌握该类物品的特性，实施对口管理。

（3）必要时，要设置专人储存仓库。

（4）必须在原包装状态下搬运、储存和装卸。

（5）设置必要的敏感特性监视器具，以有效消除不合适的环境因素。

第二节 库存成本控制

要点分析

要点01：设定最大与最小库存量

库存的特征就是时常处于变动的状态。采购的物料如果缺货，便无法安排生产，这就成了库存不足；如果大量采购，又会造成库存过剩。为了预防库存不足或过剩，一般要先设定必要的库存标准，这个标准就是“最小库存量”及“最大库存量”。

要预防库存不足及缺乏情况，库存量的最低标准就是“最小库存量(安全库存量)”。相对于此，为了不让库存过多，必要的库存标准就是“最大库存量(库存上限数量)”。具体设定方法如图6-11所示。

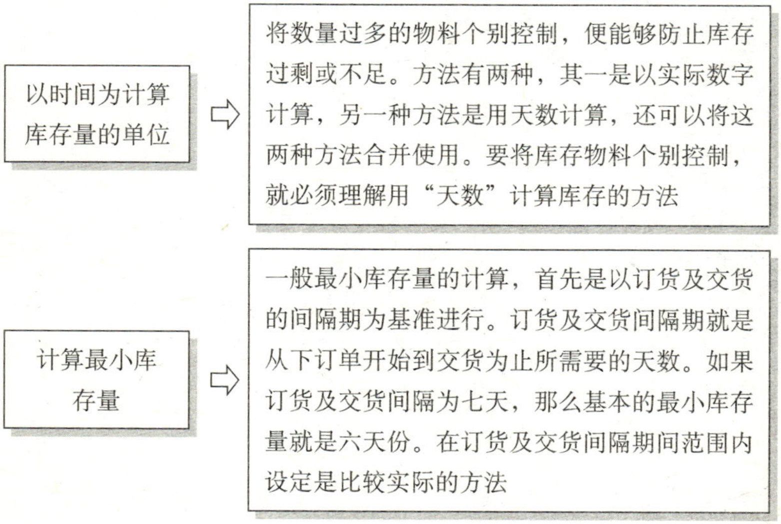

以时间为计算库存量的单位 ⇨	将数量过多的物料个别控制，便能够防止库存过剩或不足。方法有两种，其一是以实际数字计算，另一种方法是用天数计算，还可以将这两种方法合并使用。要将库存物料个别控制，就必须理解用“天数”计算库存的方法
计算最小库存量 ⇨	一般最小库存量的计算，首先是以订货及交货的间隔期为基准进行。订货及交货间隔期就是从下订单开始到交货为止所需要的天数。如果订货及交货间隔为七天，那么基本的最小库存量就是六天份。在订货及交货间隔期间范围内设定是比较实际的方法

计算最大库存量 ⇨ 最大库存量的计算公式为两倍平均库存量减去最小库存量，求得的数值与平均库存量及最小库存量相关联。最小库存量以天数来计算的部分已经做过说明，这里要讲的是平均库存量的计算方法。平均库存量分为期初平均、期末平均、12个月份总和的平均等，所得出的数字也不同。总之，使用不同的平均库存量，其管理的水平也有所不同

图6-11　设定最大与最小库存量的方法

要点02：提高库存数量管理精度

在削减库存，谋求降低成本时，首先的问题是实际库存数和台账上的库存数不一致，掌握实际库存有代表性的手法是期末盘点，而期末盘点的目的是掌握库存的金额。为此循环盘点的手法就在以掌握库存数为目的时使用。为了削减库存，就要准确地掌握库存数量。具体要点如图6-12所示。

⇨ 有关库存数量管理的改善，分现物管理方法的改善和事务工作处理方法的改善

⇨ 具体方法包括设定放置点、储存场所的集中化、物品摆放的标准化、明示交货场所、用票据核对现物、出库时一定发出出库单

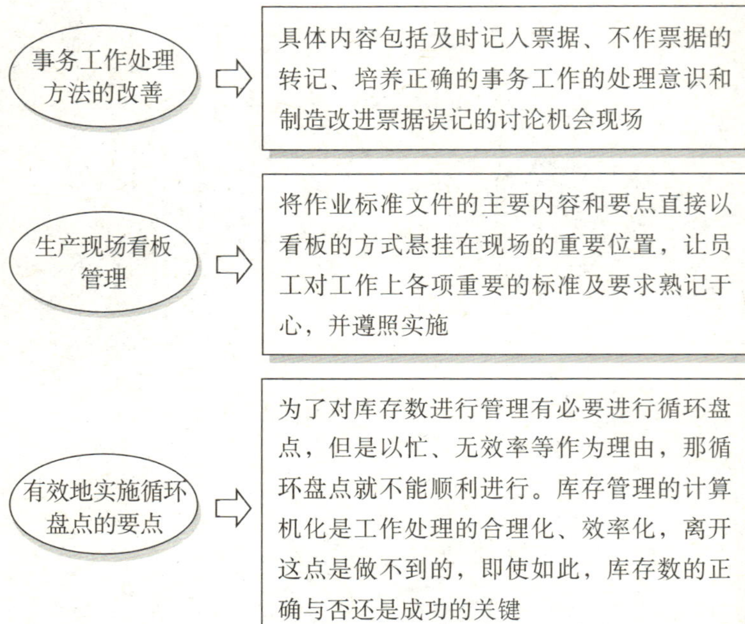

图6-12　提高库存数量管理精度要点

要点03：不必要库存的预防

防止不必要库存的发生，减少库存过剩，对于成本管理和生产顺利进行都十分有利，具体措施如图6-13所示。

思考方法 ⇨ 在企业已经进入多品种少量生产的今天，为了防止不必要库存的发生，基于ABC分析来进行要点管理是重要的。通过目视管理使信息共享。不单是仓库管理部门，也包括企业全体人员，必须理解库存过剩的危害

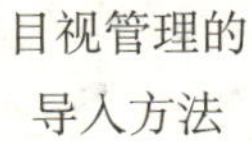

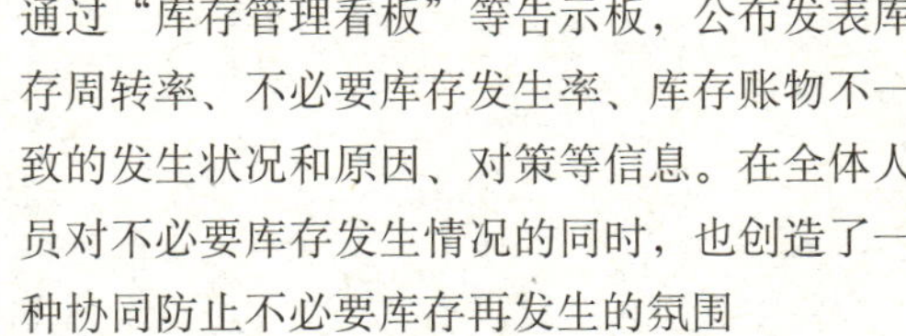

提高削减库存意识 ⇨ 管理者带头把库存削减作为企业的方针政策，这也在提高库存削减意识中起到很大的作用。全体人员应理解消减库存的必要性，这成为对不必要品的有效削减的必不可少的要素，积极地改变“不必要库存是没办法的事”的意识是很重要的

改善储存 ⇨ 为防止不必要库存的发生，需要改善储存方法如设定指定的放置场所，不放多余的东西；储存场所集中化，使储存管理变得容易；包装标准化，超过一定量以上不装入；把不必要品废弃处理前，要设定展示一定时间的放置场所

掌握正确库存数的方法 ⇨ 正确地掌握库存数是不容易的事。在仓库方面，要经常改善现品管理的方法和事务处理的方法。还必须进行循环盘点，努力实施库存不一致的早期发现、早期行动

图6-13 不必要库存的预防措施

要点04：发现不必要库存

发现不必要库存的步骤具体如图6-14所示。

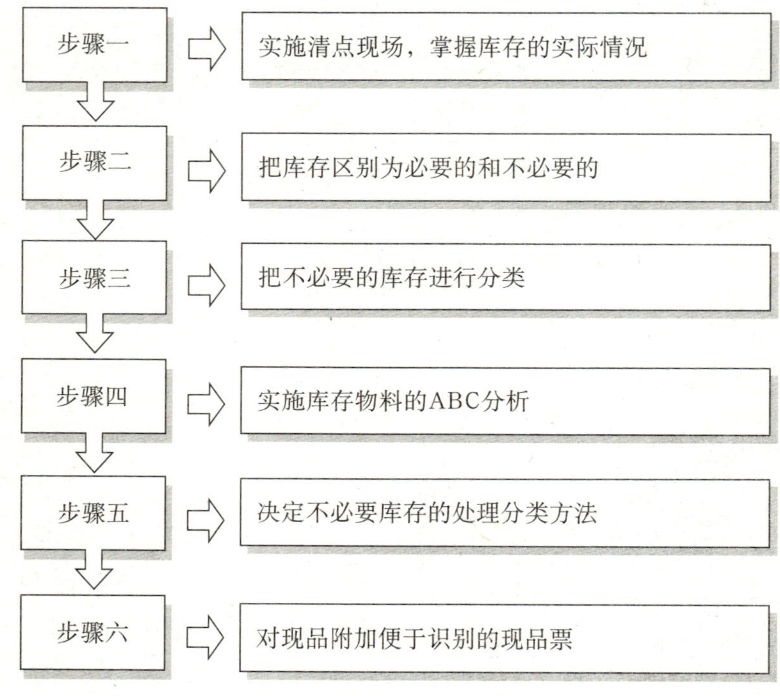

图6-14 发现不必要库存的步骤

要点05：减少不必要库存

库存量的增加，直接影响资金周转。所以要在减少和防止产生不必要的库存两个方面去努力。为减少不必要的库存，在理解以下要点的基础上实施是必要的，具体措施如图6-15所示。

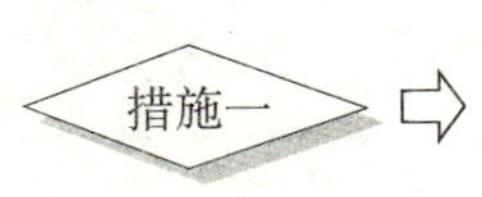

企业各级管理人员要站在减少库存的前沿阵地上，库存问题就是经营问题，从这个观点上看，企业各级管理人员要制定减少库存的方针

有组织地推进减少库存的工作。企业总经理等各级管理人员应是该项工作的责任者，要建立减少库存的组织，有效地使用组织的力量来推进该项工作

有计划地推进减少库存的工作。明确了解减少库存的步骤，按日程计划推进

对进行减少库存工作的员工进行教育。对员工进行有关减少库存的目的、因库存造成的浪费（无效）的内容以及减少库存的方法等教育

图6-15　减少不必要库存的措施

要点06：处理不必要库存

不必要库存的处理方法具体如图6-16所示。

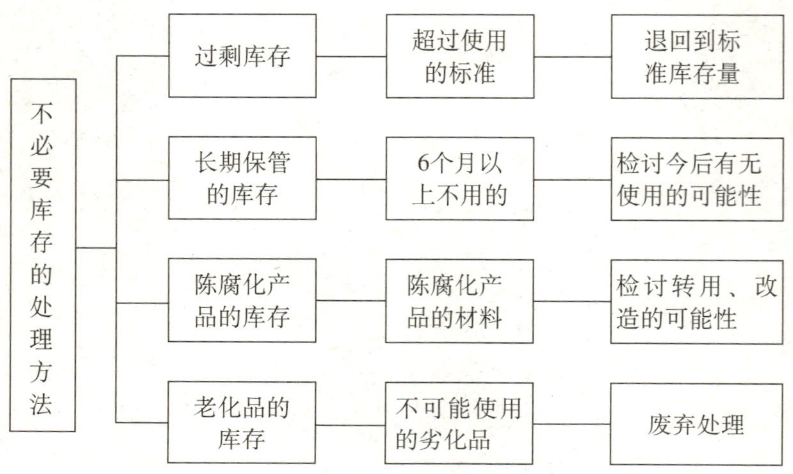

图6-16　不必要库存的处理方法

看板展示

看板01：仓储库存明细看板

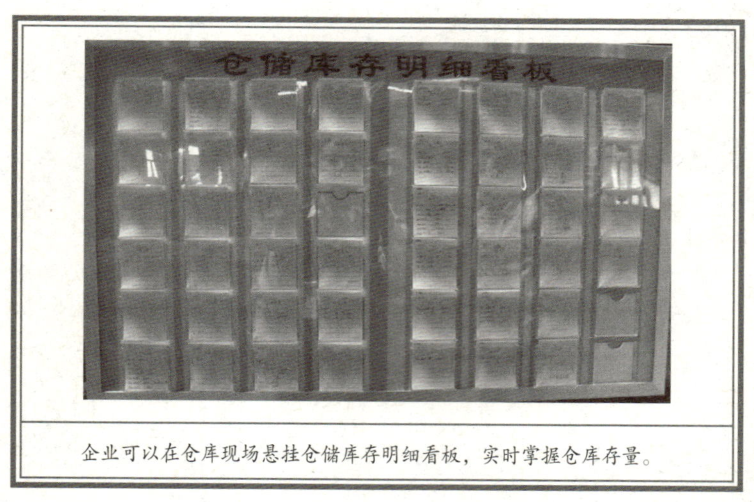

企业可以在仓库现场悬挂仓储库存明细看板，实时掌握仓库存量。

看板02：物料库存看板

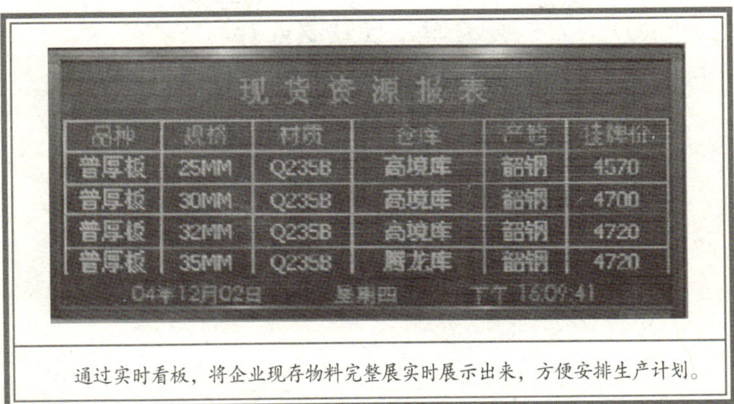

通过实时看板，将企业现存物料完整展实时展示出来，方便安排生产计划。

看板03：红线法

通过在墙壁上划红线，控制每种物料的储存量。

问题解答

问题01：因不必要库存导致的浪费有哪些

因不必要的库存，导致无效的经费。

（1）贷款利息。

（2）储存费(人工费、租借费、经费等)。

（3）搬运费。

（4）陈腐化费用。

（5）盘点评价的损失。

（6）防劣化费、修理费。

（7）保险费。

（8）税金。

问题02：库存差异产生的原因通常有哪些

库存数不一致的原因以下几点。可分为处理仓库事务工作的失误和现场管理失误两大类。

（1）进出库时的计数失误。

（2）进出库时的票据记录失误。

（3）票据转记失误。

（4）盘点时的计数失误。

（5）储存期间的破损、丢失等。

问题03：发现不必要库存有哪些注意事项

发现不必要库存的注意事项具体如下：

（1）优先发现金额大的过剩库存项目。

（2）不必要库存的区分要尽可能综合相关各部门的建议。

（3）在企业内部推广消减库存的意识。

（4）要让员工充分理解不必要库存的意义和削减库存的好处。

（5）明确设定库存削减目标。

问题04：如何进行有效的循环盘点

进行有效的循环盘点应掌握以下要点：

（1）使员工正确理解循环盘点的意义。

（2）进行10天，一周内的短期盘点。

（3）用定位法进行库存品的管理。

（4）对数量不一致的货，记人“库存不一致一览表”内，进行再次盘点。

（5）彻底调查账数不一致的原因。

（6）公布提高库存精确度的成果。

第七章 目视与5S管理

企业的成本控制不只包含研发、采购、生产等实际业务工作，也包含目视与5S管理的内容，因为只有通过目视与5S管理创造一个良好、有秩序的工作场所，才能使企业的各项工作有条不紊地展开，也才能为具体的成本控制工作提供保障。

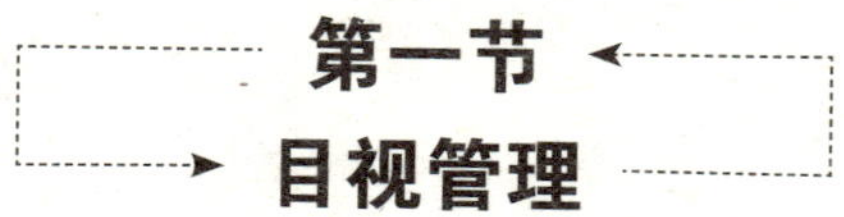

第一节 目视管理

要点分析

要点01：目视管理的特点

目视管理是指通过看板、标志、实物、灯号、颜色、图表等视觉化工具，以界定人、事、物的方向、位置、距离、趋势、差异等，进行管理、改善活动。目视管理的特点具体如图7-1所示。

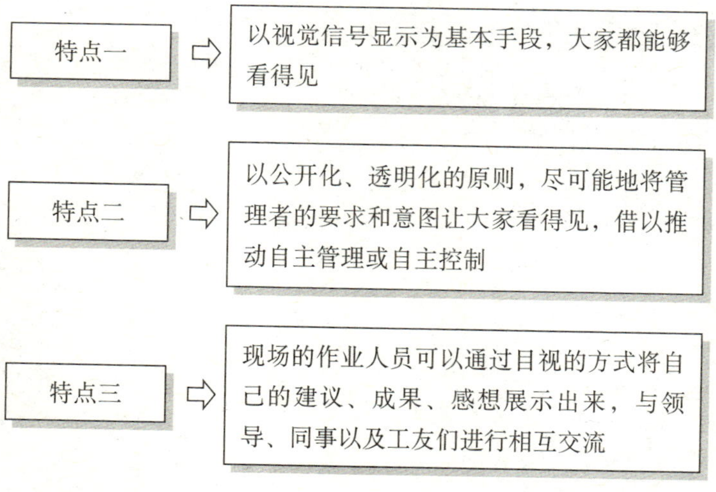

图7-1　目视管理的特点

要点02：目视管理的表现形式

目视管理的表现形式很多，具体如图7-2所示。

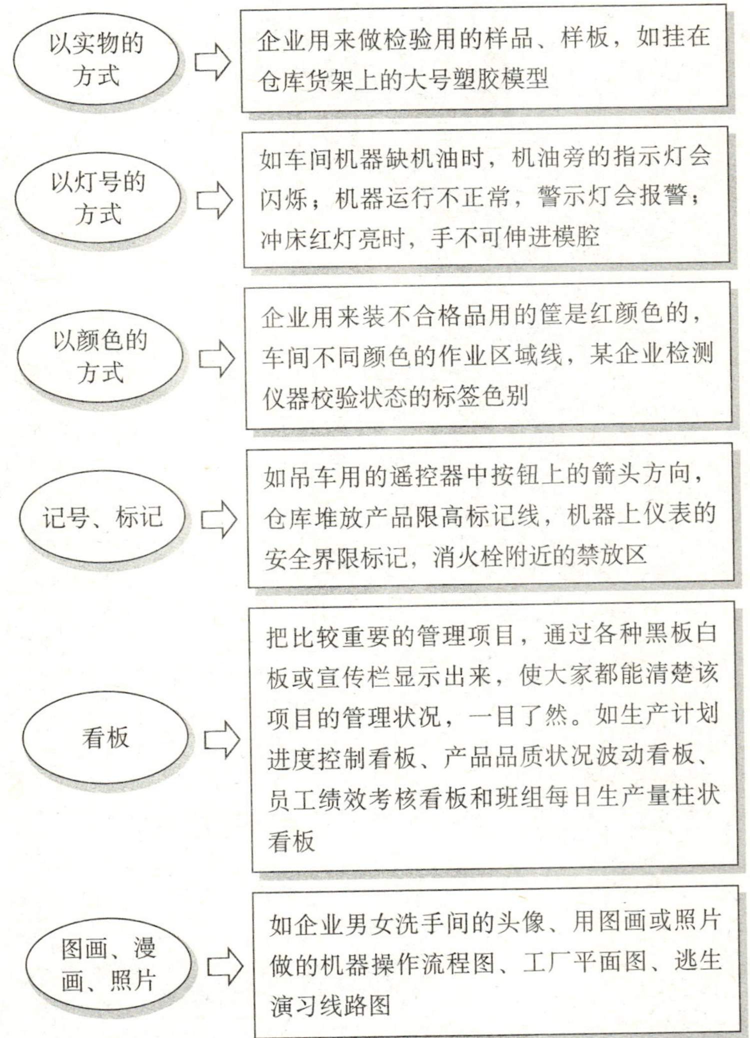

图7-2　目视管理的表现形式

要点03：目视管理的施行要点

目视管理的施行要点，具体如图7-3所示。

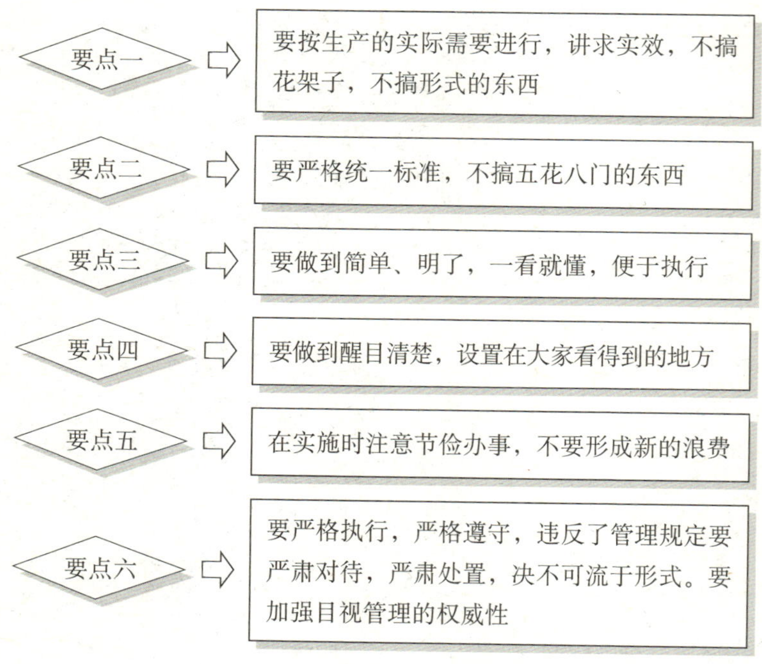

图7-3　目视管理的施行要点

要点04：目视管理在生产车间现场的应用

目视管理在生产车间现场的应用，具体如图7-4所示。

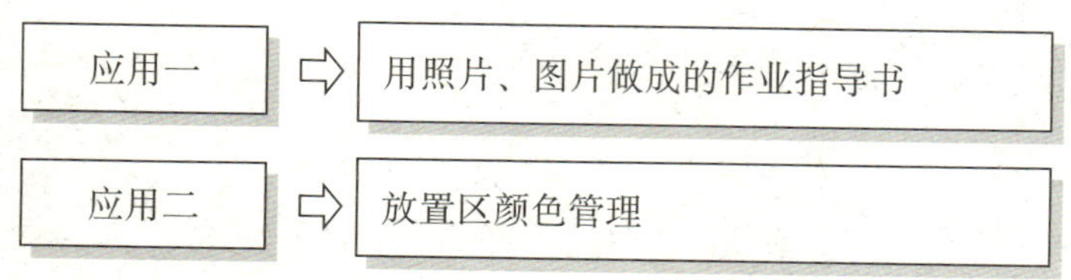

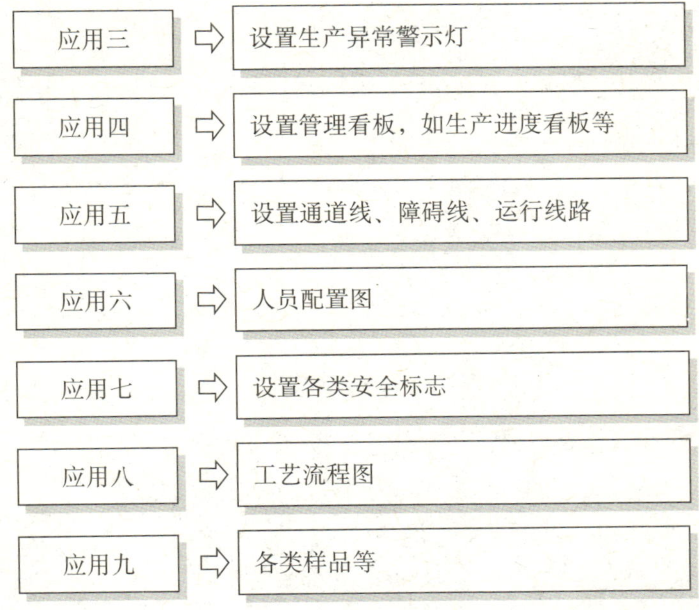

图7-4　目视管理在生产现场的应用

要点05：目视管理在生产计划管理的应用

目视管理在生产计划管理方面也有广泛应用，具体形式如图7-5所示。

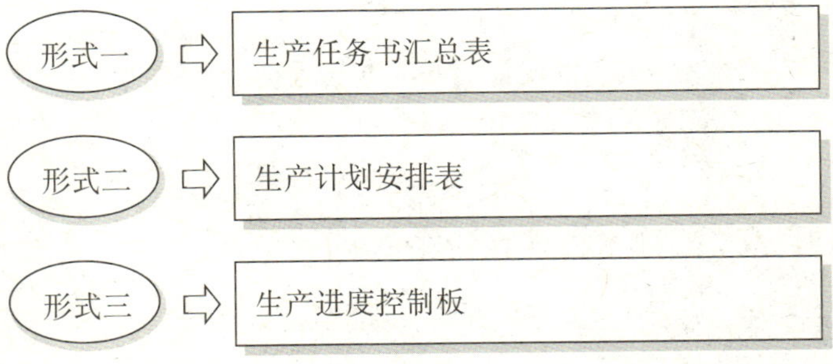

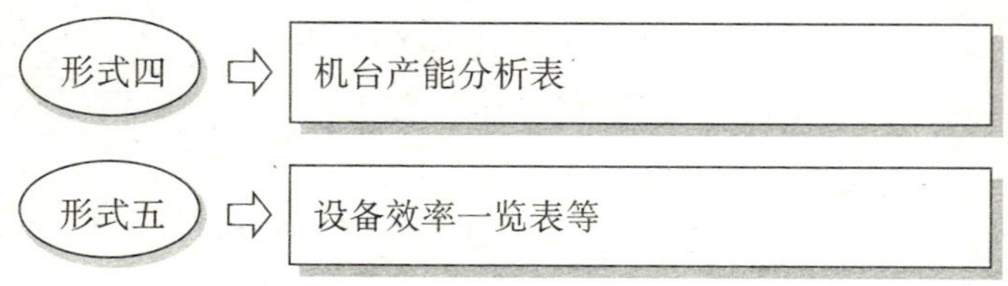

图7-5 目视管理在生产计划管理的应用形式

要点06：目视管理在品质管理的应用

目视管理在品质方面也有着广泛应用，具体形式如图7-6所示。

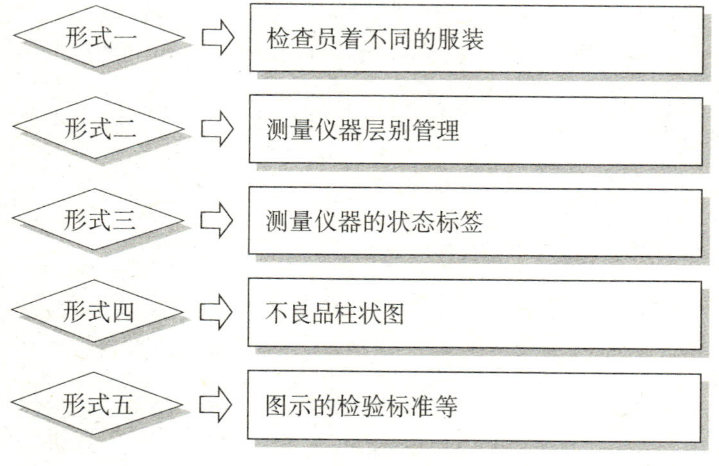

图7-6 目视管理在品质管理的应用形式

要点07：目视管理在设备管理的应用

目视管理在设备管理的应用具体如图7-7所示。

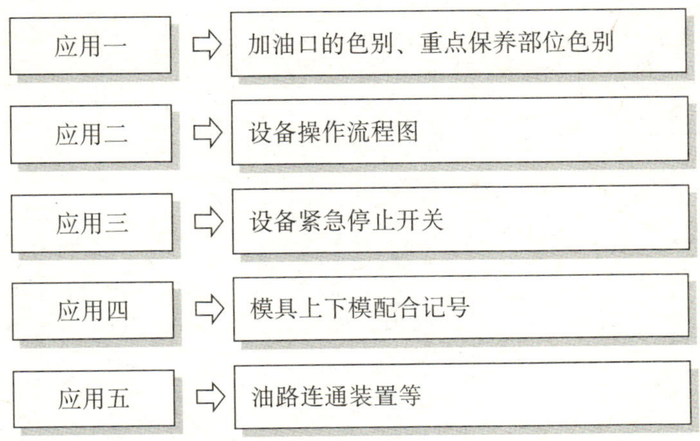

图7-7　目视管理在设备管理的应用

要点08：目视管理在办公室的应用

目视管理在办公室的应用具体如图7-8所示。

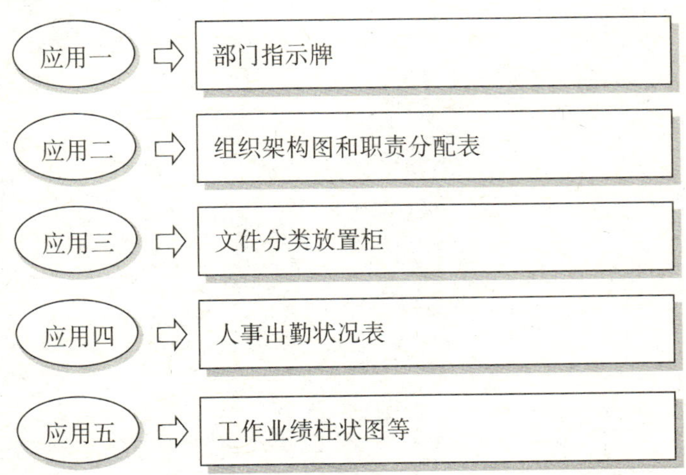

图7-8　目视管理在办公室的应用

要点09：目视安全管理颜色的使用

在很多工厂的安全管理，通常用颜色来刺激人的视觉，达到警示的目的，具体内容如图7-9所示。

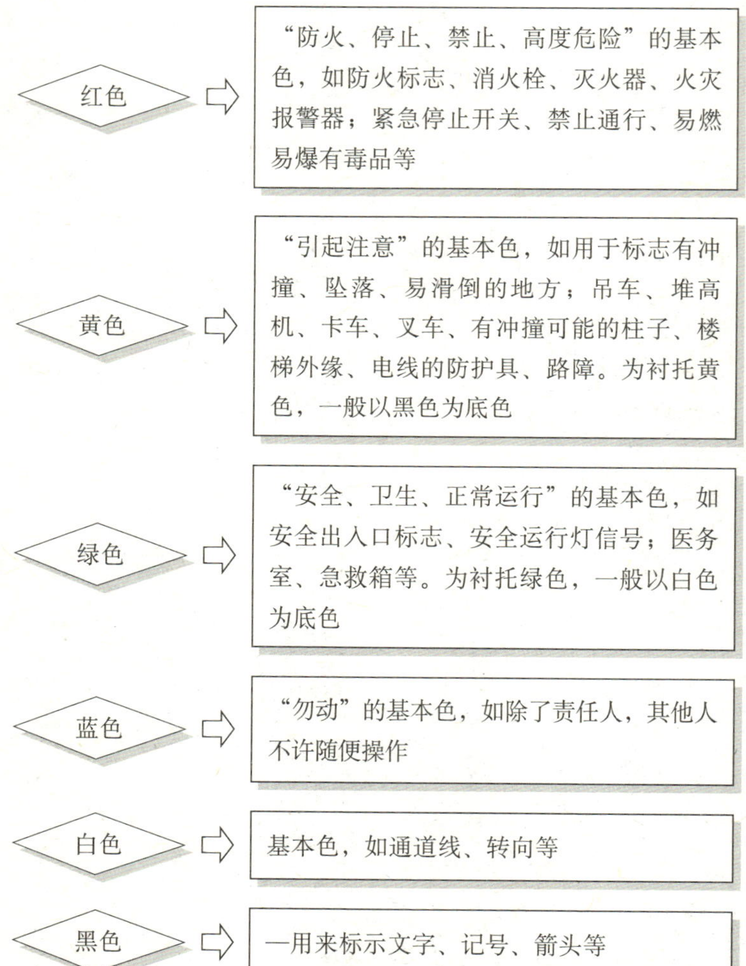

图7-9 目视安全管理颜色的使用

要点10：目视安全管理标志的使用

目视安全管理会使用到许多种标志，具体如图7-10所示。

依据包装物内商品的特性，指示储运过程中的作业人员，进行安全、合理操作要求的图像及文字的特殊记号。GB191-85：包装储运图示标志，一共有十种标志。白纸黑字

危险性标志

危险性标志是用来表明包装物内的商品属于哪一类危险品及危险程度的标志，通常用图像和文字来表示。作用：警示物流作业人员，加强必要的安全防护措施，保证作业过程中人、财、物的安全，应贴在醒目位置。危险性标志有爆炸品、有毒品、剧毒品、腐蚀性物品、氧化剂、自燃物品等18种具体参见GB190-85

环保标志

环保标志又称为环境标志、生态标志，是一种反映环保意识的商品包装标志

图7-10　目视安全管理标志的使用

看板展示

看板01：车间标线

通过明亮的车间标线划分现场的区域。

看板02：工具定位

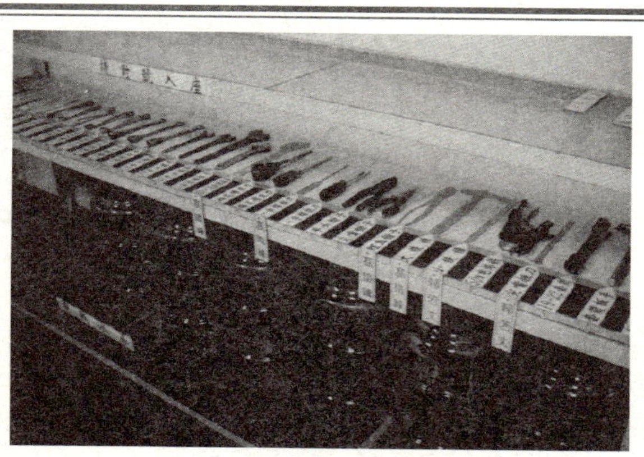

通过明确的工具定位，减少作业人员寻找工具的时间，提高效率，降低相关成本。

问题解答

问题01：目视管理在企业中有哪些作用

目视管理在企业中的作用具体如下：

（1）企业形象的改观。

（2）管理透明化（视觉化工具）。

（3）同行竞争的极点——效率/速度。

（4）降低现场的浪费。

问题02：目视管理的基本要求有哪些

目视管理的基本要求具体如下：

（1）激励要求。目视管理要起到对员工的激励作用，要对生产改善起到推动作用。

（2）标准化要求。目视管理的工具与使用色彩要规范化与标准化，要统一各种可视化的管理工具，便于理解与记忆。

（3）群众性要求。目视管理是让“管理看得见”，因此目视管理的群众性体现在两个方面：一是要得到员工理解与支持，二是要让员工参与与支持。

（4）实用性要求。目视管理必须讲究实用，切忌形式主义，要真正起到现场管理的作用。

问题03：推行目视管理应注意哪些事项

推行目视管理应注意以下事项：

（1）容易取得工作成绩和效果，无需大量精力维持。

（2）简单、明了、适用、有用、高效、舒适。

（3）目视管理目标应全面设定并定期统计。

（4）目视管理检查表是改进的重点。

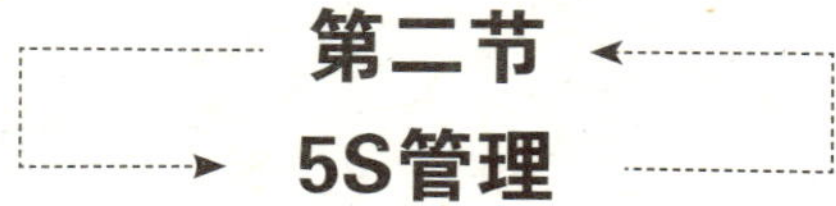

第二节 5S管理

要点分析

要点01：5S管理的作用

5S是指整理（SEIRI）、整顿（SEITON）、清扫（SEISO）、清洁（SEIKETSU）、素养（SHITSUKE）等五个项目，因日语的罗马拼音均为“S”开头，所以简称为5S。开展以整理、整顿、清扫、清洁和素养为内容的活动，称为“5S”活动。实行5S管理对企业有非常好的作用，具体如图7-11所示。

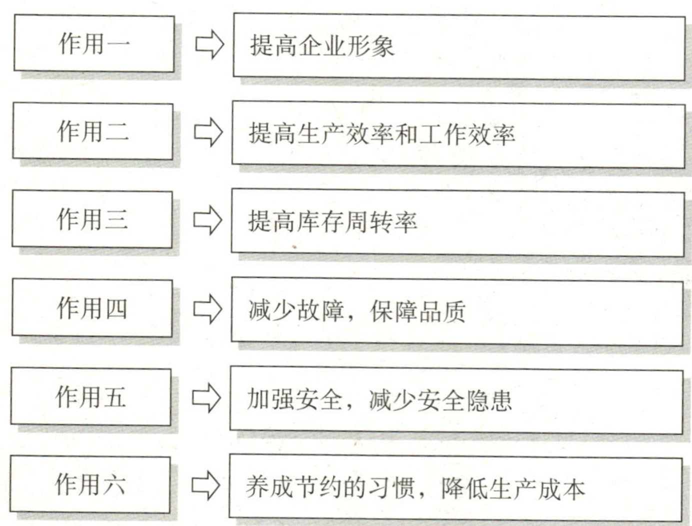

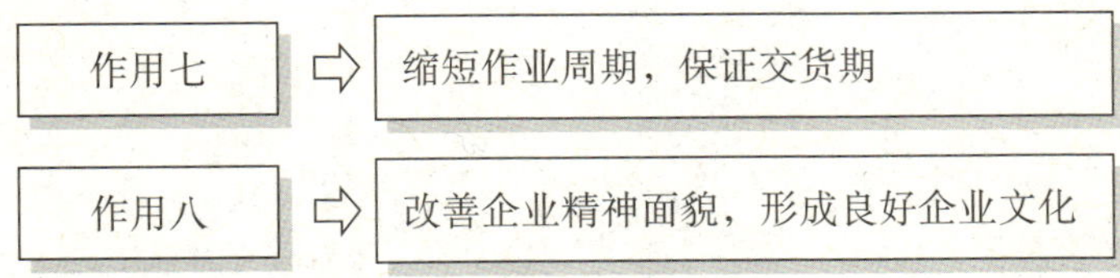

图7-11　5S管理的作用

要点02：5S管理常用的方法

5S管理常用的方法，具体如图7-12所示。

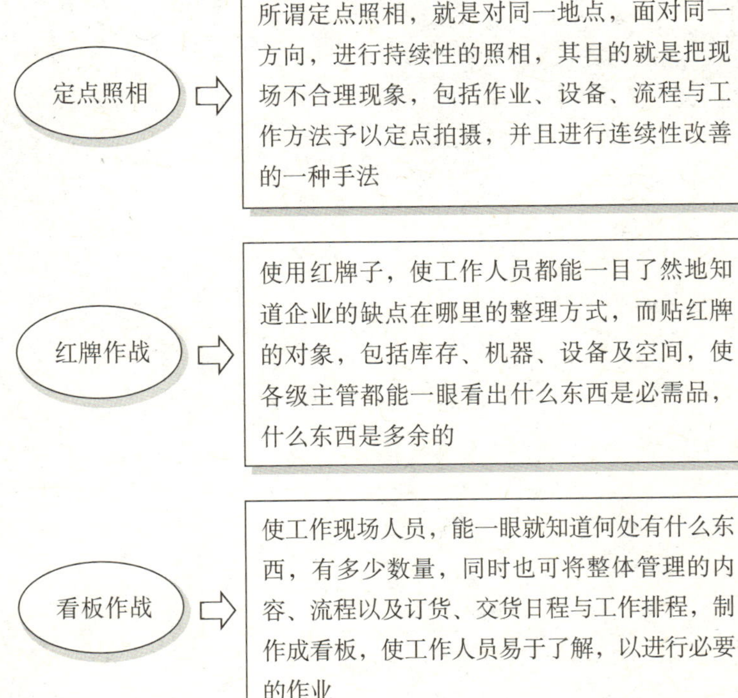

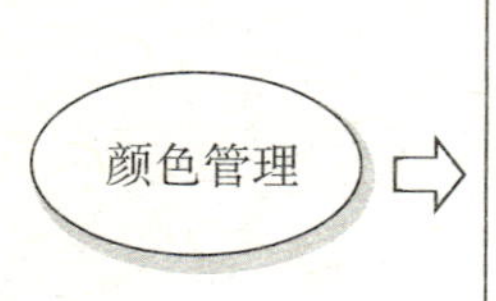

颜色管理就是运用工作者对色彩的分辨能力和特有的联想力，将复杂的管理问题，简化成不同色彩，区分不同的程度，以直觉与目视的方法，以呈现问题的本质和问题改善的情况，使每一个人对问题有相同的认识和了解

图7-12　5S管理常用的方法

要点03：整理

生产过程中经常有一些残余物料、待修品、报废品等，以及一些已无法使用的工夹具、量具、机器设备，滞留在现场，既占据了地方又阻碍了生产，如果不及时清除，会使现场变得凌乱。因此，对一些不必要的物品应及时进行清除。整理工作实施要领如图7-13所示。

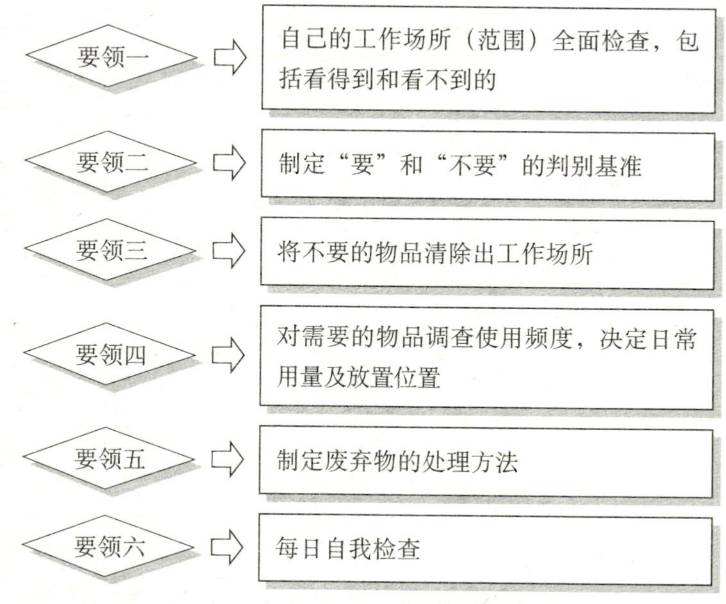

图7-13　整理工作的实施要领

要点04：整顿

整顿工作的实施包括前一步整理的工作落实，流程布置，确定放置场所，规定放置方法、明确数量，画线定位和场所、物品标示等。整顿的“三要素”：场所、方法、标示，具体如图7-14所示。

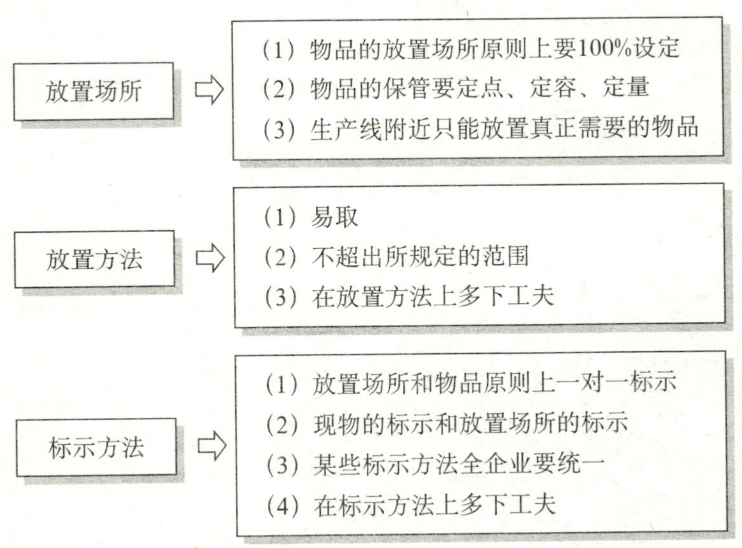

图7-14　整顿的实施方法

要点05：清扫

清扫的实施要领，具体如图7-15所示。

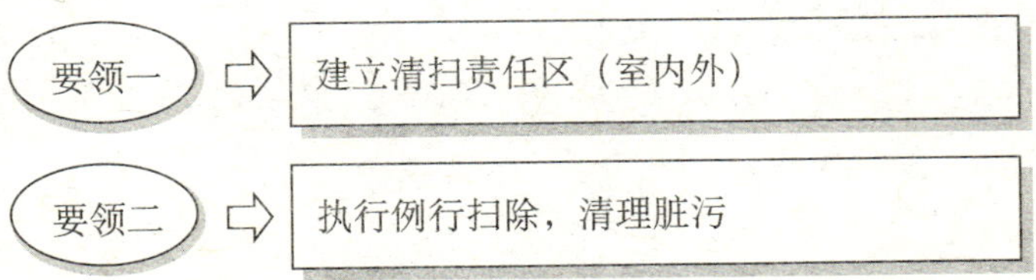

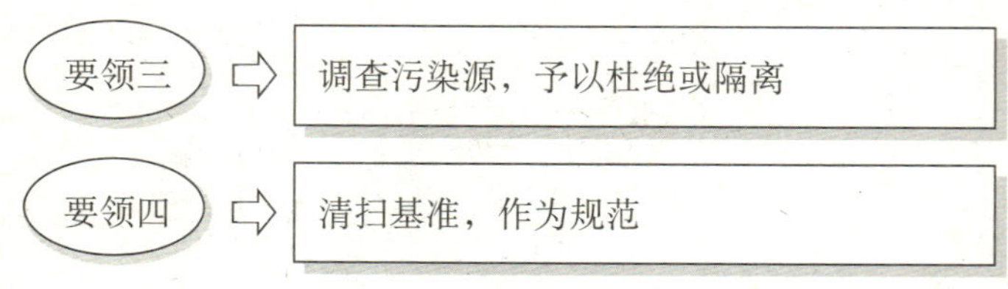

图7-15　清扫的实施要领

要点06：清洁

清洁的目的在于将上面的3S实施的做法制度化、规范化，并贯彻执行及维持结果。清洁工作的实施要领，具体如图7-16所示。

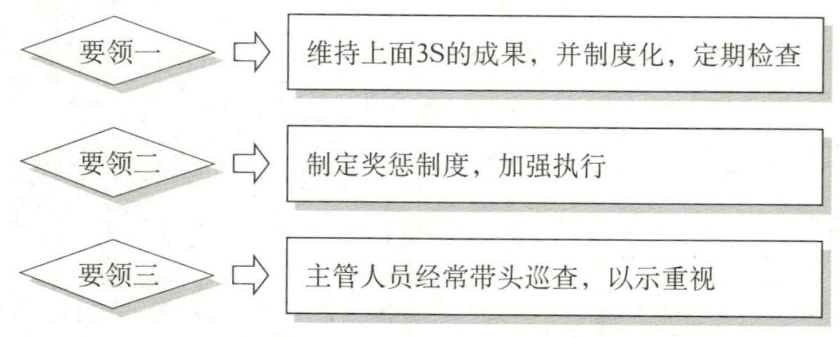

图7-16　清洁工作的实施要领

要点07：素养

素养的目的在于培养具有良好习惯、遵守规则的员工，提高员工文明礼貌水准，营造团体精神。素养工作必须长期坚持，才能养成良好的习惯。素养工作的实施要领，如图7-17所示。

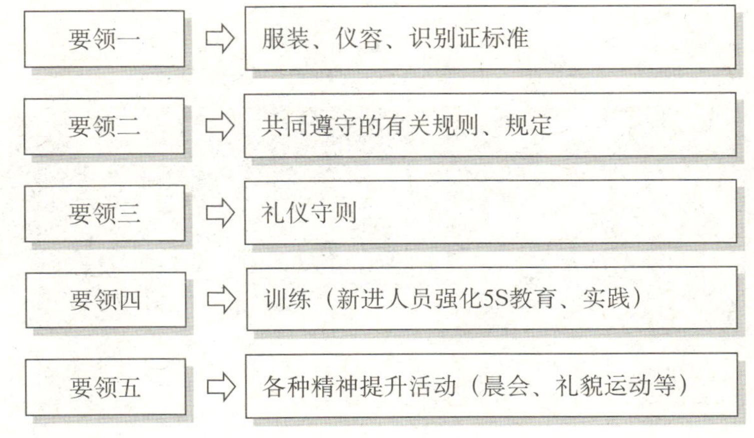

图7-17　素养工作的实施要领

看板展示

看板01：5S宣传

通过在企业内部张贴5S标语对5S进行宣传。

看板02：5S活动文化看板

5S活动的有效开展离不开各种宣传工作，如通过互动看板等。

看板03：发现问题

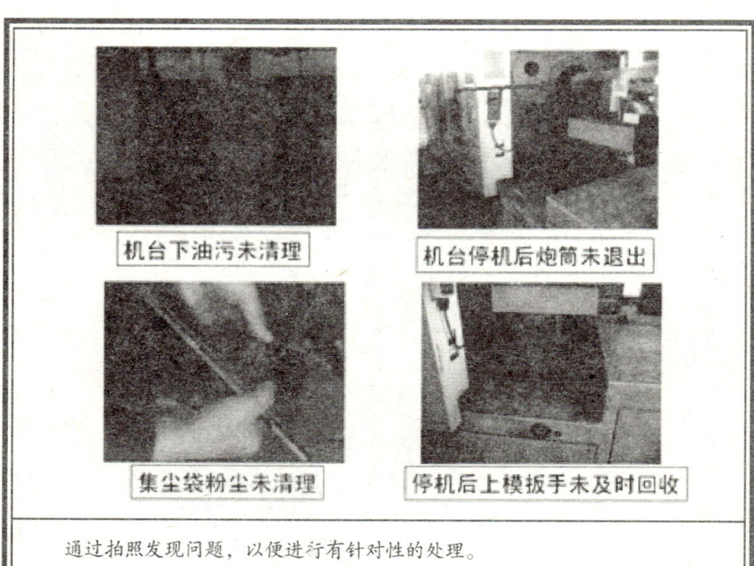

通过拍照发现问题，以便进行有针对性的处理。

看板04：整理效果展示

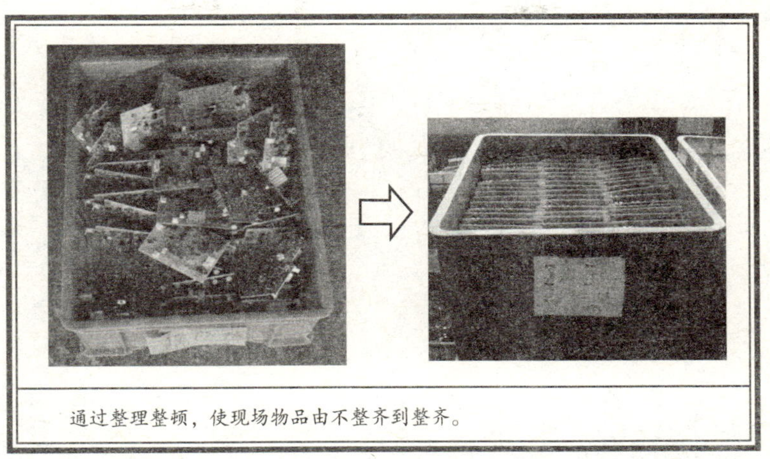

通过整理整顿，使现场物品由不整齐到整齐。

问题解答

问题01：实施5S管理有哪些基本要求

实施5S管理的基本要求具体如下：

1．自我管理

良好的工作环境，不能单靠添置设备，也不能指望别人来创造。应当充分依靠现场人员，由现场的当事人员自己动手为自己创造一个整齐、清洁、方便、安全的工作环境。

2．勤俭节约

开展“5S”活动，会从生产现场清理出很多无用之物，其中，有的只是在现场无用，但可用于其他的地方；有的虽然是废物，但应本着废物利用、变废为宝的精神，该利用的应千方百计地利用。

3．持之以恒

企业首先应将“5S”活动纳入岗位责任制，使每一个部门、每一位员工都有明确的岗位责任和工作标准；其次，要严格、认真地搞好检查、评比和考核工作，将考核结果同各部门和每位员工的经济利益挂钩；使“5S”活动坚持不断地开展下去。

问题02：整理工作的目的有哪些

整理工作的目的具体如下：

（1）腾出空间，空间活用。

（2）防止误用、误送。

（3）塑造清爽的工作场所。

问题03：整顿的3定原则是指什么

整顿的“3定”原则：定点、定容、定量，具体如下所示：

（1）定点：放在哪里合适。

（2）定容：用什么容器、颜色。

（3）定量：规定合适的数量。